AF239122

Anne Goldberg
Only One Song

Über die Autorin

Anne Goldberg wurde 1986 in einer beschaulichen Kleinstadt geboren. Nach dem Abitur trieb es sie nach Berlin, wo sie seither unter dem Regime ihrer vierbeinigen Mitbewohner lebt und arbeitet. Schon im Vorschulalter dachte sie sich dramatische Geschichten von Marienkäfern aus, die große Hürden zu überwinden hatten, um auf Blumen zu klettern. Ihre kleinen Protagonisten kämpften mit Regen, Wind und neugierigen Hunden. Damals wurde ihre Großmutter zur wortgetreuen Mitschrift abkommandiert. Mittlerweile schreibt Anne ihre Geschichten selbst, und ihre Charaktere trotzen größeren Herausforderungen als dem Wetter. Neben dem Schreiben hat Anne eine große Vorliebe für Konzerte, die britischen Inseln und für Schnee.

Anne Goldberg

ONLY
ONE
SONG

beHEARTBEAT

Vollständige ePub-to-Print-Ausgabe des in der Bastei Lübbe AG
erschienenen eBooks »Only One Song« von Anne Goldberg.

beHEARTBEAT in der Bastei Lübbe AG

Copyright © 2020 by Bastei Lübbe AG, Köln
Textredaktion: Stephanie Röder
Lektorat/Projektmanagement: Anna-Lena Meyhöfer
Covergestaltung: Guter Punkt, München
Unter Verwendung von Motiven von © 4 PM production / Shutterstock und
© letoosen / Getty Images
Vignette im Innenteil: © Maksym Drozd / Shutterstock
Satz: 3w+p GmbH, Rimpar
Druck: Books on Demand GmbH, Norderstedt

ISBN 978-3-7413-0214-5

www.be-ebooks.de
www.lesejury.de

Für Ruth.

Nichts von dir ist verschwunden,
es steht alles hier drin.

45 Tage

25. Juli 2018

Als mich Tonys Nachricht erreichte, war es fast siebzehn Uhr. Zu diesem Zeitpunkt hatte ich bereits zwei Leben beendet, war auf dem Weg ins *Poolhouse* und der Londoner Regen prasselte so kalt in diesen Sommertag hinab, dass ich überzeugt war, er wäre lieber Schnee geworden.

»Ich kann heute nicht. Migräne. Der Boss weiß schon Bescheid und hat Ersatz bestellt. Sorry.«

»Ersatz« bedeutete eine Zeitarbeitskraft, die nie und unter gar keinen Umständen jemand war, der schon einmal an unserer Bar gestanden hatte. Das schien eine interne Regel von »Staffsolutions« zu sein. Damit bedeutete »Ersatz« also ebenfalls, dass ich sämtliche Vorbereitungen für den Abend allein treffen musste. Kurz vor Einlass stieß dann eine abgehetzte und ahnungslose Aushilfe dazu, die höchstwahrscheinlich eine größere Behinderung als Hilfe war. Da er oder sie nicht einmal Schuld an diesem Dilemma hatte, war ich obendrein dazu gezwungen, einigermaßen nett zu sein. Oder höflich. Oder wenigstens nicht allzu gemein.

Die einzig korrekte Antwort auf Tonys Nachricht war also: »Ich hasse dich.«

Über die Glaubwürdigkeit ihrer hochfrequentierten Migräneanfälle sollten ihr Arzt und unser Chef sich den Kopf zerbrechen. Ich hatte für diesen Tag bereits fünf Arbeitsstunden hinter mir und wer weiß wie viele warteten hinter der unscheinbaren Seitentür auf mich, durch die ich ins Trockene flüchtete.

Der obligatorische Regenmantel landete in der Garderobe, wo ihm bald diverse Jacken, Taschen und Schals von etwa sechshundert Musikbegeisterten Gesellschaft leisten würden. Das Konzert an diesem Abend war ausverkauft, was nicht selten vorkam, für einen Mittwochabend jedoch unüblich war. Die Band kannte ich bisher nicht, und die Vorfreude darauf, sie vielleicht für mich zu entdecken, hatte sich die letzten Stunden in meinem Kopf festgesetzt. Mit Tonys Nachricht war sie zersprungen wie eine Seifenblase.

Viel würde ich von der Musik nicht mitbekommen. Dieses Schicksal akzeptierend marschierte ich in das Büro von Big Boss. »Büro« war nicht ganz der richtige Begriff für die Kammer, in der er seine Schlüssel und Aktenordner aufbewahrte. Und rauchte. Gemessen am Füllstand seiner Aschenbecher konnte er unmöglich viel mehr in diesem Raum veranstalten, als sein zeitnahes Ableben heraufzubeschwören.

Der Vollständigkeit halber muss ich erwähnen, dass Big Boss durchaus auch einen richtigen Namen hatte, der mir auch bekannt war. Mein Arbeitsplatz hinter der Bar des *Poolhouse* war vielleicht kein Vollzeitjob, aber durchaus seriös – inklusive regelmäßiger Bezahlung, Pausenzeiten und einem Vorgesetzten mit einem Vor- und Nachnamen. Nur hasste er den ersten und wollte nicht, dass wir ihn beim zweiten nannten.

Big Boss war das Paradebeispiel eines Nerds am Anfang seiner Vierziger. Den ersten grauen Haaren und dem Ansatz eines Bauches versuchte er entgegenzuwirken, indem er weiterhin das Hemd über den Hosenbund hängen ließ und sich für zu jung hielt, um mit »Mr Grant« angesprochen zu werden. Mir sollte es recht sein – zumal mein Chef denselben Vornamen trug wie mein Großvater, und ich gern die Gelegenheit nutzte, Irritationen aus dem Weg zu gehen. Und sei es nur denen in meinem Kopf.

»Theo«, begrüßte er mich – ein Grund mehr, ihm diese Albernheit mit seiner Benennung zu gönnen. Er verzichtete auf das bürokratische »Theodora« und ebenso auf das kindliche »Teddy«. Meine Großeltern waren die Einzigen, denen ich das ohne ein Augenrollen durchgehen ließ – und hin und wieder auch meiner Mum. Das hing allerdings von ihrer und auch meiner Tagesform ab.

»Ich weiß«, kam ich dem Chef zuvor. »Tonys Kopf explodiert und sie kommt heute nicht.«

Das kurze Zucken seiner Augenbrauen war Bestätigung genug dafür, dass er mir genau das hatte sagen wollen. »Ich habe dir Unterstützung geordert. Wurde mir auch zugesagt. In einer Stunde soll jemand da sein. Packst du die Vorbereitungen allein?«

Wie immer bot er zwischen den Zeilen an, mich zu unterstützen. Und wie immer wusste er eigentlich ganz genau, dass ich mir nicht die Blöße geben und diese indirekt angebotene Hilfe annehmen würde. »Ich brauche nur den Schlüssel«, sagte ich und gönnte mir lediglich ein leichtes, unterschwelliges Seufzen.

Den Schlüsselbund bekam ich prompt und mit ihm ein erleichtertes Lächeln vom Boss, der definitiv mehr Freude daran fand, den Bands im Backstagebereich ihren Aufenthalt annehmlich zu machen, wie er es bezeichnete. »Arschkriecher« war meine bevorzugte Umschreibung. Allerdings war er gut darin und hielt selbst zu mittlerweile großen Bands Kontakt, die ihre ersten Schritte unter anderem in diesem Club getan hatten. Mir war es ein Rätsel, wie ihm das gelang. Nein, ich wunderte mich nicht, wieso Menschen ihn und seine authentisch lebensfrohe Art mochten. Umgekehrt fragte ich mich nur manchmal, woher er die Energie nahm, so zu sein.

Mein Talent lag vielmehr in den Abläufen, denen ich mich mithilfe dieses kleinen Schlüsselbundes widmete – Kühlschubladen an der Bar aufschließen, aufziehen, kontrollieren, ob die Schicht des Vorabends auch wirklich jede von ihnen wieder aufgefüllt hatte. Ich war ausgezeichnet darin, mich über das Entdecken fehlender Colaflaschen aufzuregen und wurde noch besser, wenn es darum ging, eine nicht ausgeräumte Spülmaschine zu enttarnen.

In Begleitung meines eigenen unwirschen Gemurmels zog ich also den kleinen Block aus dem Fach neben der Kasse, griff nach dem Kugelschreiber daneben und begann damit, eine Schublade nach der nächsten durchzugehen und auf ihr Inventar zu prüfen. Zwischen Rum und Gin riss mich das Vibrieren meines Handys aus dieser Akkordzählung. Ich zögerte kurz, zog das Telefon hervor und warf einen Blick auf das Display.

Sagen wir, es ist nie eine allzu gute Idee, auf sein Handy zu schauen, wenn man eigentlich keine Zeit dafür hat, abgelenkt zu werden. Motivation hat sich nur selten auf einem Display finden lassen, so viel kann ich sagen.

»Code Green in Stratford. Kommst du? Schicke dir den Standort.«

Die Nachricht war von Adam, was es noch schwerer machte, nicht einfach die Schlüssel wieder abzugeben, den Zettel mit meinen Notizen zu zerreißen und mich auf den Weg zu machen. Code Green war verführerisch genug: Irgendwo in Stratford hatte jemand einen streunenden Hund entdeckt, ihn dem Verein gemeldet anstatt der Polizei, und nun hatte dieser Hund die Chance auf ärztliche Behandlung und ein Zuhause – sofern er sich einfangen ließ. Ein paarmal hatte ich bei einer solchen Rettungsaktion bereits mitwirken dürfen. Die mögliche Ergänzung, danach zu Adam oder mit ihm zu mir zu fahren und ohne lange Umwege den Abend abzurunden, machte den Vorschlag fast unwiderstehlich.

»Muss arbeiten. Wenn ihr ihn nach Feierabend noch nicht habt, komme ich nach.«

Der Kompromiss war eine grenzenlos dumme Idee. Ich hatte eine Schicht in der Tierklinik für den nächsten Tag zugesagt. Diese Nacht war also ohnehin schon knapp bemessen und eine Rettungsaktion nach der Konzertveranstaltung würde meine Schlafenszeit auf ein Minimum reduzieren. Aber das Problem würde ich morgen haben, nicht heute. Heute brauchte ich eine kleine Bestechung für mich selbst, um diese Schicht hinter mich zu bringen und mich für danach vielleicht auf mehr freuen zu dürfen als nur mein Bett.

»Es ist ein Welpe«, war Adams Antwort, und ehrlich, ich war drauf und dran, ihm genau dieselbe Antwort zu schicken wie Tony kurz zuvor. Allerdings hatte ich das eine oder andere Mal feststellen müssen, dass Männer solche Äußerungen etwas zu wörtlich nahmen. Jedenfalls traf das auf diesen Mann zu. Also zensierte ich mich selbst auf ein »Ich mag dich gerade nicht« und packte das Handy wieder weg in die Kassenschublade, wo ich es nicht stets und ständig in Reichweite hatte.

Dennoch umtanzte mich die Vorstellung davon, wie Adam und irgendeine Begleitperson – vielleicht Erin? Oder Harriett? – durch die Gassen in Stratford zogen, um diesen Welpen zu finden. Ich fühlte mich wie ein Kind, das mit Hausarrest in seinem Zimmer saß und den Freunden dabei zusah, wie sie auf der Auffahrt das coolste Spiel spielten, das sie sich je ausgedacht hatten.

Mich interessierte brennend, wo Adam gerade herumkroch, um diesen Welpen zu finden. Meist waren es Baustellen, verlassene Häuser oder irgendwelche Gärten, in denen die Tiere sich versteckten. Meine Fantasie konnte sich also ein sehr breites Spektrum an Möglichkeiten bunt ausmalen.

Meine eigene Realität jedoch war ein silberner Wagen, den ich zu einem kleinen Fahrstuhl zog, um mit ihm gemeinsam ins Untergeschoss zu fahren, wo Kisten voller Bier und Softdrinks sowie Regale mit Spirituosen uns erwarteten. Im Nebenraum war – so wusste ich – die herausragende Sammlung an Leergut, die bereits ihren heimeligen Duft nach Gärung verströmte. Bis Freitag würde sie dort auf ihre Abholung warten, und dann konnten meine Kollegen und ich mit der Sammlung von vorn beginnen. Ein wöchentliches Spektakel, das regelmäßig zu der Diskussion führte, wer in der Lage war, Leergut richtig zu sortieren und wer nicht.

Man kann also sicher nachvollziehen, dass die Vorstellung, einen verwahrlosten kleinen Hundewelpen von der Straße zu retten und ihn aufzupäppeln, ansprechender war als Bierreste und ihre Ausdünstungen. Allerdings bezahlte mir das zweite zuverlässig meinen Mietanteil, daher war es purer Eigennutz, den Wagen in das Lager zu schieben und nicht weiter an Adams Einladung zu denken.

Ich beeilte mich damit, ein paar Getränkekisten mit all dem zu füllen, was ich für diesen Abend noch brauchen würde. Zur Sicherheit nahm ich noch ein paar Servietten mit, einen Ersatzflaschenöffner und eine Handvoll der schokolierten Mandeln, die Big Boss mal als Werbegeschenk eines Kaffeemaschinenverkäufers bekommen hatte. Eine Kaffeemaschine hatten wir nach wie vor nicht, dafür einen lebenslangen Vorrat an Nervennahrung für das Team.

Mit dem voll beladenen Wagen machte ich mich wieder zurück auf den Weg zur Bar. Mir blieb nur noch eine gute halbe Stunde, ehe der Einlass beginnen würde. Auf der Bühne wurden die letzten Vorbereitungen und Checks der Techniker absolviert, und Big Boss beobachtete etwas abseits das Unterfangen gemeinsam mit einem Mann in etwa seinem Alter. Ein Manager, nahm ich an. Männer um die vierzig, die an so einem Ort ernsthaft ein zugeknöpftes Hemd zu ihrer Jeans trugen, waren in der Regel Manager.

Ich selbst machte mich daran, die Kisten vom Wagen zu wuchten und scheppernd auf dem Boden hinter dem Tresen abzustellen. Bier nach links, Softs nach rechts, so wie auch die Schubfächer sortiert waren.

Das erste von ihnen zog ich gerade auf und sortierte mehrere Flaschen Becks ein, als ich am Rande meines Blickfeldes eine Gestalt wahrnahm, die sich entgegen dem Treiben in diesem Raum nicht rührte. Ich stieß das Fach zu, richtete mich zu meiner vollen Größe von 1,62 m auf und brauchte lediglich einen kurzen ersten Eindruck, um diesen Kerl als vollkommen unbrauchbare Aushilfe einzuschätzen.

Ich seufzte und gab mich einem Anflug von Selbstmitleid hin. Natürlich konnte ich nach einem kurzen Blick nichts darüber aussagen, ob der Typ sich schnell in ein Kassensystem einfand oder in die Ordnung einer Bar. Wie zügig er Bestellungen umsetzte und wie wenig Bruch er produzierte. Nach meinen bescheidenen Erfahrungen war es allerdings ein eher schlechtes Zeichen, wenn jemand noch nie eine Bar während eines laufenden Konzertes bedient hatte. Und dass dem unzweifelhaft so sein musste, war leicht daran zu erkennen, wie er einfach nur herumstand und die Bühne bestaunte, die weder besonders groß noch auffallend dekoriert war. Über seine Aufmerksamkeitsspanne während eines laufenden Auftrittes wollte ich nicht nachdenken.

Einen Moment lang liebäugelte ich mit der Idee, ihn einfach dort stehen zu lassen. Binnen Sekunden spielte ich das Szenario gedanklich durch: Ich würde mich frei hinter dem Tresen bewegen können. Niemand stünde mir im Weg. Ganz im Gegenteil. Der Kerl war die fleischgewordene Werbung für die Zusammenarbeit von Photoshop und Social Media. Er war groß, trug Jeans, ein weißes Shirt und ein Flanellhemd, dessen Ärmel nach oben gekrempelt waren und zwei tätowierte Unterarme freigaben. Die Hautmalereien darauf ließen erahnen, dass die Tinte unter dem Stoff nicht Halt machte. Das Bild wurde abgerundet von einem Paar Converse und selbstverständlich einem Bart sowie den dazugehörigen langen, hellbraunen Haaren, die – auch selbstverständlich – zu einem Knoten zusammengebunden waren.

Spätestens mit diesem Gesicht, das einen Bart nicht nötig hatte, war er eindeutig zu gut aussehend, um ihn auch nur annähernd ernst zu nehmen. Die Idee, ihn einfach dort zu lassen, wo er war, um den weiblichen Part der eintreffenden Gäste magnetisch anzuziehen und damit von mir fernzuhalten, war also nicht weit hergeholt. Gut möglich sogar, dass einige Männer dem Sirenengeheul seines Manbuns erliegen würden. Das wollte ich keinesfalls ausschließen.

Ausschließen konnte ich allerdings, dass der Chef die Rechnung für Arbeitsstunden eines Leiharbeiters begleichen würde, der mit seiner Präsenz dafür sorgte, dass ich weniger Arbeit, der Boss dafür aber auch weniger Umsatz haben würde. Big Boss war zwar mit dem ominösen Manager längst verschwunden – vermutlich, um staatstragende Details zu besprechen – nur konnte ich nicht davon ausgehen, dass das den gesamten Abend über so blieb.

Als der Typ nun sogar sein Handy zückte und sich erst einmal gemütlich die Zeit nahm, die Bühnentechniker bei der Arbeit abzulichten, wurde mein Beschluss, ihn für sein Geld auch arbeiten zu lassen, zu einer Angelegenheit von Prinzipien.

»Das wird der Chef nicht gern sehen«, rief ich ihm zu.
Keine Reaktion. Nur ein weiteres Foto, wie das Blitzlicht seines Handys verriet.

Ich schnaufte und erhob meine Stimme. »Hey, Instagram!« Es ging doch. Er ließ das Handy sinken und sah mich irritiert an. »Beweg deinen Arsch hierher und pack mit an! Du wirst nicht dafür bezahlt, dumm rumzustehen und hübsch auszusehen.«

Immerhin fühlte er sich angesprochen. Das hieß allerdings noch lange nicht, dass er sich augenblicklich in Bewegung setzte. Es war wirklich nötig, dass ich meine Hände in die Hüften stemmte wie eine Hausfrau der Sechziger – oder um es zu spezifizieren: Wie meine Großmutter, als sie noch da gewesen war. Mittlerweile hielten ihre Gedanken sich in einem unbestimmten Irgendwo auf und fanden nur selten zu mir, Mum oder Grandpa. In den seltenen Momenten, in denen sie sich ihrer so typischen Geste bediente, war es reiner Zufall und weit entfernt davon, irgendwem Respekt einzuflößen. Wehmut, ja, und vielleicht so etwas wie Heimweh, aber keinen Respekt.

Ich hoffte, dass ich selbst mehr Erfolg mit meiner Imitation hatte, und tatsächlich zuckte Instagram mit den Schultern und wischte sich seinen verblüfften Blick aus dem Gesicht. An seine Stelle rückte ein absurd perfektes Lächeln, das jedes annähernd unsichere weibliche Wesen umgehend dazu veranlasst hätte, die eigene Erscheinung in einer spiegelnden Oberfläche zu prüfen. Welchen Sinn das verfolgen sollte, war mir allerdings ein Rätsel. Ich kannte mein rundes Gesicht, wusste um die Sommersprossen, die mittlerweile sicher längst über das Make-up gesiegt hatten. Die dunkelbraunen Haare reichten mir nicht einmal bis zur Schulter. Gegen die Rapunzelmähne, die ich in Instagrams fragwürdiger Frisur erahnte, war das ein Witz. Und da seine Augen, wenn mich das Licht nicht trog, auch noch ein karibisches Meeresblau für sich gepachtet hatten, ließ ich mich mit meinem höchst individuellen Schlammbraungrün gar nicht erst auf einen Vergleich ein.

»In Ordnung«, sagte Instagram, als er einen Schritt weit hinter den Tresen getreten war. »Was kann ich tun?«

Ich war nie ein Freund von Fragen gewesen, deren Antwort offensichtlich war. Aber mir fehlte die Zeit, mich darüber zu echauffieren, daher deutete ich nur auf die Getränkekisten, die noch immer darauf warteten, um einige Flaschen erleichtert zu werden. »Die kannst du wegsortieren, und ich prüfe in der Zeit, ob die Kasse den richtigen Stand hat. Danach erkläre ich dir, wo du alles findest. Wir machen dir eine Liste, in die du alles einträgst, was du verkaufst, ich buche nach. Wäre zu umfangreich, dir jetzt das Programm zu erklären, oder hast du schon mit Orderbird gearbeitet?« Mir genügte der musternde und unverkennbar ratlose Blick, mit dem Instagram mich ansah, um meine Antwort herzuleiten. »Das ist wohl ein Nein«, schloss ich. »Also die Liste. Kein Problem. Fang am besten mit den Flaschen an und wenn das erledigt ist, erkläre ich dir den Rest. Becherpfand und das alles.« Diese minimalistische Einweisung beendete ich mit einem Lächeln, um wenigstens ein Mindestmaß der Freundlichkeit zu wahren.

»Verrätst du mir auch noch, wo genau die Flaschen hin sollen?«

Und mein Lächeln verpuffte. Ich würgte die Frage herunter, wann er das letzte Mal einen Tresen von dieser Seite gesehen hatte und deutete auf die silbernen Schubladen. Es ist nicht seine Schuld, erinnerte ich mich. Vermutlich war er aus seinem freien Tag spontan angerufen und hierhergeschickt worden. Also war es sehr wahrscheinlich, dass dieser Abend ihn mindestens genauso nervte wie mich. »Die Kisten stehen schon vor den richtigen Fächern. Wenn du sie aufziehst, siehst du oben an der Kante einen Aufkleber, auf dem steht, was in die Schublade gehört. Idiotensicher.«

Instagram lachte kurz und schien eine Antwort zu erwägen. Gott sei Dank kam er zu dem Schluss, sich diese zu verkneifen und seine Arbeit nicht noch länger zu verzögern. In Anbetracht des aufkeimenden Zeitdrucks wurde er mir damit direkt ein bisschen sympathischer. Tatsächlich schritt er nicht annähernd so träge zur Tat, wie ich es befürchtet hatte, nachdem er so viel Zeit für dämliche Fotos vertrödelt hatte.

Binnen fünf Minuten waren sämtliche Flaschen an ihrem Bestimmungsort, ich hatte die Kasse gegengezählt und den Geschirrspüler ausgeräumt. Vielleicht würde ich mein anfängliches Urteil also überdenken und erwägen müssen, dass man mit Instagram doch gut zusammenarbeiten konnte. Ich erklärte ihm, wohin er die Kisten stapeln sollte und stellte zwei Reihen der Plastikbecher bereit, in denen wir unsere Getränke ausschenkten. Es hatte sich als hilfreich erwiesen, einen gewissen Vorrat direkt griffbereit zu haben.

»Pfandsysteme mit Chip sind dir bekannt?«, hakte ich nach, als Instagram wieder an meine Seite trat und mich erwartungsvoll ansah. Erwartungsvoll und amüsiert, wenn mich nicht alles täuschte. Mir war ein Rätsel, was genau an den Vorbereitungen so witzig war, doch solange er seine Gedanken für sich behielt, sollten sie mir auch egal sein. Vielleicht war das auch einfach nur sein entspannter Gesichtsausdruck.

»Das Getränk kommt in den Becher und im Becher zum Gast. Dazu gibt es den Chip, Pfand wird kassiert und gibt es nur gegen das komplette Duo zurück. Ausschank also niemals ohne Chip und niemals ohne Becher.«

Er war also ein Witzbold, aber immerhin kannte er die Grundregeln. »Okay, dann pass auf. Pfand ein Pfund, du nimmst die linke Seite. Softdrinks und Bier. Softs liegen alle bei drei Pfund, Bier bei fünf. Preisliste lege ich dir noch mal hin. Falls du Hilfe brauchst, rufst du mich einfach. Ich übernehme …« Ich stockte, als er mir seine Hand entgegenhielt und sah ihn stirnrunzelnd an.

»Dann solltest du mir vielleicht verraten, wen ich eigentlich um Hilfe rufe – für den Fall der Fälle.« Er grinste breit, als ich etwas zögerlich seine Hand nahm. »Winston. Damit du weißt, wen du anschnauzen musst, wenn etwas zu Bruch geht.«

Ich nickte langsam und behielt mein Stirnrunzeln bei. »Theo«, gab ich zur Antwort, erwiderte seinen Händedruck kurz und ließ seine Finger dann wieder los. »Nur … Ich will dir nicht zu nahe treten, aber deinen Namen habe ich wahrscheinlich vergessen, sobald du diesem Tresen den Rücken zukehrst. Ich kann mir Namen einfach nicht merken, dafür seid ihr zu viele. Falls wir je wieder zusammenarbeiten, habe ich mir gemerkt, dass Instagram schnell Getränke einräumen kann und das Pfandsystem verstanden hat. Das kann ich dir versichern.« Seine Augenbrauen zogen sich zusammen wie Gewitterwolken, die einen Schauer an Kritik erahnen ließen, also setzte ich etwas warmherziger nach: »Dir steht natürlich frei, dir einen beliebigen, einprägsamen Namen für mich auszusuchen, falls es dir da ähnlich geht. Ich verspreche, ich werde nicht beleidigt sein.«

Instagram – Winston – nickte und verzog die Lippen zu einem schiefen Lächeln, das seinem Spitznamen alle Ehre machte. »Wie du meinst. Also dann …« Er stockte nur kurz. Mehr Zeit ließ er seiner Grübelei nicht. »Dings. Was übernimmst du?«

Seine fachlich vollkommen vernünftige Frage war auf der Stelle zweitrangig. »Dings? Im Ernst? Mehr Vorlagen habe ich dir nicht gegeben?«

Er zuckte mit den Schultern. »Ich bin unhöflich genug, das wollte ich nicht überreizen. Deshalb berufe ich mich auf meine Vorliebe für das Schlichte. Also …« Er deutete auf mich. »Du übernimmst … was genau?«

»Diese Seite«, entschied ich mich zu antworten und deutete auf den Bereich unseres Arbeitsplatzes, den ich hiermit als mein Revier absteckte. Und mit dieser Definition unserer Territorien setzte ich die weitere Einarbeitung meines temporären Kollegen fort. Ich zeigte ihm die Eiswürfelmaschine, Trinkhalme, Servietten, Zitronen, Schneidebrett und Messer. Ein Kellnerbesteck hatte er nicht dabei, also legte ich ihm den mitgebrachten Flaschenöffner auf seine Seite der Arbeitsfläche. Natürlich wies ich ihn noch einmal darauf hin, die Bierflaschen auch dann nicht mitzugeben, wenn die Gäste bettelten. »Keine Ahnung, ob die Band gut ist«, erklärte ich. »Selbst wenn nicht, hat mein Boss wirklich keine Lust auf Klagen, weil an seiner Bar Wurfgeschosse zur Verfügung gestellt werden. Becher und Chip sind das oberste Gebot.«

Ich wollte gerade dazu ansetzen, ihm zu erklären, dass das Trinkgeld, das er selbst einspielte, auch ihm zustand und er es nicht an eine Teamkasse abtreten musste, wie andere Bars es wohl handhaben – selbst bei Leiharbeitern. Ich kam nur bis zur Einleitung »Ich gehe davon aus, dass du …«, als ein kurzes Räuspern mich unterbrach.

Als ich das fremde Gesicht der jungen Frau sah, stellte sich die alarmierende Erkenntnis ein, dass der Einlass begonnen haben musste. Allerdings war sie die Einzige, die vor der Bar stand, und ansonsten war der Saal leer. Sogar die Bühnentechniker hatten sich verzogen. Ein klares Zeichen, dass der Ansturm kurz bevorstand.

»Sorry, mein Chef hat mich vorhin erst erreicht. Eigentlich geht meine Bereitschaft nur bis fünf … egal. Ich war vor drei Wochen schon einmal hier bei deinem Kollegen. Wir können also direkt starten.« Während sie das sagte, schaute sie etwas unsicher zwischen Instagram und mir hin und her. »Oder hat sich der Personalbedarf erledigt? Dann brauche ich eine Unterschrift, dass ich …«

Ich war noch zu perplex von der Vielfalt eigentlich unmöglicher Umstände: »Staffsolutions« hatte zwei statt nur einen Mitarbeiter geschickt. Der erste schien einigermaßen patent, wie ich ihm mittlerweile zugestehen musste, und die zweite war nun sogar oberflächlich eingearbeitet. Das war jenseits meiner Vorstellungskraft – und jenseits der Realität. Dass ich das erst nach ein paar Momenten in meiner Paralyse bemerkte, sprach nicht unbedingt für mich, ich weiß.

»Nein, du bist völlig richtig. Ich habe nur etwas unter die Arme gegriffen, bis Unterstützung da ist.« Instagram war derjenige, der die Neue unterbrach und ihr antwortete – mit diesem fürchterlich perfekten Posterboygrinsen. Dann klopfte er mir auf die Schulter. »Dings, es war mir eine Ehre. Man sieht sich.«

Gott, ich war sicher, hätte er sie nicht zu einem albernen Knoten gebunden, wäre er wehenden Haares von dannen geschwebt, so viel Selbstgefälligkeit strahlte er aus. Mir blieb nicht viel mehr übrig, als ihm verwirrt hinterherzuschauen, während ich noch versuchte, dieses Intermezzo irgendwie einzuordnen.

Ein klügerer Mensch als ich wäre wohl schneller auf die Idee gekommen, dass ich einem Scherz, einem Flirtversuch oder einer netten Geste zum Opfer gefallen war, und hätte sich nicht lange damit aufgehalten, nach Fehlern im System zu suchen. Nur war ich kein klügerer Mensch und blieb noch einige Minuten lang etwas neben meiner üblichen Spur. Allerdings nur so lange, bis der Einlass diesmal wirklich begann und Clara und ich in derselben Aufteilung zur Tat schritten, die ich zuerst für Instagram und mich vorgesehen hatte.

Ja, Clara behielt ihren Namen – wenigstens offiziell. Mein Kollege hatte offenbar ein Auge auf sie geworfen und mit unserer Tradition der Spitznamen gebrochen. Und eine nachträgliche Taufe war nicht dasselbe. So blieb mir also nichts anderes übrig, als mir für diesen Abend ihren Namen zu merken und sie insgeheim als »Dylans Mädchen« zu betiteln.

Schließlich musste ich sogar ehrlich zugeben, dass ich froh war, sie bei mir zu haben. Das Konzert war ausverkauft und was auch immer Menschen an einem Mittwochabend vor ihren Fernsehern hervorlockte, es gelang diesem Phänomen schon zeitig. Bereits bei dem Auftritt der Vorband war der Veranstaltungsraum brechend voll und Clara und ich hatten alle Hände voll zu tun. Ehrlich gesagt wäre vermutlich sogar Instagram eine Hilfe gewesen – selbst wenn er nur mit liebreizendem Lächeln und fotogenem Augenaufschlag die Bestellungen angenommen und an uns weitergeleitet hätte. Es war einfach einer dieser Abende, an denen den Gästen ein simples Bier oder eine Cola nicht gut genug war. Es mussten Longdrinks sein – idealerweise mit hochgradig fachkundigen Extrawünschen, um die Begleitung zu beeindrucken. Vor allem der Gin Tonic gab die Grundlage für unzählige verschiedene Anweisungen. Und jede einzelne wurde vorgetragen, als wäre sie mit Schöpfkellen aus einem Bottich voll Weisheit geholt worden.

Irgendwann während des Umbaus zwischen Support und Hauptband war meine Geduld für diesen Unsinn schließlich doch überreizt. Zugegeben, ein geduldiger Mensch war ich auch so nie und an diesem Abend ohnehin nicht. Abgesehen davon mag niemand Lackaffen im Polohemd mit einer Föhnfrisur, für die eindeutig ein Stylist verantwortlich war. Bräune, die nicht aus einem Solarium und ganz sicher nicht von der englischen Sonne stammte, gebleichte Zähne und – Scheiße noch mal! – Strähnchen!

Es mag sein, dass die Kurzlebigkeit von Begegnungen in der Welt der Dienstleistung mich vielleicht zu sehr geprägt hatte und ich Menschen sehr schnell nach ihrem Erscheinungsbild beurteilte. Aber Strähnchen standen auf meiner Rangfolge der Intoleranz noch weit über diesem Manbun von Instagram. Dazu passte der schmalzige Ton in seiner Stimme und vor allem das süffisante Zucken um seine Mundwinkel, als er mit mir so langsam sprach, als wäre ich des Englischen nicht ganz mächtig.

»Gin Tonic. Mit dem besten Gin, den ihr hier bietet.«

»Wir haben genau zwei«, erklärte ich und deutete hinter mich an die Tafel, die unbeirrt die Getränkeauswahl präsentierte.

Strähnchen nickte mit krausgezogener Nase und erkundigte sich nun auch nach der Auswahl der Tonics. Mir stand genau einer zur Verfügung und das war eine so klassische Marke, dass mir von vornherein klar war, dass mein Gegenüber reagieren würde, wie er reagierte. Nur hatte ich das Ausmaß seiner Theatralik etwas unterschätzt. Er machte sich sogar die Mühe, sich mit einem Kopfschütteln an das vermeintliche Model an seiner Seite zu wenden.

»Dann sei wenigstens so lieb und mach Gurke in die Drinks.« Und an die junge Frau neben ihm gewandt: »Damit es wenigstens ein bisschen Stil hat.«

»Stil, aber keinen Geschmack«, murmelte ich und setzte die Bestellung dennoch so um, wie dieser Gast es gern haben wollte. Nur hatte der meinen Kommentar nicht überhört.

»Wie bitte?«, hakte er nach.

Ich seufzte genauso theatralisch wie er zuvor und wünschte mir ein Model herbei, dem ich einen ähnlich enervierten Blick zuwerfen konnte. »Wenn du Gurke in den Gin tust, kannst du dir die zwei Pfund mehr für den teureren eigentlich schenken. Aber da Geschmack nicht die Priorität ist …« Ich zuckte mit den Schultern, ließ demonstrativ Gurkenscheiben in die Becher fallen und füllte beide genau nach Maß auf.

»Hör mal zu, Kleine …« Er brach ab, als sich die Hand seiner Begleitung auf seinen Arm legte. Ich konnte mir denken, worauf sie ihn aufmerksam machen wollte. Die Musik vom Band, die eingespielt worden war, war verstummt, nur eine oder zwei Sekunden später erlosch das Licht im Raum und unter lautem Gejubel betrat die Band die Bühne.

»Wir sehen uns noch«, raunte Strähnchen mir zu und klatschte das Geld für die Drinks auf den Tresen. Den Tausch gegen die beiden Getränke vollzog ich nur noch automatisch, denn als er am Schlagzeug die ersten Takte anstimmte, musste ich feststellen, dass Instagram mir an diesem Abend nun schon zum zweiten Mal zur Hilfe geeilt war. Jedenfalls, wenn man es so pathetisch ausdrücken wollte.

Meine erste Assoziation in diesem Augenblick war jedoch nicht unbedingt besagter Pathos.

»So ein Spinner«, schnaubte ich und starrte mit vor der Brust verschränkten Armen zur Bühne. Instagram hatte sich also einen Spaß daraus gemacht, die Barkeeperin an der Nase herumzuführen und sonnte sich nun vermutlich in dem Bewusstsein, dass mir genau das gerade klar wurde.

»Ach, du kennst die Band?«, riss mich Claras Stimme aus dem Sumpf meines Grolls.

»Was?«

Sie deutete nach vorn. »Der Drummer war doch eben hier.«

Ich schüttelte den Kopf. »Zufall«, antwortete ich. »Ich kenn den nicht.«

»Schade eigentlich.« Sie grinste und zuckte mit den Schultern, ehe sie ein paar leere Flaschen in eine Getränkekiste sortierte. »Die sind gut und der Sänger ist heiß. Dein Drummerboy ist mir ein bisschen zu schön.«

Es gab also doch noch andere Menschen, die einen Unterschied zwischen Schönheit und Attraktivität sahen. Ich wollte mir vor Rührung an die Brust greifen und verstand allmählich, weshalb Dylan ihr ihren Namen gelassen hatte. »Ja«, meinte ich. »Vermutlich ist es seine Lebensaufgabe, anderen Menschen zu Komplexen zu verhelfen.«

Clara glückste, setzte zu einer Antwort an, kam jedoch nicht mehr dazu, diese zu äußern, weil einer der Gäste ihr seine Bestellung entgegenbrüllte.

Ich selbst sortierte die ersten zurückgebrachten Becher in die Spülmaschine und fand dabei ein wenig Zeit, um wenigstens einen flüchtigen Blick zur Bühne zu werfen. Und zu lauschen.

Bisher hatte ich von Treehouse Promises noch nie gehört und musste über diesen sentimentalen Namen auch ein wenig schmunzeln. Aber die Musik war gut. Authentisch, wie es Kritiker gern ausdrückten und laut, aber eben nicht *nur* laut.

Die Stimme des Sängers, auf den Clara es abgesehen hatte, war rauchig und er wusste definitiv damit umzugehen. Damit und mit den Geräten eines Fitnessstudios, wie das eng sitzende, schwarze

Shirt ungeniert preisgab. Und doch hielt seine Erscheinung meinen Blick nicht lange fest.

Meine Aufmerksamkeit wandte sich schnell der Person zu, deren Gesicht halb hinter einem der großen Becken verschwand. Seiner Bühnenpräsenz tat das keinen Abbruch.

Instagram hatte sich seines Hemdes entledigt, und ich hatte Recht behalten – die Zeichnungen auf seinen Armen zogen sich noch mindestens bis zu den nach oben gekrempelten Ärmeln seines Shirts. Selbst aus der Ferne konnte ich erkennen, dass diese Arme nicht nur von einer Nadel, sondern auch vom Spielen gezeichnet und gut definiert waren. Kein Wunder also, dass er sie nicht unter Stoff verstecken wollte.

»Angeber«, murmelte ich – nicht sicher, ob ich belustigt oder vielleicht doch ein kleines bisschen beeindruckt war.

Als hätte er mich gehört, fing Instagram meinen Blick auf – wenigstens glaubte ich, dass es so war. Auf jeden Fall sah er in die Richtung der Bar und ein auffallend breites Grinsen erhellte seine Züge. Ich verschränkte die Arme vor der Brust, neigte meinen Kopf ein bisschen zur Seite und zog eine Augenbraue in die Höhe. Erst als er kurz lachte, war ich mir sicher, dass dieses Triumphgrinsen mir gegolten hatte. Ich beantwortete es mit einem Kopfschütteln – einem, das von einem Lächeln begleitet wurde – und widmete mich dann wieder meiner Arbeit.

Instagram hatte seinen Spaß gehabt und sich den durch seine kurze Mithilfe auch verdient. Trotzdem sollte er nicht glauben, dass er damit automatisch meine volle Aufmerksamkeit beanspruchen konnte. Die gebührte stattdessen der nicht halb so unterhaltsamen Kassenführung, den mal mehr, mal weniger sympathischen Gästen, die es zu versorgen galt oder deren vorbildliche Rückgabe von Becher und Chip mit einem Pfund zu entlohnen war. Zwischendurch wagte ich es sogar ein Mal, Clara für ein paar Minuten allein zu lassen, um die erste Fuhre Leergut wegzubringen und mit einigen vollen Flaschen wieder zurückzukehren.

Als ich hinter den Tresen trat, kündigte der Sänger die letzten beiden Lieder an – die nie wirklich die letzten beiden waren. Jeder kannte die Regeln. Er schmeichelte dem Publikum für die gute Stimmung, wie es wohl ebenfalls in diesen Regeln stand, und deutete einen baldigen weiteren Auftritt in London in sechs Wochen an – in der größten Location, die diese Stadt zu bieten hatte. Ich stutzte darüber und tat das als Wunschdenken ab, während ich mich um die nächsten Gäste kümmerte und im Hintergrund das erste der beiden nicht-wirklich-letzten Lieder begann.

Und wie immer ging in der tosenden Pause zwischen dem letzten Lied und der Zugabe der Ansturm auf die Bar los. Becher und Chips fanden ihren Weg zurück, Pfundstücke wurden ausgezahlt und die Spülmaschine gefüllt. Jubel brach aus, als die Band wieder auf die Bühne zurückkehrte. Immerhin gehörten sie nicht zu den Wichtigtuern, die sich ewig vom Publikum bitten ließen oder so taten, als hätten sie nicht damit gerechnet, noch mal an ihre Instrumente beziehungsweise das Mikro zurückzukehren. Es wurden nicht einmal Worte verloren. Instagram gab den Takt an und es wurde ein Song angestimmt, der prompte Begeisterung im Publikum auslöste. Ich selbst hatte ihn nie gehört. Und kam auch diesmal nicht dazu, bewusst zu lauschen.

Als der traditionelle Ansturm in diesem Pausenintervall vorüber war, trat Clara an mich heran. »Ich hatte mit meinem Chef besprochen, dass ich etwas früher gehen kann, damit ich noch eine U-Bahn bekomme. Ich wohne nicht gerade um die Ecke …«

Ich nickte. Wer auch immer dieser ominöse Chef unserer Aushilfen war, dieses Zugeständnis an seine Schützlinge hatte ich schon oft gehört. Und da ich nicht fand, dass es in meiner Kompetenz lag, das abzuschlagen, schickte ich Clara in die Katakomben meines Bosses, um sich ihre Unterschrift auf ihrem Stundenzettel oder der App abzuholen und gleichzeitig seinen Segen für den Feierabend.

Grundsätzlich hatte ich nie ein Problem damit, den Abschluss des Abends allein zu bewältigen. Es war selten mehr zu tun, als letzte Pfandbecher entgegenzunehmen und die Aufräumarbeiten zu bewältigen. Einen Großteil des Leergutes hatte ich schon weggebracht und der Kassenabschluss würde auch schnell gemacht sein. Meine Stimmung schrammte sogar so nah am Optimismus, dass ich mein Handy aus der Kasse nehmen wollte, um Adam kurz zu schreiben, es könne sich lohnen, wach zu bleiben – falls er nicht ohnehin noch irgendwo durch Stratford kroch und diesen Welpen suchte.

Ich kam nicht einmal dazu, mein Handy unauffällig zu entsperren, als ich eine Stimme hörte, die ich nicht gleich wiedererkannte. »Ich sagte doch, wir sehen uns noch mal.«

Ehrlich, meine Assoziationen stellten sich erst wieder her, als ich Polohemd und Strähnchen erblickte. Doch dann übermannten sie mich vollumfänglich, sodass ich mir ein genervtes Seufzen nicht verkneifen konnte. »Ich nehme an, du willst Becher und Chip zurückgeben?« Vorausschauend griff ich schon einmal nach der Geldmünze, die er dafür zurückerhalten würde.

»Und deinen Chef möchte ich sprechen.«

Ich blinzelte irritiert. War das sein Ernst? »Ich fürchte, der steckt gerade mitten in den Auswertungen mit dem Manager der Band.« Was redete ich da? Die Anzahl der tatsächlich teilgenommenen Gäste war vermutlich längst kommuniziert worden. Nur fiel mir nichts anderes Gewichtiges ein, um Strähnchen abzuwimmeln. Sollte ich ihm sagen, dass der Big Boss vermutlich lieber mit Band und Manager abhing, um Kontakte zu knüpfen, die vielleicht – aber auch nur vielleicht – einmal von Wert sein würden? Weil er stolz auf die Galerie mit all jenen Künstlern war, die hier vor ihrem großen Durchbruch gespielt hatten?

»Wie lange wird das dauern?«

»Ich habe keine Ahnung. Vielleicht kann ich dir ja erst einmal weiterhelfen.«

»Bei einer Beschwerde über deinen Service wirst du wohl kaum hilfreich sein, meinst du nicht?«

Ich atmete tief durch und angesichts meines enormen Drangs, die Augen zu verdrehen, musste ich seiner Annahme sogar recht geben. Es gab doch sicher Ratgeber für solche Situationen. Was schlugen die vor? Angriff? Verteidigung? Kapitulation? »Falls ich etwas gesagt haben sollte, das …«

»Was du sagst, solltest du dir im Vorfeld überlegen. Die Bloßstellung deiner Gäste steht ganz sicher nicht in deiner Stellenbeschreibung. Daher … Gleich, Baby.«

Meine Irritation überschlug sich bei dieser Anrede regelrecht.

Strähnchen hatte seinen Blick nicht von mir gewendet, während er diesen Kosenamen ausstieß. Dass der ganz klar nicht mir gehören konnte, war nur logisch. Die Hand an seinem Oberarm fiel mir dennoch erst jetzt auf und löste das Rätsel um diese kurze Unterbrechung.

Leider fand er umgehend wieder seinen Anschluss. »Daher würde ich über die Erfüllung dieses Aufgabengebietes gern mit jemandem sprechen, den es mehr interessiert als dich.« Zur Untermalung seiner Worte hatte dieser Typ sich ein Stück weit über den Tresen gebeugt und sogar seine Augenbrauen nach oben gezogen.

Meine Güte, es ging doch nur um ein Stück Gurke und meine Aufklärungsarbeit zu deren Wirkung in Zusammenarbeit mit Gin und Tonic. Warum nahm er den Hinweis nicht einfach an und profilierte sich zu einer anderen Gelegenheit in einem anderen Umfeld damit? Ich hatte diese Erkenntnis schließlich nicht gepachtet.

Ich atmete gerade ein, um zu einer Antwort auszuholen, für die mir noch nicht ein einziges Wort eingefallen war, als ein Räuspern mich von diesem kläglichen Versuch erlöste.

»Wenn es nichts ausmacht, würde ich gern noch kurz eine Bestellung aufgeben, ehe hier neue Aufgaben verteilt werden.«

Etwas gequält wandte ich mich nach links. Instagram hatte mir gerade noch gefehlt. Da er aber nichts dafür konnte, dass Strähnchen irgendetwas zu kompensieren hatte, zwang ich ein Lächeln auf mein Gesicht. »Wie kann ich helfen?«

Instagram erwiderte mein Lächeln viel wärmer, als es für seine Bitte nötig gewesen wäre. Er war also nicht eben erst hereingeplatzt, sondern hatte dieses herzergreifende Gespräch mitbekommen. Wenigstens mischte er sich nicht ein, sondern beschränkte sich auf die schlichte Beantwortung meiner Frage. »Vier Bier. Egal, welches – nur kein Becks«, sagte er und neigte seinen Kopf zu einem Blick, der mit einem Welpen hätte konkurrieren können. »Und Becher sind wirklich unnötig. Ich verliere diese Chips ständig, und ehe wir weg sind, ist deine Spülmaschine schon durch.«

»Für die Band?«, hakte ich nach und zog die Schublade mit den Bierflaschen auf, die mich fröhlich klirrend begrüßten.

»Für die Band«, bestätigte Instagram.

»Also kann ich davon ausgehen, dass du deine Kollegen damit nicht tötest?«

Er grinste und zog eine Augenbraue nach oben. »Muss ich einen Eid schwören oder genügt meine natürliche Glaubwürdigkeit?«

Ich schüttelte den Kopf und murmelte ein »Schon gut«. Unter anderen Umständen hätte ich mich spaßeshalber wohl auf eine Diskussion über Prinzipien eingelassen. Allerdings wartete Strähnchen noch immer und ich fürchtete, dass er damit nicht von selbst aufhören würde.

Was sollte ich sagen? Es war rekordverdächtig, zu wie vielen Fehleinschätzungen ich binnen eines Abends imstande war.

Ich öffnete gerade die Bierflaschen, als Strähnchens Model hinter ihrem Freund hervortrat und Instagram ansprach. »Entschuldigung, Winston?«

Es war ein bemerkenswertes Schauspiel, diesem perfekten Gesicht dabei zuzusehen, wie es sich von einer abwartenden Miene in ein strahlendes Zauberglanzlächeln verwandelte.

»Würde es dir was ausmachen … Also, ein Foto?«

»Ganz und gar nicht.« Damit streckte Instagram ihr seine Hand einladend entgegen.

Sofort drückte das Model ihrer Begleitung das Handy in die Hand und positionierte sich neben dem Drummer, der einen Arm um sie legte, als wäre sie eine alte Freundin, die er bei einer Party wiedersah.

Nach ein paar Schnappschüssen bedankte sie sich bei ihm und platzte förmlich vor Begeisterung, als er ihr den Tipp gab, einfach beim Merchandisestand vorbeizuschauen. Die anderen wären dort für Fotos und Autogramme und gern auch für ein bisschen Small Talk.

»Dafür das Bier«, gestand er grinsend. »Dan ist schüchtern, und wenn nur er trinkt, würde das ein merkwürdiges Bild auf ihn werfen.«

Was darauf folgte, war der bittende Blick, wie ihn nur eine Freundin an ihren Freund richten kann. Sie nahm sogar Strähnchens Hand in ihre. Mit der anderen deutete sie vage auf mich. »Vergiss die«, war ihr einziger Kommentar für sein Zögern. Und da der Typ für diesen Abend wohl doch noch aufregendere Dinge geplant hatte, als eine Kellnerin zusammenzufalten, ließ er sich nach einem finalen vernichtenden Blick von ihr mitziehen.

Seufzend sackte ich ein kleines Stück in mich zusammen. Dann besah ich Instagram mit einem dankbaren Lächeln. »Du bist ein Magier.«

Er lachte. »Erst bin ich irgendeine Internetplattform und jetzt Houdini. Du meintest das ernst, als du sagtest, du vergisst meinen Namen direkt wieder, kann das sein?«

Dem war sogar wirklich so – beziehungsweise wäre es gewesen, wenn nicht … »Dein Fan hat mir auf die Sprünge geholfen.«

Er nickte verstehend und schaute über seine Schulter in die Richtung, in die das Paar verschwunden war. »Und sie hat deinen Fan direkt mitgenommen. Ist hier eine Entschuldigung fällig?«

Ihm musste klar sein, wie froh ich war, dass die Macht seiner Schönheit die beiden hatte von dannen ziehen lassen. Dennoch lag ungefilterte Neugier in seinem Blick.

Ich ging davon aus, dass seine eigentliche Frage eine andere war und beschloss, auf diese zu antworten. »Er wollte sich mit Gin Tonic aufspielen. Als ob unsere Gins das mit sich machen ließen. Und er war der Meinung, wenn er Gurkenscheiben in den Drink bestellt, wird seine Modelfreundin … Oh Gott, nein! Ich will mir gar nicht vorstellen, was er sich für eine Reaktion versprochen hat.«

Instagram grinste und nickte verständnisvoll. »Und du hast ihn gefragt, ob es noch etwas Pfeffer dazu sein darf?«

Ich starrte ihn mit ungehemmtem Entzücken an. »Das hätte ich tun sollen!«, stieß ich aus – erstaunt von so viel Kompetenz auf der falschen Seite des Tresens. »Wieso warst du nicht mehr hier? Das da«, ich deutete zu der Bühne, »kann dir unmöglich wichtiger sein.«

Tatsächlich schlich sich ein Ausdruck von Schuld auf Instagrams Gesicht. »Da bist du nicht die Erste, die das sagt, fürchte ich.«

Ja, ich konnte mir vorstellen, dass er das eine oder andere Herz gebrochen oder wenigstens angeknackst zurückgelassen hatte, weil es ihn nicht hatte halten können.

Musiker verlor man immer an die Musik. Ich mochte das. Es

machte diese Menschen zu treuen Seelen – nur war es eben kein anderer Mensch, an den sie sich banden.

Ich ersparte meinem Gegenüber diese Ausführungen und stellte stattdessen die vier Bier vor ihn auf den Tresen. »Aufs Haus«, sagte ich. »Für deine tatkräftige Unterstützung vorhin.«

Er grinste und nahm die Flaschen an sich. »Als Magier oder als Instagram?«

Ich zog scharf die Luft ein und konnte eine gewisse Qual auf meinem Gesicht einfach nicht vermeiden. »Also wegen der zweiten Sache … Ich fürchte, ich muss mich entschuldigen. Ich dachte, du wärst die Aushilfe und dann stehst du da nur rum und machst Fotos.« Ich ließ es bleiben, schon wieder auf sein Erscheinungsbild anzuspielen. Diese Reduzierung erfuhr er wahrscheinlich oft genug. »Also war ich genervt, weil ich niemanden gebrauchen konnte, der sich von einer leeren Bühne ablenken lässt, noch ehe das Konzert anfängt.«

Er nickte und schaute zur Bühne. Dabei sah er fast nachdenklich aus, als würde er sich diesen berührenden Moment noch einmal vor Augen halten, den wir vor ein paar Stunden geteilt hatten. »Ist dir eigentlich klar, wer schon alles auf dieser Bühne gestanden hat?«, hakte er nach und überraschte mich damit dann doch.

»Was?«, war meine unbeeindruckende Nachfrage.

Instagram deutete nach vorn. »Da haben schon einige Bands gespielt, die mittlerweile viel zu groß sind für solche kleinen Bühnen. Wenn man dann selbst da oben steht …« Er stockte kurz und hatte seine Stirn krausgezogen, als er mich wieder ansah. »Dann endet man eine halbe Stunde später an der Bar und klingt wie ein sentimentaler Säufer, tut mir leid.«

Ich lachte und winkte ab. »Du solltest mit dem Boss sprechen. Der kann dir jeden namenhaften Künstler aufzählen, der hier in den letzten fünfzehn Jahren aufgetreten ist. Mit Datum und teilweise mit Setlist. Es ist unheimlich.« Das war es in der Tat, denn ich übertrieb hier keineswegs. »Mit einigen hat er wohl nach wie vor Kontakt, meint er. Aber wenn du mich fragst, zählt das alles nicht, solange er Martha's Sons nicht dazu bewegen kann, noch einmal hier aufzutreten.«

Instagrams Augenbrauen hoben sich und er stellte drei der Bierflaschen vor sich auf den Tresen. Die vierte behielt er in der Hand und trank einen Schluck. »Martha's Sons, ja?«

Hörte ich da etwa Skepsis? Dabei war das die einzige Band, deren Setlist sogar ich kannte. »November 2009«, bestätigte ich. »Das hier war ihr erster Auftritt außerhalb Schottlands.«

Meine Güte, ich klang wie eine Kreuzung, die Wikipedia mit einem Fangirl hervorbringen würde.

Instagram lachte mich nicht aus, was ich ihm definitiv zugutehielt. Stattdessen überraschte er mich mit einem schiefen Lächeln. »Beim dritten Song fiel auf einmal die gesamte Technik aus, weil im Backstagebereich ein Feueralarm losging. Jemand hatte ein Stück Papier in den Aschenbecher geworfen und die Rauchmelder sind ausgerastet. Nach ein paar Minuten war die Sache erledigt und die Band stand wieder auf der Bühne. Und sie haben das Set noch einmal komplett von vorn angefangen.«

Ich hätte beinahe gelacht vor Begeisterung und hielt mich nur zurück, weil man nie wissen konnte, wie falsch ein Lachen verstanden werden mochte. Instagram war also ein Fan – und zwar einer, dem kein Big Boss diese Geschichten erzählt hatte.

»A Writer's Curse«, murmelte ich den Titel des Songs, der eine Hommage an schottischen Whisky war, und den der Alarm damals unterbrochen hatte. »Das war der dritte Song.«

Instagram zog seine Mundwinkel zu einer anerkennenden Miene nach unten. »Dings, ich bin beeindruckt. Und mir will man immer weismachen, ich wäre der einzige Verrückte, der solche Sachen weiß.«

Ich schnaufte und zitierte kurzerhand meinen Großvater. »Allein in dieser Stadt leben über acht Millionen Menschen. Man ist nie der Einzige.« Ich öffnete die Spülmaschine und begann damit, die gereinigten Becher und Barutensilien herauszuholen. »Also ist Ryan dein großes Vorbild?« Ryan Tickner war der Drummer der Martha's Sons und seit der Gründung ein Mitglied der Band.

»Oh, Ryan ist der Wahnsinn, wenn du mich fragst. Oder irgendwen sonst, der mal hinter Drums gesessen hat«, leitete Instagram ein, schwenkte dann allerdings doch in eine andere Richtung. »Aber wenn es um Vorbilder geht, gehe ich da eher mit Luke Hunt.«

»Dem Gitarristen?«, hakte ich verwundert nach. »Du spielst auch Gitarre?«

»Nur ein paar Akkorde. Reicht nicht mal, um am Lagerfeuer damit anzugeben. Es geht auch gar nicht darum, welches Instrument er spielt, sondern wie.«

Ich nickte, auch wenn ich annahm, dass ich bestenfalls in Ansätzen verstand, was Instagram da meinte. Erst, als ich den Schlüssel für die Kassenschublade aus meiner Tasche kramte, fiel es mir wie Schuppen von den Augen. »Luke schreibt die Lyrics!«, stieß ich aus. Das mochte nicht für jede einzelne Zeile sämtlicher Lieder dieser Band gelten, aber für den Mammutteil allemal.

»Ich weiß«, antwortete er – definitiv viel zu nüchtern, um ihm das abzukaufen. Nicht, nachdem ich gesehen hatte, mit welcher Begeisterung er über diese Band sprechen konnte.

Ich übersprang den Punkt, an dem ich meinen Verdacht bestätigen ließ, und ging gleich zu einer direkten Reaktion über. Wozu Zeit verschwenden? »Nein!«, stieß ich mit mehr Unglauben aus, als mein Gegenüber es vermutlich verdient hatte.

Instagram stellte sich dumm und sah mich nur mit seinen großen, blauen Augen an, als hätte er keine verdammte Ahnung, welchen Schluss ich gerade gezogen hatte.

Strahlendes Ozeanblau hin oder her – ich ignorierte seinen Blick und steigerte mich stattdessen lieber in meine Verwunderung hinein. »Seit wann schreibt ausgerechnet der Drummer die Texte und … Scheiße! Ich weiß nicht mal, ob du gut bist, weil mich die ganze Zeit solche Vollpfosten wie Strähnchen abgelenkt haben.«

Er grinste. »Strähnchen? Dann habe ich ja richtig Glück gehabt!«

»Er ist glimpflich davongekommen«, schnaufte ich. »Ich war uninspiriert und eine Referenz zu der Gurkensache könnte man am Schluss noch als Kompliment verstehen.«

Instagram verschluckte sich an seinem Bier und kämpfte danach mit einem Hustenanfall, der mit seinem schallenden Gelächter rang. Ich war drauf und dran, um den Tresen herumzugehen und ihm auf den Rücken zu klopfen. Als er wieder Luft bekam, standen ihm Tränen in den Augen, und er grinste breit.

»He, Churchill!«, schallte es auf einmal vom Eingang zu uns herüber. Der Bassist stand auf der Schwelle zum Konzertraum und sah zur Bar herüber. Vielleicht war es auch der Gitarrist. Ich war zwar durchaus in der Lage, Bassisten und Gitarristen auseinanderzuhalten, nur bei Instagrams Band hatte ich diesbezüglich keine Chance. Die beiden mussten Brüder sein, wenn nicht gar Zwillinge. »Wir verdursten!«

»Gleich«, gab Instagram zurück, es folgte ein kurzer Blickaustausch zwischen den beiden und schon war dieser knappe Männerdialog auch abgeschlossen. Wer wusste schon, auf welcher Ebene die beiden vielleicht ein ausgiebiges Gespräch über den Weltfrieden abgehalten hatten?

»Churchill?«, gluckste ich. »Nicht einmal deine Band kann sich deinen Namen merken?«

Instagram zog amüsiert erst einen Mundwinkel und dann seine Augenbrauen in die Höhe. »Meine Band würde sich noch ganz andere Namen einfallen lassen, wenn sie wüsste, dass du sie als *meine Band* bezeichnest. Also behalten wir das lieber für uns.«

»Meinetwegen.« Dieses kleine Geheimnis konnte ich ihm wohl zugestehen. »Willst du neue Flaschen?« Ich deutete auf das Bier für die Bandkollegen. »Gut möglich, dass das nicht mehr kühl ist.«

Instagram zuckte gleichmütig mit den Schultern und kramte in seinen Hosentaschen herum, bis er einen Kassenzettel hervorzog. »Bei Bier sind wir recht anspruchslos, solange es ernstzunehmendes Bier ist.« Dann griff er über den Tresen und angelte nach einem herumliegenden Kugelschreiber, mit dem er etwas auf den Zettel notierte. »Du kannst ja bei Youtube oder Spotify noch mal reinhören, wenn kein Typ mit Gurkenkomplexen dich ablenkt. Und dann …« Er legte den Kassenzettel zusammen mit dem Stift auf die Arbeitsfläche der Bar und nahm die vier Flaschen an sich. »Lass mich wissen, ob ich gut bin. Ich habe nämlich ehrlich keine Ahnung und glaube manchmal, die anderen lassen mich nur schreiben, damit sie das nicht machen müssen.« Was folgte, war noch ein obszön perfektes Lächeln, mit dem er sich abwandte und mich und die zu zählende Kasse allein ließ.

Stirnrunzelnd griff ich nach dem Kassenzettel, den man an diesem Mittag in einem Burgerladen nicht weit von hier ausgestellt hatte. »Instagram«, hatte er fast unleserlich draufgekritzelt. Besser zu entziffern waren die Zahlen der Telefonnummer, die danebenstand.

08.09.2018
21:14:12
An: Mum
Ich würde dich gern anrufen und mit dir sprechen und dir sagen, wie dumm ich unseren Streit finde. Wir hätten noch einmal miteinander reden sollen. Mum, du fehlst mir.

42 Tage

28. Juli 2018

Mein Keuchen verlor sich in den Daunen des Kissens, in das ich mein Gesicht drückte. Adams Hände krallten sich in meine Hüften und dirigierten mich in den Takt seiner Stöße, die härter und schneller geworden waren, seit er sich nicht mehr damit aufhielt, meinen Rücken zu streicheln oder nach vorn zu meinen Brüsten zu greifen.

Ich hörte, wie sein Atem hinter mir bereits nur noch stoßweise ging und hoffte, dass er noch ein bisschen durchhalten würde. In meinem Schoß hatte sich längst diese süße Spannung aufgebaut, die nur noch ein bisschen mehr brauchte, um sich zu entladen. Nur ein bisschen mehr seiner Berührung tief in meinem Schoß. Nicht die seiner Hände auf meiner Haut. Die und auch sonst alles um mich herum nahm ich schon kaum mehr wahr. Wie eine Seifenblase, die platzte, als Adam sich noch zwei Mal kraftvoll in mich drängte, verharrte und sich dann mit einem Klaps auf meinen Hintern von mir zurückzog.

Er stand auf, während ich mich zur Seite fallen ließ und ihm dabei zusah, wie er wieder in seine Shorts und die Jeans stieg. Sein T-Shirt fand er zwei Meter weiter auf dem Boden. Dort hatte er es sich vor etwa einer Viertelstunde selbst ausgezogen, ehe er mich an sich gezogen und geküsst hatte.

Und eine halbe Stunde vor diesem Kuss hatte ich seine Nachricht bekommen: »Bist du schon wach? Kann ich vorbeikommen?«

Er hatte den Junggesellenabschied eines alten Klassenkameraden gefeiert und um fünf Uhr morgens noch zu viel Energie gehabt, um einfach nach Hause zu fahren. Ich war wach gewesen, hatte seine Zeilen gelesen und da sie prompt einen lustvollen Funken Vorfreude in mir ausgelöst hatten, war meine Antwort positiv ausgefallen: »Aber nur, wenn du nüchtern genug bist, um leise zu sein und Erin nicht zu wecken.«

Niemand, der in einer WG lebte, wurde gern noch vor sechs Uhr morgens von einem Quickie geweckt, den die Mitbewohnerin hatte und nicht man selbst. Dass dieses Kunststück nicht gelungen war, zeigte sich, als die Wohnungstür hinter Adam ins Schloss fiel. Ich wollte mich gerade umdrehen, um Bad und Dusche aufzusuchen, als sich ein krauser Lockenkopf in den Flur streckte.

Erin hatte ihre Augenbrauen in die Höhe gezogen und blinzelte mir schläfrig entgegen. »Er hätte wenigstens die Höflichkeit besitzen und Kaffee mitbringen können.«

»Ich setze gleich eine Kanne auf«, beschwichtigte ich sie und deutete auf die Badtür. »Nach der Dusche.«

Erin schüttelte nur den Kopf und winkte ab. »Ehe die durchgelaufen ist, bin ich wieder eingeschlafen. Den Kaffee kann Adam mir heute Abend spendieren.« Sie gähnte. »Wann bist du wieder zurück?«

Noch vor einem halben Jahr hatte sie eher die Frage gestellt, ob ich noch alle Tassen im Schrank hatte, an einem Samstagmorgen früh aufzustehen und noch vor acht Uhr in einer U-Bahn nach Hampstead zu sitzen. Jeden zweiten Samstag. Mittlerweile hatte selbst die Studentin in ihr eingesehen, dass ein späterer Aufbruch indiskutabel war. Um halb neun würde ich das Pflegeheim erreichen, und das war für die alten Herrschaften beinahe schon Mittagszeit und im Prinzip das Ende des Tages.

Statt sich also über mein frühes Aufbrechen zu wundern, war Erin dazu übergegangen, zu fragen, wann ich zurück sein würde. Der Hintergedanke bei dieser Frage war mir wohlbekannt. »Mittags«, antwortete ich. »Ich bring Pizza mit.«

Pizza oder wahlweise Indisch, gebratene Nudeln oder Kebab waren die magischen Zauberformeln, mit denen man selbst eine übellaunige Erin jederzeit besänftigen konnte. Da ihre Ursprungslaune an diesem Morgen nicht einmal eine schlechte war, sondern nur von Müdigkeit dominiert, strahlte sie auf mein Versprechen hin. »Du die Pizza, ich das Eis. Ich wollte nachher eh noch kurz einkaufen.«

Damit stand der Deal und entließ mich in meine alltägliche Morgenroutine. Toilette, Duschen, Zähneputzen, Anziehen und ein kleines bisschen Mascara. Meine Sommersprossen durften bleiben. Für meine Großeltern gehörten sie einfach zu mir, und ich sah keinen Sinn darin, ihnen dieses Bild zu nehmen. Oder ihm … Grandpa war derjenige, der sich sein Bild von mir definitiv noch erhalten hatte. Wohin Grandmas Bilder, Erinnerungen und Gedanken verschwunden waren, wusste keiner. Sonst wäre einer von uns mit Sicherheit längst aufgebrochen, um sie zurückzuholen.

Wie jedes Mal kam ich gegen halb neun bei der Hampstead Heath Residence an. Das Gebäude machte dem Begriff »Residenz« alle Ehre. Die weiße Villa war umringt von einigen alten Eichen und vollbrachte es, angesichts ihres hohen Alters eine Ehrfurcht einflößende Würde auszustrahlen – ein Kunststück, das nur sehr wenigen ihrer Bewohner gelang.

Wenn man mich fragte, war mein Großvater einer dieser Einzelfälle.

Er war groß, schlank und nach wie vor in der Lage zu einem sehr aufrechten Gang. Und trotz seiner beinahe 80 Jahre trug sein mittlerweile gealtertes Gesicht dasselbe Lausbubengrinsen, das ich von den vergilbten Fotos kannte, auf denen er noch ein Kind gewesen war, das nichts anderes als Unsinn im Schilde führte.

Grandpa wartete im Wintergarten auf mich, wie mir ein Pfleger beim Betreten der Residenz verraten hatte. Ich erspähte ihn an seinem Lieblingstisch – in der Ecke, an der die zwei Glaswände zusammentrafen und einen freien Blick auf den Garten zuließen.

Heute saß er allein an diesem Tisch, was hieß, dass Gran wohl keinen guten Tag hatte. Dennoch ließ er das nachdenkliche Gesicht, mit dem er nach draußen geschaut hatte, sofort fallen, als einer seiner Mitbewohner ihn auf mein Kommen hinwies.

»Alfie, deine Kleine ist da.«

Grandpa sah auf, erblickte mich und strahlte eben jenes Fotolächeln, während er sich mit weniger Mühe erhob, als man es ihm in seinem Alter zugestanden hätte. »Teddy«, grüßte er mich und zog mich in eine herzliche Umarmung, als ich ihn endlich erreichte. »Endlich mal ein junges Gesicht, das einem keine Herzmedikamente andrehen will. Komm, setz dich. Möchtest du einen Kaffee?«

»Einen Kaffee und zwei Teller«, flüsterte ich ihm zu und zog aus meiner Handtasche die Papiertüte heraus, die ich hierher geschmuggelt hatte.

Grandpa erkannte das Emblem seines liebsten Donutladens sofort. »Hatten sie die mit der Vanillefüllung?«

Ich gluckste. »Was glaubst du denn?«

Die Antwort war das Grinsen meines Großvaters, von dem ich glaubte, dass nur ich es bekam und dass es entstanden war, als wir das erste Geheimnis vor meiner Mum miteinander geteilt hatten. Er hatte mir bei den Mathehausaufgaben geholfen, die ich eigentlich unbedingt hatte allein lösen sollen. Aber der Tag war schön gewesen und nicht dafür geeignet, um am Küchentisch zu rechnen, also war Grandpa mir kurzerhand zur Hilfe geeilt, und wir beide hatten Mum kein Sterbenswörtchen davon gesagt.

Mathehausaufgaben waren nur der Anfang gewesen. Später hatte er mich meine erste Zigarette rauchen und meinen ersten Whisky trinken lassen. Weil er es für klüger hielt, wenn mir jemand, dem ich wichtig war, zeigte, wie man seine Grenzen auslotete, anstatt dummen Flausen von Halbwüchsigen zu glauben, weil Verbote mir keine andere Wahl gelassen hatten.

Er hatte mir bei meinem ersten Liebeskummer zugehört. Gesagt hatte er kaum etwas, mir aber sehr wohl zugestanden, dass Jungs in diesem Alter kurzsichtige Idioten waren. Er selbst wäre keine Ausnahme gewesen und wenn mir das keine Hoffnung darauf machte, dass sich alles zum Besseren wandeln konnte, was dann?

Bei jedem Streit zwischen meiner Mutter und mir, hatte ich zu ihm kommen können. Er hatte keine Erklärungen gebraucht und hatte sein Möglichstes getan, um mir Gehör bei seiner Tochter zu verschaffen. Ich war ihm also mehr schuldig als den Schmuggel von Donuts mit Vanillefüllung und bunten Zuckerstreuseln.

Als Grandpa mit zwei Bechern wiederkam, in denen ich den entkoffeinierten und zudem schwachen Kaffee der Residenz vermutete, sah ich mich noch einmal kurz um und erblickte Gran. Sie saß einige Tische entfernt mit einer anderen Bewohnerin zusammen und schien sich eifrig mit ihr zu unterhalten. Es war eine Weile her, dass sie tiefergehende Dialoge mit jemandem geführt hatte, nur hielt das die weißhaarige Frau an ihrem Tisch nicht davon ab, an ihren Lippen zu hängen.

»Wie geht es ihr?«, fragte ich, als Grandpa sich wieder setzte.

Er sah zu seiner Frau hinüber und ein warmes Schmunzeln zog sich über seine Züge. »Sieht man das nicht?« Er nickte in ihre Richtung, wo Gran und ihre neue Freundin gerade zu uns herüberspähten. Grandpa hob seine Hand und winkte beiden freundlich zu, die sich daraufhin kichernd wie junge Mädchen wieder abwandten. »Ich glaube, sie schwärmt ein bisschen für mich.«

»Soll das ein Witz sein?« Ich sah noch einmal zu den Frauen hinüber, die ihre Lebensjahre und all deren Inhalt an einem anderen Tag oder an einem anderen Ort zurückgelassen hatten. »So, wie ich das sehe, ist sie schwer in dich verknallt! Ich denke, du hättest gute Chancen, bei ihr zu landen.«

Es war bezaubernd, zu sehen, wie diese Bemerkung meinem Großvater ein fast schon verlegenes Lächeln abrang, und gleichzeitig brach es mir das Herz. »Ich denke, ich lasse sie noch ein wenig zappeln«, meinte er dann und schob mir meine Kaffeetasse entgegen. »Ich habe gehört, die Frauen heutzutage haben es lieber, wenn ein Mann sich ein wenig rar macht.« Er lachte leise. »Zu meiner Zeit waren es ja noch die Männer, die auf der Jagd waren und nicht andersherum.«

»Das haben die Frauen euch nur glauben lassen.« Ich legte seine zwei Donuts auf einen Teller und stellte ihn in die Mitte unseres Tisches. Im Zweifel konnte es unter dem kritischen Blick eines Pflegers immer so aussehen, als wäre ich diejenige, die sich selbst ein kleines Frühstück mitgebracht hatte.

»Was meinst du?«, hakte Grandpa nach und klang beinahe wie ein Rat suchender Teenager. »Wie lange ist ein angemessener Zeitraum?«

Drei Tage, kam mir in den Sinn. Es war immer die Rede von drei Tagen.

Wenn du nach drei Tagen noch an ihn denkst, schreib ihm.

Wenn er nach drei Tagen noch weiß, wer du bist – gutes Zeichen!

Drei Tage zeigen, dass du nicht sofort verfügbar bist, nur weil er dich nett angelächelt hat.

Egal, welche Motivation man sich schönreden wollte – der Zeitraum war stets derselbe. Und wenngleich ich noch nicht so recht wusste, welchen Grund ich meinem Warten geben wollte, so zählte ich mittlerweile selbst auch den dritten Tag, seit Instagram mir seine Telefonnummer auf einen Kassenzettel gekritzelt hatte. Und dieser lag nach wie vor unbeachtet auf meinem Schreibtisch.

Es war zuweilen nicht ganz leicht, einem Stück Papier so viel Ignoranz zukommen zu lassen. Dass ich mir der Albernheit bewusst war, machte es nicht einfacher. Meinem Großvater wollte ich so viel Willenskraft nicht abverlangen. Er wartete doch ohnehin schon ständig auf die wenigen Momente, in denen seine Frau sie selbst war. Und sie wurden seltener und kürzer.

»Eine Viertelstunde«, sagte ich also. »Sonst verliert sie noch die Geduld und sucht sich ein neues Objekt der Begierde.«

Grandpa nickte und sah kurz über seine Schulter, ehe er sich einen der Donuts griff und genüsslich hineinbiss. »Meinst du, ich sollte den zweiten aufheben, um deiner Großmutter damit das Herz zu stehlen?« Er warf einen weiteren Blick zu dem anderen Tisch und wieder hörte ich das verzückte Kichern, das in dieser Form auch von zwölfjährigen Mädchen hätte stammen können.

Ich grinste unweigerlich. »Zu diesem Zweck habe ich noch einen dabei«, gestand ich. »Mit Marmelade. Gran mag doch keine Cremefüllung in Donuts.«

Er lächelte und nickte. »Sie mag viel vergessen haben, aber an solche Dinge würde sich Martha im Zweifel wohl erinnern, was?«

»Ich gehe lieber auf Nummer sicher«, gestand ich.

Eine kurze Stille trat ein, in der Grandpa seinen Donut genoss, und ich brav den inkonsequentesten Kaffee schlürfte, den man in ganz London finden konnte.

Dennoch war es ein Leichtes, sich daran zu verschlucken, als mein Großvater sein großes Talent dafür zur Schau stellte, Themen sehr prompt und direkt zu wechseln. »Hast du in der Zwischenzeit mal wieder mit deiner Mutter gesprochen?«

Ich hustete, bis der Kaffee, der vor Schreck den falschen Weg eingeschlagen hatte, mich wieder atmen ließ. »Du etwa?«

»Sie war vor zwei Tagen hier«, sagte er mit einem kurzen Seitenblick zu seiner Frau. »Martha hatte einen recht guten Tag, wir waren auf dem Hügel, sind ein bisschen gelaufen.«

»Ach. Sie ist also mal wieder in London?«

Grandpa überhörte meine Nachfrage, was vermutlich weniger sein spezielles Talent als vielmehr eine generelle männliche Gabe war. »Sie hat nach dir gefragt.«

Ich schnaufte. »Sie müsste mich nur anrufen, wenn sie wissen will, wie es mir geht. Es ist doch bescheuert, dich da mit reinzuziehen.«

Grandpa grunzte leicht, was beinahe ein Lachen geworden wäre. »Teddy, ich bin ihr Vater und habe mir alle Mühe gegeben, deinen für dich ein wenig zu ersetzen. Man muss mich nirgends reinziehen. Ich bin doch längst da.«

»Grandpa …«

»Ich habe ihr gesagt, dass es dir gut geht«, unterbrach er mich – mit der sanften Stimme des Weihnachtsmannes und dem strengen Blick des Tadels. »Und ich habe ihr gesagt, dass ich davon überzeugt bin, du gehst deinen Weg, sobald du ihn gefunden hast. Und dass du ihn findest, steht außer Frage. Sie soll ein wenig Geduld haben, und wenn sie nicht möchte, dass du sie nach irgendeiner Kreuzung zurücklässt, sollte sie sich daran erinnern, wer von euch beiden die Erwachsenere sein müsste.«

»Danke.«

Er nickte und zog den Teller mit dem zweiten Donut zu sich heran. »Und dir sage ich, dass du anrufen solltest. Wir beide wissen, dass du deiner Mutter die nötige Reife voraushast. Dein Dickkopf macht ihrem zwar Konkurrenz, reicht aber Gott sei Dank noch nicht an ihn heran.«

Ich rollte mit den Augen und ließ mich kopfschüttelnd etwas tiefer in meinen Stuhl sinken. »Sie hat …«

»Ich weiß, was sie gesagt hat«, unterbrach Grandpa mich erneut. Und er hatte ja recht. Vermutlich hatte er sich das ganze Theater nicht nur von meiner Seite anhören müssen. Und im Prinzip bedienten wir ein ewiges Klischee: Eine Mutter wollte das Beste für ihre Tochter und sah dieses Beste nicht in dem, was Töchterchen sich selbst so dachte. Mit der großen Komplikation, dass besagter Ableger eigentlich gar nichts dachte und erst versuchte, herauszufinden, mit welchem konkreten Plan sie der Vorstellung ihrer Mutter nun widersprechen wollte.

Diese Unentschlossenheit war nichts, womit eine Amelie Coleman umgehen konnte oder wollte, und da ihr nichts Besseres eingefallen war als ein Ultimatum, war ich vor etwa einem Vierteljahr ausgezogen. Ein Glücksfall – ich hatte Erin kurz zuvor kennengelernt. Small Talk auf einer Studentenparty, auf der ich mit meinem Entschluss noch gerungen hatte und zu der sie sich geschlichen hatte, um werdende Tierärzte auf »Saving Paws« aufmerksam zu machen. »Jung haben sie noch Ideale, die alten haben nur noch Geld«, hatte sie argumentiert.

Der Zufall hatte es gut mit mir gemeint, und Erins Mitbewohnerin hatte gerade ein Studienjahr im Ausland begonnen. Und dieses Jahr als Untermieterin hatte ich nun Zeit, um mir einen Plan zu machen für … ja, für im Prinzip die nächsten vierzig bis fünfzig Jahre.

Unterm Strich nahm jede der Colemanfrauen der jeweils anderen ihr Verhalten übel und der minimale Informationsfluss, der herrschte, verlief immer über meinen Großvater, der diesen Unsinn geduldig ertrug.

»Ich bin nur ein alter Knacker«, hob er an und wieder huschte sein Blick zu Grandma. In den vergangenen drei Jahren war ihm in Fleisch und Blut übergegangen, auf sie Acht zu geben, obwohl es die vorangegangenen zweiundfünfzig Jahre ihrer Ehe genau andersherum gelaufen war. »Also kann ich mir vermutlich kein Urteil darüber erlauben, wie junge Frauen wie deine Mum oder du mit ihren Konflikten umgehen.«

»Lass mich raten«, gab ich zurück. »Du urteilst dennoch.«

»Selbstverständlich.« Er klang richtig inbrünstig, als er das sagte. »Ich betonte ja bereits, ich bin ein alter Knacker. Ich urteile sogar darüber, wie der Gärtner seine Haare frisiert. Das ist meine gottgegebene Aufgabe.«

Ich schmunzelte und trank das aus, was wenig motiviert war, ein richtiger Kaffee zu sein. »Und nun muss ich mir dieses Alte-Leute-Urteil auch anhören, nehme ich an?«

Dankenswerterweise schüttelte er den Kopf. »Du bist klug genug, um es dir zu denken.« Dann lehnte er sich über den Tisch zu mir. »Was meinst du, habe ich sie lange genug zappeln lassen?« Mit einem Zwinkern deutete er zu seiner Frau, die einmal mehr einen verstohlenen Blick in unsere Richtung warf.

Ich grinste und schob ihm unter dem Tisch die zweite Tüte mit dem Donut für Gran zu. »Denk dran – keine billigen Anmachsprüche. Sei ganz du selbst. Wenn es dir richtig erscheint, streich dir gelegentlich mit den Fingern durchs Haar. Du hast noch genug, um damit anzugeben.«

Lachend nahm er mir den Donut ab und rappelte sich von seinem Stuhl hoch. Er strich sich sogar das Hemd etwas glatt, ehe er sich noch einmal zu mir wandte und ich ihm einen letzten Mutmacher zuflüsterte. »Los, schnapp sie dir!«

08.09.2018
21:15:22
An: Mum
Es tut mir leid, was ich gesagt habe. Es stimmt nicht, dass du keine Rolle mehr spielst, nur weil ich volljährig bin. Das stimmt ganz und gar nicht. Du bist jetzt nicht hier, und ich bin 23 und will unbedingt zu meiner Mum.

41 Tage

29. Juli 2018

Nachdem ich hatte beobachten dürfen, wie meine Grandma rot anlief und verlegen wurde, weil dieser attraktive Herr vom Nachbartisch sie ansprach, gelang es mir noch genau vierundzwanzig Stunden, den Kassenzettel zu ignorieren. Wobei das nicht ganz stimmt. Es gelang mir, seinem Lockruf nicht zu folgen. Das ist vermutlich nicht ganz dasselbe, wenn man bedenkt, dass ich bei jedem Betreten meines Zimmers dieses Stück Papier mindestens einmal in meiner Hand gehalten hatte, ehe es wieder an seinen Platz zurückkam.

Ich hangelte mich mit diversen Gründen von Stunde zu Stunde:

Es ist abends, er wird jetzt einen Auftritt haben und sich dann mit der nächsten Barkeeperin unterhalten. Dafür willst du hier wirklich nicht wie ein Nervenbündel am Handy hängen und auf Antworten warten.

Wozu eigentlich schreiben? Du hast Sex, wenn du ihn willst. Du musst nur Adam anrufen. Meine Güte, du musst nicht einmal anrufen, fahr einfach vorbei!

Du kannst dir doch genau ausmalen, wie sein selbstgefälliges Grinsen aussieht, wenn du ihm schreibst, dass du auf seine Musik stehst. Ist das ehrlich nötig?

Denn so weit hatte mich meine Neugier sehr wohl bereits getrieben. Ich hatte mich durch nicht wenige der verfügbaren Lieder durchgehört, einigen sogar mehrfach gelauscht. Die Lyrics hatte ich zum Teil nicht sofort aufgesogen, da ich oft genug meinen Fokus auf das Schlagzeug gerichtet hatte. Es gab eine Menge Songs, bei denen ich mir bildlich vorstellen konnte, wie Instagram an den Drums regelrecht ausrastete. Dass diese Vorstellung durchaus einen gewissen Reiz hatte, machte das Kassenzetteldilemma nicht einfacher. Und ich mochte es doch einfach. Das mit Adam beispielsweise war herrlich unkompliziert. Wir verstanden uns gut, allerdings hatte es nie einen Moment gegeben, in dem ich in seiner Nähe mehr empfunden hätte als Erregung. Keine Nervosität, keine lästigen, plagenden Gedanken, sondern schlicht Sex und hin und wieder eine Debatte über die neuste Comicverfilmung oder eine Abstimmung zu der Behandlung einer aufgegriffenen Katze.

Sonntagmorgen kapitulierte ich schließlich doch. Mir war klar, dass ich vielleicht nicht ewig, aber mindestens eine ganze Weile darüber nachdenken würde, warum Instagram mir seine Nummer gegeben hatte und über das berühmte »Was wäre, wenn …«. Mir gefiel die Vorstellung lieber, ihm zu schreiben und kurzerhand festzustellen, dass er ein arrogantes Arschloch war. Immerhin war er Musiker und hätte ebenso gut für den »Esquire« Model stehen können. Die Chancen standen also gut.

Um das also nicht noch ewig vor mir herzuschieben, kochte ich mir einen Kaffee, setzte meine Kopfhörer auf und ließ genau drei Lieder von Treehouse Promises laufen, bis ich die Textstelle gefunden hatte, die als Referenz würde herhalten müssen.

Entschlossen trank ich noch einen Schluck Kaffee und rief meinen Messenger auf, um Instagrams Nummer als Adressaten einzugeben. »Paradise is full of gamblers. Maybe our lives are bets they placed and lost«, zitierte ich. »Ehrlich, Instagram, eigentlich hatte ich dich als fröhlichen Menschen wahrgenommen.«

Und dann drückte ich auf »Senden«. Es war nicht einmal sieben Uhr am Morgen, aber ich beschloss, dass Instagram selbst wählen durfte, ob er mich für einen heimgekehrten Nachtmenschen oder einen Frühaufsteher hielt. Da beides oft genug Anwendung fand, sollte er die Schlüsse ziehen, die er für richtig hielt.

Ich selbst ging wiederum nicht davon aus, um diese Zeit oder auch nur in den nächsten Stunden eine Antwort zu bekommen. Allerdings hoffte ich darauf, dass ein Mann sich über solche kindischen Wartezeiten ausreichend im Unklaren war, um kurzerhand zu antworten, sobald er gegen 15 Uhr seinen ersten Kaffee trank. Oder er ließ es ganz bleiben, weil er längst nicht mehr wusste, wer ich war.

Wie sehr ich in viel zu vielen Dingen irrte, zeigte sich in unter fünf Minuten. Ich war in die Küche gegangen, um mir den zweiten Kaffee zu holen. Als ich in mein Zimmer zurückkehrte, war der einigermaßen langweilige Plan, mich mit einem Buch auf mein Bett zu packen und einen entspannten Vormittag zu verbringen – in Bereitschaft.

Erin war an diesem Tag diejenige, bei der Anrufe für »Saving Paws« innerhalb Londons eingehen würden. Nicht viele Menschen machten sich die Mühe, ein streunendes Tier einer Tierschutzorganisation zu melden und riefen stattdessen die Polizei. Aber eine Handvoll Einsätze gab es pro Woche durchaus, und Erin hatte mich gebeten, für diesen Tag ihr Wingman zu sein. Immerhin lag die Priorität noch vor dem Einfangen des Tieres auf der Sicherheit seines Retters. Und damit kam es nie infrage, dass jemand allein ausrückte.

Ich hatte mich gerade mit Kaffee und Buch auf mein Bett gelegt und setzte dazu an, eine passende Playlist auf meinem Telefon zu starten, als ich die eingegangene Nachricht sah. Natürlich spielte ich mit dem Gedanken, sie einfach zu ignorieren, aber ich war neugierig, und dieser Kerl hatte binnen weniger Minuten geantwortet.

Also gab ich kurzerhand nach und las:

»Vier Tage? Nach meinem letzten Kenntnisstand lag die offizielle Regel bei drei.«

Wäre ich konsequent gewesen, hätte ich hier wohl weitere drei bis vier Tage einräumen müssen. Stattdessen legte ich das Buch zur Seite und entschied mich für eine Antwort.

»Die offizielle Regel … wofür? Und: Ist es regelkonform, in unter fünf Minuten zu antworten? Warum bist du überhaupt wach? Du bist Musiker und hast Klischees zu erfüllen.«

Das war definitiv zu viel Text für jemanden, der vier Tage lang Gleichgültigkeit gemimt hatte. Zu dieser Erkenntnis kam ich allerdings erst, nachdem die Zeilen auf den Weg geschickt waren.

Instagrams nächste Antwort ließ etwas länger auf sich warten und kam schließlich in Form eines Fotos. Da ich mich zuweilen kaum von meinen Geschlechtsgenossinnen abhob, war meine erste Reaktion ein standesgemäßes Seufzen, das starke Tendenzen zu einem Kichern zeigte.

Das Bild, das Instagram mir geschickt hatte, zeigte einen Spaniel, der mit seinen treuen Kulleraugen auf irgendeinen Punkt über der Handykamera schaute – vermutlich dorthin, wo das Gesicht seines Besitzers war.

»Willow hält nicht viel von Klischees. Daher halte ich umso mehr von gutem Kaffee. Regeln muss ich nachlesen.«

Und dann saß ich da, starrte diese Nachricht an und fragte mich, was um alles in der Welt ich darauf antworten sollte. »Ah, der Hund muss also früh raus, ja?« oder »Oh, du magst Kaffee? Welch intimes Detail!« Wusste dieser Kerl nicht, dass man Fragen stellen musste, um einen Dialog wie diesen am Laufen zu halten?

Noch während ich überlegte, schien Instagram seinen Fauxpas einzusehen und es folgte ein zweites Foto. Als ich es sah, fiel mir vor Lachen beinahe der Kaffee aus der Hand. Er hatte mir den Screenshot der Website irgendeiner Frauenzeitschrift geschickt. Der Artikel nannte sich tatsächlich »Wie lange lasse ich ihn zappeln? – Der schmale Grat zwischen Distanz und Interesse.«

Seine Nachricht dazu lautete:

»Ich fürchte, ich brauche Stärkeres als Kaffee, um die Logik zu kapieren. Einigen wir uns auf regelkonformes Verhalten beiderseitig?«

Ich gestehe, ich grinste. Ziemlich breit sogar. Und absurderweise nickte ich auch noch, als ich schrieb: »Abgemacht. Heißt das, ich darf jetzt wieder verwundert sein, dass du gar nicht so viel Frohsinn hast, wie ich dachte?«

Es wollte in meinem Kopf nicht ganz zusammenpassen, dass ein Typ, der nach angemessenen Wartezeiträumen für Textnachrichten googelte, Zeilen schrieb wie die, die ich zitiert hatte. Ich hatte dieses Grinsen vor Augen, das Funkeln in seinem Blick und den lausbübischen Charme, der wie eine Aura um Instagram gelegen hatte. Von so einem Menschen hatte ich ironische Texte erwartet, vielleicht Liebesschwüre, die der weibliche Part des Publikums aufsaugen würde wie liebeshungrige Teenager. Zum Teil waren die Zuhörer vielleicht auch genau das.

Ich hatte mit Themen wie Liebe und Freundschaft gerechnet. Von Party und, ja, vielleicht Drogen und Alkohol und gebrochenen Herzen, falschen Freunden und gesellschaftlichen Erwartungen. Was einen in unserem Alter eben beschäftigte. Aber ich war überrascht worden von mehr Poesie, als sie für Rockmusik üblich war. Und von Ängsten, die tiefer begraben waren als die Furcht vor einem schlechten Date.

Instagrams Antwort klang wieder viel mehr nach dem Mann, der sich über Menschen wie Strähnchen amüsierte oder – und das vielleicht noch viel mehr – über eine Barkeeperin, die nicht in der Lage war, ein Mitglied der Band von einer Aushilfe zu unterscheiden.

»Dings, mein Frohsinn würde dich erschüttern. Das Schreiben von Songtexten ist im Prinzip eine Maßnahme zur Erhaltung. Kann ich dir ein schockierendes Geheimnis verraten?«

»Sicher.«

»Hin und wieder – ziemlich oft, eigentlich meistens – sind die Texte für andere. Sie haben das Problem, ich habe die Worte, Tobey findet die Melodie, und es entsteht ein Song.«

Instagram stellte die Sache deutlich einfacher dar, als sie sein musste. Es machte den Eindruck, als würde er seine Arbeit herunterspielen wollen.

Ich malte mir aus, wie ihm plötzlich bewusst wurde, dass ich seine Texte nun gehört und auch mit ihm in Verbindung gebracht hatte und dass ich mir unweigerlich eine Meinung gebildet haben musste – nicht nur zu irgendeinem Lied, sondern zu seinem. Und damit auch zu ihm selbst.

»Ah, ein Pragmatiker. Also werde ich nicht in den Genuss kommen, dich je in Tränen aufgelöst zu sehen, mh?«

Seine Antwort kam prompt. »Ich denke, die Chancen sind verschwindend gering.«

Es war Mittag, als Erins Handy tatsächlich klingelte und ihre Bereitschaft aktivierte. Bis zu diesem Zeitpunkt hatte ich drei Tassen Kaffee getrunken und keine zwanzig Seiten meines Buches gelesen. Dafür wusste ich, dass Instagram sich in Belfast aufhielt, dort an diesem Nachmittag auf einem Festival auftreten würde und dass Willow ihn seit nun fast fünfzehn Jahren begleitete – auch auf seinen Reisen.

Er hatte mir verraten, dass ihn manchmal nervte, wie sehr der Name seiner Band an eine Indie-Boygroup erinnerte, was sie schlicht nicht waren. Und hier hatte ich ihm zustimmen müssen. Was die vier Männer da auf die Beine stellten, war definitiv Rock – mit Einschlägen von Independent, ganz klar, aber Rock.

Ich stellte die These auf, dass ihm das nur so wichtig war, um den Geltungsbereich des Schlagzeugs mehr zu betonen, was er weder abstritt noch bestätigte.

Als der Anruf Erin erreichte, war sie bereits wach, was für sie nicht selbstverständlich war. Dennoch brauchte sie noch einige Minuten, um sich wenigstens frisch zu machen und anzuziehen. Ich spielte mit dem Gedanken, Instagram zu schreiben, wohin es mich jetzt verschlug. Dass ein streunender Hund darauf wartete, dass wir ihn fanden und ihm eine Chance gaben. Wirklich, ich wollte ihm davon erzählen. Nur wusste ich, dass dieses Thema zum nächsten geführt hätte – wie ich über Erin dazu gekommen war, wie es sich organisierte und wie abhängig es vom Idealismus mancher Tierärzte war. Dass auch die Tierklinik, in der ich arbeitete, dieses Projekt unterstützte, weshalb ich einige Schützlinge länger betreute, als meine Freunde es taten. Und von da war der Weg nicht weit zu der Frage, was ich in dieser Klinik tat und warum. Wieso ich mit dreiundzwanzig Jahren noch nicht so recht wusste, welche Richtung ich mir für mein Leben vorstellte und dass ich einfach einige ausprobierte. Dass ich mal geglaubt hatte, einen Plan zu haben, und dann unsicher geworden war. Und schon waren wir bei einem Vater, an den ich keine greifbaren Erinnerungen hatte. Außer jene, die ich hin und wieder zerbrochen in den Augen meiner Mutter entdecken konnte.

Für zehn Minuten waren das zu viele Informationen und für einen Musiker, der vermutlich schon seit seiner Kindheit wusste, dass er genau das einmal werden wollte, und der es zuließ, dass man ihn mit »Instagram« betitelte, auch kein Thema von Interesse.

Jedenfalls fiel es mir leichter, nur einen kurzen Abschied zu tippen, indem ich genau das annahm.

Ich packte das Handy gerade beiseite, als Erin startklar mit ihrer Tasche in meiner Tür stand. »Adam?«, hakte sie nach und deutete auf mich. Vermutlich meinte sie eher mein Telefon.

Ich schüttelte den Kopf und rappelte mich von meinem Bett hoch. »Können wir los?«

Wir konnten los, das hieß jedoch nicht, dass Erin lockerließ, während wir die Wohnung verließen und zu dem kleinen Corsa liefen, den sich der Verein »Saving Paws« als einen von zwei Poolwagen zugelegt hatte, um den freiwilligen Helfern ihre Arbeit zu erleichtern. Die Karosserie des Wagens ließ keinen Zweifel daran, welchen Zweck er hatte. Das Logo prangte groß auf der Seite, darunter die Hotline, und es gab sogar einen QR-Code für Social-Media-Kanäle und Spenden.

Es war beeindruckend, dass es online unendlich viele Menschen gab, die sich für das Schicksal verwahrloster, zurückgelassener und vergessener Haustiere interessierten. Mit Sicherheit spielten die Marketingkanäle eine Rolle, die der Verein betreute, um Aufmerksamkeit und finanzielle Unterstützung zu gewinnen. Der Erfahrung nach, die ich bisher hatte machen dürfen, war es für die meisten leichter, sich ein Video anzusehen und zehn Pfund zu investieren, anstatt auch nur einen Blick zu viel an den Straßenköter zu verschwenden, der sich irgendwo zwischen Mülltonnen in einer Gasse herumschlug und etwas Essbares suchte.

Dafür gab es Studenten wie Erin und Unentschlossene wie mich, die sich in ein altes Auto setzten, dessen Radio nicht mehr funktionierte, und damit in Richtung Earlsfield fuhren. Zwischen einer Baustelle und einer Ruine, die demnächst abgerissen werden sollte, war ein mittelgroßer Hund gesichtet worden. Ängstlich, aggressiv und vielleicht verletzt, da er wohl hinkte. Das war die Beschreibung, die wir hatten, und ein unscharfes Foto sowie den Standort.

Da uns noch mindestens eine halbe Stunde Fahrt von diesem Ziel trennte, lag Erins Fokus allerdings woanders. »Wenn nicht Adam«, setzte sie neu an und parkte den Wagen aus, »dann ein anderer Mann?«

Es klang beinahe hoffnungsvoll, wie sie das sagte, was mich dazu provozierte, Adam ein wenig in Schutz zu nehmen. »Du magst Adam, vergiss das nicht.«

»Ich liebe ihn. Wie einen kleinen Bruder. Und das macht es zu einem verstörenden Ereignis, euch beiden zuzuhören.« Sie schüttelte sich, und ich war nicht sicher, ob das eine Geste zu Demonstrationszwecken war oder ein wahrhaftiger Schauer, der ihr den Rücken hinunterlief. »Ich kenne ihn ja schon eine Weile, auch außerhalb der Einsätze, und es fällt mir sehr, sehr schwer, mir vorzustellen, dass sich jemand von ihm flachlegen lässt. Und dann noch meine Mitbewohnerin!«

Ich lachte. »Das liegt mitunter daran, dass du dir generell nicht vorstellen kannst, wieso sich jemand von einem Mann flachlegen lassen würde. Das solltest du berücksichtigen.«

Erin warf mir einen kurzen Seitenblick zu und schnaufte theatralisch. »Stellst du meine Toleranz infrage?«

Ich grinste sie an, sie grinste zurück, und ich deutete auf den Button an ihrer Jeansjacke, der mehr Verständnis und Integration forderte – für weiße Männer. Ihr Vater war Nigerianer und sie hatte viel seines Teints geerbt.

Außerdem stand sie auf Frauen. Allein diese zwei Besonderheiten provozierten sie regelrecht dazu, damit zu spielen. Sei es ein T-Shirt, das darauf hinwies, dass Heten ganz normale Menschen seien, oder eben ihre Ansteckadeln mit dem Aufruf zur Akzeptanz für die weiße Minderheit.

»Hätte ja sein können, dass dein Fokus heute eher ethnisch geprägt ist.«

»Ach«, winkte sie ab. »Ich leg mich da nicht fest. Mein Herz ist groß genug für alle, meine Jacke nicht.«

Ich schüttelte lachend den Kopf und schlug dann einen mahnenden Tonfall an, als ich sagte: »Toleranz sollte nicht an den Grenzen eines Kleidungsstückes enden.«

»Aber sie hat manchmal sehr mit dünnen Wänden zu kämpfen! Ihr solltet echt öfter zu ihm gehen.«

»Um Himmels Willen, nein! Da wohnen noch drei Kerle, die alle viel anzüglicher grinsen als du. Du bist nur angewidert, aber die …« Ich verzog das Gesicht. »Ich meine, wir alle wissen, dass ich nicht die Einzige bin, mit der Adam manchmal in die Kiste springt, und ich glaube ernsthaft, die führen eine Art Ranking.«

Erin zuckte mit den Schultern. »Solltest du mal eine Alternative anschleppen, tu ich das auch.«

»Nein«, widersprach ich. »Das wäre dann eine Wertung. Ich spreche hier von Diagrammen. Flipcharts. Power Point-Präsentationen.«

»Jetzt übertreibst du.«

Ich seufzte. »Ich hoffe es.« Sicher war ich mir nicht.

Erin stieß nur einen teils abschätzigen, teils angewiderten Laut aus, den sie den merkwürdigen Anwandlungen, die Männer zuweilen an den Tag legten, gern zuteilwerden ließ. Dann zeigte sie auf das Handy, das in meiner Hand lag. »Kommst du dann jetzt endlich mal deiner Pflicht nach?«

Die Pflicht bestand darin, eine Musik-App zu öffnen und für die Beschallung in diesem kleinen Auto zu sorgen. Während in anderen Gefährten die Musikwahl dem Fahrer oblag, war diese Verantwortung hier Sache des Beifahrers. Man kann also wohl sagen, dass ein kaputtes Radio Grund genug für regelrechte Anarchie war.

Gehorsam zückte ich also mein Handy und sah die letzte Nachricht von Instagram. Ich hatte ihm vor meinem Aufbruch nur geschrieben, ich würde zu einer Mission aufbrechen. Und vielleicht, nur vielleicht, würde ich ihm irgendwann erklären, worum es dabei ging.

Seine Antwort lautete nüchtern: »Allmählich habe ich den Verdacht, dass du diejenige bist, die solche weisen Ratschläge für Frauen schreibt. Ich schlage eine Kooperation vor.«

Ich biss mir auf die Unterlippe, antwortete aber nicht sofort, sondern schloss den Messenger und öffnete stattdessen den Musikstream, der noch immer Treehouse Promises gefiltert hatte. Dabei beließ ich es schlicht und legte mein Handy vorn aufs Armaturenbrett. »Und wer ist jetzt dieser Nicht-Adam?«, hakte Erin nach, die mich zweifelsohne beobachtet haben musste.

Ich rollte nur mit den Augen und beendete zwar das Thema, jedoch nicht ihre Neugier mit einem schlichten »Achte lieber auf die Straße.«

Erin nickte und tat, was nur gute Freundinnen und Mütter können. Oder ein Großvater, wie meiner es war. Sie lächelte auf jene Weise, die eine Ahnung verhieß, die man selbst noch längst nicht wahrhaben wollte.

08.09.2018
21:15:48
An: Mum
Ich weiß, wie das jetzt klingt, aber ich wollte dir so viel erzählen.

33 Tage

06. August 2018

Immer wieder ist von dem Unterschied zwischen Tot- und Lebendgewicht die Rede. Was dabei niemand beschreibt, ist der Moment, wenn das eine in das andere übergeht. Noch nie habe ich von dem Gefühl gelesen oder gehört, wie es ist, wenn man einen Körper im Arm hält, der lebt. Und es braucht nicht mehr als ein paar Milliliter Pentobarbital und all das sackt in sich zusammen und wird schwer. Dieser Moment ist der schlimmste.

Ich bewegte den Kolben der Spritze die letzten Millimeter bis zu ihrem Ende. Der Terrier, der vor mir auf dem Behandlungstisch lag, bekam davon längst nichts mehr mit. Er war bereits vor einer Weile in einen kraftlosen Zustand des Schlafes übergetreten, der jeden Moment so tief sein würde, dass auch seine Atmung und sein Herzschlag sich in den Träumen verloren.

Ein letzter, tiefer Atemzug, den einige Tropfen Blut begleiteten, und kurz darauf hörte ich durch das Stethoskop nichts mehr. Ich seufzte und nahm das Ding ab, ehe ich mich an Tessa wandte. »Wirklich kein Besitzer?«

Sie schüttelte den Kopf. Irgendein Idiot hatte den Hund angefahren und liegen lassen, bis ein Passant das Tier in die Klinik gebracht hatte. Es gab keinen Chip und kein Halsband mit Hinweisen darauf, zu wem unser Patient gehörte. Eine genauso nüchterne wie alltägliche Geschichte.

Ich nickte und fühlte mich einmal mehr an Davids Worte erinnert – der Prolog eines Meisters, der seinem Lehrling eine wichtige Lektion erteilte. »In den ersten Wochen wirst du mein Todesengel sein. Es muss dir nicht gefallen und um ehrlich zu sein, fände ich es irritierend, wenn dem so wäre.«

Zu diesem Todesengel war ich nach den ersten vier Wochen geworden. Diese hatte ich noch damit verbringen dürfen, unbehelligt die Aufgaben einer Tierarzthelferin zu erfüllen. Danach war jede Einschläferung, die in meiner Anwesenheit vonstattenging, zu meiner Aufgabe geworden. Und das war sie seit nunmehr zwei Monaten. Fünf Wochen lang hatte David jeden meiner Handgriffe akribisch beobachtet, genauso wie mein Verhalten gegenüber Tier und Halter. In den letzten Wochen aber war ich damit allein.

Der Sinn dahinter war ganz einfach: »Du lernst die Konsequenz deiner Fehler kennen, ehe du sie machst. Und erst, wenn dir das in Fleisch und Blut übergegangen ist, kann ich sicher sein, dass du den Wert darin verstehst, ein Leben zu retten.«

Davon, dass ich eines Tages seine Klinik übernehmen würde, redete David, seit ich ihn wegen eines Jobs angesprochen hatte. Dass ich mein Studium abgebrochen hatte, spielte für ihn dabei keine Rolle. Er bezeichnete das als temporäre Entgleisung, immerhin war ich die Tochter von Jackson Coleman.

David war zu Studienzeiten der beste Freund meines Vaters geworden, sie hatten nach dem Studium unabhängig voneinander gearbeitet, um sich zu spezialisieren und schließlich eine gemeinsame Praxis in London gegründet.

Ein halbes Jahr später war mein Vater mit meinem großen Bruder zu einem Männerausflug aufgebrochen. Natur, Zelten, vielleicht Angeln. Beide waren nicht mehr zurückgekommen. Ich war damals vier Jahre alt gewesen, also hatte die Abwesenheit meines Dads mich mehr geprägt als er selbst es in der kurzen Zeit gekonnt hatte.

Seinetwegen war ich mit dem Wunsch aufgewachsen, Tierärztin zu werden und in die Fußstapfen des großen Mysteriums zu treten, das mein Vater für mich nun einmal war. Ich hatte meinen Schulabschluss gemacht, hatte fast zwei Jahre in Australien und Neuseeland zugebracht und erst im Hörsaal angefangen, mein bis dahin unbestrittenes Lebensziel infrage zu stellen. Der Abbruch hatte schließlich die große Enttäuschung meiner Mutter nach sich gezogen, die mit einem »Dann sieh zu, wie du klarkommst« ihren Höhepunkt gefunden hatte.

Seither teilte ich mich auf zwei Halbtagsjobs auf. Im Club sammelte ich das Geld für meine Miete und in Davids Tierklinik Erfahrungen und lebensechte Eindrücke. Ziemlich ironisch, dass »lebensecht« zunächst damit beginnt, Leben zu beenden.

Nachdem ich meine Dokumentation zur Erlösung dieses anonymen Terriers abgeschlossen hatte, blieben mir noch genau zwanzig Minuten, um diesen Tag mit etwas wesentlich Erfreulicherem abzuschließen: Am Vormittag hatten Adam und Harriet ein Ungetüm von einem Hund zu uns gebracht, der verängstigt und geschwächt in einem Maschendrahtzaun festgehangen hatte. Schon bei seiner Erstbehandlung vor ein paar Stunden hatte ich angemeldet, dass ich die Versorgung am Nachmittag übernehmen wollte. Wenn man an einem Tag mehrere Tiere auf die letzte Reise geschickt hatte, gab es nichts Besseres, als einem anderen Vierbeiner zu zeigen, dass es für ihn noch nicht so weit war.

Also rückte ich mit vollem Futternapf, einem Beutel Elektrolytlösung samt Infusionsnadel und Desinfektionspads in das Reich des Riesen ein.

»Hey, Großer«, sagte ich leise und allein, dass sich sofort die Ohren des Hundes spitzten, zeigte deutlich, wie angespannt er trotz des Beruhigungsmittels war. Ich hatte genug Tiere erlebt, die man mehrmals und lauter ansprechen musste, ehe irgendeine Reaktion erkennbar wurde. Vor allem Katzen beherrschten Ignoranz meisterlich. Beinahe, als hätten sie sich zusammengeschlossen, um dieses Klischee bis aufs Blut zu verteidigen.

Gargoyle beobachtete ganz genau, wie ich den Futternapf in eine Ecke des Raumes stellte und den Infusionsbeutel samt Nadel auf einem Stuhl einige Meter weiter ablegte. Daneben auch mein Handy. Nur für den Fall der Fälle würde die Berührung meines Displays reichen, damit es Alarm schlug.

Anschließend ging ich langsam auf die Box des Rüden zu, der sich sofort etwas enger in deren Ecke kauerte. Um ihn zu beruhigen, begann ich damit, ihm wahllosen Unsinn zu erzählen. Als hätte er auch nur das geringste Interesse daran, meinen Dienstplan zu erfahren oder die Tatsache, dass David sich fürchterlich darüber aufregte, dass die Lieferung eines speziellen Diätfutters sich verzögerte, obwohl bereits zwei Besitzer darauf warteten.

Ich redete, bis ich das Gefühl hatte, dass er mir zuhörte und sich dabei ein bisschen entspannte. Als ich zur Tür der Box griff, um den Riegel zu öffnen, sah er alarmiert auf, rührte sich jedoch nicht.

Vorsichtig und langsam öffnete ich die Tür und entfernte mich dann rückwärts von der Box. Immer rückwärts. Wenn man irgendetwas in der Zusammenarbeit mit Tieren schnell lernte, dann das.

Während all dieser Abfolgen redete ich weiter vor mich hin. Im Augenwinkel sah ich mein Handy aufleuchten – eine Nachricht, die sich über meine Alarm-App legte. Ich schielte kurz auf das Display. Der Text war nicht von Erin, nicht die Mitteilung, dass sie schon da war, um mich abzuholen. Es hätte auch sehr an meinem Weltbild gerüttelt, wäre sie je zu früh zu einer Verabredung. Stattdessen las ich »Instagram«.

Na, da hatten wir doch ein Thema. »Du kannst dir vermutlich gar nicht vorstellen, dass es solche Menschen gibt, mh?« Mit einem Nicken deutete ich auf das Handy. Alberne Gesten, die man nicht ablegte, nur weil das Gegenüber sie nicht verstand. »Dieser Kerl vergöttert seine Hündin. Die kenne ich zwar nicht, aber auf den Bildern wirkt sie immer wie eine tiefenentspannte, weise alte Dame.«

Drei Bilder waren es, die Instagram mir in den vergangenen Tagen von Willow hatte zukommen lassen. Und nicht ein einziges von sich selbst. Dass man seine Beine und eine Hand mit Drumstick auf der Aufnahme sah, auf der Willow zwischen ihm und den Drums saß und ihren Kopf auf seinem Oberschenkel abgelegt hatte, zählte nicht. Vielmehr hatte herausgestochen, dass der Hund Ohrenschützer aufhatte, die mich hatten fragen lassen, ob er dort wirklich während der ganzen Probe ausharrte. Instagram hatte verneint – aber manchmal blieb sie am Rand der Bühne und schlief und solche Vorsichtsmaßnahmen seien notwendig, wenn sie darauf bestand, mitzukommen, statt im Aufenthaltsraum zu warten.

»Manchmal vielleicht auch eine störrische Diva«, ergänzte ich also und zitierte Instagram mit diesen Worten. Dabei war Willow ein süßer kleiner Cavalier King Charles Spaniel. Schlappohren, Kulleraugen, seidiges Fell und die Gesamterscheinung eines lebendigen Plüschtiers. Im Prinzip also genau das, was man sich an der Seite eines Rockmusikers eben vorstellte.

»Aber«, lenkte ich schließlich ein und kam damit endlich zum Punkt, »ich denke, dass du dir von ihr abgucken könntest, wie man mit Männern umgeht. Wir beide, vermutlich du ganz besonders, du Ungetüm von einem Angsthasen.« Ich legte den Kopf schräg und suchte Blickkontakt mit ihm, den ich auch schnell fand. »Na, was ist nun? Kommst du da heute noch raus? Erin hat mit Sicherheit Verständnis dafür, wenn ich sie warten lasse, weil so ein Traumkerl wie du ein wenig unentschlossen ist. Aber du musst doch am Verhungern sein und … Na, siehst du!«

Gemächlich und auch ein bisschen wacklig richtete Gargoyle sich in seiner Box auf und tapste vorsichtig bis zu deren Rand, wo er noch einen Augenblick zögerte.

Es machte einen unterwürfigen Eindruck, wie er schließlich in meine Richtung schlich, bis er die zwei oder drei Meter überbrückt hatte und seinen Kopf senkte, um vorsichtig an meiner Hand zu schnuppern. Ich streckte sachte zwei Finger nach seiner Nase aus, bis ich sie berühren konnte. Gargoyle ließ diese kleine Geste zu und fuhr mit der olfaktorischen Erkundung seines Gegenübers fort, bis er schließlich beschloss, dass ich mindestens so vertrauenswürdig war wie ein gemütliches Kissen.

Gargoyle bettete beide Vorderpfoten auf meinem Schoß und damit das Gewicht seines gesamten Oberkörpers, dem ich zwei oder drei Sekunden standhielt und schließlich doch auf dem Boden saß. Leichte Beute für einen weniger sanftmütigen Hund, aber dieser hier ließ sich nun selbst auf die Seite fallen und blieb so liegen.

»Ein Charmeur, hm?«, murmelte ich und kraulte sein Ohr, bis er schließlich die Augen kurz schloss. »Meinst du, wir beide kriegen eine Infusion hin? Ehrlich, ich würde gern mal wieder eine Nadel nutzen, um so einem wie dir zu helfen. Also … lebenserhaltend. Nicht die andere Hilfe. Bist du dabei?«

Gargoyle legte den Kopf schief und beobachtete, wie ich vorsichtig den Beutel mit der Flüssigkeit vom Stuhl nahm. Ich zeigte ihm das Ding, es wurde als unspektakulär zur Kenntnis genommen und damit waren wir schon einen guten Schritt weiter, wie ich fand. Den Beutel, der nur noch zu einem Drittel gefüllt war, konnte ich mir gut über meine Schulter legen und installierte mit ein paar Handgriffen die Nadel am Infusionsschlauch. Der letzte Schritt waren die Desinfektionspads. Einmal hatte ich den Fehler gemacht und ein Spray mitgebracht. Man kann sich nicht vorstellen, wie angsteinflößend das Geräusch eines simplen Pumpstoßes für eine Katze sein kann. Und wie scharf ihre Krallen. Wobei – das Zweite vielleicht schon.

Als ich der Meinung war, ich könnte es riskieren, desinfizierte ich die Stelle meiner Wahl und zückte die Nadel, entsicherte und schickte ein kleines Stoßgebet zum Himmel. »Wehe, Freundchen, wenn du mir das übelnimmst. Jammern ist okay.«

Er nahm mich beim Wort und zuckte erschrocken zusammen, als die Nadel durch seine Haut fuhr, doch er blieb liegen und ließ sich unter einem fast welpenhaften Fiepen von mir beruhigen, bis er seinen Kopf wieder auf meinen Schoß legte. Die skeptischen Seitenblicke hatte ich mir wohl verdient.

Während wir warteten, dass die Infusion ihren Weg durch den Zugang nahm, prüfte ich kurz mein Handy. Erin hatte sich nach wie vor nicht gemeldet, also öffnete ich die Nachricht von Instagram, die er mir vorhin zugeschickt hatte. Ich grinste. Ein Bild. Diesmal keine Bühne, kein Schlagzeug und kein Plakat, sondern einmal mehr Willow, die am Rand einer Anhöhe saß und sich den Wind um die Stupsnase wehen ließ. Im Hintergrund konnte ich vage den Ausblick auf eine Stadt erahnen. »… Wie man mit Bravour unterschlägt, dass man den Großteil des Weges getragen wurde«, stand darunter.

Ich gluckste und tippte umständlich mit der linken Hand meine Antwort. »Ihr seid also in Edinburgh angekommen?« Dann ließ ich es mir nicht nehmen, es Instagram gleichzutun. Einen Hund konnte ich genauso gut fotografieren wie er. Also hielt ich das Telefon etwas von mir weg und achtete darauf, dass er kaum mehr von mir zu Gesicht bekam als eben die Schulter, über die der Infusionsbeutel hing. Ansonsten sah man nur meine Hand, die auf dem gigantischen Kopf von Gargoyle lag, die Infusionsnadel und den Ansatz meiner Beine, wo der Hund zu Ende war. Oder vielmehr dessen Oberkörper. »Grüße aus London. Mein Hund wurde auch hierhergetragen, ist aber größer. Hab ich jetzt gewonnen?«

Damit legte ich das Telefon wieder beiseite und widmete mich meinem Patienten.

Bis zehn Minuten später Erins Nachricht einging, gönnte ich Gargoyle seine Streicheleinheiten noch und brachte ihn dann zurück in seine Box. Den Futternapf stellte ich unserem Patienten mit rein, in der Hoffnung, sein Appetit würde über Nacht etwas größer.

Dann räumte ich meine Utensilien auf, tauschte meine Praxiskleidung gegen die zivile und wurde schließlich überschwänglich von Erin begrüßt, als ich im Wartezimmer auftauchte. »Chris hat mir geschrieben, sie haben heute ein Kalb eingefangen?«

»Eher einen ausgewachsenen Ochsen.«

»Hast du Bilder?«

Natürlich hatte ich die und sobald wir im Bus saßen, der uns zu unserem Lieblingspub – und damit fast bis nach Hause – brachte, suchte ich die auch heraus. Zu sehen war Gargoyle, wie er gebadet wurde, an der Infusion hing, seine Wunden versorgt bekam. Die Bilder würde ich morgen dem Verein zukommen lassen als Material und Referenz für die Homepage.

»Meine Güte!«, stieß Erin aus. »Das ist ein Koloss! Habt ihr ihn schon untergebracht?«

Ich scrollte zum nächsten Bild, während ich bejahte. »Vorübergehend bis zur Vermittlung. Kein Mann im Haushalt, das war wichtig.«

»Ja, die Präferenz kenne ich«, bemerkte sie. »Immerhin …« Sie hielt inne, als sich das Pop-up-Fenster öffnete, das eine eingehende Nachricht anzeige. Zu lesen war »Instagram« als Absender und die ersten Worte seiner Nachricht: »Ist dir klar, dass du einen Mann mit so einem Bild zu mindestens zwei bis drei möglichen zweideutigen

Antwor…« Und da endete die Vorschau, die Erin natürlich genauso wenig entgangen war wie mir.

»Okay«, sagte sie. »Allmählich nehme ich es persönlich, dass du mich nicht ins Bild darüber setzt, wer dieser Typ ist, wenn du ihm schon pornografische Bilder schickst.«

»Nicht pornografisch, nur von dem Hund.« Ich zeigte ihr das Bild, und sie lachte.

»Ich bitte dich. Dezenter, jedoch deutlicher Einblick in den Ausschnitt, ein Kopf auf deinem Schoß und deine Hand ist definitiv gerade mit Streicheleinheiten beschäftigt. Also ich wüsste da auf Anhieb mehr als zwei bis drei entsprechende Antworten.«

»Das spricht dann wohl für seine Manieren«, kommentierte ich nur und packte das Handy wieder in meine Tasche.

»Oder gegen seine Fantasie. Bist du wenigstens dabei, das herauszufinden?«

Ich sah sie mit hochgezogenen Augenbrauen an, was Erin mit einem Augenrollen kommentierte.

»Stell dich nicht so an. Ficken im Nachbarzimmer geht klar, aber ein bisschen Mädchengeschwätz nicht? Ist er wenigstens heiß?«

Ich schnaubte ein etwas verkrüppeltes Lachen. »Das kann man vermutlich so sagen, ja.«

»Vermutlich so …« Sie stieß mir mit dem Ellenbogen in die Rippen. »Was ist er? Ein heißer Hundebesitzer? Ein heißer Hausmeister? Ein heißer Hockeyspieler? Zwing mich nicht, mit den Alliterationen weiterzumachen!«

Also gab ich nach. Weil … Ja, weil sie vermutlich Recht hatte und es Unsinn war, das nicht zu tun. Wenngleich mir lieber gewesen wäre, diesen Kontakt mit Instagram einfach für mich zu behalten. Sooft ich auch das Gefühl hatte, wiederum ihm Dinge erzählen zu wollen, so wenig war mir danach, anderen von seiner Person zu berichten. »Musiker«, antwortete ich daher eher knapp. »Schlagzeuger, um genau zu sein. Seine Band hatte letztens einen Auftritt im Poolhouse und tourt noch ein paar Tage durch den Norden. Wir schreiben seither etwas hin und her. Mehr ist da wirklich nicht.«

Das war eine Beteuerung, die Erin überhörte und stattdessen feierliches Entzücken anstimmte. »Musiker, ja? Also kann man ihn googlen. Wie heißt die Band?«

»Oh bitte, keine Internetrecherche«, keuchte ich. Nicht, weil ich nicht neugierig war, sondern weil mir der Gedanke nicht gefiel, »so eine Frau« zu sein.

»Nur ein Bild, mehr nicht.« Offenbar konnte Erin meine Abneigung also nachvollziehen. Immerhin das. »Du wirst ihn mir ja wohl kaum aufmalen.«

»Treehouse Promises«, murmelte ich, und sie gluckste.

»Das klingt putzig.«

»Was ihn enorm nervt, das kannst du mir glauben.«

»So so, solche intimen Geheimnisse tauscht ihr also schon aus«, bemerkte sie, während sie den Namen der Band in ihr Handy eingab und sich direkt die Bilder anzeigen ließ. »Schlagzeuger sagtest du?«

Ich blickte kurz über ihre Schulter und sah, dass es einige Bandfotos gab, allerdings nicht direkt auf der Bühne, also tat ich ihr den Gefallen und deutete auf Instagram, der auf dieser Aufnahme hassenswert gut aussah. Er trug eine gerade geschnittene Stoffhose, ein weißes Hemd, dessen Ärmel bis zum Ellenbogen hochgeschoben waren und die tätowierten Unterarme preisgaben. Sein Haar trug er offen und der Bart war etwas kürzer als bei unserer Begegnung. Und dann war da dieser Blick aus Augen, die in einem noch viel tieferen Blau strahlten, als ich es bei der Barbeleuchtung hatte wahrnehmen können. Der Ausdruck in ihnen war derselbe, und er lud nicht nur dazu ein, sich spontan nackt auszuziehen, sondern ihm – wenn man schonmal dabei war – auch alle Ängste und Sorgen anzuvertrauen.

Erin pfiff anerkennend und blätterte nun doch noch etwas weiter. »Winston Lewis Bell«, las sie vor und ehe ich sie bitten konnte, das sein zu lassen, war sie in dem kleinen Steckbrief namens Wikipedia auch schon ein Stück weiter. »25 Jahre alt und …« Erin stockte und sah mich an.

»Was?«, hakte ich etwas unwirsch nach. Immerhin hatte ich sie doch gebeten, von Recherchen abzusehen. Bilder waren eine Sache, aber …

»Wusstest du das?« Gemeinsam mit dieser Frage überreichte sie mir auch ihr Handy und deutete auf die Zeile, die sie meinte.

Lyrics, Schlagzeug, Backvocals:
Winston Lewis Bell, *05.12.92, Bristol, Vereinigtes Königreich
Ehepartnerin: Eleonore Bell (2015-)

08.09.2018
21:16:25
An: Mum
Mum, ich will, dass du weißt, dass ich dir nicht böse bin. Du warst enttäuscht. Es war immer unser gemeinsamer Plan, dass ich in Dads Fußstapfen trete. Und über den Haufen geworfen habe ich alles allein. Das war nicht fair.

31 Tage

08. August 2018

Ich war immer der Meinung gewesen, dass ich recht talentiert darin war, Dinge zu verdrängen oder sie wenigstens zu ignorieren.

Beispielsweise gelang es mir ausgesprochen gut, Instagram auf seine letzte Nachricht nicht mehr zu antworten und keine weiteren Recherchen zu seiner Person anzustellen. Was ich nicht ganz vermeiden konnte, war der Frust darüber, dass auch er keinen weiteren Versuch tat, den Kontakt aufzunehmen. Wenn man eine Person ignoriert, möchte man schließlich die Genugtuung haben, besser darin zu sein als der andere. Im Verhältnis zu einer unterschlagenen Ehefrau war das wohl kaum zu viel verlangt.

Stattdessen herrschte seit zwei Tagen rigoros erwiderte Funkstille und parallel dazu der stete mitleidige Blick meiner Mitbewohnerin. Dieser wurde hin und wieder mit halbherzigen Verwünschungen untermalt oder Äußerungen wie »Er könnte wenigstens fragen, was los ist oder warum du nicht mehr antwortest. Es ist eine Frechheit, dass er so tut, als würde ihm das nicht mal auffallen!«

Ich war absolut derselben Meinung, sah mich aber in der Pflicht, ein eher unbewegtes Verhalten an den Tag zu legen mit Antworten wie »Das würde ihn nicht weniger zum Heuchler machen« oder »Vielleicht kann er sich seinen Teil ja denken.« Meine Palette an Äußerungen der Gleichgültigkeit war farbenfroh, allerdings eher uninspiriert.

Erins Vorschlag, mich mit Adam abzulenken, lehnte ich kategorisch ab. Nichts wollte ich weniger, als in meinem Kopf Vergleiche zu etwas zu ziehen, das ich gar nicht kannte.

Zerstreuung fand ich stattdessen in ein paar Überstunden in der Klinik und einem Tierrettungseinsatz mit Christine, bei dem wir einen heimatlosen Hund auflasen, der sich in einem Wohnviertel herumgetrieben und unter den parkenden Autos versteckt gehalten hatte.

Meiner nächsten Schicht im Poolhouse sah ich allerdings mit gemischten Gefühlen entgegen. Ich hatte bereits einige Abende dort gearbeitet, seit Instagram mir seine Nummer auf einen Kassenzettel geschrieben hatte. Und an jeder der Schichten hatte ich ihn ein wenig teilhaben lassen – mit dem Plakat der aktuellen Band, manchmal sogar einem Foto des Auftritts oder einem zauberhaften Doppelportrait von Becher und Pfandchip.

An diesem Mittwoch würde das Handy genauso in der Schublade bleiben, wie ich es sonst immer gehandhabt hatte.

Von der Band, die auftrat, hatte ich noch nie gehört, allerdings war ich diesmal wohl nicht die Einzige, der es so ging. Es waren ausreichend Tickets verkauft worden, um ein stimmungsvolles Konzert zu gewährleisten, jedoch zu wenige, um mir eine studentische Aushilfe an die Seite zu stellen.

Ich für meinen Teil konnte gut damit leben. Mehr Arbeit bedeutete mehr Ablenkung und die bedeutete … rein gar nichts. Schlussendlich war egal, wie sehr ich mir ausmalte, dass Stress irgendetwas bezwecken könnte, wenn es nur eine banale Nachricht vom falschen Absender brauchte, um diese Seifenblase zu sprengen.

Ich hatte nur nachsehen wollen, ob Erin mir geantwortet hatte.

Die Getränkeschubladen waren aufgefüllt, Kasse, Pfand, Becher, all das stand bereit und ich war auf den Einlass vorbereitet. Offen war nur die Frage, ob es sich später lohnte, ihr noch auf diese Studentenparty zu folgen, und wo zur Hölle die überhaupt stattfand.

Vielleicht hätte es mich mit einem Gefühl von Triumph erfüllen sollen, dass Instagram schließlich doch derjenige war, der das Schweigen brach. Aber Genugtuung machte sich nur schwerlich breit, wenn derart simple Worte genügten, um mich aus der Fassung zu bringen.

»Bin seit heute wieder in London und wollte zur Abwechslung mal als Zuschauer auf ein Konzert. Hast du Zeit?«

Ich überlegte einen Moment, ehe ich schließlich doch zum Handy griff und sehr kurz angebunden antwortete, dass ich definitiv keine Zeit hätte, ich müsse arbeiten. Ganze drei Worte verwendete ich auf diese Information und hoffte, dass Instagram sich wie jeder normale Kerl von einer so kurz angebundenen Antwort abschrecken ließ und sich einem leichteren Ziel zuwandte.

Offenbar war dieser Mann niemand, der es sich gern leicht machte – und mir ebenso wenig. Seine Antwort kam zu prompt, als dass ich sie nicht hätte bemerken können. Und einmal mehr hing ihr ein Bild an. »Schade. Habe mir sagen lassen, die Band sei ein Geheimtipp.«

Ich erkannte das Plakat, das er abfotografiert hatte. Vor einer Stunde war ich genau an diesem vorbeigelaufen, um hierher zu gelangen. Selbst, wenn ich mich nicht an dieses merkwürdige Bild eines Skorpions mit Hufen erinnert hätte, so hätte mir die obligatorische Information unter dem Namen der Band den nötigen Aufschluss gegeben: 8/8/18 – Poolhouse – Einlass 20 Uhr – Beginn 21:30 Uhr – Support: Riverbed.

Mir wurde augenblicklich übel.

Es konnte doch nicht sein beschissener Ernst sein, hier aufzukreuzen! Ich hatte mich auf eine anstrengende Schicht gefreut, um mich von der Tatsache abzulenken, dass er ein scheiß Wichser war! Das war nun wirklich nicht so komplex, als dass man sich nicht daran halten könnte.

Ich war enorm sauer. Und nervös. Und dann wieder sauer darauf, dass mich die bloße Vorstellung seiner Anwesenheit nervös machte. Man darf mir glauben: ein Teufelskreis wie dieser ist gleichermaßen unwillkommen wie anstrengend.

Es machte ehrlich keinen Spaß, ab dem Moment des Einlasses und des sich füllenden Saales angespannt darauf zu warten, dass man ein vertrautes Gesicht unter den Gästen erkannte. Und dass diese Begegnung eintreten würde, stand ohne Zweifel fest. Je länger sie auf sich warten ließ, desto enger schnürte sich dieses Korsett aus Nervosität und Wut. Und nein, es löste sich nicht einen Millimeter, als zwischen einer Blondine und einem in die Jahre gekommenen Bodybuilder das fleischgewordene Starportrait eines Hipsters auftauchte, das mich mit einem wohldosierten, warmen Lächeln bedachte.

Mein eigenes Gesicht ließ kein solches Lächeln zu und überhaupt legte ich ab diesem Moment ein Höchstmaß an Souveränität an den Tag.

»Hi«, grüßte ich ihn genauso wie jeden anderen Gast auch. Zwei Buchstaben konnten unmöglich genug Platz bieten, um meinen desinteressierten Blick Lügen zu strafen.

Instagrams Lächeln wurde etwas breiter. Doch alles, was er von sich gab, war ein Echo. »Hi.« Mehr nicht.

Ich seufzte betont genervt. »Was willst du trinken?«

Ob er wirklich darüber nachdachte oder nur so tat, konnte ich nur spekulieren. »Ich nehme ein Bier«, sagte er schließlich.

Da er den Fehler machte, diese Bestellung nicht weiter zu präzisieren, musste er wohl oder übel mit meiner Wahl der Marke leben, die in diesem Falle auf ein Becks fiel. Ehe er die Chance hatte, zu widersprechen, war die Flasche schon geöffnet und ihr Inhalt auf dem Weg in einen Plastikbecher. Und Instagram war offenkundig zu höflich für eine verspätete Reklamation.

Also kassierte ich Preis und Pfand, wünschte ihm viel Spaß bei dem Konzert und wandte mich dem nächsten Gast zu.

Wäre Erin an meiner Seite gewesen oder irgendjemand anderes, der bei klarem Verstand war – derjenige wäre elendig an einem Lachkrampf verendet. Diesem Risiko musste ich sie allerdings aussetzen, denn eine Prise klaren Verstand konnte ich definitiv gebrauchen.

Sobald die erste große Welle der Getränkeausgabe bewältigt war, hatte ich die kurze Gelegenheit, ihr eine Nachricht zu schreiben. »Er ist hier.« Ich betete, dass diese drei Worte ausreichten und Anlass für eine Überdosis von Erins Weisheit bieten würden.

Die Antwort, die ich kurz darauf erhielt, war vielleicht nicht weise, dafür ziemlich radikal. »Schmeiß ihn raus.«

Ich prüfte die Lage auf der anderen Seite des Tresens und befand, dass die Vorband die Aufmerksamkeit des Publikums ausreichend für sich beanspruchte – wenigstens für ein paar Sekunden. »Ich fürchte, er hat sich ein Ticket gekauft, also kann ich das wohl kaum veranlassen.«

Ihre Antwort blieb so diplomatisch wie sie hilfreich war. »Dann sag deinem Boss, er soll ihn rauswerfen.«

Ich sah ein, dass das zu nichts führte, fühlte mich aber immerhin verstanden. Erins Antworten waren nicht konstruktiv, dafür sehr weit entfernt von der Frage, wo bitte mein Problem sei. Und nach ein paar Minuten erbarmte sie sich sogar und gab mir einen Plan, der zu simpel war, als dass meine wirren Gedanken ihn hätten selbst formen können. Denn man kann mir glauben: einfache Dinge sind oft am schwersten zu finden. »Sprich ihn drauf an. Rechne damit, dass er dich für eine prüde Zicke hält oder dir schwammige Ausreden auftischt. Und dann ignorierst du sein hübsches Gesicht und sagst ihm, er solle sich verpissen. Wortwörtlich! Falls die Konfrontation nicht klappt, dann nur den zweiten Teil.«

Ich brauchte sechs Anläufe, um die gesamte Nachricht zu lesen. Doch es gelang mir rechtzeitig vor einer weiteren Begegnung. In der Tat ließ Instagram sich damit sogar mehr Zeit, als ich befürchtet hatte. Die Umbaupause nach der Vorband kam. Sie brachte die gewohnte Unruhe und Betriebsamkeit mit sich, als etliche Gäste sich mit neuen Drinks ausstatteten und sich dann wieder in die übersichtliche Menge des Publikums mischten. Instagram tauchte während der gesamten Zeit der Unterbrechung nicht auf.

Was in mir die zarte, naive Knospe der Hoffnung erweckte, entpuppte sich schließlich als ein durchtriebener Schachzug. Offenbar hatte ich entweder Instagram selbst oder seine Hartnäckigkeit deutlich unterschätzt.

Die Hauptband spielte das dritte Lied – ein Zeitpunkt, in dem nun wirklich jeder mit der zweiten Runde zu seinen Freunden in der Menge zurückgefunden hatte. Und bis die ersten Gäste aufbrachen, um noch während der letzten Songs ihre Becher abzugeben, würde es noch eine Weile dauern. Das war der Moment, in dem dieses taktische Genie als einziger Gast an meiner Bar stand und mir seinen leeren Becher samt Chip entgegenhielt.

Ich versuchte, die in mir aufkommende Gefühlsmixtur aus Wut und Aufregung klein zu halten. Um ehrlich zu sein, gelang mir das bloß halbwegs und das auch nur, weil ich mich an der Vorstellung festhielt, ihm in ein paar Minuten sagen zu können, dass er verschwinden sollte. Und dann hätte der Spuk ein Ende. Nun … Das mit der Naivität erwähnte ich ja bereits.

Jedenfalls nahm ich Becher und Chip ohne ein Wort entgegen, überreichte Instagram das Pfundstück und räumte dann die bisher gesammelten Rückgabebecher mit einer Akribie in den Geschirrspüler, für die Erin mir zu Hause einen Orden verliehen hätte.

Dieses wenig dezente Ausweichmanöver blieb erfolglos und schon nach kurzer Zeit hörte ich Instagrams Stimme, die sich über die viel zu melancholischen Klänge einer Gitarre hinwegsetzte. Wo war eine Hard Rock Band, wenn man sie brauchte? »Ich habe nachgedacht, auch wenn mir klar ist, dass man das für gewöhnlich unterlassen sollte. Ich glaube, ich bin mit meiner letzten Nachricht zu weit gegangen. Falls es das nicht ist, bin ich ratlos.«

Das schien mir Vorlage genug für den ersten Schritt – Konfrontation.

Ich richtete mich auf, und dass ich die Hände vor der Brust verschränkte, war keine Absicht. Diesen Automatismus bemerkte ich erst, während ich redete und hoffte, dass er eher einen Hauch von Autorität denn von kindischer Bockigkeit mit sich brachte. »Ratlos? Wirklich? Nicht den Hauch einer Ahnung?« Ich ließ ihm gerade genug Zeit für einen irritierten Blick. Nicht einmal der entstellte seine Mimik auch nur annähernd. Meine Güte, das war doch nicht fair! »Beeindruckend. Ich habe ja gehört, dass Männern des Öfteren entfällt, dass sie eine Frau haben. Aber dass sie ihnen nicht einmal mit viel Grübelei wieder einfällt … Das ist hart. Vielleicht bin ich auch einfach zu idealistisch.« Mit Sicherheit war ich das. Warum auch nicht? Meine Mutter hatte ihren Mann vor neunzehn Jahren verloren und weigerte sich noch immer, ihn ruhen zu lassen. Und von meinem Großvater fing ich besser gar nicht erst an. Beide Beispiele waren so große Ideale, dass sie geradezu beängstigend waren.

Und dann war da ein 25-jähriger Hipsterdrummer, dem gar nicht in den Sinn kam, dass er ja eine Ehe führte. Dieser Ignoranz setzte er noch die Krone auf, indem er auf völlig inakzeptable Weise auf meine Anschuldigung reagierte.

Zwei Sekunden. Ganze zwei Sekunden gönnte Instagram mir, in denen er etwas verdutzt dreinblickte, und ich seinen Gedanken dabei zusehen konnte, wie sie alles zusammenfügten. Als ihnen das gelungen war, kam weder die von Erin prophezeite Beschimpfung noch eine dumme Ausrede. Stattdessen sah er kurz auf seine Hände, während sein perfektes Gesicht mit einem Grinsen kämpfte. Das Grinsen gewann schließlich, als Instagram mich wieder ansah. »Du hast mich gegoogelt.«

Man kann sicher verstehen, dass Schritt zwei mir ausgesprochen leichtfiel. »Verpiss dich«, zischte ich und ging wieder dazu über, die Becher in die Maschine zu räumen.

Ich ließ mir ewig Zeit damit und doch stand Instagram nach wie vor an seinem Platz, als ich mich wieder aufrichtete. Was war denn noch? Hatte er sich noch nicht ausreichend auf meine Kosten amüsiert?

»Bekomme ich noch ein Becks?« Wenn ich nicht irrte, klang er eine Spur vorsichtig. Doch vielleicht war das auch nur Wunschdenken.

»Und das kannst du nicht gleich sagen?«, blaffte ich.

Er deutete auf die Stelle der Arbeitsplatte, unter welcher der Geschirrspüler installiert war. »Du hattest zu tun.«

Nein, offenbar hatte er noch immer nicht die Lust daran verloren, sich über mich lustig zu machen. Und da ich die Nase voll hatte und einfach nur wollte, dass er verschwand, schnaufte ich. »Ein Becks, also, ja?«

Instagram nickte fast schon feierlich. »Mir scheint, ich sollte etwas Buße tun. Ein Becks wäre also nur konsequent.«

Ich zog eine Flasche hervor und knallte das Fach wieder zu. Am liebsten hätte ich die nächste leidenschaftliche Rede gehalten – diesmal darüber, was für ein ungehobeltes Arschloch er war, sich jetzt allen Ernstes noch über mich lustig zu machen. Ich löste die Situation allerdings viel reifer und ignorierte ihn einfach, während ich nach einem Becher griff, das Bier öffnete und mir in einer Endlosschleife ausmalte, wie ich ihm die Flasche gegen den Kopf schlug.

In der Realität blieb mir leider nur, ihm noch mal einen gefüllten Becher samt Chip gegen ein paar Pfund zu überlassen und diesen Tausch mit einem »War's das dann?«-Blick abzuschließen.

Anscheinend war es das nicht, denn Instagram verschwand nicht gleich, sondern schien wirklich über eine adäquate Antwort nachzudenken. Dass er die auf der Oberfläche seines Biers suchte, ließ meine Erwartungen auf ein akzeptables Ergebnis allerdings enorm sinken. »Du nimmst mich nicht auf den Arm, oder?«, fragte er schließlich. »Du bist wirklich sauer.«

Ich war mir sicher, dass ich ihn wahnsinnig entgeistert anstarrte. »Natürlich bin ich sauer!« Hatte ich das nicht ausreichend dargelegt? Ich führte mich auf wie eine Furie, das musste ihm doch aufgefallen sein.

»Und mehr als meine Ehe hast du nicht herausgefunden?«

»Mehr als das geht mich nichts an. Weißt du, ich bin Belanglosigkeiten gegenüber bestimmt nicht abgeneigt.« Das musste ich zur Sicherheit klarstellen – nicht, dass Instagram sich hier noch Aufwind aus dem Verdacht zog, ich hätte bereits Hochzeitspläne geschmiedet. »Aber doch unter klaren Bedingungen. Und zu klaren Bedingungen gehört eine Frau dazu!«

»Vielleicht sollte ich hier …«

»Lass es bitte«, unterbrach ich kopfschüttelnd, ohne auch nur eine Ahnung zu haben, wozu er gerade ansetzte.

Und tatsächlich nickte Instagram und rutschte von dem Hocker, auf den er sich gesetzt hatte. »In Ordnung«, hob er an und zog ein sehr zerlebtes Notizheft aus seiner Hosentasche, es folgte ein Kugelschreiber, »ich bin fest entschlossen, dir nicht übel zu nehmen, dass deine Neugier nicht groß genug war, um etwas weiter zu recherchieren …«

Während er das sagte, hatte er zu einer leeren Seite geblättert und etwas notiert. Den Zettel riss er ab und reichte ihn mir. »Vielleicht räumst du meiner Tugend ja noch eine Chance ein. Das ist Eleonores Account auf Instagram. Ich habe keinen. Ihrer ist aufschlussreich genug, denke ich.« Dann hob er Becher und Chip wie zu einem Versprechen und verabschiedete sich mit einem knappen »Bis später.«

Zurück blieb ich also mit einem Schnipsel und einer Notiz darauf, die kaum besser zu lesen war als Dinge, die dieser Typ auf Kassenzettel schrieb.

Ganz ehrlich: Ich hatte große Lust, den Zettel zu nehmen und ihn einfach wegzuwerfen. Aus einem Prinzip heraus, das mehr konsequente Endgültigkeit forderte, als meine Neugier sie mir gestattete. Denn hier irrte Instagram tatsächlich. Ich war neugierig, und ich war das auch vor zwei Tagen gewesen. Nur hatten Erin und ich einstimmig beschlossen, dass es gesünder war, diesen Schönling als Arschloch abzustempeln und es dabei zu belassen, anstatt nach Bildern und anderen Beweismitteln zu fahnden, die das noch untermauerten.

Viele junge Frauen können sicher nachvollziehen, wie viel Selbstbeherrschung das kostet, und nun kam einfach ein Winston Lewis Bell daher und ließ mich mit einer Kritzelei und so etwas wie einer Andeutung zurück. Schon hieß es: Adios, Prinzipien! Lebe wohl, gesunder Menschenverstand!

Ich wollte wissen, warum um alles in der Welt er mir diese Info gegeben hatte. Und selbst mir war klar, dass ich seine Intention dahinter nur verstehen würde, wenn ich der Einladung folgte. Klare Worte hätte Instagram schließlich längst selbst äußern können. Gelegenheit dazu hatte es allemal gegeben.

Gelegenheit, allerdings kein Gehör.

Das musste ich mir der Fairness halber wohl eingestehen. Daher zog ich den Zettel aus meiner Hosentasche, prüfte noch einmal, dass Instagram nicht irgendwo in einem Schatten lauerte und mich gehässig dabei beobachtete und las nicht mehr als: »@the.bellaella«.

Das war ganz klar ein Name, zu dem ich mich zu einer anderen Gelegenheit würde austauschen müssen. In diesem Moment aber fehlte mir der Nerv für mehr als kurze Irritation. Ich gab den Begriff in das Suchfeld ein und fand einen Account mit diesem Titel. Der Name, der darunter stand, lautete Ella Saunders – nicht Bell. Und damit stieß er die ersten kleinen Steinchen des Geröllhaufens an, unter dem ich meine Sympathie für Winston hatte begraben wollen.

Mit einem Stirnrunzeln öffnete ich das Profil und … Was soll ich sagen? Wer auf diesen Portraits in die Kamera lächelte, lachte oder wahlweise gedankenverloren in die Ferne schaute, entsprach ohne jeden Abzug der Begrifflichkeit »wunderschön«. Lange, goldblonde, gewellte Haare, perfekter Teint, strahlende grüne Augen und eine Figur, für die jede normalsterbliche Frau morden und einige sogar zum Sport gehen würden.

Ich hatte ernsthaft vor, sie zu hassen und wegen Hexerei an den Pranger stellen zu lassen. Instagram ließ mich durch seine bloße Erscheinung schon hin und wieder an der Daseinsberechtigung meines Selbstvertrauens zweifeln. Doch im Gegensatz zu ihm strahlte Ella Saunders auf jedem Bild und aus jeder unsichtbaren Pore aus, dass es ihr ausgesprochen gut gefiel, mit solchen Genen gesegnet worden zu sein. Keine Sommersprossen, keine zu kleinen Brüste, keine störrischen Haare, außerdem – und deshalb überdachte ich die Sache mit dem Hass noch einmal – kein London. Und kein bärtiger Hipster. Nichts davon war auf ihren aktuellsten Bildern zu sehen – und dabei sprach ich nicht nur von den letzten drei.

Gott sei Dank hielt mir die Band auf der Bühne die Gäste vom Leib. Es gab nur einen einzigen, der sich kurz an die Bar schlich, um sich noch ein Glas Whisky-Cola zu holen. Mir blieb also genug Zeit, um ein paar Details zu beleuchten.

So sah ich in den Hashtags nach, wo all diese Selfies aufgenommen worden waren. Wie sich herausstellte, gehörte die Skyline, die ich nur als »Nicht zu Hause« hatte definieren können, zu Boston. Und der Mann, der hin und wieder an ihrer Seite zu sehen war, und dem es schwer zu fallen schien, die oberen vier Knöpfe seiner Hemden zu schließen, hatte keinen Namen. Hierfür hatte Ella mit etlichen kosenden Bezeichnungen Abhilfe geschaffen und wenn es derlei nicht gab, traten einige Herzen an deren Stelle.

Ihr Leben in Bildern schien auf so absurde Weise perfekt, dass es mir schon nach drei oder vier Minuten ernsthaft schwerfiel, mir jemanden wie Instagram an ihrer Seite vorzustellen – Spitzname hin oder her.

Dieser Perfektionismus brach ein bisschen, als ich weiter nach unten scrollte, wo einige Selbstaufnahmen nachdenklicher wirkten und durch melodramatische Sprüche abgelöst wurden.

»Wege können sich trennen, Freundschaft bleibt.«

»Manchmal ist der Schritt in die andere Richtung der erste aufeinander zu.«

Oder auch: »Freiheit ist ein großes Abenteuer. Ich weiß, dass ich es nicht allein bestreite. Danke.«

Ich sah kurz auf, um mich zu vergewissern, dass niemand mein leichtes Augenrollen gesehen hatte, war aber zuversichtlich. Diese Abschiedsverkündungen stammten vom Januar. In diesem Zeitraum traten sie geballt auf, später nur noch vereinzelt, die letzte, die ich fand, als ich wieder nach oben scrollte, fiel mir auf, weil Instagrams Name darunter stand. Der Post war vom März. »The us of you and me is working better as a memory.« Darunter hatte @the.bellaella ergänzt: »Er hat schon immer die richtigen Worte gefunden, und ich werde nie aufhören, stolz auf ihn zu sein. @treehousepromises Ich liebe den Song!«

Ein paar Minuten blieben mir noch, in denen es mir gelang, ältere Bilder durchzublättern. Das tat ich eher oberflächlich, denn sie unterschieden sich nicht wesentlich von den neuen. Diesmal erkannte ich London, das war wohl der mitunter größte Unterschied. Und vereinzelt tauchten Bilder von ihr mit Freunden und auch den Mitgliedern von Treehouse Promises auf – im Backstagebereich bei einem Kartenspiel. Vor einem kleinen Tourbus oder im Probenraum. Ich fand nur zwei Bilder, auf denen sie und Instagram allein abgelichtet waren – einmal auf einem Konzert und einmal mit einer riesigen Pizza zwischen ihnen. Und auf beiden Aufnahmen wirkten sie wie gute Freunde.

Ich war sicher, dass es auch andere Bilder von ihnen auf diesem

Profil gegeben hatte. Das Paar aus Eleonore und Winston war mittlerweile wohl von dem Account gelöscht worden, Winston als Person blieb aber erhalten. Sie schien das mit der Freundschaft also ernst zu nehmen. Es war fast ein wenig niedlich und ich zweifelte wirklich an mir selbst, dass ich das so empfand. Vielleicht spielte hier schon ein zartes Gefühl der Erleichterung mit, das mochte ich nicht leugnen.

Denn das Resümee schien mir recht eindeutig: Instagram und seine Frau hatten sich getrennt, sie war mittlerweile oder vorübergehend – da war ich nicht sicher – in Boston und hatte dort einen hochattraktiven Mann kennengelernt, der Mühe hatte, sich vollständig anzuziehen. Eine Scheidung hatte wohl noch nicht stattgefunden – von der hätte Google mir allemal sachkundig berichten können. Aber das war im Prinzip nur Makulatur, was wiederum hieß, dass Instagram mir keine Information unterschlagen hatte, die in irgendeiner Form dringlich oder wichtig gewesen wäre. Nicht auf einem Level von Hunde- und Schlagzeugfotos.

»Scheiße«, stieß ich aus. Mein Fluch galt nicht den Ergebnissen meiner Recherche, sondern der Erkenntnis, dass die eine Entschuldigung verlangten. Und verdammt noch mal, ich hasste es, mich zu entschuldigen.

Um ehrlich zu sein, graute mir davor noch ein bisschen mehr als vor der Begegnung mit Instagram, nachdem der sich mit diesem Plakatbild angekündigt hatte. Vorhin hatte ich mich haushoch im Recht gewähnt und zwei Tage Zeit gehabt, um mich in nichts reinsteigern zu wollen und es schließlich doch zu tun.

Alles, was sich in den zwei Tagen angestaut hatte, war verpufft und hinterließ eine öde Steppe des schlechten Gewissens und der Scham. Und Grillenzirpen. Ich rechnete fest mit unbehaglichem Grillenzirpen, sobald ich Instagram wieder gegenüberstehen würde.

Auf einmal kündigte die Band schon das letzte Lied an. Das zog den ersten größeren Ansturm der Becherrückgeber nach sich und damit einhergehend – Nervosität. Schon wieder. Instagram ließ sich bis zur Zugabe nicht blicken. Ich konnte ihn auch nicht ausmachen, sobald es mir mal gelang, einen Blick ins Publikum zu riskieren. Das mochte daran liegen, dass ich nicht darauf geachtet hatte, was er anhatte. Mir war lediglich aufgefallen, dass er seine Haare an diesem Abend genauso offen trug, wie auf den Bildern, die Google Erin präsentiert hatte. Unter der Voraussetzung hätte ich seinen bloßen Hinterkopf niemals erkannt. Dunkles, etwas mehr als schulterlanges Haar stach noch weniger aus der Masse heraus als dieser Manbun, mit dem er mir das erste Mal begegnet war. Seine Vorderansicht hatte da eindeutig mehr Wiedererkennungswert.

Und sie war es auch, die plötzlich hinter einem kleinen Nerd auftauchte, den Instagram um fast einen Kopf überragte. Ich sah ihn und alles, wozu ich fähig war, war ein bedauerndes Lächeln, mit dem ich seinem fragenden Blick antwortete. Er nickte und das war der gesamte Dialog, den ich zustande brachte. Es war einfach absurd, wie Begegnungen, mit denen man fest rechnete, einen mit mehr Gewicht erschlagen konnten als Überraschungen.

Der Meinung war ein etwa dreißigjähriger Hornbrillenträger mit einem Simpsons-Shirt auch. »He, ich wollte meinen Becher abgeben.« Ich taufte den Kerl Homer, was mir augenblicklich leidtat, denn den Sympathievorschuss verspielte er mit dem Klassiker der Diskussionen.

Ich nahm seinen Becher entgegen und beging jene fürchterliche Frechheit, nach dem dazugehörigen Chip zu fragen.

Homer sah mich mit einer Entrüstung an, die verriet, dass er sich gut darauf vorbereitet hatte, jetzt gleich so richtig empört zu sein. Im Prinzip war sein Gesicht also alles, was ich sehen musste, um zu wissen, wie der weitere Dialog verlaufen würde. »Welcher Chip?«

Ich seufzte nicht. Eine Entschuldigung musste für diesen Abend genügen und die gebührte definitiv einem anderen.

»Der, den ich dir mit dem Getränk gegeben habe.«

»Du hast mir keinen Chip gegeben.«

»Ich bin mir ziemlich sicher …«

»Nein«, unterbrach er mich. »Ich habe keinen Chip bekommen. Und überhaupt geht es hier ja um den Becher und nicht um den Chip, oder nicht? Und den hast du ja wohl!«

Der gängigen Ausrede folgte also auch die übliche Argumentation. Und da ich keine Diskussion über die Sinnhaftigkeit eines Chips führen wollte, zog ich im Gegenzug eben mein Totschlagargument zurate. »Anordnung des Chefs«, erklärte ich nüchtern. »Pfand gibt es nur gegen Becher und Chip. Die beiden gehören unwiderruflich zusammen. Wie Pinguine.«

»Das ist doch kein scheiß Pinguin!«, fuhr Homer mich an. »Das ist ein idiotischer Plastikbecher, für den ich einen Pfund bezahlt habe! Und ich verlange …« Er brach ab und sein Blick wandte sich abrupt nach rechts. Meiner folgte ihm und ich hätte wohl nicht überrascht sein sollen, als ich Instagram dort entdeckte.

Er hatte sich den fehlenden Meter zu Homer bewegt und reichte dem seinen eigenen Chip. »Danke, Mann«, maulte Homer. »Aber es geht hier ums Prinzip.«

Oh nein, bitte keine Prinzipien.

Instagram warf mir einen kurzen Seitenblick zu und wandte sich dann wieder an sein Gegenüber. »Sorry, Kumpel, ich glaube, bei so viel Starrsinn kommst du mit Prinzipien nicht weiter. Wir wollen alle noch vor der letzten U-Bahn heim. Also tu mir den Gefallen.«

Homer brummte irgendwas, woraufhin Instagram nur verständnisvoll nickte, ihm auf die Schulter klopfte und seinen eigenen Becher ohne ein weiteres Wort hinter dem Tresen auf die Arbeitsplatte stellte. Und damit verschwand er wieder in der Menge.

Starrsinn also. Ich hatte doch noch gar keine Gelegenheit gehabt, mich zu entschuldigen!

Allerdings blieb mir keine Zeit, mich darüber aufzuregen. Homers Eskapade hatte zu viele Leute warten lassen, die nun ungeduldig auf ihr Pfand warteten, einige wenige bestellten sogar noch einmal Nachschub.

Ich sortierte gerade einen Chip in das richtige Fach und fischte ein Pfundstück aus dem daneben, als ich eine Hand an meinem Rücken spürte. Die Heftigkeit, mit der ich zusammenzuckte, stand in keinem Verhältnis zu der eher zaghaften Berührung. Erschrocken fuhr ich herum und sah erst auf das dunkle Grau eines Shirts, das sich gerade so eng genug an eine Männerbrust schmiegte, um es wie ein Versehen wirken zu lassen. Es stellte keinerlei Muskelmasse zur Schau, aber genauso wenig infrage, dass sie vorhanden war. Meinen Blick riss ich los und dirigierte ihn nach oben, vorbei an dem Bart, der ein verspieltes Schmunzeln einrahmte, und schließlich blieb ich an dem hellen Blau von Instagrams Augen hängen. »Wie kann ich helfen?«

»Du«, stammelte ich und gab – einem bloßen Automatismus folgend – der Frau, die ich gerade bediente ihren Pfund wieder.

»Du hast mich eingearbeitet, schon vergessen? Ich muss doch irgendwas tun können.«

Ich komme schon klar, war die erste, unüberlegte und reflexartige Antwort, die mir auf der Zunge lag, aber ich schluckte sie herunter. Wenn ich schon keine prompte Entschuldigung hervorbringen konnte, dann wenigstens eine Art Antwort, wie Instagram sie hören wollte.

»Du kannst Becher und Chips gegen Pfand umtauschen, und falls jemand etwas bestellt, holst du mich, okay?«

Instagram nickte feierlich und nahm ein paar Pfundstücke entgegen, die ich ihm aus der Kasse gab wie Taschengeld. Mit denen bewaffnet trat er einen Schritt von mir weg, schnappte sich einen leeren, sauberen Becher, tat das Geld dort hinein und stellte einen zweiten Becher auf. Nach seinem ersten Tauschgeschäft landete dort der erworbene Chip. Dieser Mann dachte ja sogar mit!

Etwas mühsam riss ich mich von dieser beeindruckenden Beobachtung los und ging nun selbst an die Arbeit. Die Tauschabwicklungen gingen schnell vonstatten und nur einmal bat Instagram um meine Hilfe. Er rief mich nicht bei meinem Namen, sondern bei dieser unkreativen Bezeichnung »Dings«. Das Komplottgrinsen, das er dabei auf dem Gesicht trug, ließ mich nicht einmal daran denken, auf »Theo« zu bestehen.

Nach und nach dünnte das Getümmel aus und ließ erst Zeit zum Atmen, dann für gelegentliche Seitenblicke, die hin und wieder mit einem Grinsen erwidert wurden. Und schließlich ergaben sich erste Gelegenheiten, um ein paar Worte auszutauschen. Der Lärm ebbte genauso ab wie der Stresspegel und ich hatte wirklich, wirklich keine Lust, mich noch einmal als starrsinnig bezeichnen zu lassen.

Also trat ich an Winston heran und nahm ihm den Chipsbecher ab. »Danke für deinen Einsatz«, sagte ich ganz im Ton stumpfsinniger Bürokratie. Meine Mutter wäre stolz auf mich gewesen. »Hör zu, ich …«

»Du hättest mir schreiben können, und zwar unmittelbar nach deiner kleinen Recherche. Alternativ hättest du mich vorhin ausreden lassen können«, unterbrach Instagram mich und er machte nicht den Eindruck, als wäre ihm bewusst, dass er im Ausgleich nun mich unterbrochen hatte. »Und ich hätte nun wirklich damit rechnen können. Allein die Liedersuche zieht ja schon Internet nach sich. Eine Vorwarnung wäre also angebracht gewesen.« Mir schien, als hätte er sich hierzu mehr Gedanken gemacht als ich zu meiner Entschuldigung. »Ich schlage also vor, dass wir quitt sind. Abgemacht?«

Darüber musste ich nicht eine Sekunde nachdenken. Mir blieb diese verdammte Entschuldigung erspart! »Normalerweise neige ich ja zu Starrsinn, aber meinetwegen.«

Instagram grinste das breiteste Grinsen, das ich bisher auf seinem Gesicht gesehen hatte. Er schien gerade zu einer Antwort anzusetzen, als sein Blick an mir vorbeiglitt. Was auch immer er da sah ließ ihn seufzen, wie jeder richtige Gastronom es tat, dessen Privatgespräch vom Auftauchen eines Gastes unterbrochen wurde. Ich war drauf und dran, ein bisschen mütterlichen Stolz für ihn zu empfinden, doch sämtliche auch nur annähernd mütterlichen Gefühle verpufften prompt, als seine Hand sich – diesmal fester als vor ein paar Minuten – auf meine Taille legte und mich beiseite dirigierte. »Ich mach das«, raunte er mir zu und drängte sich dicht an mir vorbei.

Während er sich dem entzückten Lächeln einer Blondine widmete, gab ich mir redlich Mühe, das Echo seiner Berührung zu ignorieren, das in meinem Körper nachhallte. Zu diesem Zweck öffnete ich den Geschirrspüler und startete das Tetris mit den Bechern, um nicht mehr als maximal zwei Spülvorgänge zu benötigen. »Ihr seid jetzt also schon wieder in London? Keine weiteren Festivals mehr diese Saison?«, hakte ich beiläufig nach, als ich aus dem Augenwinkel sah, dass Instagram seine Mission erfolgreich abgewickelt hatte.

Er antwortete nicht gleich, und als ich stirnrunzelnd zu ihm aufblickte, hielt er mir den Becher entgegen und strahlte wie ein Kind beim ersten Schneefall des Jahres. »Genau deshalb bin ich hier.«

»Weil …« Ich suchte nach der erstbesten Theorie, »… eure Saison rum ist, dir das Geld ausgeht und du einen Job suchst?« Zugegeben, das war weder einfallsreich noch realistisch.

»Nein«, war die bloße Antwort – gemeinsam mit diesem irritierend liebenswerten Ausdruck der Begeisterung auf seinem Gesicht. »Ganz im Gegenteil und ich glaube, du bist eine der wenigen, die meine Freude nachvollziehen können. Also auf einem anderen Level als Marketing.«

Ich sah ihn nur irritiert an, während ich den Geschirrspüler schloss und mich aufrichtete. »Sei mir nicht böse, aber ich habe keine Ahnung, wovon du redest.«

Böse schien er darüber keineswegs. Ganz im Gegenteil wirkte er fast schon aufgeregt, mich endlich ins Bild setzen zu können. Und allein wie er da stand, mich problemlos um einen halben Kopf überragte und die tätowierten Arme, der Bart und die breiten Schultern versuchten, einen würdigen Kontrast zu dem Funkeln in seinen Augen zu bilden … Ich hatte Mühe, ein entzücktes Seufzen niederzuringen.

»Es könnte sein, dass du mich gleich nicht mehr leiden kannst.« Das Funkeln in den Augen flackerte und verriet damit, dass das keine taktische Verzögerung war, sondern ein Gedanke, der ihn tatsächlich gerade ereilt hatte.

»Dann stell mich auf die Probe.« Allmählich wurde ich ernsthaft neugierig. Hatte Willow Gesellschaft bekommen? Hatten die Verkäufe seiner Musik irgendeine Schallgrenze durchbrochen? Waren ihm die Lyrics zu einem neuen Song gelungen? Aber was davon sollte meine Sympathie verspielen?

»Seit letzter Woche ist offiziell, dass wir als Support für Martha's Sons bestätigt worden sind. In einem Monat gehen wir mit ihnen auf Europatour.«

Ich tat nicht mehr, als irritiert zu blinzeln und Instagram anzustarren, der wiederum sichtlich Mühe hatte, seine Freude wenigstens ein kleines bisschen im Zaum zu halten. Als ich nicht gleich reagierte, redete er weiter.

»Ehrlich gesagt bin ich heilfroh, dass du so inkonsequent recherchierst. Die Info ist längst publik, und ich wäre untröstlich gewesen, wäre mir dieses Gesicht entgangen.«

Er deutete auf mich und erst damit löste ich mich aus meiner Starre. »Ist das dein Ernst?«, stieß ich ungläubig aus. »Martha's Sons?«

Er nickte und provozierte damit die einzig logische Reaktion.

»Du Arschloch!« Ich lachte – noch immer etwas ungläubig. »Ich bin so wahnsinnig neidisch, du hast ja keine Vorstellung. Wie geil ist das denn bitte? Wie viele Konzerte sind das? Hast du sie schon kennengelernt? Du musst mir unbedingt ein Autogramm besorgen!«

Instagram kniff die Augen leicht zusammen und musterte mich. »Ich bin unschlüssig, ob du mich gerade hasst oder dich für mich freust.«

»Beides«, sagte ich prompt und wahrheitsgemäß. Um genau zu sein war der Impuls, ihn ob dieser Neuigkeit zu umarmen, fast übermächtig, doch es gelang mir, ihn etwas umzuleiten. »Drinks! Wir müssen anstoßen.«

»Oh, Gott sei Dank«, seufzte er. »Richtiges Bier.«

»Kein Bier.« Das kam überhaupt nicht infrage. »Der Anlass verlangt nach etwas Richtigem.«

»Aber …« Er wirkte fast ein wenig verzweifelt. Also legte ich beschwichtigend meine Hand auf seine Schulter und … ja, ich zögerte, ehe ich diese kleine Grenze überschritt. Ich hatte nie zu den Menschen gehört, die andere bei jeder Gelegenheit anfassten und genauso wenig zu denen, die sich gern mit solchen Menschen umgaben. Aber es hatte sich in dem Moment richtig angefühlt und nun, da die Schwelle überschritten war, mochte ich es hier. Viel lieber sogar als auf der anderen Seite.

»Vertrau mir«, sagte ich und schob ihn einen Schritt nach hinten, um an die Schublade zu kommen, in der sich ein Teil der Softdrinks befand. Als ich auch den dazugehörigen Alkohol hervorholte, hatte ich Instagrams wohlwollende Aufmerksamkeit.

Kurzerhand zauberte ich zwei Tequila Tonic nach Augenmaß, garnierte sie zur Feier des Tages mit einer Orangenzeste und schob die Frage beiseite, ob er vielleicht mit dem Auto hierhergefahren sein mochte.

Ich reichte ihm sein Glas und hielt meins in die Höhe. »Auf eure Europatour?«

Er grinste und sein Blick hielt meinen fest, während das Klirren zweier Gläser erklang, die sachte aneinanderschlugen. »Und auf Menschen, die verstehen, dass es mehr ist als das.«

Ich war nicht sicher, ob ich vollumfänglich verstand, was diese Tour für ihn bedeutete. Seit Jahren vergötterte ich die Martha's Sons und hatte mich als Teenager einmal davongestohlen, um sie entgegen dem Hausarrest, der mir erteilt worden war, bei einem Open-Air-Konzert zu sehen. Das mag nach einer Lappalie klingen, allerdings war mir auch mit 16 Jahren schon bewusst gewesen, was ich der Frau eines toten Mannes und der Mutter eines toten Sohnes damit antat, wenn ich spurlos verschwand. Ich war als Fan vermutlich wesentlich besser als als Tochter.

Winston allerdings hatte in dieser Band mehr gefunden als einen musikalischen Favoriten. Für ihn waren es Vorbilder für einen Traum, den er im Begriff war, sich wirklich zu erfüllen. Ich wusste also, dass diese Tour mehr für ihn war als die Möglichkeit, mit einer bekannten Band auf der Bühne zu stehen. Nur hatte ich keine Ahnung, wie sich das anfühlen mochte.

»Du hast meine Fragen noch nicht beantwortet«, erinnerte ich ihn und nippte an meinem Glas. Meine Mischung war definitiv etwas großzügig geraten. »Und wo geht es los? In welchen Städten tretet ihr auf? Was steht jetzt noch an und …« Ich unterbrach mich kurz und deutete auf ihn. »Jetzt erzähl schon, sonst fällt mir noch mehr ein, und wir verlieren den Überblick.«

»Wir starten hier in London«, erzählte er und schien sich redlich darum zu bemühen, nicht vor Stolz zu platzen. »Aktuell sind wir also im Studio und nehmen Songs auf.« Er zog dieses Notizheft aus seiner Hosentasche, aus dem er vorhin einen Zettel herausgerissen hatte, und packte es dann wieder weg. »Drei hatte ich schon fertig, und für das Album wird es noch ein paar brauchen, also ist das jetzt mein ständiger Begleiter.« Er zuckte dabei mit den Schultern, als müsse er das irgendwie entschuldigen. »Deshalb sitze ich aktuell jeden Tag mit Tobey zusammen und wir basteln an den Songs oder die gesamte Band spielt die ein. Es gibt Proben, Feinschliff, Änderungen und …«

»Fünf Bier!«, unterbrach ihn ein Zwischenruf.

Wir beide fuhren herum und entdeckten einen hochgewachsenen, breiten Kerl an der Schwelle zum Konzertraum stehen. »Fünf Bier«, wiederholte er. »Für die Band.« Und damit verschwand er wieder im Vorraum, wo sich jene Band und einige übrige Fans am Merchandisestand herumtrieben.

Als Instagram sich zu mir umwandte, hatten sich Falten zwischen seine Augenbrauen gelegt. Dieses zarte Maß an Empörung stand ihm ausgesprochen gut. »Das ignorieren wir, oder?«

Es war herzergreifend, wie viel Solidarität diese knappe Frage ausdrückte, aber ich schüttelte den Kopf. »Wir«, ich betonte das Wort extra, »haben gar keine Wahl, wenn wir wollen, dass sie uns in Ruhe lassen. Zum Glück ist die Bar ja auf unserer Seite.«

Damit zog ich die Bierschublade auf und holte fünf Flaschen Becks hervor.

Das kehlige und ehrliche Lachen, mit dem Instagram meine kleine Gemeinheit kommentierte, war ein Musterbeispiel der Schadenfreude. Wäre dieser Kerl mir nicht ohnehin längst sympathisch gewesen, hätte er damit wohl die letzten notwendigen Pluspunkte erhalten.

»Willst du oder geh ich?«, fragte ich, und tatsächlich wirkte Instagram kurz überrascht von diesem Angebot. Die Überraschung wich schließlich einem Ausdruck von Gehässigkeit.

»Bis gleich.« Damit schnappte er sich die Flaschen und verließ den Vorstellungsraum. Selbstverständlich nutzte ich die Meter, die er dafür brauchte, um seine Rückansicht sehr bewusst zu betrachten – breite Schultern, die in eine schmale Hüfte mündeten, als hätte man mit einem 3D-Drucker die Idealvorlage männlicher Proportionen modelliert. Lediglich die Hose war zu weit, um ein Urteil über den Hintern zu fällen, aber ich wollte nicht kleinlich sein. Ohnehin wünschte ich mir längst meine pragmatische Ironie zurück, die alles gewesen war, was ich vor zwei Wochen für diesen Kerl übriggehabt hatte.

Zwei Wochen waren wohl eine zu lange Zeit, die mich von diesem viel entspannteren Gemütszustand trennte. Die Ruhe, die mein Puls in Instagrams kurzer Abwesenheit gewonnen hatte, verlor sich, sobald ich Schritte hörte, die sich der Bar näherten und ich sein eher genervtes Gesicht sah. »Amerikaner«, schnaufte er.

Mehr musste er gar nicht sagen, damit ich verstand, was er meinte, und damit ich außerdem kicherte wie ein Teenager.

Instagram griff nach seinem Drink, der noch immer dort stand, wo er ihn zurückgelassen hatte, und gesellte sich damit zu mir und der Spülmaschine, die in zwölf Minuten verkünden würde, dass die Armee an Bechern wieder kampfbereit war.

Er warf kurz einen Blick zur Bühne, wo die Techniker gerade die letzten Handgriffe taten. Wer bereits in den Genuss gekommen ist, ewig zwischen einer Vorband und dem Hauptact zu warten, der wäre erschüttert, wie viel schneller so ein Abbau vonstattenging. Instagram besah diese ausschleichenden Arbeiten mit einem Lächeln, aus dem ich Vertrautheit zu lesen glaubte, und lehnte sich dann gegen die Arbeitsplatte – nah genug, dass ich meinen Kopf an seine Schulter hätte lehnen können. »Du hast mir noch nicht erklärt, seit wann du als Infusionsständer tätig bist.«

Dieser Themenumschwung traf mich derart unvorbereitet, dass ich mein Gegenüber nur entgeistert anstarrte. Mir war zunächst nicht einmal klar, wovon er da redete, bis er mir auf die Sprünge half.

»Dein Foto mit dem Hund am Tropf.«

Nun wusste ich immerhin, wovon er sprach, aber noch lange nicht, weshalb. »Ich … Du … die Tour! Du erinnerst dich? Ihr als Vorband der Martha's Sons. In Europa, verdammte Scheiße! Wieso willst du jetzt über Gargoyle reden?«

»Gargoyle? Das ist sein Name?«

Ich setzte dazu an, die Frage zu bejahen und vielleicht noch ein paar Randinformationen zu geben, schüttelte dann aber den Kopf. »Du lenkst ab«, stellte ich stattdessen fest. »Wieso?«

Mit seinem Drink deutete er zu dem Ausgang, von dem er gerade zurückgekehrt war, und beugte sich dann leicht zu mir, als würde er mir gleich ein Geheimnis verraten. Als ob irgendeine Frau auf diesem Planeten in seiner Nähe empfänglich für Verschwörungen wäre. Für viele andere Dinge, nur bestimmt nicht für Dialoge, die ein ernstzunehmendes Level an Konzentration erforderten. Als wäre ihm das nicht bewusst, raunte Instagram mir zu: »Ich habe gerade fünf geschlagene Minuten in der Anwesenheit selbstverliebter Musiker verbracht, die sich gegenseitig auf die Schulter klopfen. Daher dachte ich, ich lerne aus den Fehlern anderer, um nicht zu riskieren, dass du nie wieder ein Wort mit mir redest.«

Für mich gab es zwei Möglichkeiten, auf diese Erklärung zu antworten – die angemessene und die, die mich ernsthaft nervös werden ließ. Aber Himmel noch mal, ich war Theo Coleman. Damit war es sozusagen meine Pflicht, die zweite Variante auszutesten. Also biss ich mir verlegen auf die Unterlippe, was Instagram nicht entging und mir damit vielleicht den kleinen Vorteil einspielte, den ich mir von dieser Geste erhoffte. »Wirklich? Was du nicht riskieren willst, sind nur Worte?«

Ich sah das Erstaunen kurz in seinen Augen aufblitzen, und dann spielte der Schalk um seine Mundwinkel, als hätte er nur auf diese Einladung gewartet. »Nein.«

Mehr sagte er nicht. Nur das. Ein einziges verdammtes Wort, mit dem er mir ohne Umschweife bestätigte, dass er nicht einfach nur hier war, um zu reden. Mit dem er meine Aufregung und Neugier zu Höchstleistungen antrieb, um dann … nichts zu tun. Er stand dicht vor mir – zu dicht, um auch nur einem klaren Gedanken Platz zwischen uns einzuräumen. Und genau so wartete er seelenruhig auf meine Reaktion.

Dieser elende Mistkerl …

Entgegen dem Bedürfnis zu hyperventilieren zog ich nur meine Augenbraue in die Höhe und zwang meine Lippen zu einem zarten, verständnisvollen Lächeln. »Dann sei unbesorgt – ich würde dich nicht nach dieser Tour fragen, wenn es mich nicht wirklich interessierte. So höflich bin ich nicht.«

Instagram nickte, als hätte er mehr verstanden als den bloßen Inhalt meiner Worte. »Ich auch nicht«, sagte er. »Was also hat es mit diesem Hund nun auf sich?«

Ich gab nach – nicht zuletzt, weil er mich damit wieder in etwas sicherere Gewässer lockte, in denen ich auf mehr reagieren konnte als auf ein vielsagendes Nein. »Ein Streuner. Er wurde vor zwei Tagen aufgelesen und von uns behandelt …«

»Uns?«, hakte Instagram nach, und mir wurde allmählich bewusst, wie wenig ich ihn bisher hatte wissen lassen und wie umfangreich dieser Nachholbedarf war. So lange hatte ich nun auch nicht in sicheren Gewässern fahren wollen …

»Die Kurzfassung ist, dass ich aushilfsweise in einer Tierklinik arbeite. Um Eindrücke zu gewinnen und zu entscheiden, ob ich in diese Richtung studieren werde.«

Instagram gab sich damit vorerst zufrieden und nickte.

»Und der Hund …«

»Der Hund wurde wie gesagt zu uns gebracht, von einem Tierschutzverein.«

»Noch eine Kurzfassung, nehme ich an?« Seine Augen grinsten mich über das Glas hinweg an, aus dem er einen Schluck nahm.

Ich beschränkte mich auf einen ermahnenden Blick, ehe ich fortfuhr. »Wir haben den Hund versorgt und kurzzeitig untergebracht, bis er fit genug war, um heute in die Pflegestelle umzuziehen. Und weil er bei Männern ziemlich aggressiv wird, hatte ich die Ehre, ihn vorgestern mit seiner Infusion zu versorgen. Ende der Geschichte. Ihr habt also neue Songs?«

Instagram schien kurz zu zögern, ob er dem Themenumschwung stattgeben wollte, und entschied sich schließlich dafür. »Haben wir. Aber sie werden erst im Laufe der Tour in den Stream gehen. Bisher sind nur vier davon fertig aufgenommen und abgemischt. Am Rest sitzen wir noch und das fertig zu bekommen, ehe die Tour startet, wird ziemlich knapp, weil noch ein paar Auftritte bei Festivals zugesagt sind. Und das Album soll mindestens zehn neue Songs bekommen, die vorher auf noch keiner EP erschienen sind. Für zwei fehlt mir bisher noch jede Idee.«

Das klang tatsächlich nach mehr Arbeit, als ich es mir vorgestellt hatte. »Wer hätte gedacht, dass es so anstrengend ist, wenn sich Träume erfüllen«, murmelte ich. »Musst du die Texte wirklich komplett allein schreiben?«

»Die erste Version schon und mit der setzen Tobey und ich uns zusammen und machen einen Song draus, den wir dann der übrigen Band und Produzenten zum Fraß vorwerfen.«

»Das klingt grausam.« Ich leerte mein Glas und befand, dass ich es bei diesem einen lieber beließ. Wer wusste schon, ob Winston Lewis Bell vielleicht doch ein anständiger Mann war, der zwar mit einer Frau trank, sie jedoch nicht anrührte, wenn sie es damit etwas übertrieben hatte.

»Es ist eigentlich hilfreich und filtert die schlechten Zeilen raus.«

»Das Schwierigste ist also eher die Inspiration?«

Winston lachte. »Das Schwierigste ist ein Sänger, der jedes Mal meckert, dass sich die Texte nicht reimen. Dan behauptet, er würde sie dann leichter lernen, was Unsinn ist. Bei den Gedichten in der Schule früher hat er auch geflucht. Macht also keinen Unterschied. Fakt ist einfach, dass ich kein Händchen für Reime habe und die Texte scheiße klingen, wenn ich es versuche.« Er zuckte mit den Schultern und nippte an seinem Glas. »Das hat man davon, wenn man die Lyrics ausgerechnet dem Drummer überlässt.«

Ich gluckste, schüttelte meinen Kopf und wägte noch ab, womit ich antworten wollte – ob mit der Frage, warum man einem Drummer weniger zutrauen würde, oder mit dem Geständnis, dass mir das Manko der fehlenden Reime noch gar nicht aufgefallen war. Doch noch ehe ich mich festgelegt hatte, ließ Winstons Lächeln etwas nach und er kniff die Augen zusammen, als würde er über seine nächsten Worte gründlich nachdenken müssen. »Nein, im Ernst … Ich glaube, das Schwierigste sind die richtig guten Zeilen«, sagte er und nickte, als wäre er sich erst jetzt seiner Worte sicher. »Sie passen zu fast jedem Song. Aber nutzen kann man sie nur genau ein Mal. Die Frage ist also, wo der richtige Platz für sie ist, und die Antwort darauf sollte einem später besser nicht leidtun. Das gilt für die Musik gleichermaßen wie hierfür …« Er deutete exemplarisch auf seinen rechten Arm, und ich kam nicht umhin, einen genaueren Blick auf die Zeichnungen zu werfen, die seine Haut zierten. Tatsächlich fand ich einige mal feine, mal herausstechende Zeilen, die sich um die Formen und Bilder auf seinen Armen wanden. Ein paar davon erkannte ich wieder.

»Mein Plan war, die beste Zeile jedes Songs zu verewigen, den ich veröffentlichen kann«, erklärte er und runzelte die Stirn. »Wenn man das jetzt laut hört, klingt das ein bisschen selbstverliebt.«

Ich lachte leise und strich behutsam mit meinem Zeigefinger über die Schriftzüge auf seiner Haut. Eine Zeile erkannte ich aus einem seiner eigenen Songs und weitere Lyrics ordnete ich Martha's Sons zu. »Ich frage mich eher, wo dafür noch Platz sein soll.«

Als ich keine Antwort bekam, zog ich meine Hand zurück und blickte auf, wo diese blauen Augen mich unverwandt ansahen. In ihnen funkelte unverkennbar der Spieltrieb und darunter verborgen noch etwas anderes, das nur darauf zu lauern schien, endlich in den Vordergrund zu treten. »Zwing mich bitte nicht, so plumpe Dinge zu äußern wie ‚Finde es selbst heraus.'«

Dass er dabei wirklich ein wenig gequält klang, ließ mir gar keine andere Wahl, als meine Lippen mit einem triumphierenden Grinsen kämpfen zu lassen und dieses Ringen zu unterbinden, indem ich mir fast beiläufig mit der Zungenspitze über die Unterlippe strich. »Weil du befürchtest, ich könnte dem nachgehen?«

»Nein«, sagte er und einmal mehr beugte er sich zu mir. Diesmal warf er sogar einen Blick zur Bühne, als befürchte er, irgendwer könnte uns belauschen. »Weil ich Bedenken habe, dass du angesichts dieser Plumpheit das Interesse daran verlieren könntest, dem nachzugehen.«

»Erfahrungswerte?« Es schien mir unzweckmäßig, ihm zu widersprechen und zu behaupten, dass ich nicht einmal darüber nachdachte, herauszufinden, wie weit sich diese Tätowierungen ausbreiteten. Wobei die dabei tatsächlich eine eher untergeordnete Rolle spielten.

Er grinste, als würde ihm genau dieser fehlende Widerspruch bewusst auffallen. Vielleicht war dem sogar so. Eine Antwort aber blieb er mir schuldig. Der Geschirrspüler entschied, dass die zwölf Minuten seiner Arbeitszeit beendet waren und machte sich lautstark, ja regelrecht penetrant, bemerkbar. Ich schwöre, noch nie zuvor war mir dieser Signalton so schrill erschienen.

Schnaufend wandte ich mich der Maschine zu und öffnete sie, um den Wasserdampf in die Welt zu entlassen. »Und wie suchst du die Zeilen aus?«

»Was meinst du?«

»Wenn es ein ganzes Lied ist, das einfach perfekt scheint. Du kannst nicht immer die kompletten Lyrics tätowieren lassen. Ich habe mir zwar noch kein genaues Bild gemacht, aber ich behaupte, auch auf dir ist die Fläche begrenzt.« Ich gönnte mir ein kleines, herausforderndes Lächeln und lehnte meine Hüfte seitlich gegen die Arbeitsfläche, während ich Instagram ansah. »Wie wählst du den Ausschnitt also aus, den du ewig mit dir herumträgst?«

Er runzelte die Stirn und schien ehrlich darüber nachdenken zu müssen, als hätte er sich die Frage noch nie gestellt. Was vielleicht sogar zutraf, wenn ich berücksichtigte, wie freigiebig er mit seiner Oberfläche umging. Und tatsächlich lautete seine Antwort schlicht: »Das suche ich meistens ganz spontan aus. Nach Bauchgefühl.«

Ich lachte und kam um ein Kopfschütteln einfach nicht herum.

»Was?«, fragte er verständlicherweise.

»Bei meinem ersten Tattoo wusste ich anderthalb Jahre lang, aus welchem Song es sein muss, aber ich habe zwischen drei Textzeilen geschwankt und mich ewig nicht entscheiden können. Und beim zweiten habe ich überlegt, ob ich den Text etwas abwandle, sodass er besser zu mir passt. Und die Frage, ob ich das der Arbeit eines Songwriters wirklich antun will, hat mich wieder Monate gekostet.«

Winston hakte nicht nach, von welchen Liedern ich sprach oder für welche Zeilen ich mich entschieden hatte. Stattdessen nutzte er meine Frage als Gelegenheit, seinen Blick ungeniert über meinen Körper gleiten zu lassen. Nicht selten blieb er dabei an Regionen hängen, die sich als Antwort auf seine nächste Frage eher weniger anboten. »Wo bist du denn bitte tätowiert?«

Er klang regelrecht ungläubig, als er das fragte. Als gäbe es keinerlei Nuancen zwischen einem leeren Blatt Papier und einer voll beschriebenen Seite. Dabei sollte gerade er es doch besser wissen.

Diesmal war ich diejenige, die einen kurzen Blick zur Bühne warf, um sicherzugehen, dass die Bühnentechniker auch wirklich abgezogen waren. Dann packte ich den Saum meines unförmigen Nirvana-T-Shirts und zog es mir über den Kopf.

Vielleicht ließ ich mir dabei etwas mehr Zeit als nötig und vielleicht kostete ich den Blick des Mannes vor mir etwas zu sehr aus.

Wussten Männer eigentlich, wie viel Spaß es machte, ihren Blick auf diese bestimmte Weise entgleiten zu sehen? Und dass allein das fast schon Motivation genug war, um mit dem Ausziehen einfach weiterzumachen?

Ich beließ es vorerst dabei, das zu große Shirt gegen ein Top mit dünnen Trägern getauscht zu haben, das es mir möglich machte, die Frage zu beantworten, die Winston längst vergessen zu haben schien. Mit einem unschuldigen Lächeln drehte ich mich um und präsentierte ihm die fein geschwungenen Worte, die unterhalb meines Nackens in meine Haut geschrieben standen.

»We're all born as dreamers – captains of the dandelion seeds.«

Winston trat an mich heran, und ich zuckte zusammen, als ich seine Fingerspitzen am Rand des Stoffes zwischen meinen Schulterblättern fühlte. »Darf ich?«, fragte er leise, und ich schmunzelte unweigerlich. Eben noch hatten wir über mein Interesse gesprochen, ihn sämtlicher Textilien zu entledigen und nun fragte er brav um Erlaubnis, mein Top ein bisschen nach unten schieben zu dürfen, um den gesamten Text meiner Tätowierung lesen zu können.

Ich beschränkte mich auf ein Nicken. Daraufhin passierte gar nicht mehr, als dass Fingerspitzen nur ein paar Zentimeter meiner Haut entblößten. Mein Körper honorierte diese Berührung mit einem wohligen Schauer, der eine Gänsehaut über meine Arme schickte. Winston konnte diese Reaktion unmöglich entgehen.

»And now we're liars captured in a dreary airplane«, beendete seine warme Stimme die Zeilen des Refrains, der meinem Lieblingslied entstammte. Dann beugte er sich etwas nach vorn, bis sein Bart leicht an meiner Schulter kitzelte. »Und das zweite?«

Ich schloss kurz meine Augen und atmete tief durch, ehe ich mich zu Winston umdrehte – fest entschlossen diesen Moment zu nutzen. Ich wollte herausfinden, ob er nur spielen oder auch einen Schritt weiter gehen wollte. Mir entging nicht, dass seine Hand auf den Zeilen dieses Songs liegen geblieben war. Sein Daumen strich über meine Haut. Diese scheinbar beiläufige Geste und sein abwartender, neugieriger Blick machten es mir schließlich sehr leicht, eine Hand nach ihm auszustrecken, und sie in seinen Nacken zu legen. Es brauchte nicht mehr als meine Fingerspitzen, die sachte über seine Haut glitten. Noch ehe sie den Ansatz seiner Haare erreicht hatten, beugte Winston sich zu mir herab und küsste mich.

Nicht auf diese vorsichtige Weise, mit der erste Küsse sich über unsichere, viel zu sanfte Berührungen hin entwickelten. Da war kein holpriges aneinander Gewöhnen, sondern der Geschmack nach Tonic und Tequila und nach viel, viel mehr, das ich am liebsten sofort ergründet hätte. Winstons Kuss war genau die Kostprobe, die ich brauchte, um mir sicher zu sein, dass ich die Einladung aussprechen wollte, die in meinem Kopf herumspukte. Sie fand in dem Moment ihren Weg über meine Lippen, als diese wieder freigegeben wurden.

»Das zweite Tattoo … Vielleicht findest du es einfach selbst heraus«, sagte ich und ärgerte mich ein bisschen, dass meine Stimme dabei leicht wankte.

Dieser kleine Funke Unsicherheit tat meinen Worten allerdings keinen Abbruch. Die Gelassenheit in Winstons Blick kippte. Ich konnte ihr richtig dabei zusehen. Und das war noch viel besser als dieses kleine Stolpern, als ich mein Shirt ausgezogen hatte. »Jetzt gleich?«

Und weil ich zu großen Gefallen daran fand, solche Reaktionen an ihm zu beobachten und – besser noch – schuld daran zu sein, konnte ich es nicht sein lassen und biss mir auf die Unterlippe. Dabei warf ich einen sehr absichtlichen Seitenblick auf die Arbeitsplatte neben uns, ehe ich ihn wieder ansah. Ohne einen Ton zu sagen und nur darauf wartend, was dieser kleine Blick für eine Reaktion hervorrufen würde.

Worauf ich spekulierte, war ein weiterer Kuss. Ich hatte nicht damit gerechnet, dass Winston mich prompt an den Hüften packte und so drehte, dass er mich mühelos auf die Kante der Arbeitsplatte setzen konnte. Und ehe ich dazu gekommen war, richtig Luft zu holen, saß ich vor ihm – seine schmale Hüfte zwischen meinen Beinen. Seine Arme stützten sich rechts und links neben mir ab und sein Gesicht trennten nur wenige Zentimeter von meinem. Ich war sicher, dass er merken musste, dass mir das Herz bis zum Hals schlug. Vermutlich konnte ich von Glück sprechen, dass die Band ihre Getränke schon vorher bestellt hatte und auch sonst niemand mehr Interesse an der Bar fand.

Winston schien über derlei optionale Unterbrechungen nicht einmal nachzudenken. Nun war nämlich er derjenige, dessen Lippen ein Lächeln umspielte angesichts des verdutzten Gesichts, in das er schaute. Sein Blick hielt meinen auf eine Art fest, die mir das Gefühl gab, dass in diesem Moment Publikum und Band diesen Raum zurückerobern könnten – es wäre ihm völlig egal. »Mit solchen Andeutungen solltest du vorsichtig sein. Mir fällt spontan nur wenig ein, was ich nicht direkt auch in die Tat umsetzen würde.«

War das ein Ratschlag für die Zukunft? Für Wiederholungen von etwas, das noch nicht einmal stattgefunden hatte? Scheiße noch mal, allein die Vorstellung von Wiederholungen verursachte einen synaptischen Tumult. »Verstanden«, hauchte ich vielmehr, als dass ich es sagte, und nutzte diese perfekte Position, um mich das kleine Stück nach vorn zu beugen, bis meine Nasenspitze seine berührte, und als er sein Kinn leicht hob und seine Lippen meine gefunden hatten, fühlte es sich anders an als der vorherige Kuss. Die lockende Berührung seiner Zungenspitze, das Spiel seiner Zähne an meiner Unterlippe, das war keine Kostprobe mehr, das war die deutliche Bitte, die Suche nach dem zweiten Tattoo nicht weiter hinauszögern zu müssen. Wenngleich ich nicht glaubte, dass Winston dieses Tattoo noch ernsthaft interessierte.

Als ich merkte, dass nicht nur sein Kuss, sondern auch sein Körper sich allmählich auf mehr einstellte, wich ich ein Stück weit zurück, um Luft zu holen – und um diese Unterbrechung nicht bis zu einem Punkt hinauszuzögern, an dem sie nicht nur gemein, sondern grausam wäre. Meine Fingerspitzen strichen noch immer über den Bart an Winstons Wange, und ich glaubte, dass ich gut damit leben könnte, einfach nie wieder mit dieser simplen Berührung aufzuhören.

»Vielleicht beschränken wir uns für den Anfang darauf, dass du mich nach Hause bringst«, sagte ich leise und fast schon entschuldigend. Aber verflucht, nebenan waren mindestens fünf bis sechs Männer und wer weiß wie viele Gäste, die noch nicht verschwunden waren. Uns trennte ja nicht einmal eine geschlossene Tür!

Winston nickte und küsste mich noch einmal – kurz und versöhnlich. »In Ordnung, wie weit ist das weg?«

08.09.2018
21:17:02
An: Mum
Ich wollte dir sagen, dass ich den Plan nicht hingeworfen habe. Dass ich es Dad nachmache. Ich arbeite seit ein paar Wochen bei David und hatte vor, dir endlich davon zu erzählen. Aber du warst nicht da.

30 Tage

09. August 2018

Ich sah auf meine Armbanduhr, die mir aufzeigte, dass Mitternacht gerade verstrichen war. »Wir müssen den Bus nehmen. Die U-Bahn fährt nicht mehr.« Und einmal mehr ließ ich es unbeabsichtigt wie eine Entschuldigung klingen, dabei war er doch unangemeldet hier aufgetaucht. Mit einem standesgemäßen Treffen hätten sich solche Details viel leichter planen lassen. »Und ich fürchte, ich muss auch erst den Chef fragen, ob ich schon gehen kann, obwohl die Band sich noch huldigen lässt.«

Winston fluchte nicht einmal. Er ließ lediglich kurz seine Stirn auf meine Schulter sinken, was sich augenblicklich in die Reihe der Dinge einordnete, von denen ich unbedingt mehr wollte. Dann richtete er sich auf, kaum dass er ein kurzes, frustriertes Grollen von sich gegeben hatte, trat einen Schritt zurück und hob mich sogar von meiner kleinen Anhöhe herunter.

»Kann ich irgendetwas tun, um die Sache mit dem Feierabend zu beschleunigen?«

Die Art, wie er das fragte, brachte mich sehr, sehr nah an den Punkt, ihn zu bitten, die Tür da drüben zu schließen und dann da weiterzumachen, wo wir gerade aufgehört hatten. Ich ermahnte mich zu dem Funken Restvernunft, den ich noch hatte, und deutete auf die Kiste mit bunt gemischtem Leergut, die unter der Spüle auf Zuwendung wartete. Und wie es aussah, würde sie auch eher auf ihre Kosten kommen als ich.

»Da hinten in der Ecke«, sagte ich und deutete an Winston vorbei ans Ende der Bar, »stehen noch mehr leere Kisten. Wenn du die Flaschen nach Marke da rein sortieren könntest, wärst du meine Rettung. Dann schließe ich schnell die Kasse ab, bringe alles zum Boss und bettele um Gnade.«

Er dachte nicht eine Sekunde darüber nach, ehe er zustimmte und in die Richtung lief, die ich ihm gewiesen hatte. Ich kratzte derweil all meine übrige Konzentration zusammen und zählte Geld und Chips, verglich beides mit den Buchungen und zahlte den Überschuss in die Trinkgeldkasse ein.

Als ich fertig war, schnappte ich mir die Schlüssel für jede Schublade dieser Bar, die ich eine nach der anderen verriegelte. Dem Vorrat Becks entnahm ich noch einmal fünf Flaschen und schloss dann auch dieses Fach ab.

Winston hatte seine Mission derweil selbstlos erfüllt. »Was jetzt?«, hakte er mit einer Motivation nach, die ich definitiv noch nie bei einer Aushilfe hatte erfahren dürfen.

»Jetzt gebe ich den Schlüssel ab, und du rufst bei der Band die letzte Runde aus. Und dann verschwinden wir.« Ich hoffte inständig, dass ich hier keine zu optimistische Lüge von mir gab.

Winston schnappte sich die fünf Flaschen und wartete darauf, dass ich einen letzten prüfenden Blick auf meinen Arbeitsplatz warf, dann ließ er mir den Vortritt und folgte mir nach draußen in den Vorraum.

Tatsächlich standen noch immer etwa zehn der Gäste bei der Band und unterhielten sich mit den Musikern. Während ich an dieser Traube vorbeilief, blieb mein Begleiter dort stehen und wurde direkt wie ein alter Freund begrüßt. Daran mochte das Bier schuld sein, das er dabeihatte. Aber ich kam einfach nicht von dem Verdacht weg, dass es ihm in den fünf Minuten, die er vorher mit der Gruppe verbracht hatte, gelungen war, genug Grundlage für so einen Empfang zu schaffen.

Big Boss brütete über E-Mails, als ich sein Büro betrat. »Die Schlüssel«, sagte ich. »Lass das Leergut einfach stehen, das räume ich morgen weg. Ich komme dann etwas früher und kümmere mich um den Rest, den ich heute nicht geschafft habe.«

Ich hatte gelernt, dass man Big Boss nicht um etwas bat. Eine Bitte verleitete ihn dazu, Dinge zu hinterfragen. Klare Aussagen und Lösungen brachten einen wesentlich leichter ans Ziel.

Big Boss hob kurz seine Hand, während er mit der anderen noch etwas tippte. Erst, als er seinen Gedanken oder den Satz zu Ende gebracht hatte, sah er mich an. »Wenn es dazu dienlich ist, deine Beziehung zu dem Schlagzeuger zu pflegen, mach Feierabend.« Auf meinen verblüfften Blick hin deutete er nach rechts. Dort im Regal flackerte der kleine Flachbildschirm mit vier Schwarz-Weiß-Bildern. Die Kameras. Scheiße, die hatte ich völlig vergessen! Auf dem Gesicht meines Vorgesetzten fand ich weder Empörung oder gar Lüsternheit noch irgendetwas anderes, was ich nicht darauf sehen wollte. Vielleicht ein bisschen Belustigung, und die hatte ich wohl verdient. »Du tätest mir ehrlich gesagt einen Gefallen, wenn du fallen lassen könntest, dass er sich auch gern nach seiner anstehenden Tour hin und wieder hier blicken lassen darf.«

Wow, Big Boss war also tatsächlich besser auf dem Laufenden über »seine« Bands als ich, die tagelang den privaten Kontakt gepflegt hatte.

»Chef, du klingst, als würdest du ein Bordell leiten und keinen Club«, merkte ich an und war ehrlich ein bisschen erleichtert über den erschrockenen und gar schuldbewussten Ausdruck auf seinem Gesicht.

»Das war nicht, was ich damit sagen wollte.«

Ich grinste und spürte dieses wohlige, vorfreudige Gefühl in meinem Bauch – die Resonanz der untrüglichen Gewissheit, dass ich meine Schicht jetzt würde beenden dürfen. »Danke, Boss«, sagte ich ehrlich und drückte ihm die Schlüssel in die Hand. »Die Kasse stimmt und …«

»Nun hau schon ab!«, lachte er. »Und verdreh dem Jungen den Kopf. Ich zähl' auf dich und mir ist egal, wie das klingt.«

Ich beschränkte mich auf ein Grinsen und verabschiedete mich, trat vor die Tür und … hätte erwartet, dass Winston dort wartete. Da oder vor der Garderobe – an irgendeinem leicht auffindbaren und ruhigen Ort, von dem man sich ohne weitere Umschweife davonstehlen konnte.

Ganz klar hatte ich nicht damit gerechnet, es hier mit einem Menschen zu tun zu haben, der weit weniger misanthropisch veranlagt war als ich. Er stand noch immer bei der Band und begutachtete das Cover von deren Vinylplatte. Was auch immer er dazu kommentierte, der junge Typ neben ihm stimmte begeistert zu. War Winston klar, dass er sich hier gerade einen neuen Fan angeworben hatte? Ob es ihm nun bewusst war oder nicht – er schien zu bemerken, dass ich mich näherte. Sofort fuhr sein Blick hoch und fand mich. Die Platte wechselte den Besitzer, noch ehe ich ihn erreicht hatte.

»Das ist mein Zeichen«, hörte ich Winstons Abschied. Er wünschte dem Knaben noch viel Erfolg, klopfte ihm fast väterlich auf die Schulter und kam mir dann entgegen. »Lass uns hier verschwinden, ehe ich ihm das noch mal erklären muss.«

»Was noch mal erklären?«, fragte ich, während ich längst von Winston in Richtung Ausgang geschoben wurde. Seine Hand lag dabei zuerst an meiner Taille, fand aber schon nach wenigen Schritten den Weg auf meine Hüfte, wo sie liegen blieb und geduldig darauf zu warten schien, ihren Weg zu meinem Po fortzusetzen.

»Schlagzeuger«, raunte er mir zu und warf einen Blick zurück über seine Schulter, als befürchte er, man könne uns folgen. »Er erfüllt leider das Klischee und …« Er gluckste und zog mich etwas enger an seine Seite. Ich fühlte seine Lippen nur hauchzart an meiner Schläfe, als sein Flüstern über meine Haut strich. »Du solltest wissen, dass dir jeder der Typen auf den Hintern glotzt.«

»Mh.« Ich legte meinerseits den Arm um Winstons Taille und sah zu ihm auf. »Vielleicht sehen sie in dir auch einen neuen Messias und starren nur auf deine Hand.«

Mir begegnete ein schiefes Grinsen, das sich prompt und energisch auf meine Lippen legte. »Dann wären sie größere Idioten als ich dachte.«

Als wir die Bushaltestelle erreichten, hatten wir mehr Glück, als es für Londoner Verkehrsmittel eigentlich vorgesehen war: Der Bus, der fast bis vor meine Haustür fuhr, erreichte die Haltestelle etwa eine Minute nach uns und setzte uns eine Viertelstunde später wieder ab. Die Minuten der Fahrt hatten sich in den Küssen verloren, in dem Dialog über diese Band, der sich nur schwerlich aufrechterhielt und in unzähligen, eigentlich belanglosen Berührungen, die es dennoch schafften, meine Nervosität und Vorfreude ins Unermessliche zu steigern.

Ich war aufgeregt, als ich die Tür aufschloss – so sehr, dass ich beinahe vergessen hätte, sie zuzutreten. Geschickte Hände, die sich ihren Weg unter mein Top gesucht hatten und über meine Seiten nach oben strichen, ließen nicht einmal den simpelsten, logischen Gedanken zu.

»Welches Zimmer?«, fragte Winston, sein Mund an meiner Kehle, die sich mit einem Mal viel zu trocken anfühlte, um zu antworten.

»Rechts«, krächzte ich völlig unpräzise, und wie durch Zauberhand öffnete sich die richtige Tür. Winston verschwendete keine Zeit für irgendwelche Umwege. Er fand das Bett und nahm diese Entdeckung zum Anlass, mich endlich von meinem Oberteil zu befreien. Erst dann erwachte ein vager Hauch von Interesse für meine Einrichtung, als er suchend an mir vorbeischaute. »Licht?«

Schmunzelnd streckte ich meine Hand nach der Lampe aus, die auf der Kommode neben uns stand und den Raum sofort in warmes Licht hüllte – und mich dem Deckmantel der Dunkelheit entzog und dafür in den aufregenden Fokus von Winstons Blick rückte.

Ich wartete kurz darauf, ob sein Blick bereits einen Fetzen der zweiten Tätowierung erhaschte, immerhin richtete er sich sofort auf die richtige Höhe dafür. Doch ich behielt recht, dass dieses noch unentdeckte Dekorationselement auf meinem Körper keine Rolle mehr für Winstons Handlungen spielte.

Sein Blick hatte längst aufgehört, nach irgendwas zu suchen. Der Ausdruck darin machte mehr als deutlich, dass er alles gefunden hatte, was er in diesem Moment brauchte. Ich genoss die Art, mit der er mich ansah, und die gleichermaßen das Staunen eines unbedarften Jungen in sich trug wie all die Ideen eines Mannes, der wusste, was er mit einem Frauenkörper anstellen konnte. Der zweite Part war der, der deutlich überwog und der mich dazu herausforderte, seine Erregung endlich auch woanders zu suchen als nur in seinen Augen.

Mit nervösen Fingern öffnete ich seine Jeans und brauchte nicht lange, um Winstons Geduld überzustrapazieren. Sie wich meinen zielgerichteten Berührungen, die mit ihm spielten. Zu gern hätte ich in seinen Augen dieselbe Entwicklung beobachtet, die meine Hand spürte und provozierte. Aber ich erhaschte nicht einen Blick in seine Augen. Winstons Hände hielten meinen Kopf fest und sein tiefer Kuss mein Denken, bis er mich von sich schob – weit genug, um ihn aus meiner kleinen Folter zu befreien.

Einen Moment lang betrachtete er mich mit einem Grinsen, das mit einem Ausdruck von Unglauben spielte. Dabei hatte ich doch kaum etwas gemacht! War er davon ausgegangen, ich würde mich einfach auf die Matratze legen und warten, bis er fertig war?

Winstons Blick fehlte nur noch ein Kopfschütteln. Stattdessen griff er an den Halsausschnitt seines Shirts und zog es sich über den Kopf, nur um es unachtsam auf den Boden fallen zu lassen. Damit entblößte er so viele noch unentdeckte Zeichnungen auf seinen Schultern, seiner Brust und wohl auch auf seinem Rücken, dass ich sie unmöglich so schnell betrachten konnte – nicht ganz und gar. Winston war mir zu schnell wieder zu nah – seine Lippen an meinem Hals, sein Bart, der so beiläufig über mein Schlüsselbein strich, dass mir diese banale Empfindung einen wohligen Schauer durch den gesamten Körper schickte.

Ich dachte gar nicht mehr an die Frage, welche Zeichnung die Haut unter meinen Fingern wohl gerade haben mochte. Und als er mich und sich selbst fast schon unwirsch von unseren Jeans befreite und mich dann mit sich auf das Bett zog, verlor ich jedes Interesse für irgendwelche Tinte. So gesehen ging es mir wohl ganz wie ihm.

Noch in der Umarmung, in der wir auf die Matratze gesunken waren, löste sich mein BH wie von selbst. Als Winstons Hand sich um meine Brust schloss, raunte er kehlig in unseren Kuss. Sein Raunen wurde zu meinem, als seine Berührung sich nicht lange dort aufhielt, sondern sich zielsicher und kein bisschen schüchtern meine Rippen entlangbewegte, über meinen Bauch und tiefer, wo ein lächerliches Stück Stoff sie von rein gar nichts abhalten konnte.

Ich keuchte erschrocken auf, als Winston deutlich machte, dass er auch an empfindlichsten Körperstellen kein Freund vorsichtiger und unnötig zaghafter Erkundungen war. Sein selbstgefälliges Glucksen, das erst über meine Lippen strich, dann mein Kinn und meinen Nacken entlang, und das ich dennoch kaum spürte, war Beweis genug, dass ihm sehr bewusst war, was er da mit mir anstellte. In mir regte sich ein winziger Funke Widerstand dagegen, ihn in seinem Hochmut auch noch zu bestärken. Nur stand diesem Einzelkämpfer eine ganze Schar an ganz anderen Funken gegenüber, die Winston in Begriff war, auszulösen. Noch bevor ihm das gelungen wäre, zogen seine Finger sich aus mir und von mir zurück – nur zu dem Zweck, mir den Slip von den Hüften zu streifen.

Diesen kurzen, schwachen Moment der Besinnung nutzte ich, um mich zur Seite zu rollen und aus meinem Nachtschrank ein Kondompäckchen hervorzuziehen. Dieses behielt ich bei mir und wandte mich Winston wieder zu, der mich mit einem einnehmenden Kuss wieder in seiner Umarmung willkommen hieß. Es fiel mir wahnsinnig leicht, mich dem Gefühl der Geborgenheit hinzugeben und dem der Erregung – meiner eigenen und seiner, die sich deutlich und fordernd an meinen Bauch drückte und deren Bitte ich nun auch endlich nachkommen wollte.

Ich legte eine Hand an Winstons Brust und drückte ihn sanft von mir, bis er auf dem Rücken lag. Er schien zu ahnen, was mir vorschwebte und beobachtete genüsslich, wie ich mich aufrappelte und rittlings auf seinen Schoß setzte. Seine Hände ruhten bereits vorfreudig auf meinen Oberschenkeln, während ich das Päckchen aufriss und ihm das Kondom überstreifte.

Er schien irgendetwas sagen zu wollen, doch diese dumme Idee unterband ich sofort. Ich beugte mich zu ihm, bis meine Lippen seine berührten – nur ganz zaghaft – und ich mit meinen Zähnen und meiner Zungenspitze seine Lippen neckte, ohne mich ganz und gar auf einen Kuss einzulassen. Ich war neugierig, wie lange er mir dieses kleine Spiel durchgehen ließ, während ich mich zeitgleich unendlich langsam auf ihn hinabsenkte. Winstons schwerer Atem und seine leisen Flüche – das alles schenkte mir die Genugtuung, die ich brauchte, um mir quälend viel Zeit zu lassen. Ich verharrte, um mir einen Moment zu nehmen für dieses Empfinden, an das mein Körper sich anpasste. Es dauerte kaum zwei Pulsschläge, bis er es mir schier unmöglich machte, weiter nur ruhig innezuhalten. Und doch kam Winston mir zuvor, diesen Moment zu beenden, indem er seinen Kopf hob und sich nun doch den Kuss nahm, den ich ihm vorenthalten hatte.

Als ich meine Hüfte in langsamen Bewegungen zu dem Rhythmus hin steigerte, von dem ich wusste, dass er mir das meiste Wohlbefinden bescherte, zerriss die Berührung unserer Lippen schließlich unter hektischer werdenden Atemzügen.

Winstons Griff wurde fester und seine Hüften drängten sich mir entgegen – nicht schneller und härter oder langsamer. Er versuchte nicht, mich in ein anderes Tempo zu dirigieren, sondern gab meinen Bewegungen ein Echo, das sie brauchten, um in meinem Körper widerzuhallen, lauter zu werden und ihn und mich schließlich unter letzten, tiefen Beben erzittern zu lassen.

Erschöpft sank ich nach vorn, bis ich auf Winstons Brust lag, die sich unter schweren Atemzügen hob und senkte. Ich wäre gern dort liegen geblieben – ein paar Minuten vielleicht, bis mein Körper sich in seinen Armen wieder beruhigt hätte. Stattdessen drückte ich nur einen flüchtigen Kuss auf seinen Hals – ein kleiner Abschied – und ließ mich neben ihn auf die Matratze fallen.

Winston blieb noch einen Moment neben mir liegen, ein leichtes Grinsen auf dem Gesicht, das er erst der Zimmerdecke schenkte, dann mir. Mit der Trägheit, der ein Körper nach dem Sex anheimfällt, drehte er sich zu mir und küsste mich. »Badezimmer?«, fragte er dann, seine Lippen noch immer auf meinen.

Ich deutete zur Tür, als wäre nicht mindestens dieser Schritt selbsterklärend. »Die Tür ganz am Ende des Flurs«, murmelte ich. Winston nickte und rappelte sich behäbig auf.

Erst, als er das Zimmer verlassen hatte, fiel meinem vernebelten Kopf ein, dass er vielleicht gar nicht nach dem Badezimmer an sich gefragt hatte, sondern nach einem Mülleimer für das Kondom. Dafür hätte er nur bis zur Ecke dieses Zimmers gehen müssen. Glucksend rieb ich mir über das Gesicht. Die Vorstellung, wie Erin später heimkommen, sich abschminken und die Wattepads entsorgen würde, um dann einen Tobsuchtsanfall zu bekommen …

»Ich bin ein Idiot.« Winston verkündete diese Erkenntnis, als er in das Zimmer zurückkehrte und riss mich damit aus meinem kleinen Kopfkino.

»Mh?«, machte ich und blinzelte ihm entgegen.

Mit einem schuldbewussten Seufzen setzte er sich an den Rand der Matratze, und ich rollte mich leicht auf die Seite, um ihn fragend anzusehen. Dabei gönnte ich meinem Blick einen kleinen Umweg über Winstons kräftige Oberarme und Schultern und die Bilder, die darauf verewigt waren. Sie gingen zum Teil so nahtlos ineinander über, dass ich Zeit benötigen würde, um sie mir wirklich alle bewusst anzusehen. Irgendwann, sagte ich mir. Vielleicht.

»Bei deiner Einladung, dich heimzubringen, habe ich genau bis zu deinem Bett gedacht und keinen Schritt weiter.«

Ich grinste. »Das muss dir nicht leidtun, ging mir genauso.« In einer nur zum Teil gespielten, tröstenden Geste legte ich eine Hand auf seine, mit der er sich abstützte.

Und da war es wieder, dieses Blitzen im Blau seiner Augen, wie Sonnenlicht, das sich für den Bruchteil einer Sekunde durch Wolken hindurchstahl und an der Oberfläche eines Sees brach. Sein Blick hielt meinem dabei auch nur kurz stand, ehe er von meinen Augen weg glitt. »Allerdings hast du nicht das Problem, dass … Moment.« Was auch immer er hatte sagen wollen, verlor sich in der Miene eines Entdeckers, mit der er sich ein Stück weit über mich beugte und seine Hand nach mir ausstreckte, bis Fingerspitzen auf meinem Rippenbogen das nachzeichneten, was ein abtrünniger Blick ausfindig gemacht hatte. »Nummer zwei.«

Ich lachte, blieb aber liegen, um ihm die Inspektion meiner zweiten Tätowierung nicht allzu schwer zu machen und noch ein paar Momente unter der Berührung seiner Hände auszukosten. »Und das ist dir ins Auge gefallen, als du noch mal auf meine Brüste gestarrt hast, ja?« Immerhin war der Weg von denen bis zu den Textzeilen auf meiner linken Seite nicht allzu weit. Und nun, da kein BH die Schriftzüge versteckte …

Winstons Zungenspitze huschte kurz über seine Lippen und sein Blick war ein untrügliches Schuldeingeständnis ohne jede Reue. Weiter ging er auf meinen Kommentar nicht ein, sondern studierte neugierig die kalligrafisch gestalteten Worte auf meiner Haut. »Death is just a body's end«, las er leise. »It's not the end of pain.« Und damit zog sich seine Augenbraue nach oben. »Du hast den Text also abgewandelt«, stellte er fest.

Die originale Formulierung besagte, dass der Tod nicht das Ende von Liebe wäre. Von Schmerz war gar keine Rede. Mit siebzehn Jahren hatte ich das für zu naiv befunden, um es dabei zu belassen und auch mit dreiundzwanzig war ich noch immer derselben Meinung.

»Habe ich«, bestätigte ich das Offensichtliche.

»Ich denke, das ist in Ordnung. Als Fachmann darf ich dir versichern, dass beides oft genug als dasselbe durchgeht.«

»Fachmann? Du meinst als zukünftiger Exmann?«

Ein schiefes Lächeln huschte über seine Mundwinkel und mit einem Kopfschütteln beugte er sich zu mir. »Ich meine als amtierender Texter.«

»Und … welches Problem habe ich nicht, das dich zu einem Idioten macht? Du weißt schon, weil du nicht weiter als bis zu meinem Bett gedacht hast …« Das fragte ich weniger aus ehrlichem Interesse als vielmehr aus Angst, in die Gesprächsfalle dieser Ehe zu tappen.

Winston nahm das Thema auf – wenngleich seine Antwort wesentlich pragmatischere Gründe erahnen ließ. »Du kannst davon jetzt halten, was du willst, aber ich kann Willow nicht die ganze Nacht allein lassen. Sie braucht ihre Medikamente.«

Ich wollte gerade dazu ansetzen, ihm mein aufrichtiges Entzücken über seine Prioritäten mitzuteilen, doch offenbar war Winston mit seiner Erklärung noch nicht fertig. Weder mit dieser, noch mit mir, wie ich glaubte. Seine Hand lag noch immer auf meiner Seite, und war bereits leicht nach vorn geglitten, wo sie auf meinem Rippenbogen lag und sein Daumen über die Unterseite meiner Brust strich, als wäre es Zufall.

»Es ist eigentlich nicht meine Art, direkt zu verschwinden. Und ich würde ungern einen falschen Eindruck hinterlassen.«

Ich schüttelte beschwichtigend den Kopf. »Du würdest lediglich den Eindruck hinterlassen, dass du die Regeln kennst.«

»Die Regeln?«, hakte er belustigt nach. »Muss ich wieder recherchieren oder klärst du mich auf?«

Ich runzelte die Stirn. Sollten nicht gerade klassischen Frauenhelden, wie es Rockmusiker eben gern waren, die Regeln bewusst sein? »Ganz einfach«, sagte ich. »Erlaubt ist alles, was Spaß, aber nichts, was die Sache kompliziert macht. Etwas Kompliziertes kann ja unmöglich in deinem Sinn sein, kurz vor einer großen Tour. Und Frühstück beispielsweise wird gern als verkomplizierend angesehen. Wäre also nur legitim, das zu vermeiden, sogar ohne einen so tragenden Grund wie deinen.«

Während meiner kleinen Ansprache hatten sich Winstons Augenbrauen zu einem belustigten Blick angehoben – was ich ehrlich gesagt kaum wahrnahm. Viel präsenter waren seine Fingerspitzen, die über meine Taille und meine Hüfte gewandert waren, als würden sie nur ganz beiläufig die Gegend erkunden. Diese Beiläufigkeit verlor sich an der Innenseite meiner Oberschenkel.

»Das klingt nach Erfahrungswerten«, bemerkte Winston und beugte sich nun noch etwas weiter zu mir hinab. Nah genug, um jede noch so kleine Reaktion auf seine Berührungen in meinen Augen ablesen zu können, doch zu weit weg, um sie mit einem Kuss zu erwidern. »Was sagen die Regeln zu der Möglichkeit, an meinem tragenden Grund zwar festzuhalten, ihn aber noch eine Viertelstunde warten zu lassen?«

Mit dieser Frage erreichten seine Finger ihr und auch mein Ziel, und ich streckte meine Hand nach ihm aus, um Winston zu mir zu ziehen und ihn zu küssen – womit ich seine Frage unmissverständlich beantwortete.

08.09.2018
21:17:47
An: Mum
Es hat sich einfach nicht richtig angefühlt, dass du fehlst. Und es hat mich verletzt. Du hast mir nicht gesagt, dass du nicht kommen wirst, sondern warst einfach nicht da. Das tat weh. Ich dachte, es könnte wieder gut werden.

19 Tage

20. August 2018

»Ich glaube, da ist was!«

»Kannst du sie sehen?«

»Ich denke schon, warte kurz!«

Ein Stück weiter musste ich noch, um sicher zu sein. Auf Händen und Knien schob ich mich weiter unter die Veranda eines heruntergekommenen Wohnhauses. Dabei gab ich mir Mühe, dem gröbsten Geröll auszuweichen, und verfluchte mich selbst dafür, nicht an Knieschützer gedacht zu haben.

Etwa eine Stunde zuvor hatten Anwohner dieser Straße bei »Saving Paws« angerufen und gemeldet, dass sie glaubten, Katzenbabys gehört zu haben. Und nun waren Adam und ich hier – beziehungsweise war ich hier unter diesem morschen Holz, während er mir zusah.

Die Luft war stickig, und ich hatte nur die kleine Taschenlampe mitnehmen können, die einen entsetzlich winzigen Lichtkreis malte.

Von dem Fleck, an dem ich war, erkannte ich drei Fellknäuel. Doch ich war nicht sicher, ob sie sich noch regten, sah keine Atemzüge und hörte keine Rufe.

Ich stieß ein Keuchen aus. »Gib mir einen Moment«, sagte ich und tastete mich sehr langsam in die Richtung vor.

Adam schien zu ahnen, was den plötzlichen Einbruch meiner Euphorie verursacht hatte. »Wie viele sind es?«

»Ich sehe drei.«

»Lebend?«

Darauf antwortete ich nicht, solange ich mir kein Bild gemacht hatte. Nur hatte ich Angst vor eben diesem Bild. Ich hatte in den letzten Wochen viele Tiere sterben sehen. Doch tote Tierkinder zu finden, das war immer etwas anderes. Das stieß jedes Mal die Frage an, wie es ihnen ergangen sein mochte, ehe …

»Soll ich sie holen?«, bot Adam sich an, der in diesen Dingen mehr Pragmatismus an den Tag legte als ich.

»Nein.« Ich schüttelte den Kopf. »Ich nehme mir jetzt den Korb und geb' dir dann ein Zeichen, okay?«

»Okay.«

Schlussendlich waren es sogar vier Junge, die ich gefunden hatte. Aber nur zwei von ihnen regten sich noch. Die anderen beiden würden das nicht mehr tun.

Nur das schwarz-weiße und das bunte Kitten nahm ich und packte beide in den einfachen Bastkorb, den wir unseren Rettungskorb nannten. Sie fühlten sich viel zu dünn an für das Alter, auf das ich sie schätzte. Beider Augen waren außerdem fürchterlich verklebt. Sehen konnten sie definitiv nichts von dem, was mit ihnen geschah. Umso größer war also ihre Angst und ihr Geschrei, als ich sie umsetzte.

»Ich weiß, tut mir leid«, murmelte ich. »Ab jetzt wird alles gut. Ganz bestimmt.«

Ich gab Adam das Zeichen und daraufhin zog er den Korb langsam in seine Richtung, während ich daneben her kroch und Acht gab, dass er nicht kippte. Als ich schließlich wieder ans Tageslicht kam, reichte Adam mir sofort eine Wasserflasche und ein nasses Handtuch, ehe er sich der Kitten annahm.

Ich befreite mein Gesicht und meine Arme vom gröbsten Dreck und warf das Handtuch dann in den Kofferraum unseres Wagens, ehe ich mich mit der Wasserflasche in der Hand Adam näherte und ihm über die Schulter schaute.

»Und?«, hakte ich nach. Er hatte gerade das bunte Knäuel in der Hand und strich behutsam über den kleinen Kopf.

»Ich glaube, die hier wird es packen. Ist ziemlich agil. Der Schnupfen macht ihr zu schaffen, war total verkrustet, das Gesicht.« Dieser Misere hatte Adam sich bereits sichtbar angenommen. »Immerhin hat sie sofort darauf reagiert, dass sie besser Luft bekommt … Der Kater allerdings …« Er deutete auf das schwarz-weiße Bündel. »Völlig entkräftet. Und sieh dir mal das Auge an.«

Von dem Auge, das er meinte, hatte die Entzündung nicht mehr zurückgelassen als eine milchige Murmel, die leicht aus ihrer Höhle hervortrat.

»Der Kleinen würde ich zutrauen, es noch eine Weile durchzuhalten, aber der Zyklop macht es vermutlich nicht mehr lange.«

»Dann nehmen wir beide mit und fahren direkt los«, legte ich fest. Keiner von ihnen würde Lockvogel spielen in der Hoffnung, dass es noch ein Muttertier gab, das lebte. Meist räumten wir wenigstens eine oder zwei Stunden ein, um auf eine Mutter zu warten, aber mindestens der Kater hatte diese Zeit nicht.

»Erstversorgung und Abfahrt in fünfzehn Minuten?«

»Lieber in zehn.« Viel mehr traute ich diesem kleinen Kerl einfach nicht zu. »Ich nehme den Kater und du die Schwester?«

Ein kurzes Nicken von Adam genügte, und mein Vorschlag galt als abgemacht.

Viel hatten wir nicht dabei, um erste Hilfsmaßnahmen durchzuführen. Wasser und ein wenig Aufzuchtmilch mit der dazugehörigen Flasche und einer Pipette. Grundsätzlich war auch stets eine Infusionsbeutel im Repertoire. Aber dieser kleine Mann war so winzig, dass ich ihn mit einer der Infusionsnadeln vermutlich aufgespießt hätte.

Während Adam sich um die Schwester kümmerte, säuberte ich den Kater mit einem Feuchttuch von allem, was nicht an so einen kleinen Körper gehörte. Anschließend zog ich ein paar Milliliter

Kochsalzlösung mit einer Spritze auf und tat mich redlich schwer, eine geeignete Stelle zu finden, um sie ihm unter die Haut zu injizieren. Er war einfach so ausgetrocknet.

Schließlich gelang es mir doch, und ich beschloss, dem Zwerg exakt eine Minute Ruhe zu gönnen, ehe ich versuchen würde, ihm etwas der Milch einzuverleiben.

In der Zwischenzeit griff ich zu meinem Handy, um der Klinik eine kurze Mail zu schreiben, dass wir in einer knappen Stunde einen Käfig für zwei Kätzchen benötigen würden. Zwei, nicht eins. So viel Optimismus erlaubte ich mir, wenn Adam ihn schon nicht hatte.

Direkt danach tat ich meinen ersten Versuch, dem Kater ein paar Tropfen Milch einzuflößen. Sie liefen in sein Mäulchen, aber direkt wieder hinaus. Immerhin verschluckte er sich nicht und erstickte daran. »Ich weiß, du kriegst schlecht Luft«, murmelte ich. »Aber ich habe zwei Katzenbabys angekündigt. Meine Kollegen lieben Katzenbabys, sie wären sauer, wenn ich mit weniger da aufschlage.«

Auch Versuch Nummer zwei scheiterte. Um ehrlich zu sein, hatte ich ohnehin wenig Hoffnung für eine konventionelle Ernährung gehabt. Der Kleine war bestimmt viel zu erschöpft, um irgendetwas zu sich zu nehmen.

»Wie läuft es?«, rief Adam zu mir herüber.

»Ich bin dran«, sagte ich. Mehr wollte ich für den Moment noch nicht eingestehen.

Also setzte ich zum dritten Versuch an, als mein Handy klingelte. Ohne hinzusehen, griff ich danach, klemmte mir das Telefon zwischen Kinn und Schulter und meldete mich nur mit einem knappen »Ja?«.

Ich hatte mit jemandem aus der Klinik gerechnet. Damit, dass sie anriefen, um abzuklären, wann wir da sein und was wir brauchen würden. Stattdessen hörte ich die tiefe, weiche Stimme von Winston. »Ich habe gleich keine Zeit mehr, also dachte ich, ich rufe schnell an. Kannst du sprechen?«

Theoretisch konnte ich sehr wohl mit ihm reden, nur brachte ich zuerst keinen Ton heraus. Er hatte noch nie angerufen, ohne dass wir uns dazu verabredet hatten. Das war, was sein Zeitplan um Proben, Aufnahmen und Festivals herum zuließ. War ihm klar, was er damit anrichtete, mich so zu überfallen? Mein Puls empörte sich heftig über diese ungehobelte Überraschung. »Kann ich. Ich versuche nur gerade, einen Kater mit etwas Flüssignahrung zu versorgen. Aber ich kann reden.«

»Du bist in der Klink?«

»Wir haben ihn gerade erst aufgelesen«, erklärte ich. »Aber wir bringen ihn gleich hin. Er braucht dringend Antibiotika. Das eine Auge ist vermutlich sowieso schon verloren. Und er glüht, kriegt keine Luft … Ich habe ihm Flüssigkeit injiziert, nur …« Ich kam zur Besinnung und nahm einen tiefen Atemzug, während ich frustriert beobachtete, wie auch mein nächster Fütterungsversuch scheiterte. »Du rufst vermutlich wegen was anderem an. Was ist los?«

»Man hat der Band Rehabilitationszeit verschrieben«, erklärte Winston. Ich hörte, dass er dabei lächelte, aber er klang gleichzeitig entsetzlich müde. »Wir sollen uns ausruhen, damit wir die Tour noch erleben. Freier Nachmittag und Abend. Und …« Er machte eine kurze Pause, in der er tief einatmete, was verdächtig nach einem halbgaren Gähnen klang. »Ich würde mich hier wirklich gern kreativer ausdrücken, aber mir fällt nichts ein. Fakt ist, ich würde dich gern sehen.«

Ich wich Adams neugierigem Blick aus und rang das breite Grinsen nieder, das sich auf mein Gesicht stehlen wollte.

»Heute?«

»Das ist zu kurzfristig, oder?«

Herrgott, konnte Adam aufhören, mich so anzustarren? Und warum zur Hölle grinste er so süffisant? Er hatte ein Katzenmädchen auf dem Schoß, die seine Aufmerksamkeit nötiger hatte als ich.

»Ich … nein … ja«, stammelte ich. »Eigentlich bin ich …« Scheiße! »Kann ich dich gleich zurückrufen? Oder schreiben?«

»Sicher«, entgegnete Winston. Ich konnte nicht richtig ausmachen, was da in seiner Stimme mitschwang. War es schon Enttäuschung oder noch Verwirrung? Oder vielleicht auch einfach nur Müdigkeit. »Schreib lieber, ich muss jetzt erstmal reingehen.«

»In Ordnung«, murmelte ich. »Bis gleich.«

Ich legte auf und keuchte sofort resigniert auf.

»Natürlich will ich dich sehen!«

»Ich muss nur meinen Freunden irgendwie klar machen, dass ich heute Abend nicht mit ihnen in die Bar kann. Obwohl wir das seit Wochen planen.«

»Du klingst furchtbar, geht es dir gut?«

Das waren die Sätze gewesen, die vehement gefordert hatten, endlich laut ausgesprochen zu werden. Und dass ich jeden von ihnen ignoriert hatte, nahmen sie mir übel. Die Ratlosigkeit, die nach dem Ende des Telefonats nachhallte, war ein untrügliches Zeichen.

Und Adams abwartender Blick war meine gerechte Strafe.

»Was?«, schnaufte ich und tat den nächsten Versuch, dem kleinen Kater wenigstens ein paar Tropfen dieser Milch einzuflößen. Allein schon, um Adams Blick entgehen zu können.

»Gib dir keine Mühe«, lachte er, und ich dachte erst, er würde von dem Fütterungsversuch sprechen. »Erin hat mir Freitag erzählt, dass du was mit einem Musiker am Laufen hast.«

»Erin bewertet das über«, meinte ich und glaubte wirklich, dass sie das tat. Nachdem ich ihr erzählt hatte, wie sich die Sache um Winstons Ehefrau aufklärte, hatte sie sich auf einmal in einen Modus der begeisterten Freundin eingelebt, den ich bisher nicht von ihr gekannt hatte. Ich vermutete dahinter weniger Begeisterung für Winston als vielmehr Erleichterung darüber, ihren vergötterten Adam nicht mehr in meinem Bett wähnen zu müssen. »Der Kerl geht in knapp drei Wochen auf monatelange Tour. Und er hat ja jetzt schon kaum Zeit, um irgendetwas am Laufen zu halten. Sie interpretiert da wirklich mehr rein, als es ist.«

Ich versuchte, den Schluckreflex des Katzenbabys etwas anzukurbeln, indem ich ihm sachte über die Kehle strich. Ich hatte wirklich keine Lust, den Kleinen aufzugeben, solange er noch atmete – oder wenigstens röchelte.

»Und jetzt hat er angerufen und will dich sehen?«

»Genau.«

»Also verzichten wir heute Abend auf dich?«

Wäre ich allein gewesen, während ich darüber entschied, hätte meine Antwort wohl »Ja« gelautet. Doch im Dialog mit Adam fiel es mir schwer, mir diese Blöße zu geben. »Wir haben das Treffen seit Wochen geplant. Ich kann das nicht einfach absagen, nur weil Instagram spontan Zeit hat.«

In seiner Antwort hörte ich Adams Belustigung deutlich heraus. »Du willst dich also nicht zu verfügbar machen, hm? Clever. Riskanter Schachzug in Anbetracht der knappen Zeit, aber …« Den Satz ließ er so ausklingen und beendete ihn vermutlich mit irgendeinem Mienenspiel, das ich nicht sah, weil ich mich auf das zu konzentrieren versuchte, was meine Hände taten.

Hatte der Kater gerade wirklich etwas von der Flüssigkeit geschluckt? Oder hatte er nur gewürgt, weil ich ihn damit ertränkte? Himmel, Adams Fragerei lenkte mich viel zu sehr ab, um solche wesentlichen Dinge mitzubekommen.

Da das Knäuel nicht hustete, hegte ich Hoffnung und ließ die nächsten Tropfen in die winzige Schnauze gleiten. Sie liefen nicht wieder heraus, und ich spürte eine leichte Bewegung an meiner Fingerspitze, die an dem Hals des Tieres lag. »Oh mein Gott, er trinkt!«, stieß ich aus und sah zu Adam auf, der nichts dieser Meisterleistung mitbekommen hatte. Der Idiot starrte stattdessen auf sein Handy. Ich sah, dass das kleine Katzenmädchen längst in der Transportbox neben ihm wartete. »He!«, rief ich. »Dein Zyklop packt es vielleicht doch.«

»Nicht meiner«, widersprach Adam und sah von seinem Display auf. »Mir gebührt der Schreihals hier. Du bist die Frau für die hoffnungslosen Fälle.« Er grinste mir entgegen und hielt sein Handy leicht in die Höhe. »Was ich übrigens kurz habe filmen müssen, damit die Zentrale Stoff für Instagram und Facebook hat.«

Ich zog eine Augenbraue nach oben. »Hervorragend. Noch ein Video von mir in verdreckten Klamotten und mit verklebten Haaren.« Kopfschüttelnd wandte ich mich wieder dem Wurm auf meinem Schoß zu, der sich zaghaft, aber zunehmend gieriger die nächsten Miniportionen Ersatzmilch einflößen ließ.

»Übrigens«, hob Adam wieder an, »hättest du mir ruhig von dem Kerl erzählen können. Mein Ego kommt mit einem Konkurrenten ehrlich besser klar als mit Ablehnung, die an mir liegt.«

Ich lachte. »Du willst mir doch nicht erzählen, dass du die letzten zwei Wochen leer ausgegangen bist?«

»Ich rede von meinem Ego, nicht von meinem Schwanz. Mein Ego könnte übrigens gut damit leben, wenn du diesen mysteriösen Rockstar heute einfach mitbringst.«

Überrascht fuhr ich hoch. »Was?«

Und Adam machte es sogar noch schlimmer. Er zeigte sein breitestes Strahlemanngrinsen, als er auf sein Smartphone deutete. Als könnte ich darauf irgendetwas erkennen. »Zwei der drei Damen wären auch hochgradig entzückt. Bei Erin gehe ich von noch mehr Begeisterung aus, wenn sie erst von deiner Misere liest.«

»Du hast nicht …«

»Natürlich habe ich«, sagte er inbrünstig. »Wir sind deine Freunde.«

»Aber er ist … keine Ahnung!«, stieß ich aus. »Und ich denke nicht, dass es klug ist … Du bist da!«

»Und?« Er zuckte mit den Schultern. »Wenn er Musiker ist, wird er genug Frauen gehabt haben, um über mich hinwegsehen zu können. Außerdem ist Harriet auch dabei. Daran war doch auch nie etwas komisch.«

»Harriet also«, raunte ich und konnte plötzlich ein Schmunzeln nicht unterdrücken. Natürlich hatte Adam nicht die Finger von unserer Halbitalienerin lassen können. »Ich wusste es! Erin schuldet mir zehn Pfund!«

Adam zwinkerte mir zu. »Frag ihn. Wenn er sich den Abend mit uns ernsthaft antut, wissen wir, ob Erin nun wirklich überbewertet oder nicht. Und falls nicht, kriegt sie die zehn Pfund von mir.«

Menschen neigen für gewöhnlich dazu, sich Dinge einzureden. Ich kann mich davon nicht ausnehmen. Beispielsweise mache ich mir gern weis, dass Kopfschmerzen schon schwächer werden, obwohl die Schmerztablette meine Speiseröhre noch gar nicht passiert haben kann. Genauso tat eine aufgeriebene Ferse bei neuen Sneakers gar nicht so sehr weh, solange man nicht hinsah und das offengelegte Fleisch entdecken musste.

Es ist einen Versuch wert, wie man so gern sagt. Und genauso versuchte ich, mir einzureden, dass ich die Ruhe selbst war, als ich mit Erin in der Northern Line saß und »Mornington Crescent« am Bahnsteig las. Uns trennte nur noch eine Station von Camden Town und dann hatten wir einen zehnminütigen Fußweg vor uns. Um allerdings pünktlich an der Bar zu sein, in der wir verabredet waren, blieben uns noch drei Minuten. Wie uns dieses Kunststück gelingen sollte, war mir ein Rätsel.

Diese Verspätung hatten wir meiner geliebten Mitbewohnerin zu verdanken und ihrem ständigen Dilemma der Kleiderwahl. Wenn man mit einem kakaofarbenen Teint gesegnet war, konnte man schlicht jede Farbe tragen. Was für eher bleiche Menschen wie mich nach einem Segen klang, stellte jemanden wie Erin vor eine Herausforderung, die Zeit kostete. Zeit und die Nerven von Menschen, die davon abhängig waren, dass sie endlich die Wahl zwischen Koralle und Sonnengelb traf.

Meine Unruhe, die zu leugnen zunehmend schwieriger wurde, hatte also eine dankbare Ausrede in dem Zeitdruck gefunden, dem ich ausgesetzt war. Und dass ich mich schwer damit tat, wenn mir die Minuten durch die Finger rannen, war etwas, das ich mir sehr gut eingestehen konnte. Besser jedenfalls, als darüber nachzudenken, ob es nicht auch andere Gründe geben könnte.

»Du möchtest wirklich, dass ich zu einem Treffen mit deinen Freunden komme?« Das war Winstons Antwort auf den Vorschlag gewesen, der im Prinzip von diesen Freunden ausgegangen war. Mehr noch als von mir.

»Es ist die einzige Möglichkeit, mit der ich niemandem von euch absagen muss.«

Die Antwort auf meine betont nüchterne Erwiderung war einfach und unkompliziert. »In Ordnung. Wann und wo?«

Und nun stand Winston wahrscheinlich längst vor einer Bar mit dem Namen »The Hawley Arms« und las meine Nachrichten nicht, dass wir uns verspäten würden. Jedenfalls traf das auf Erin und mich zu. Adam, Chris und Harriett waren längst im Pub und hatten es sogar geschafft, einen Tisch zu ergattern. Dass die Damen Coleman und Whitman ihre obligatorische Verspätung haben würden, damit rechnete die Gruppe bereits. Jedoch nicht ein gewisser Drummer, der anscheinend davon absah, sich davon in Kenntnis setzen zu lassen.

»Bleib locker«, raunte Erin mir zu und erhob sich schon einmal von ihrem Sitzplatz, als die Bahn allmählich abbremste. »Du hast ihn informiert, und du hast extra ein Kleid angezogen. Mehr Aufwand kann ein Mann ja wohl kaum verlangen. Ich sag ihm das, wenn du willst.«

Oh Gott, bloß nicht. Und die Bezeichnung »Kleid« war bestenfalls ein Euphemismus für das riesige, dunkelgraue Tourshirt von Rise Against, das ich trug und das ein schwarzer Gürtel auf Taillenhöhe etwas in Form brachte. Ich hatte zwar keinen weiteren Blick auf die Instagramseite von @the.bellaella geworfen, aber ich war mir sehr sicher, dass Winston andere Vorstellungen von Kleidern hatte als das.

»Sag ihm, was du willst«, erwiderte ich so gelassen, wie es mein Gemütszustand gerade so noch hergab. »Immerhin hast du dir mehr Mühe gegeben als ich.« Mit dieser Bemerkung deutete ich auf das kanariengelbe Maxikleid, das ihre Rundungen optimal in Szene setzte, obwohl es sie verhüllte. Dazu der perfekt gestylte Afro, die Kreolen an ihren Ohren und die Armbänder … Dieser Abend war eindeutig wieder einer von denen, an denen Erin große Lust hatte, den Frauen zu zeigen, was sie haben konnten, und den Männern, was ihnen entging.

Den etwas gemeinen Humor für den zweiten Part teilte ich recht häufig. Nur konnte ich nicht einschätzen, welche Wirkung ihre Erscheinung auf diverse Musiker haben würde und … Irgendwo auf der Rolltreppe gelang es mir, diesen Gedankengang zu unterbrechen und stattdessen noch einen weiteren Blick auf mein Handy zu werfen.

»Wir brauchen etwa zehn Minuten länger. Ich könnte mich mit Erins Unpünktlichkeit rausreden, aber ich habe wohl einfach in ihrer Erziehung versagt. Tut mir leid. Bis gleich!«

Diese Nachricht hatte ich beinahe eine Viertelstunde vor unserer Ankunft an der U-Bahn-Station Camden Town abgeschickt. Sie hatte ihr Ziel erreicht, war dort allerdings nach wie vor nicht beachtet worden. Also völlig egal, wie oft Erin mich aus ihrem Gewand aus

Sonnenschein heraus für mein Outfit lobte – in mir wuchs allmählich die Befürchtung, dass Winston den Grund dieser Lobpreisungen gar nicht zu Gesicht bekommen würde.

Vielleicht war ihm aufgefallen, dass ein Abend unter Fremden nichts war, das irgendein vernünftig denkender Mensch wollen könnte. Vielleicht war er einfach nur in ein Koma der Erschöpfung gefallen. Oder in den Regent's Canal auf der Suche nach dem Pub oder …

Oder er stand vor genau diesem Pub und telefonierte. Es wirkte fast wie bei einem der Geschäftsmänner, deren Revier sich eher auf die City of London verlagerte. Anstelle des Anzugs trug er eine schlichte Jeans und ein dunkelgrünes Shirt, das wenig von den Tätowierungen auf seinen Armen verbarg. Damit passte er perfekt nach Camden Town. Im Kontrast dazu standen das Notizbuch, das er in der einen, und der Kugelschreiber, den er in der anderen Hand hielt. Das Handy klemmte zwischen Kinn und Schulter, und sein Gesichtsausdruck pendelte ganz geschäftsmäßig irgendwo zwischen Grübelei und Ärger.

»Nein, ich sag dir, die Zeile darf nicht in den Refrain. Sie verbraucht sich, wenn man sie wiederholt. Vor der Klimax ist sie …« Schnaufend ließ Winston Kugelschreiber und Notizbuch sinken und nahm das Handy in die Hand. »Tobey, ich meine es ernst. Ich kann bei diesem Song keinen Kompromiss …« Er stockte, als sein Blick mich entdeckte, die ein paar Diskretionsmeter entfernt stehen geblieben war. »Ich muss jetzt Schluss machen … Denk, was du willst … Nein, nur denken, ich will es nicht wissen. Gute Nacht.« Damit legte er auf, verstaute sein Telefon in der Hosentasche und war plötzlich derjenige, der mich entschuldigend ansah, obwohl er doch pünktlich hier gewesen war.

»Ich dachte, ihr habt einen freien Abend«, begrüßte ich ihn, ging auf ihn zu und … Ich hatte im Vorfeld darüber nachgedacht, welche Art der Begrüßung ich für angemessen hielt und mich für eine simple, freundschaftliche Umarmung entschlossen. Vor ein paar Stunden hatte das sogar Sinn ergeben. Irgendwas mit klaren Grenzen zwischen einer Freundschaft mit Extras und allem, was Komplikationen mit sich bringen könnte. Doch in dem Moment, in dem ich Winston umarmte und ihn schon im nächsten Augenblick wieder losließ, fühlte sich das nicht nach etwas an, das so sein sollte. Dass Winstons Hand einen Moment länger an meinem Rücken verweilte, war nur ein Indiz dafür. Das andere, wesentlich eindrucksvollere war sein Blick, der mich stumm und in Begleitung zweier zusammengezogener Augenbrauen fragte, was das bitte sollte.

Die Frage beantwortete ich, indem ich einen Schritt zurücktrat und auf meine Freundin deutete. Vielleicht sah er ein, dass eine längere Begrüßung mindestens unhöflich gewesen wäre. »Darf ich vorstellen, das ist Erin. Der Grund für jede Verspätung, an der ich je beteiligt war.« Und der Vollständigkeit halber, obwohl es eigentlich unnötig war: »Erin, das ist Winston.«

Erin hatte nie Scheu gezeigt, auf neue Bekanntschaften zuzugehen und begrüßte Winston auf dieselbe Weise, wie ich es getan hatte. Sogar etwas länger, wie mir schien. Immerhin hatte sie es nicht nötig, überdeutlich irgendwelche Grenzen zu kommunizieren.

Und da ich den Fehler gemacht hatte, meine Vorstellung von Winston nicht mit einem erklärenden Zusatz zu versehen, tat sie mir den Gefallen, das an meiner Stelle nachzuholen: »Du bist also der bezaubernde Drummer mit den weltschönsten blauen Augen.«

Ich hasste sie.

Wirklich.

Ich hasste sie in diesem Moment so sehr dafür, dass sie mich binnen eines Wimpernschlages zu einem Teenager degradierte, der für den heißesten Kerl der Schule schwärmte. Dass besagter Kerl mir nun auch noch ein Grinsen zuwarf, das deutlich zeigte, wie sehr ihm diese Rolle als Schwarm gefiel, machte nichts besser. Dabei hatte ich nie Worte in einer solchen Superlative benutzt, um ihn zu beschreiben. Aber das jetzt klarzustellen schien mir zwecklos. Sein Grinsen war zu breit.

»Das bin ich wohl«, antwortete er und … Dann rettete er mich. Auf seinem Gesicht erschien prompt das liebreizendste Lächeln, das je ein Mann jenseits von Disney zustande gebracht hatte. Dieses hinreißende Schauspiel betonte er noch, indem er sich sein Haar mit einer grazilen Handbewegung erst über die rechte, dann die linke Schulter warf – ganz wie Prince Charming, der von seinem weißen

Ross gestiegen war, um die holde Maid zu retten. Nur dass er nicht mit einer Steinschleuder den Drachen tötete, sondern meine Schamesröte mit all der Ironie, die er mir für seine Person zugestand.

Erin gluckste, und ich strahlte ihn unendlich dankbar an – allerdings nicht, ohne den Kopf über ihn zu schütteln.

»Na los, gehen wir rein, die anderen warten schon«, rief meine Freundin zum Aufbruch auf und stürzte sich voran in die Traube an Menschen, die sich aus dem Eingang des Pubs auf die Straße ergoss. Winston und ich folgten ihr und drängten uns zwischen den plaudernden, wartenden und trinkenden Menschen hindurch. Winston blieb immer genau hinter mir. Nah genug, um mir seiner Gegenwart immer bewusst zu sein.

»Eine Umarmung, also … Ich habe richtig verstanden, dass ich mich heute den ganzen Abend benehmen soll, ja?«, hörte ich ihn fragen. Seine Stimme war ganz nah, fast auf Höhe meiner Schulter und fand mühelos ihren Weg durch die Geräuschkulisse bis hin zu mir. Wo sie wieder diese elende Nervosität auslöste und mich doch zu einem Nicken zwang.

»Es sind meine Freunde, ich will nicht, dass irgendwas …«

»Schon gut«, unterbrach er meine Stammelei und dann spürte ich eine Berührung an meiner Taille. Zuerst waren da nur seine Fingerspitzen, die über meine Seite strichen – vorbei an der Stelle, wo die zweite Tätowierung saß. Erst kurz über meiner Hüfte legte sich die ganze Hand auf den Stoff meines Shirts. Ich spürte, wie sein Daumen darüberstrich. Meine Gänsehaut leitete die Worte ein, für die Winston sich zu mir lehnte, um sie mir ins Ohr zu flüstern. Damit keines davon auf dem Weg verloren gehen konnte. Dabei genügte mir schon das Gefühl seines Bartes, der leicht meinen Hals berührte, um kein Wort mehr nötig zu machen. »Meinetwegen. Deine Regeln. Aber das hat ein Nachspiel.«

Und obwohl die Hand an meiner Seite mich festhielt, ergab mein Bauch sich dem kurzen Eindruck des Fallens. Ich presste meine Lippen aufeinander und wandte Winston mein Gesicht zu. Nie war mir ein herausforderndes Lächeln so schwergefallen und hatte gleichzeitig so viel Spaß gemacht. »Das hoffe ich doch«, gab ich zurück und beobachtete, wie sein Gesicht kurz in die Vorstellung von einem Später entglitt, sein Blick meine Lippen streifte und dann wieder zu meinen Augen zurückkehrte. Ein Grinsen lag darin und ein vorfreudiges Versprechen.

Nur wenige Schritte später hatten wir das Gedränge so weit hinter uns gelassen, dass ich Erins gelbes Sommerkleid wieder ausmachen konnte. Es hatte sich neben einem Tisch positioniert, an dem drei weitere Menschen saßen, die ich unglaublich gernhatte und die eine große Herzensangelegenheit mit mir teilten. Und doch hatte Winston es binnen weniger Sekunden geschafft, dass ich am liebsten jeden von ihnen dort zurückgelassen hätte, um mit ihm zu verschwinden.

Wie sich herausstellte, war es nicht nötig, Winston der Gruppe groß vorzustellen. Er sagte kurz »Hi«, und jeder wusste längst, wer er war. Erin hatte hier ganz und gar die Pflichten einer Freundin und Mitbewohnerin erfüllt und den Buschfunk mit sämtlichen Informationen gefüttert, die sie für wichtig erachtet hatte. Das ersparte mir den Umstand der Erklärungen, setzte Winston allerdings der Unannehmlichkeit neugieriger Fragen aus.

»Du gehst also jetzt auf Tour?«

»Heißt das, wir sitzen hier mit einer Berühmtheit zusammen?«

»Seit wann gibt es die Band jetzt schon?«

»Und du wolltest immer Musiker werden?«

Winston legte eine beeindruckende Geduld an den Tag, als er auf diese geballte Neugier einging und erklärte, dass Treehouse Promises seit acht Jahren existierte. Damals war er siebzehn gewesen und hatte sich mit drei Freunden zusammengeschlossen. Nach zwei Jahren wurde der Sänger ausgetauscht gegen Dan, und seither spielten sie in der Konstellation, wie sie aktuell war.

Wovon ich Erin nicht erzählt hatte war Winstons Beitrag zu den Texten. Dadurch beschränkten sich die Fragen immerhin auf das Offensichtliche. »Und du hast schon immer am Schlagzeug gesessen oder spielst du auch die anderen Instrumente?«

»Kaum«, gab Winston schulterzuckend zur Antwort und Chris schien fast enttäuscht darüber. »Ich kann ein paar Akkorde auf der Akustikgitarre und theoretisch weiß ich auch, wie man Keyboard spielt. Aber ich bringe nichts darauf zustande, das irgendwer wirklich hören will.«

»Und wieso ausgerechnet das Schlagzeug?«, hakte Erin nach. »Wollen die meisten nicht eher Sänger oder Gitarrist werden?«

Ich warf ihr einen leicht genervten Blick zu, den sie gekonnt überging und sich ganz und gar auf Winston konzentrierte. Der wiederum grinste nur, nippte an seinem Bier und lehnte sich zurück. »Wegen der Mädchen. Ich war siebzehn. Welchen anderen Grund sollte ich haben?«

»Und die stehen in erster Linie auf Schlagzeuger?« Mir erschloss sich wirklich nicht, wieso Erin an dieser Stelle so skeptisch klang.

Noch weniger verstand ich Adams dreckiges Lachen. »Logisch!«, platzte der heraus. »Schlagzeuger sind nicht die Hellsten, also ungefährlich, können dafür aber umso besser mit ihrem Drumstick umgehen.«

Winston lachte und stieß seine Faust gegen Adams, die der ihm entgegenhielt. »So sagt es jedenfalls das Klischee«, stimmte er zu.

Und ich … Nun, ich ignorierte Harriets und Erins Blicke, die nach einer Bestätigung dieser Theorie fragten. Ich hatte Winston mit hierhergebracht, oder nicht? Wie viel mehr Bestätigung brauchten sie denn noch?

Er war hier und saß neben mir – seine Hand auf die Lehne meines Stuhls gelegt, wie es selbst Adam oft getan hatte. Vermutlich musste man einem Mann immerhin dieses Maß an Revierverhalten zugestehen und wenn ich ehrlich war, fühlte ich mich damit nicht unwohl. Gleich gar nicht, wenn hin und wieder sachte seine Fingerspitzen meinen Rücken berührten, als wäre es Zufall oder ein Versehen. Ein Versehen, das sehr präzise oberhalb meines BHs dessen Linie nachzeichnete und zu gern auf Höhe des Verschlusses verweilte.

»Wie geht es eigentlich dem Kater?«, fragte er an mich gewandt nach, noch während er sich wieder zurücklehnte.

Dass meine Gedanken noch immer daran festhingen, dass ausgerechnet Adam die Drumstick-These auf den Tisch gebracht hatte, ließ mich einen Moment zu lange überlegen, den Winston nutzte, um seine Frage noch zu präzisieren. »Das Foto, das du mir vorhin geschickt hattest. Mit dem einäugigen Captain.«

»Du meinst den Zyklopen?«, hakte Adam nach.

»Das ist sein Name?«, lachte Winston.

»Auf keinen Fall!« Der Widerspruch kam von Christine. »Adam hat einen sehr schrägen Humor, wenn es um Namen geht. Was er fallen lässt, wird also kategorisch abgelehnt. So lautet Regel Nummer eins.«

»Noch mehr Regeln«, raunte Winston neben mir – leise genug, dass ich unsicher war, ob jemand außer mir das überhaupt verstanden hatte.

Kurz erwiderte ich seinen Seitenblick mit einem Schmunzeln, beugte mich dann aber zu meiner Tasche, um mein Handy hervorzuholen. »Keine Nachricht. Lebt also noch.«

»Du wirst informiert, wenn kleine Katzen sterben?«

»Nur, wenn ich darum bitte.«

»Theo hat den Winzling vorhin noch zwangsernährt. Das macht sie ständig, nervt die Viecher so lange, bis sie endlich kapitulieren und was zu sich nehmen. Vermutlich nur, um endlich ihre Ruhe zu haben.« Chris zwinkerte mir zu. »Adam, du hattest doch Bilder!«

»Oh nein!«, widersprach ich. »Keine Bilder!«

Vermutlich war genau das der Fehler. Sehr wahrscheinlich sogar. Adams Grinsen wurde breiter, als er sein Telefon zückte, darauf herumtippte und einige Bilder aufrief, die er Winston unter die Nase hielt. Bis dieser den einzig logischen Schluss daraus ziehen konnte und mir feierlich mitteilte: »Du siehst beschissen aus.« Dann beugte er sich noch einmal über das Foto. »Wie hast du das denn geschafft?«

Und damit war mein Schicksal besiegelt. Adam rückte den Stuhl neben sich etwas vom Tisch ab und lockte Winston damit an dessen Seite. Ich konnte mir gut vorstellen, welches Video er seinem neuen besten Freund dann zeigte. »Saving Paws« hatte die Aufnahme, wie Theo Coleman unter diese Veranda kroch, längst auf Instagram, Youtube und anderen Plattformen hochgeladen – zusammen mit den Bildern der Kätzchen. Was laut Videobeschreibung zeigen sollte, welchen Einsatz die freiwilligen Helfer erbrachten, war im Prinzip nicht mehr als die Aufnahme meines Hinterns in einer engen Jeansshorts, der allmählich im Schatten verschwand, akustisch untermalt von dem Gemaunze von zwei Katzenjungen und dem Dialog zwischen Adam und mir.

Irgendwann wurde deutlich, dass die Männer nicht mehr nur an diesem Video festhingen, sondern Adam Winston noch einige mehr vorführte. Aufnahmen von anderen Einsätzen und anderen Schützlingen, die geborgen worden waren. Und Winston selbst zeigte wesentlich größeres Interesse daran, sich die Arbeit, die diese Gruppe hier absolvierte, erklären zu lassen, als selbst derjenige zu sein, der Rede und Antwort stand.

Über die Bilder kamen wir zu Anekdoten, von denen jeder mindestens eine Handvoll zu erzählen hatte. Ob es der Chihuahua war, der sich als bisher bissigster Gegner von Adam erwiesen hatte oder der trauernde Retriever, der nach dem Tod seines altersschwachen Besitzers von niemandem aufgenommen worden war und stattdessen über Monate in der Gegend seines alten Zuhauses gehaust und auf sein Herrchen gewartet hatte.

Nach etwa zwei Stunden hatte Winston mehr über jeden einzelnen in dieser Gruppe erfahren als über mich seit er mich kannte. Er wusste von Christines und Erins Plänen, nach dem Studium durch Europa zu reisen und zu arbeiten. Beide studierten Biotechnologie und Ökologie und planten, internationale Eindrücke zu gewinnen, ehe sie an eigenen Projekten mitwirkten oder sie gar auf die Beine stellten. Das wiederum war etwas, dem Adam sich längst widmete. Sowohl wir Frauen als auch Karma hatten ihn längst zur nettesten Person in diesem Kreis gekürt. Und jetzt wurde auch Winston das Vergnügen zuteil, sich als schlechter Mensch zu fühlen.

Im Zuge seiner Abschlussarbeit im Bereich der Sozialpädagogik verknüpfte Adam seine Arbeit für »Saving Paws« mit der Idee, vergleichbare Schicksale zusammenzubringen. Es gelang ihm immer wieder, auffällige Jugendliche mit Hunden oder Katzen zu verkuppeln, die eine ähnliche Geschichte hatten wie sie selbst. Und seinen Berichten nach ging dieser Plan auf. Die Kids hatten sofort Verständnis für die Tiere und übernahmen zum Teil besser Verantwortung für die Vierbeiner als für sich selbst. Abzuwarten galt nur, ob sich diese Entwicklung noch auf andere Bereiche ihres Lebens auswirkte. Fest stand bereits: Die Zusammenarbeit dieser beiden Organisationen trug Früchte und – wie ich schon sagte – ließ jeden von uns wie einen fürchterlichen Egozentriker wirken. Immerhin machte Adam das ein bisschen wett, indem er einen makabren Humor an den Tag legte und Frauen sammelte wie andere Funko-Pop-Figuren.

Während Harriet erzählte, wie sie letztens eine Debatte mit ihrem Bruder darüber gehabt hatte, in welche Spezialisierung sie ihr Studium im Ingenieurwesen orientieren sollte, bemerkte ich, dass Winston sich nicht nur aus dem Mittelpunkt unserer Gespräche zurückgezogen hatte. Ich hatte mich ihm zugewandt, um zu fragen, ob ich ihm auch noch ein Bier mitbringen sollte. Doch als ich sein Gesicht sah, behielt ich die Frage noch einen Moment bei mir.

Er sah zu Harriet links von uns, die gerade erzählte. Dafür blickte er an mir vorbei und ich sah das sachte Lächeln eines interessierten Zuhörers – und darüber Augen, die irgendwohin schauten, aber sicher nicht zu Harriet. Vermutlich nicht einmal auf irgendeinen Punkt, der sich in diesem Pub befand.

Ich kannte den Blick, kannte ihn von meiner Großmutter. Er schlich sich häufig auf ihr Gesicht und war ein klares Zeichen dafür, dass sie nicht am selben Ort saß wie wir. Ihr Körper vielleicht, aber sie … Ihr ging es gut, nur wo sie sich aufhielt, war uns ein Rätsel. Und genauso wenig hätte ich es in diesem Moment bei Winston sagen können.

Das Zögern, das mich im ersten Moment überfiel, war mehr ein Automatismus als wirkliches Unbehagen. Es war da und versah mich mit einer gewissen Vorsicht, mit der ich meine Hand auf seine Schulter legte. »Hey«, flüsterte ich gleichzeitig und prompt rüttelte ein Blinzeln seinen Blick auf, riss ihn ins Hier und Jetzt zurück, und er sah mich fast schon ein bisschen erschrocken an.

»Scheiße«, murmelte er und sah kurz zu den anderen hinüber. Die debattierten nach wie vor höchst akademisch über das Für und Wider von Fahrzeugtechnik. Man konnte Winston seine kleine Abwesenheit also wohl kaum verübeln. »Ich war auf Autopilot, oder?«

»Ein sehr höflicher Autopilot. Nicken und Lächeln klappen einwandfrei.«

»Tut mir leid.« Seine Worte klangen wie eine richtige Entschuldigung, nicht wie eine Floskel.

»Schon gut. Ich wollte nur wissen, ob du noch eins willst.« Ich deutete auf sein Bier, das noch nicht leer war, aber es hätte nicht mehr als zwei drei Züge gebraucht, um diesen Zustand herbeizuführen.

So richtig schien Winston noch nicht in die Realität zurückgefunden zu haben, so verwirrt sah er mich an. »Gib mir einen Moment, dann geht die nächste Runde auf mich.« Mit diesen Worten zog er dieses kleine Notizheft hervor und kritzelte einige Worte auf die erstbeste Seite.

»Da bist du mit deinen Gedanken also gewesen«, stellte ich leise fest.

»Tut mir leid«, wiederholte er. »Ich weiß, dass heute ein freier Abend ist, aber … Ich muss das wenigstens kurz festhalten und …« Er zögerte kurz, den Stift noch immer in der Hand. Sein Blick lag nun auf mir, als suche er auf meinem Gesicht eine Erlaubnis, deren Notwendigkeit ich absolut nicht verstand.

»Worauf wartest du dann?«

Winston lächelte mit herzerwärmender Aufrichtigkeit und lehnte sich ein winziges Stück in meine Richtung. Sein Blick lag auf meinen Lippen, auf denen ich seine schon fast fühlen konnte, ehe er innehielt, nach rechts zur noch immer andauernden Debatte schaute und dann schnaufend wieder zurückwich. »Deine Regeln sind scheiße«, murmelte er und wandte sich wieder seinem Notizbuch zu.

Ich gluckste leise und behielt für mich, dass ein kleiner Regelbruch hier und da sicher nicht gleich sämtliche Grenzen sprengen würde. Denn für den Moment genügte allein der Gedanke an diesen verpassten Kuss, um mir die Ignoranz eines jedweden Regelwerkes etwas zu sehr zu wünschen.

Winston beendete seine Notizen, packte das Heft wieder weg und gewann nun doch wieder sämtliche Aufmerksamkeit für sich, als er sein Glas leerte und dieses unmissverständlich anhob. »Die nächste Runde geht auf mich«, verkündete er, und falls es unter meinen Freunden noch einen Skeptiker gegeben haben sollte, hatte Winston spätestens jetzt auch dessen Sympathien ergattert.

»Hilfst du mir tragen?« Er wandte sich mit dieser unerträglich harmlosen Frage an mich, während seine Hand sich nun doch an eine klitzekleine Grenzüberschreitung wagte. Sie legte sich sanft und warm auf meinen Oberschenkel – höher, als dass ich ihm eine auch nur annähernd beiläufige Berührung abgekauft hätte. Dass sein Daumen über meine Haut strich, untermauerte den Verdacht des Vorsatzes nur noch.

Mein »Okay« hörte sich in meinen Ohren also eher wie ein jämmerliches Krächzen an.

Davon ließ Winston sich allerdings nicht abschrecken. Er war aufgestanden und hielt mir seine Hand entgegen. Es war nicht nötig, dass man mir Hilfestellung dabei leistete, mich von einem Stuhl zu erheben. Dennoch ergriff ich sie und bekam meine eigene Hand erst wieder, als wir uns an den stehenden Gästen vorbei einen Weg zum Tresen erkämpft hatten.

»Ich habe gerade gesehen, dass es fast elf ist.« Das waren die ersten Worte von Winston an mich, nachdem er seine Bestellung von sechs Pints losgeworden war. Er musste etwas lauter sprechen, da wir genau neben einem Lautsprecher und zwischen etlichen anderen Menschen standen. Das half allerdings keineswegs dabei, dass ich verstand, worauf er hinauswollte.

»Was?«, hakte ich nach und natürlich – aufgrund des Lärms missverstand Winston meine Nachfrage. Oder er interpretierte sie absichtlich falsch und nutzte sie, um sich zu mir zu lehnen.

»Es ist fast elf Uhr. Das hier ist meine letzte Runde.«

»Warum?« Ich war sicher, dass er mir meine Überraschung ohne Umwege vom Gesicht ablesen konnte. Ehe ich irgendeinen dummen Spruch zu elterlichen Verboten oder Angst im Dunkeln reißen konnte, erhellte dann doch ein Funke Empathie meine Gehirnwindungen. »Du bist vermutlich völlig erledigt, oder?«

Er widersprach nicht, brachte dann aber doch einen ganz anderen Grund hervor. »Ich hatte Willow die letzten Tage zwar immer dabei, aber keine richtige Zeit. Sie muss sich bewegen, weil … egal.« Mit einem kurzen Dank nahm er die ersten drei Gläser entgegen, die über den Tresen zu ihm geschoben wurden. »Falls du bei deinen Freunden bleiben willst, versteh ich das, trotzdem bist du herzlich willkommen, mir Gesellschaft zu leisten, allerdings …« An dieser Stelle stahl sich ein Grinsen auf sein Gesicht, und er zog die letzten drei Gläser zu uns heran. »Ich rede wirklich von einem Hund und einem Spaziergang. Das ist ausbaufähig, aber keine Metapher.«

Ich nahm sein Grinsen und spiegelte es auf meine eigenen Gesichtszüge. »Okay.« Das war meine Antwort und prompt strahlten seine Augen mich ungehemmt an, als er lediglich nickte und mir zwei der Biergläser reichte.

»Zwei? Du hast mich nur hierhergeschleppt, um zwei Gläser zu tragen?«

Winston nahm die übrigen vier an sich und beugte sich zu mir. »Selbstverständlich nicht. Aber mehr erlauben mir deine Regeln nicht.« Was demnach wohl hieß, dass er beschlossen hatte, sie zu seinem Spielball zu machen.

Mir blieb für den Moment nicht viel mehr übrig, als eine Augenbraue in die Höhe zu ziehen, ihn schief anzusehen und schließlich doch seinem Nicken zu folgen, mit dem er mich aufforderte, den Rückweg anzutreten.

Wie sich herausstellte, wohnte Winston nur eine U-Bahn-Station entfernt. Das war eine so kurze Distanz, dass wir sie zu Fuß absolvierten und ich in das Vergnügen kam, mich mit jeder Straße, die wir passierten, etwas mehr zu wundern.

Der Weg führte uns Hampstead entgegen – einer Gegend, die ich durch die Besuche bei meinen Großeltern nicht sehr gut, aber immerhin ein bisschen kannte. Während Winston mir erklärte, wie der Abend mit Willow ablaufen würde – denn hierfür existierte ein festes Konzept, an das man sich hielt – gab ich mir redlich Mühe, keine indiskreten Fragen zu stellen wie »Sag mal, wie viel verdient man als Musiker?«

Die alternativ gestalteten und zum Teil etwas verkommen wirkenden Gebäude von Camden Town waren längst in die gutbürgerlichen Häuserfronten von Reihenhäuschen oder kleinen Miethäusern übergegangen, die sich an das klassische englische Bild anlehnten. Erkerfenster, kleine Vorgärten, hüfthohe Steinmauern und des Öfteren auch die eine oder andere importierte Palme, die stolz gehegt wurde wie ein Rosenbusch. Häuser, deren Zahl an Mietparteien im kleinen einstelligen Bereich lagen und nicht ein ganzes

Dorf beherbergten wie der Wohnkomplex, den Erin und ich unser Zuhause nannten.

Was die Mieten hier kosten mochten, wollte ich mir nicht vorstellen. Also schob ich Verwunderung und Kalkulationen beiseite und schenkte meine Aufmerksamkeit voll und ganz Winstons Worten, während dieser neben mir lief, seine Hände brav in den Hosentaschen vergraben. Nur hin und wieder berührte sein Arm meine Schulter, und ich war nicht einmal sicher, ob der Zufall dafür verantwortlich war oder eine gehässige Laune meines Begleiters.

»Also, der Plan lautet auf Spritze, Bockigkeit und dann Spaziergang«, fasste Winston zusammen. »Bockigkeit dauert etwa eine Viertelstunde – was im Prinzip genau solang ist, wie die Spritze braucht, um zu wirken. Ich könnte dir also einen klischeeträchtigen Kaffee anbieten, wenn du magst. Um ehrlich zu sein, hätte ich selbst nichts gegen einen Kaffee einzuwenden.«

Ich fragte mich, ob er diesmal von einer Metapher sprach oder von buchstäblichem Koffein. Mir selbst war beides recht – wenn auch nicht in gleichem Maße. »Dann Kaffee«, stimmte ich zu. »Was du mir übrigens noch nicht erklärt hast, ist, wieso Willow überhaupt eine Spritze bekommt. Insulin?« Diabetes war einfach mein erster Gedanke, den ich hatte, und der sich an keinerlei nennenswerten Indizien festmachte.

»Schmerzmittel. Für ihren Rücken.«

»Arthritis?« Und wieder lag ich daneben.

»Tumor.« Das war der Moment, in dem er eine Hand aus seiner Hosentasche zog und nach mir ausstreckte. Mit seinen Fingern zog er meine Wirbelsäule von meinem Steißbein aus etwa zwanzig Zentimeter nach oben hin nach und wieder zurück. »Hier.« Damit endete die Berührung prompt. »Er wächst um die Wirbelsäule und zwischen die Wirbel. Eine Operation hätte keinen Sinn und würde ihr auf ihre alten Tage mehr Leid zufügen als alles andere. Und solange sie noch mobil ist …«

Es tut mir leid, war das erste, was mir einfiel, aber es klang ganz fürchterlich nach etwas, das noch gar nicht in Kraft getreten war, also würgte ich es wieder hinunter. »Du hast davon gar nichts erzählt«, sagte ich stattdessen.

Winston schenkte mir ein schiefes Lächeln. »Willow hat ihren Stolz, das wirst du merken. Wer bin ich, ihre Schwächen einfach in die Welt zu posaunen?« Dann zog er einen Schlüssel hervor. »Allerdings wirst du ihr vermutlich ansehen, dass sie etwas merkwürdig läuft, also kann ich dich auch gleich ins Bild setzen.«

»Damit ich vor ihr so tun kann, als würde ich nichts bemerken?«, fragte ich und blieb mit ihm vor einer großen, schweren Holztür stehen. Auf dem Klingelschild standen vier Namen – vier! Und eine fünfte Klingel trug die Aufschrift »Portier«.

»Damit würdest du uns allen vermutlich den größten Gefallen tun. Ich vertrete die bescheidene Theorie, dass es ihr am besten geht, solange sie nicht behandelt wird, als wäre sie krank. Das würde ihr zu Kopf steigen.«

Und dann ließ er mir den Vortritt in den kleinen Empfangsbereich des Hauses. Das hier war kein riesiges Foyer, aber da war eine Nische mit einer Art Empfangstresen, der momentan unbesetzt war. Ein verschlossener Schlüsselkasten und ein angeschlossenes Telefon neben der Brandmeldezentrale verrieten jedoch, dass es Tageszeiten geben musste, zu denen dort wirklich ein Angestellter seinen Dienst antrat.

Winston beachtete dieses noble Eckchen gar nicht, sondern lief bereits die ersten Schritte die ungewöhnlich breite Steintreppe hinauf. Wusste er, was für ein groteskes Bild er dort abgab? Ein Vorzeigerockstar auf einer hellen marmorierten Treppe, an deren Fuß ein Portier seinen Arbeitsplatz hatte. Ein Portier, verdammte Scheiße! Mit einer eigenen Klingel!

»Kommst du?« Winston war den halben Treppenabsatz hinaufgelaufen, ehe er bemerkt hatte, dass ich fehlte. Seinem Blick nach zu urteilen war ihm keineswegs bewusst, welches Maß der Verwunderung mich hier gerade befiel. Ich hatte eine WG erwartet. Vielleicht ein winziges Apartment mit meterhohem zu bewältigendem Abwasch inmitten eines hässlichen Hochhauses. Aber doch keinen Portier!

Mit einem Kopfschütteln versuchte ich, meine Erwartungshaltung loszuwerden und folgte Winston in die erste Etage, wo uns die nächste Holztür erwartete. Keine Vielzahl an Sicherheitsschlössern, fiel mir auf, sondern nur ein einziges, das er entriegelte und … Der Rest dieser Eindrücke verpuffte unter dem Geräusch von Pfoten, die über Laminat heraneilten und das fröhliche Winseln eines Hundes, der schon fast umgekommen war vor Sehnsucht. Vielleicht ist das etwas, das bei jedem Menschen diese Wirkung hat, vielleicht auch nur bei mir. Fakt war – ich verschwendete keine weitere Aufmerksamkeit mehr auf den Echtholzboden oder die Einrichtung der Wohnung. Da war ein Hund, der völlig überfordert damit war, auf einmal zwei Menschen begrüßen zu müssen.

Willow gehörte zu den Vierbeinern, denen man ihr Alter deutlich ansah – das weiße Fell an ihrer Schnauze, die charakteristisch schmaler zulaufende Figur zur Hüfte hin … Ihre ungetrübte Freude allerdings stellte so einige träge Welpen in den Schatten.

Also setzte ich mich kurzerhand einfach auf den Boden und schloss meine Arme um dieses euphorische Bündel, als es auf meinen Schoß sprang, dann wieder auf Winston zu und zurück zu mir.

»Jetzt übertreibt sie aber«, murmelte der und ging neben mir in die Hocke. »Wenn ich dich von ihr befreien soll …«

»Red' keinen Unsinn!« Willow warf sich einmal mehr auf meinen Schoß und schloss genießerisch die Augen, als ich gleich beide ihrer Ohren kraulte. »Wir überspringen den Spaziergang und bleiben einfach hier sitzen.«

Winston lachte und seine Hand legte sich sachte in meinen Nacken. »Ich glaube, damit bist du ihre neue beste Freundin, und ich darf mich gleich mit zwei bockigen Diven herumschlagen.«

Musste er nicht. Einen Moment blieb ich mit Willow noch so sitzen, ehe ich mich wieder erhob. Sobald ich auch nur Anstalten machte, wieder auf meine Beine zu kommen, sprang die alte Dame auch schon von meinem Schoß und wartete in heller Aufregung darauf, dass ich mich endlich aufgerichtet hatte. Ich hatte wirklich keine Ahnung, was sie von mir erwartete, doch was immer es sein mochte, ihrem fröhlich aufgeregten Gesicht nach zu urteilen musste es der helle Wahnsinn sein.

»Du machst dich jetzt also unbeliebt?«, flüsterte ich Winston zu. Vermutlich war das unnötig und Willow wusste längst, was ihr blühte. Nur machte sie nicht den Eindruck, als sähe sie in naher Zukunft irgendetwas Unbehagliches auf sich zukommen. »Was hältst du davon, wenn ich in der Zeit Kaffee mache?«

Das strahlende Lächeln, das Winston mir auf diesen Vorschlag hin schenkte, stand der Begeisterung, die Willow an den Tag legte, in nichts nach. Gleich, dachte ich, gleich geht er auf die Knie und macht dir einen Antrag. Denn er machte allmählich wirklich den Anschein, als würde er für eine gute Tasse Kaffee sehr weit gehen.

Er ging nicht auf die Knie, und er zückte auch keinen Ring. Er seufzte dankbar und zeigte mir dann den Weg in die Küche. Das klang nach einer enormen Distanz, die wir zurücklegten, doch obwohl das Gebäude, in dem er wohnte, einen noblen Eindruck machte und auch die Einrichtung seiner Wohnung auf den ersten Blick ein eher kostspieliges Unterfangen gewesen sein musste, waren die Räumlichkeiten überschaubar.

Direkt rechts von uns ging eine Tür von dem winzigen Flur ab. Sie war nur angelehnt gewesen, und als ich sie öffnete, zeigte sich dahinter eine große Wohnküche. Links waren zwei Sofas, die über Eck standen, ein Bücherregal und ein Keyboard. Die Küche zu meiner Rechten sah aus, als wäre sie aus Treibholz zusammengezimmert worden und hätte ebenso gut in einer alternativen Kochsendung stehen können. Umso überraschter war ich, dass sich auf der Anrichte eine schlichte Filterkaffeemaschine befand und kein Vollautomat, für dessen Bedienung ich hätte studieren müssen.

»Damit komme ich zurecht«, verkündete ich.

Winston bedankte sich, schnappte sich Willow und verschwand mit ihr – ich nahm an, ins Badezimmer. Offenbar hatte die Dame nun doch verstanden, was auf sie zukam. Ich hörte sie zwar nicht, sehr wohl aber Winstons Stimme, der ihr verständnisvoll zusicherte, dass er verstand, dass sie das hasste und dass es nur ein kurzer Stich war, das wisse sie doch.

Ich hatte noch nie erlebt, dass Tiere je auf so viel Logik reagiert hätten, dafür sehr häufig, dass Besitzer es immer wieder damit versuchten. Winston und seine Willow waren da definitiv keine Ausnahme, und irgendwie mochte ich dieses vertraute Maß an Normalität.

Während ich Winstons Gemurmel weiter lauschte, füllte ich

Wasser in den Behälter der Kaffeemaschine, setzte ihn wieder ein und war heilfroh, dass direkt in dem Schrank darüber auch der Kaffee und die Filter zu finden waren. Bei der Dosierung entschied ich mich für ein Level zwischen »drei Tage wach« und »spontaner Herztod aus mysteriösem Grund«. Anschließend schaltete ich die Maschine ein und räumte die Utensilien wieder weg. Als ich hörte, dass ein Hund empört fiepte, flüchtete und ein Herrchen genervt aufstöhnte, machte ich mich auf die Suche nach zwei Tassen.

Natürlich hörte ich Winstons Schritte, die in die Küche führten, wie nah er sich jedoch an mich heranschlich, bemerkte ich erst, als bei Regal Nummer vier, das ich nach dem passenden Geschirr durchsuchte, seine Hand an mir vorbei griff und zwei Tassen herausholte.

»Hilf mir auf die Sprünge«, sagte er leise und stellte die Tassen neben uns auf die Arbeitsplatte. »Diese Stelle des Reglements ist mir ein bisschen unklar.« Während er das sagte, lehnte er sich leicht nach vorn, bis seine Brust meinen Rücken berührte und seine Stimme sanft über meine Schläfe strich. »An welcher Stelle genau endet die Zusicherung des Benehmens noch gleich?«

Ich biss kurz auf meine Unterlippe, gab sie jedoch wieder frei, ehe ich meinen Kopf leicht zu Winston umwandte. Gerade weit genug, um ihn ansehen und beobachten zu können, wie seine Augenbrauen sich nach oben zogen, als ich ihm antwortete. »An der Türschwelle, glaube ich.«

»Das heißt, ich habe zehn Minuten verschenkt? Ich Idiot.«

Mehr Zeit verlor er nicht. Sofort fand sein Kuss meine Lippen und seine Arme legten sich von hinten um meinen Oberkörper. Was sich erst anfühlte wie eine süße Umarmung wurde deutlicher, als ich dazu ansetzte, mich zu ihm umzudrehen. Winston hielt mich fest und drückte mich etwas enger gegen die Anrichte, vor der wir standen. Ich hätte mich lösen können, aber ich tat nicht einmal den Versuch. Mir gefiel die Richtung, die er hier vorgab.

Seine Lippen lagen längst nicht mehr auf meinen, sondern strichen über meinen Hals, bis zu meiner Schulter.

»Ist das das Nachspiel, das du versprochen hast?«

Sein raues Lachen streichelte über meine Halsbeuge und konkurrierte mit dem Gefühl seiner Hand, die sich meinen nackten Oberschenkel hinaufschob. Sie hatte meine Hüfte noch nicht erreicht, sehr wohl aber den Saum meines Shirts, der ihr bereits ein kleines Stück hinauf gefolgt war.

»Wenn du mich lässt …«, murmelte Winston.

Mein Nicken genügte ihm. Sofort zog er mich näher zu sich. Er schlich nicht länger um seine Beute herum, nahm keine nervenaufreibenden Umwege mehr. Der Stoff meines Shirts war längst bis zu meiner Taille hinaufgeschoben worden, und Winstons Hand hatte auf kürzestem Wege ihr Ziel in meinem Schoß erreicht.

Keuchend lehnte ich mich nach hinten, genoss seinen Kuss an meinem Nacken, seine Berührungen an meinem Körper, die viel zu schnell viel zu viel in mir auslösten, bis sie abrupt von mir abließen.

Winston trat einen Schritt zurück, und ich hörte ein Rascheln, einen Reißverschluss und nach einem Knistern landete die leere Kondompackung neben mir auf der Arbeitsfläche. Mir kam vage in den Sinn, dass er sie den ganzen Abend schon bei sich getragen haben musste, doch der Gedanke verschwamm, als eine Hand an meinem Rücken meinen Oberkörper sachte und dennoch bestimmt nach vorn drückte, ehe er schließlich mit viel größerer Ungeduld den Slip über meine Hüften streifte.

08.09.2018
21:19:03
An: Mum
Ich dachte, wenn wir beide einfach da wären und wenn ich dir
gesagt habe, dass ich weitermache und dass mir leidtut, was
ich gesagt habe ... Grandpa meinte, du hättest dich nach mir
erkundigt, aber er hätte nie viel gesagt, damit du dich bei mir
meldest. Scheiße, Mum, warum hast du nie angerufen?

18 Tage

21. August 2018

Feuerwerk.

So wird ein Orgasmus in Liebesgeschichten gern beschrieben.
Ein leises Knistern, mit dem alles beginnt und das zischend die Lun-
te hinaufklettert, bis es den Sprengkörper erreicht und der farbenfroh am Nachthimmel explodiert.

Oft genug hatte ich mich mit Erin über diese Metapher lustig
gemacht. Nicht, weil sie völlig aus der Luft gegriffen war, sondern
weil beinahe jedes Buch auf sie zurückgriff.

Aber verdammt noch mal, das taten sie mit gutem Grund.

Ich weiß nicht, ob es an meiner Stimmung lag oder daran, dass
Winstons Anwesenheit auf Distanz den Abend über meinen Hor-
monen zugesetzt hatte. Vielleicht war es auch allein sein Verdienst
oder die Tatsache, dass er mit einer Heftigkeit über mich hereinge-
brochen war, die ich ihm nie zugetraut hätte.

Fakt war, dass ein simpler Quickie an einem Küchentresen genug Raum ließ für eine Pyroshow. Mein Körper fühlte sich noch immer unendlich sensibel an, als Winston mir danach einen Kuss auf meinen Nacken drückte. Eine Geste, die sich mit ihrer Unschuld in einem so starken Kontrast zu den letzten Minuten befand, dass sie genügte, um mich leicht zusammenzucken zu lassen.

Dann zog er sich von mir zurück. Bis ich mich wieder aufgerichtet und meine Kleider geordnet hatte, war er mit diesen obligatorischen Abläufen längst fertig und hatte sein schiefes Grinsen wiedergefunden. »Entschuldige«, sagte er ohne jedes Bedauern und küsste mich, eine Hand an meine Wange gelegt. Sein Daumen strich über meine Haut und hinterließ ein Echo auf jedem Millimeter, den er berührte. »Nachher lasse ich mir mehr Zeit.«

Ein hilfloses Lachen stolperte aus meiner Kehle. Mehr Zeit? Meine Güte, was hatte er vor? Wenn er das von eben auf »mehr Zeit« ausdehnte, musste ich vielleicht mit epileptischen Anfällen rechnen. Doch dieses Risiko würde ich wohl eingehen. »Ich hatte nicht vor, mich zu beschweren«, murmelte ich in den Kuss hinein.

Und da war es, ein tiefes Raunen, und damit einher ging das selbstgefällige Grinsen, das Winstons Lippen formten, und ich auf meinen spürte. Für den Moment wollte ich es ihm gönnen.

Noch einmal drängte sich sein Mund gegen meinen, dann löste er sich von mir. »Kaffee? Der müsste jetzt durch sein.«

Mit einem Kopfschütteln schob ich den glucksenden Kerl ein wenig von mir weg und griff nach den Tassen, an die ich längst keinen Gedanken mehr verschwendet hatte. »Meinst du, Willows Schmerzmittel wirkt mittlerweile? Wir könnten den Kaffee einfach mitnehmen«, schlug ich vor.

Und schlussendlich war es auch genau das, was wir taten.

Vermutlich gaben wir ein sonderbares Bild ab, wie Winston vorneweg den Hund die Treppen hinab trug und ich ihm mit zwei riesigen Kaffeetassen in den Händen und einem karierten Hemd über dem Arm folgte. Das zweite hatte er mir aufgedrängt. »Wir werden nicht nur fünf Minuten unterwegs sein. Und du hast keine Jacke dabei, also nimm das jetzt einfach.« Das waren Winstons Worte gewesen, und wer war ich, so viel Fürsorglichkeit zu widersprechen?

Tatsächlich behielt er sogar recht, und die Nacht hatte sich schneller abgekühlt als ich es gedacht hätte. Und dennoch entschied ich, mich fürs Erste nur an meinem noch heißen Kaffee festzuhalten, als wir nach draußen traten und Winston seine vierbeinige Gefährtin absetzte.

»Okay«, seufzte ich und warf einen Blick zurück über meine Schulter. »Wann klärst du mich darüber auf, warum zur Hölle du in einem Haus mit einem Portier wohnst?« Nun waren wir ein zweites Mal wie selbstverständlich an diesem Tresen vorbeigelaufen und allmählich brannte mir das Thema unter den Nägeln. »Ja, ihr geht jetzt auf diese Tour, aber du bist ja nicht jetzt erst hier eingezogen, oder?«

Er nahm mir seine Kaffeetasse ab, deren Inhalt im Gegenteil zu meinem tiefschwarz war. »Ich nehme an, du willst die Wahrheit, um dich dann darüber lustig machen zu können?«

Ich zuckte mit den Schultern. »Wenn du das Risiko eingehst, dann ja.«

Eigentlich wirkte er nicht, als würde er ernsthaft darüber nachdenken müssen. Dennoch zögerte er kurz, ehe er seine Erklärung einleitete. »Ich bin der verwöhnte Sprössling wohlhabender Eltern.«

Ich sah ihn erstaunt an. »Deine Eltern zahlen die Miete? Für so was?« Meine Mutter verdiente weiß Gott nicht wenig Geld und hätte ich ein wenig mehr Diplomatie walten lassen, wäre sicher eine großzügige Finanzspritze zu meinen monatlichen Kosten denkbar gewesen. Aber doch nicht für ein Etablissement, das … Ich konnte diesen Portier nicht oft genug erwähnen.

Gott sei Dank schüttelte Winston den Kopf, setzte dann allerdings dazu an, es nur noch zu verschlimmern. »Ihnen gehört die Wohnung. Das Haus, um genau zu sein, und noch eine Handvoll andere Immobilien in London. Altersvorsorge nennen sie das.« Er sah mich kurz musternd an, aber ich behielt meine stoische Miene auf.

»Ach so«, mehr sagte ich nicht, was ihn unweigerlich grinsen ließ.

»Ich zahle die Nebenkosten und … Komm, seien wir ehrlich, was dachtest du denn, wie ich mir das Dasein als Musiker leisten kann ohne einen Zweitjob? Ich bin fünfundzwanzig und ja, mittlerweile verdiene ich damit Geld, mit dem man als normaler Mensch halbwegs auskommen kann, nur ist das noch nicht allzu lange so, oder hast du je von unserer Band gehört?« Meine Antwort wartete er gar nicht ab. »Siehst du.«

»Du hast also nicht mal studiert oder … irgendwas?«

Winston schmunzelte. Da ich noch nicht weggelaufen war, schien er allmählich Gefallen an meinem verblüfften Gesicht zu finden. »Ich habe ein paar Kurse belegt. Musikgeschichte. Kreatives Schreiben, solche Dinge, aber ich habe mir nicht die Mühe gemacht, Zeit in einen Abschluss zu investieren. Die Energie habe ich lieber in die Band gesteckt.«

»Und das haben deine Eltern dir durchgehen lassen? Einfach so?«

Darüber schien er kurz nachdenken zu müssen und kam schließlich zu einem Schluss. »Nicht einfach so. Ich bin ziemlich sicher, dass sie andere Pläne mit mir hatten. In Bristol hatten sie mich sogar auf ein Internat gesteckt. Dann sind wir nach London gezogen, weil Dad hier seinen Geschäftsführerposten aufgenommen hat. Ich habe Willow bekommen, um meine Freunde in der Heimat nicht zu sehr zu vermissen und ein Jahr später kam dann noch meine kleine Schwester dazu. In London war es kein Internat, sondern nur eine Privatschule und … Ich glaube, fast alles, was da nicht nach Plan lief, wurde damit erklärt, dass ich entwurzelt wurde und Probleme hatte, meinen Weg zu finden. Dabei war ich mir eigentlich immer recht sicher, was ich machen will.«

»Also hast du das schlechte Gewissen deiner Eltern genutzt, wie jedes kluge Kind es getan hätte.«

Winston blieb kurz am Bordstein stehen und mir fiel auf, dass Willow an seiner Seite genau das gleiche tat. Es brauchte nicht einmal ein Kommando. Sie lief wie ein Schatten neben ihm her und passte sich ihm an.

Wir überquerten die Straße und erreichten einen kleinen Park – einen von denen, die nicht verriegelt waren, nur weil Dunkelheit zwielichtige Gestalten anlocken könnte.

»Dreißig. Das ist der Deal, den ich mit meinem Dad habe. Mit dreißig habe ich entweder etwas auf die Beine gestellt oder finde mich damit ab, dass er mich in Anzug und Krawatte zwingt und mir einen soliden Job in seinem Unternehmen besorgt, von dem aus ich mich hocharbeiten kann.« Er schüttelte den Kopf, als wäre das die absurdeste Idee, die je ein Mensch geäußert hatte. »Gott sei Dank sieht aktuell alles danach aus, als könnte mir dieses Schicksal erspart bleiben.« Er nahm einen großen Schluck von seinem Kaffee. »Und was ist mit dir?« Ehe ich antworten konnte, ergänzte er seine Frage noch und präzisierte sie damit in eine Richtung, die ich nicht erwartet hatte. »Die Sache mit Adam – war das was Ernstes?«

Hätte ich es ihm gleichgetan und einen Schluck von meinem Kaffee genommen, mit Sicherheit wäre ich daran erstickt oder wenigstens in ernsthafte Bedrängnis geraten. »Was?«, stieß ich aus, weil der spontane Anflug von Panik gar nicht zuließ, dass ich eine eloquentere Antwort gab.

»Adam. Ich habe mich nur ein paar Minuten mit ihm unterhalten, aber es ist offensichtlich, dass zwischen euch mehr lief.«

»Und seitdem beschäftigt dich die Frage, wie viel mehr? Wirklich?«

Winston zog eine Augenbraue in die Höhe und besah mich mit diesem Blick, der bereits ahnen ließ, dass er mir einen Schachzug voraus war. »Ich könnte auch Google befragen, aber ich dachte, ich halte mich an eine verlässlichere Quelle.«

»An … du …« Ich schnaufte und kapitulierte. Es war einfach keine greifbare Erwiderung vorhanden, die mich aus diesem Google-Schlamassel herausbringen könnte, außer eben die direkte Antwort auf seine direkte Frage. »Nichts Ernstes.«

Winston nickte, und ich konnte seiner Miene wirklich nicht entnehmen, ob er erleichtert darüber war, froh vielleicht oder gleichgültig. Wenn ein Gesicht nicht viel preisgab, war das letzte allerdings oftmals die falsche Lösung – jedenfalls inmitten eines Gesprächs wie diesem. »Warum nicht?«, hakte er schließlich nach und wich meinem Blick aus, indem er prüfend nach seiner Hündin schaute, die nach wie vor folgsam an seiner Seite war. Allerdings schien ihre Ataxie wieder deutlicher zu werden als zu Beginn unseres Spaziergangs.

»Ich denke, du hast mit ihm gesprochen«, gab ich etwas irritiert zurück.

»Und ich mochte ihn. Ich würde ihn sofort heiraten, wäre ich eine Frau oder würde wenigstens auf Männer stehen.«

Ja, dass er mit dem Ehegelöbnis vielleicht etwas schneller war als andere, hatte er ja unter Beweis gestellt. Und die Haltbarkeit dessen auch. Ich verkniff mir diesen Kommentar allerdings. Alles, was von ihm übrigblieb, war ein skeptischer Blick. »Es gibt genug andere Frauen, die genau dieser Meinung sind und glaub mir, das kostet er aus. Abgesehen davon ist er ein toller Kerl. So toll, dass man Komplexe kriegt, sobald man sich mit ihm unterhält.«

»Komplexe? Mehr noch als in Gegenwart der weltschönsten blauen Augen?«

»Das habe ich nie gesagt!«, stieß ich aus, was mehr ein Reflex war als eine wohlüberlegte Antwort.

Er lachte und wollte gerade etwas sagen, als er innehielt und sich umsah.

Mir war nicht einmal aufgefallen, dass Willow mittlerweile zurückgefallen war, und wäre der Meinung gewesen, dass auch Winstons Aufmerksamkeit voll und ganz auf der Aufgabe lag, mich bloßzustellen.

Willow lag kaum zwei Schritte hinter uns zurück, aber ihm war sofort aufgefallen, dass sie an seiner Seite fehlte. Wie Peter Pan, der bemerkte, dass sein Schatten ein kleines Stück von ihm abgerückt war.

»Alles okay?«, fragte ich.

Winston besah seinen Schatten mit zusammengezogenen Augenbrauen, ehe er ein Urteil fällte. »Ja, das ist das Protesthumpeln.« Mit dieser Erkenntnis wirkte er etwas beruhigter.

Tatsächlich hinkte Willow leicht, behielt ihr Herrchen jedoch genau im Auge, als beobachte sie, welche Resonanz dieses Gangbild bei ihm auslöste.

»Sie hat keine Lust mehr«, murmelte er und wandte sich demonstrativ wieder ab und dem Weg vor uns zu. »Wenn sie sämtliche Geschäfte erledigt hat, sieht sie keine Notwendigkeit mehr darin, ihren Menschen auszuführen, und das ist ihre Art, mich zur Heimkehr zu bewegen.«

Ich sah mich noch einmal um. Der Abstand der Hündin war

noch immer etwa zwei Schritte lang, ihr Humpeln wurde allerdings zunehmend auffälliger. »Sicher?«

»Sicher.« Dafür musste er nicht erst zurückblicken. »Ich schwöre, sobald hier eine Katze vorbeikommt oder wir wirklich umdrehen sollten, erfährt dieser Hund eine Wunderheilung. Der Papst würde eine spontane Audienz einberufen.«

Ich lächelte nur, reagierte aber sonst nicht weiter, was Winston einen nur verständlichen Schluss ziehen ließ: »Du glaubst mir nicht.«

Genau genommen waren meine Gedanken das exakte Gegenteil von dem, was er dachte, also schüttelte ich den Kopf. »Ich habe nur gerade überlegt … Weißt du, wie viele Tiere ich jede Woche sehe, die unnötigerweise zu uns gebracht werden, weil Besitzer überreagieren? Oder, schlimmer noch, die, die viel zu spät zu uns kommen, weil der Mensch ganz offensichtliche Veränderungen nicht sieht oder sehen will. Und dann bist da du, der das Humpeln seines Hundes nach Glaubwürdigkeit kategorisiert! Und das vermutlich sogar völlig zutreffend, ich meine …« Ich deutete auf Willow. »Ich wäre darauf hereingefallen, aber jetzt, wo du es sagst … Sie lauert doch nur darauf, dass diese Show beachtet wird. Und …« Ich schnaufte. »Menschen sind einfach viel zu oft Idioten, und es wäre schön, wenn man öfter welche sehen würde, die keine sind.«

»In der Tierklinik, meinst du?«, hakte Winston nach, und ich nickte. Froh, dass er meinen kleinen Redeschwall nicht überinterpretierte. »Von der du mir übrigens kaum etwas erzählt hast, bisher.« Und da war er wieder, der aufmerksame Blick aus zwei Augen, die … Ach, verdammt, Erin lag mit ihrer dummen »Weltschön«-Wortwahl wirklich nicht allzu weit daneben.

»Was willst du denn wissen?«

»Du meintest, dass du noch überlegst, ob du in diese Richtung studieren willst.«

Das hatte er sich also gemerkt … Ich zuckte leichthin mit den Schultern und befand es für einen sicheren Moment, einen Schluck von meinem Kaffee zu nehmen. »Wie vermutlich viele andere Mädchen und junge Frauen auch.«

»Nur überlegen die nicht. Und wenn ich dir so zuhöre oder an die Bilder und Videos denke, die Adam mir gezeigt hat, weiß ich nicht, warum du es tust und nicht längst in einem Hörsaal sitzt.«

»Das …« Ich schnaufte. Und da waren sie, diese Fragen, die ein Thema zum nächsten führten, bis man Dinge erzählte, über die man gar nicht reden wollte. »Das ist ein bisschen kompliziert.«

»Kompliziert?« Winston lachte leise. »Also hast du Regeln erstellt, um dem zukünftig vorzubeugen, ja?«

Ich sah ihn schief an. Eine Bettgeschichte mit ihm hatte wohl kaum etwas mit meinem beruflichen Lebenslauf zu tun. Und selbst wenn … »Mit solchen Bemerkungen trägst du auch nicht gerade dazu bei, dass ich deren Existenzberechtigung anzweifle.« Während Winston noch dabei war, sich zwischen einem erstaunten und einem belustigten Gesichtsausdruck zu entscheiden, blieb ich stehen und reichte ihm meine Kaffeetasse. Das Getränk war noch nicht leer, aber mittlerweile so weit abgekühlt, dass es nicht mehr dazu beitrug, den nächtlichen Temperaturen zu trotzen. »Halt mal«, murmelte ich und nachdem Winston die Tasse entgegengenommen hatte, unterwarf ich mich seiner Genugtuung, indem ich mir sein Hemd überzog. Sofort spielte sein Geruch um meine Nase, doch ich konnte mich davon abhalten, wie eine Geisteskranke mein Gesicht im Kragen zu vergraben, um dieses Gemisch aus Sandelholz und Aftershave zu inhalieren. »Ich wollte schon Tierärztin werden, seit ich … keine Ahnung, seit immer. Aber nur, weil ich mir das seit Jahren so vorstelle, heißt es ja nicht, dass es klug ist, den Beruf wirklich zu wählen, oder dass er mir liegt. Also nutze ich die Möglichkeit, die … Winston?«

Ich hatte meine Hand wieder nach der Tasse ausgestreckt, doch Winston reagierte gar nicht. Vermutlich hatte er auch meine etwas zensierte Erklärung längst nicht mehr mitbekommen. Sein Blick fokussierte auf die kleine Gestalt, die hinter uns her trottete. Willows Abstand war größer geworden und ihr Hinken deutlicher.

»Tut mir leid, ich …«, hob er an, ließ den Unsinn mit der Höflichkeit dann aber bleiben. »Verdammte Scheiße!« Dann reagierte er schnell und verblüffend souverän. »Theo, nimm die Tassen.« Er reichte mir das Geschirr, ohne hinzusehen. Vermutlich hätte er es einfach auf den Weg fallen lassen, hätte ich nicht danach gegriffen.

Dann zog er sich seine Jacke aus und überbrückte gleichzeitig die Distanz zu Willow, die er behutsam in den Stoff einhüllte und auf seine Arme nahm. »Sag doch einen Ton, Mädchen«, hörte ich seine leisen Worte, ehe er seine Lippen auf ihren Kopf drückte und einen kleinen Moment lang so innehielt.

Für diesen kleinen Moment fühlte es sich an, als wäre es besser, wenn ich gehen und die beiden allein lassen würde, und zwar unverzüglich. Es sah aus, als würde Winston seine Gefährtin verabschieden und als würde er das bereits seit Wochen tun. Nur bezweifelte ich, dass ihm das klar war.

Mit einem tiefen Atemzug ließ er diesen Moment enden und wandte sich mir zu. »Ich fürchte, ich habe zu große Reden geschwungen. Es bleibt wohl bei der kurzen Runde heute.«

»Kein Problem«, war das Erstbeste, das mir einfiel und womit ich wieder an seine und Willows Seite trat. Die Hündin hatte ihren Kopf auf seine Schulter gebettet und ihre Augen waren geschlossen. Sie wirkte unendlich friedlich und entspannt in Winstons Armen, als wüsste sie, dass das der Ort auf diesem Planeten war, an dem immer alles gut war.

»Das letzte Mal haben wir es noch fünf Laternen weiter geschafft«, raunte Winston mir zu und es fehlte nur noch, dass er Willow die Ohren zuhielt. »Fünf Laternen …«

Ich sah mich um. Fünf Laternen maßen eine beachtliche Strecke. Ich wusste nicht, wie lange dieses letzte Mal her war, aber wir sprachen hier nicht nur von zwanzig Metern Distanz, die Willow an diesem Abend nicht mehr gepackt hatte.

Den Schluss, den Winston daraus zog, konnte ich mir vorstellen und ebenso, dass es ihm Angst machte. Ich wusste, dass es dumm war, solche Dinge schönzureden. Ich wusste das. Denn das ist einer der Fehler, den jeder Mensch mindestens einmal begeht, wenn er mit anderen Menschen zu tun hat, die im Begriff sind, etwas zu verlieren, woran ihr Herz hängt. Man sagt ihnen, dass alles gut wird, obwohl man sicher weiß, dass das Unsinn ist.

Ich konnte an diesem Abend nicht anders. Meine Hand legte sich von ganz allein auf Winstons Schulterblatt und meine Worte fanden ihren Weg auch von selbst. »Vielleicht hat sie heute nur einen schlechten Tag.«

Winstons Lächeln war müde und verriet, dass ihm klar war, dass wir beide es besser wussten. Trotzdem nickte er. »Ja, vielleicht.« Er warf noch einen prüfenden Blick auf den Hund in seinen Armen. Eine Debatte über die Fortsetzung dieses Spazierganges lehnte sie mit demonstrativ geschlossenen Augen ab. »Na gut, dann komm«, sagte Winston leise – ob nun zu ihr oder zu mir. Das Ergebnis blieb das gleiche. Er trug seinen geliebten Schatten nach Hause, und ich folgte den beiden.

Merkwürdig war diesmal nicht der freie Portierarbeitsplatz in der Lobby, sondern dass ich viel länger in einem Moment feststeckte, der gar nicht mir gehörte.

Im Park, fünf Laternen vor dem zuletzt gesteckten Meilenstein, war das Gefühl von Endlichkeit regelrecht greifbar gewesen – in dem Schreck, mit dem Winston reagiert und der Fürsorge, die er Willow entgegengebracht hatte. In ihrer Kapitulation vor den letzten Metern und in dem Bewusstsein, das einen kurzen Moment lang in seinen Augen geruht hatte.

Und all das verlor sich irgendwo auf dem Kiesweg im Park oder im Treppenhaus. Als ich in Winstons Hosentasche nach dem Schlüssel suchte, lag bereits kein Schatten mehr auf dem Grinsen, mit dem er mich bedachte. Und sobald wir die Wohnung erreicht hatten, schien sein größtes Problem zu sein, dass er vergessen hatte, das Fleisch für Willow zum Auftauen aus dem Tiefkühler zu nehmen. Also würde er jetzt noch etwas zurechtschneiden müssen.

»Kannst du ihr kurz noch eine Spritze geben? Dann wirkt die, ehe ich fertig bin, und Willow muss nicht warten.« Diese Bitte äußerte er mit einer Leichtfälligkeit … Das ist wohl das, was man gemeinhin als Verdrängung bezeichnet. Diese magische Formel, mit der Menschen ausblendeten, was passieren würde. Und das sogar, während sie sich damit befassten – immerhin bekam Willow dieses Schmerzmittel nicht wegen eines abgebrochenen Zahns.

»Klar.« Ich gab mir wirklich Mühe, dieses Kunststück, das Winston da mit seinem Gemüt vollbrachte, zu imitieren. Das Problem war nur – ich hatte keine beschissene Ahnung, wie es funktionierte.

Diesen Zauberspruch hatte ich einfach nie gelernt. »Du musst mir nur zeigen …«

»Danke.« Winstons Lippen legten sich zu einem kurzen, unbeschwerten Kuss auf meine. Dann führte er mich ins Badezimmer, wo in einer Schublade bereits fertige Dosen in Einwegspritzen aufgezogen waren. Daneben lagen verschweißt die Nadeln. Ein vertrauter Anblick.

»Intramuskulär oder subkutan?«, fragte ich. Ich schloss einfach kurzerhand aus, dass man einem Besitzer zumutete, eine Spritze direkt in die Vene zu setzen. Außerdem zielten die Injektionen offenbar auf eine längere Wirkung ab, auch wenn die letzte bereits versiegt war.

Winston sah mich stirnrunzelnd an. »Also, mir wurde gesagt, ich soll eine Hautfalte nehmen und …«

Ich nickte. »Das krieg ich hin. Jetzt fehlt mir nur noch das Opfer.«

Mit einem Nicken deutete er zurück in die Richtung, aus der wir gekommen waren. »Sofa.«

Und genau da lag Willow auch – gemütlich auf der Seite und hob fröhlich ihren Kopf, als ich mich ihr näherte. Ihr wohlgesonnener Blick wurde noch untermalt von dem klassischen Schwanzwedeln. »Ja«, lachte ich, »noch freust du dich.«

Winston, der sich längst zur Küchenzeile zurückgezogen hatte, gluckste leise, und ich konnte aus dem Augenwinkel sehen, dass er uns zwei Frauen nicht aus dem Blick gelassen hatte. Umso mehr Vorsicht ließ ich walten, als ich Willow auf meine Arme hob und dabei ihren unteren Rücken stützte. Sie tat Gott sei Dank nicht einmal den Versuch zur Gegenwehr, sondern ließ sich vertrauensvoll von mir auf dem Arm halten. Nach ein paar Sekunden ließ sie sich sogar richtig hängen und ich konnte mir nicht vorstellen, diese Kilos viel weiter als bis zum Bad zu tragen. Seine Oberarme hatte Winston ganz eindeutig nicht nur von seiner Arbeit am Schlagzeug.

»Bis gleich.« Ich warf Winston über Willows Kopf hinweg einen aufmunternden Blick zu. Irgendwie war ich noch nicht von dem Punkt weggekommen, an dem ich das Gefühl hatte, genau das tun zu müssen.

Ehe Willow mir zu schwer werden konnte, trug ich sie ins Badezimmer und ließ mich mit ihr auf dem Fußboden nieder. Auf den wenigen Metern bis hierher hatte ich mir eine Art Plan zurechtgelegt. Nicht, dass es notwendig war, für eine simple Spritze unter die Haut und bei einem so kooperativen Patienten wie Willow einen ausgeklügelten Plan zu konstruieren. Aber ich hatte den Ehrgeiz, ihr diese Injektion zu geben, ohne mich sofort unbeliebt bei ihr zu machen. Also ließ ich die Spritze und die Nadel erst einmal auf dem Klodeckel liegen und setzte mich mit Willow daneben. Sie wurde etwas unruhiger, das war nicht zu leugnen, doch ich versuchte, sie nicht allzu fest zu halten. Stattdessen rutschte ich mit meinem Hintern so weit von der Wand weg, an der ich lehnte, dass die alte Dame gemütlich auf meinem Oberkörper liegen konnte.

Nach anfänglicher Skepsis schien Willow dem Braten zu trauen und entspannte sich. Den Kopf auf meine Brust gelegt schloss sie die Augen und ließ sogar zu, dass ich mit meinen Fingerspitzen vorsichtig zwischen ihren Schulterblättern entlang und die Wirbelsäule hinunter strich – bis dorthin, wo der Schmerz saß.

Nach dem, was ich fühlte, war es nicht der Tumor selbst, der ihr wehtat. Wobei ich den gar nicht ausmachen konnte. Die Muskeln um diese Gegend herum waren viel zu verspannt und steinhart. Vermutlich arbeiteten sie dem Wirken des fremdartigen Gewebes entgegen.

Willow zuckte leicht zusammen, als ich meine Finger etwas fester auf diese Verspannung legte. »Ich weiß«, sagte ich leise. »Aber vielleicht kann ich dir ein bisschen helfen.«

Ich rollte selbst mit den Augen. Da saß ich nun also, hatte ein krankes Tier im Arm, und das Erste, was ich tat, war, Opfer der Argumentationsfalle zu werden. Aber da ich nun ohnehin schon drinsaß, konnte ich da wohl auch bleiben. »Dein Rücken muss sich ein bisschen entspannen. Da hilft dir schon das Schmerzmittel, ich weiß, aber vielleicht können wir ja noch ein bisschen mehr tun.« In kreisenden Bewegungen ließ ich meine Fingerspitzen über Willows untere Rückenpartie kreisen. Und tatsächlich lehnte die Hündin sich nach ein paar Momenten in diese Berührungen hinein.

»Na siehst du. Und deinem Knecht bringe ich das auch noch bei.

Der kriegt das mindestens genauso gut hin.« Was das anging, war ich überaus zuversichtlich.

Ich lauschte kurz nach den Geräuschen aus der Küche und hörte ein Messer, das mit einem Schneidebrett kollidierte. Unmöglich würde es allzu lange dauern, bis Willows Mahlzeit fertig wäre, also griff ich vorsichtig nach den Utensilien für ihre Injektion. Da sie mittlerweile schon etwas weggedöst war, blieb das Rascheln der Folien von ihr unbemerkt. Erst als ich zwischen meinen Streicheleinheiten etwas Haut zwischen meine Finger nahm, öffneten sich ihre Augen misstrauisch, aber da war die Spritze längst gesetzt und das Mittel im Fettgewebe, von wo aus es seine Wirkung entfalten konnte.

Willow riss empört schnaufend ihren Kopf hoch, ließ sich jedoch von einer tröstenden Umarmung wieder einfangen und schien ihren Missmut unter weiteren Massageeinheiten zu vergessen. »Das hilft ganz gut, hm?«, murmelte ich. »Weißt du, du musst nämlich noch ein bisschen durchhalten. Ich glaube nicht, dass Winston schon so weit ist. Er …« Ich seufzte und dachte an den Schrecken in seinem Gesicht, als er Willows Kapitulation bemerkt hatte – fünf Laternen zu früh. »Es wird ihm das Herz brechen. Gib dem noch ein bisschen Zeit, okay?«

Eine Antwort blieb natürlich aus. Wenn mich nicht alles täuschte, war Willow sogar ein wenig weggedöst, als ich Winstons Schritte hörte, die sich dem Badezimmer näherten.

»Kommt ihr zurecht?« Seine Frage eilte ihm selbst voraus und brauchte keine Antwort mehr, als er uns nach ihr erreicht hatte. Mit einem Schmunzeln blieb er im Türrahmen stehen und sah mich an. »Wer von euch beiden hat jetzt gewonnen?«

Ich grinste. »Das Mittel ist drin, aber ich bin hoffnungslos fixiert. Unentschieden, würde ich sagen.«

»Ich helfe dir gleich. Aber einen Moment musst du noch aushalten.« Damit zückte er sein Handy und hielt den Moment fest, in dem Theodora Coleman in seinem Bad mehr lag als saß und von der Liebenswürdigkeit seines Hundes niedergerungen worden war. »Okay, und jetzt schauen wir, wie wir dich befreien.«

»Warte kurz«, sagte ich. »Komm her.« Mit meiner Hand klopfte ich kurz auf die Fliesen neben mir und Winston folgte der Aufforderung.

Regelrecht vorsichtig ließ er sich neben mich auf den Boden sinken und sah mich erwartungsvoll an. Ohne ein Wort zu verschwenden, nahm ich seine Hand und legte sie auf Willows Rücken. Sie war viel größer als meine, doch vielleicht war das sogar von Vorteil. »So soll sich das normal anfühlen«, flüsterte ich ihm zu und führte seine Hand über Willows Schulterblätter und den Rücken hinab. »Und hier … Merkst du den Unterschied?« Ich legte seine Finger um die Rückenpartie, die noch immer spürbar verspannt war. »Die Muskeln sind völlig verkrampft. Ich kenne Willows Befunde nicht, aber ich denke, dass sie dem Tumor entgegenwirken und die Lendengegend stabilisieren. Dabei fixieren sie zu stark und das verursacht Schmerzen. Ich weiß nicht, ob das alles ist, wirklich nicht, aber es scheint ihr gut zu tun, wenn man sie massiert. Vielleicht lockern sich die Muskeln ein wenig und das Schmerzmittel tut dann sein Übriges …«

Als Winston einen Moment zu lange nichts sagte, zog ich meine Hand von seiner zurück – fest überzeugt, dass ich zu weit gegangen war. Ich Idiotin unterstellte ihm ja im Prinzip, dass er nicht längst alles versuchte, um seinem Hund trotz dessen endgültiger Prognose ein möglichst lebenswertes Leben zu bereiten. »Ich wollte nicht …«

»Wieso hat mir das noch keiner der Tierärzte gesagt?«, unterbrach Winston das, was eine Entschuldigung hätte werden sollen. »Wir wechseln ständig das Schmerzmittel und keiner kommt auf die Idee, mir so ein paar simple Handgriffe zu zeigen?«

»Die werden die Medikamente nicht ersetzen können …«

»Darum geht's nicht.« Er schnaufte in hingebungsvoller Entrüstung. »Es hilft und ich Idiot denke, ich richte nur Schaden an, wenn ich sie da zu fest anpacke. Irgendjemand hätte mir ja wenigstens den Hinweis geben können.«

»Du weißt doch«, sagte ich und sah zu ihm auf. Dafür musste ich mir den Nacken ein wenig verrenken. »Menschen sind Arschlöcher. Und wie der Zufall so will, sind Tierärzte Menschen. Mit solchen Hinweisen verliert man Zeit und verdient kein Geld. So funktioniert das leider viel zu oft.«

»Mh«, grummelte er. »Kann ich dich was fragen?«

Ich zog eine Augenbraue nach oben. Aus Winstons Perspektive musste das dämlich aussehen, verkneifen konnte ich es mir dennoch nicht. »Lass mich raten … Du willst auch so eine Massage?«

»Jederzeit«, lachte er. »Aber nicht am Rücken.« Dann gewann er seine Ernsthaftigkeit immerhin ein Stück weit wieder zurück. »Nein, was ich meinte, war … Warum zögerst du und hast dich nicht längst für ein Vet-Studium eingeschrieben? Ich meine …« Er fuhr mit seiner Hand über Willows Kopf. Und ich hätte nicht sagen können, ob seine Finger meine Brust dabei absichtlich streiften oder aus Versehen. »Im Ernst – was hält dich auf?«

Ich zögerte und entschied mich schließlich für eine zensierte Form der Antwort. »Zweifel, ob ich das wirklich packe und … vielleicht denke ich schon ein bisschen zu lange darüber nach, ich weiß es nicht.«

»Soweit ich das beurteilen kann, war der Tipp mit dem Rücken das Kompetenteste, das man mir seit Monaten gesagt hat. Und …« Winston verzog das Gesicht leicht und beugte sich zu mir hinunter. »Und was die Sache mit dem übermäßigen Denken angeht …« Prompt drängten seine Mundwinkel tiefe Lachfalten in seine Wangen, als er grinste. »In dieser Angelegenheit würde ich mich für kurzfristige Abhilfe anbieten.«

Mein Gesicht kopierte sein Grinsen, ehe ich es hätte verhindern können. So, so – von wegen zufällige Berührungen. »Was auch immer du damit andeutest«, hob ich an und deutete auf die etwa zehn Kilo Hund, die noch immer auf mir drauf lagen. »Ich fürchte, wir haben es mit erschwerenden Umständen zu tun.«

»Mh.« Mit einem Schmunzeln stupste er seinem Hund sachte gegen die Nase. »Willow?«

Große Kulleraugen öffneten sich und ein eher unmotiviertes Schwanzwedeln antwortete Winstons kurzer Ansprache. Was ich als gescheiterten Versuch abhaken wollte, war nicht mehr gewesen als die Einleitung zum großen Finale. Und dieses bestand aus einer unfassbar simplen Frage: »Hast du Hunger?«

Kurz blieb mir die Luft weg, als dieser Hund sich in einer ungeahnten Geschwindigkeit aufrappelte und Hinterbeine sich energisch in meinen Bauch stemmten, um den schnellstmöglichen Absprung in Richtung Küche zu gewährleisten. Ich blieb einen Moment lang keuchend liegen, bis sich mir eine Hand entgegenstreckte und mir auf die Beine half. »Nimm es nicht persönlich«, riet mir Winston. »Bei Futter kennt sie keine Freunde mehr.«

Ehe ich etwas hätte erwidern können, lag Winstons Hand an meiner Wange und sein Kuss auf meinen Lippen. »Danke«, murmelte er in diese zuerst zarte Berührung hinein, die daraufhin sehr schnell und auf sehr willkommene Art ihre Unschuld verlor.

Der Weg in sein Schlafzimmer war kurz, genügte allerdings, um auf diesen wenigen Metern das meiste unserer Kleidung zu verlieren. Und kaum waren wir dort angekommen, machte Winston sein Versprechen auf ein Nachher war. Nur ließ seine Dankbarkeit ihn davon absehen, mich ewig langen Foltern auszusetzen. Stattdessen hatte er sich in den Kopf gesetzt, das Phänomen der bereits erwähnten Feuerwerke beliebig oft zu wiederholen – oder wenigstens zwei Mal. Für das erste benötigte er nur seine Lippen und seine Zunge und vielleicht das raue Kitzeln seines Bartes innen an meinen Oberschenkeln. Er bediente sich keiner einstudierten Technik, an die man sich irgendwann gewöhnte, bis sie vielleicht sogar langweilig wurde. Stattdessen merkte er sich ganz genau, worauf ich reagierte und wie sehr. Und diese Erkenntnisse setzte er gezielt ein, um wiederum mich sehr schnell sehr viel vergessen zu lassen.

Die Zeit, die er sich nehmen wollte, ließ er sich tatsächlich erst, als die Pyroshow uns beiden galt und nicht mehr nur mir. Und dabei war er so viel behutsamer als vorher in der Küche. Oft hielt er kurz inne und mich einfach nur in seinen Armen, weil für ihn gar nicht infrage kam, sich das Feuerwerk allein anzusehen. Und als es einsetzte, brach es nicht so heftig über mich herein wie die vorangegangenen, aber es hielt länger an und ließ eine tiefe Ermüdung zurück.

Ich wäre womöglich eingenickt, wäre Willow nicht durch die Tür hereingeschlüpft, als Winston kurz ins Badezimmer verschwand. Die Seniorin hatte wenig Verständnis für die Intimsphäre ihres Zweibeiners und dessen Gesellschaft und warf sich demonstrativ in die Mitte des großen Bettes. Winston beäugte diese Eroberung mit einem Seufzen und fuhr sich teils müde, teils verlegen durch die Haare. »Ich kann sie rauswerfen, wenn sie dich stört«, murmelte er.

»Unsinn.« Ich schüttelte den Kopf. »Das Bett ist ja wohl viel mehr ihres als deins, geschweige denn meins. Außerdem …« Winston hatte sich gerade auf die andere Seite des Bettes gelegt und schon waren seine Augen geschlossen. Es wirkte, als hätte dieser Abend ihn an den Rand der Erschöpfung getrieben. Und vielleicht lag ich mit diesem Empfinden auch gar nicht so weit daneben. »Außerdem lasse ich euch zwei jetzt ohnehin allein.« Während ich das sagte, klaubte ich bereits meinen Slip vom Boden auf und schlüpfte hinein. Um an meinen BH zu kommen, musste ich bereits aufstehen.

»Mh«, brummte er und drehte sich leicht auf die Seite, seinem Hund zu, der ihm sogar ein Stückchen entgegenrobbte. Ich würde in dieser Konstellation nicht fehlen.

Möglichst leise schlüpfte ich wieder in meine Klamotten, band meinen Gürtel um und stolperte neben Winstons Sachen, die genauso auf dem Boden verteilt herumlagen, auch über sein Hemd. Nach kurzer Überlegung hob ich es auf und lief damit zum Schlafzimmer.

»Winston?«, flüsterte ich – nicht sicher, ob dieser Kerl überhaupt noch etwas von dem mitbekam, was jenseits seiner Träume passierte.

Doch tatsächlich hob sich seine breite und unverkennbar verzierte Schulter in einem tieferen Atemzug als den vorangegangenen. Seine Antwort war nicht mehr als ein unwirsches Brummen.

»Wenn es okay ist, würde ich mir dein Hemd ausleihen …«

Noch so ein tiefer Atemzug folgte und etwas, das ich als »Sicher« verstand. Darauf ließ ich es ankommen. Wie sehr konnte ihm dieses Hemd schon fehlen? Es war Sommer, und wenn ich ehrlich war, hatte er es nicht nötig, irgendwelche Hemden zu tragen. Aber das war nur meine bescheidene Meinung.

»Okay«, sagte ich leise. »Die Tür ziehe ich einfach zu?«

Diese Frage blieb nun doch unbeantwortet. Das Aufmerksamkeitspotenzial des Winston Lewis Bell war für diesen Tag aufgebraucht. Also ließ ich weitere Abschiedsworte bleiben und beließ es bei einem letzten Blick auf die zwei Schlafenden. Ja, vielleicht lag dabei ein wenig Wehmut in der Luft, mochte sein. Nur ist ein bisschen Wehmut ein Scheißdreck gegen Komplikationen, gebrochene Herzen und zerrüttete Leben. Ein bisschen Wehmut gehörte zur Einhaltung von ein paar grundsätzlichen Richtlinien einfach dazu und bewahrte vor größerem Schaden.

Ehe ich Winstons Wohnung schließlich verließ, zog ich mir sein Hemd über und konnte es mir diesmal dann doch nicht verkneifen, den Kragen bis an meine Nase zu ziehen. Da mich diesmal niemand dabei beobachten konnte, war es also auch egal, wie klischeebeladen das war.

Für den Weg zur nächsten Bushaltestelle kramte ich meine Kopfhörer aus der Tasche und wählte eine Playlist aus dem Handy aus, die keine Songs von Treehouse Promises beinhaltete. Wehmut war nichts Schlimmes, aber provozieren musste man sie nun auch nicht gerade.

Dabei sah ich, dass Erin mir geschrieben hatte. Den Nachrichten widmete ich mich allerdings erst, nachdem ich gerade so und mit einem kleinen Sprint den Bus erwischte, der eben an der Haltestelle stoppte und sogar in die richtige Richtung fuhr.

Sobald ich mich auf einen Sitzplatz hatte fallen lassen, zog ich mein Telefon wieder hervor und lachte bei Erins erster Nachricht. »Du verpasst ja so viel« und dazu ein paar Schnappschüsse, die sie von dem Abend gemacht hatte. Darunter auch ein Foto der gesamten Gruppe – allerdings nachdem Winston und ich uns bereits verabschiedet hatten.

Als ich weiter scrollte, kündigte sie ein weiteres Foto an mit »Glaub nicht, dass ich dich völlig verschont habe. Du kennst mich besser.« Darunter sah ich mich selbst, wie ich so sehr lachte, dass ich mein Bierglas abstellen musste. Wenn ich mich richtig erinnerte, gebührte dieser kleine Anfall der Geschichte, wie Chris versucht hatte, einer schwerhörigen Dame klarzumachen, dass auf ihrem Grundstück ein streunender Hund hauste, der eingefangen werden sollte.

Auf dem Bild saß Winston neben mir. Sein Arm lag locker auf meiner Stuhllehne und auch er hatte ein breites Grinsen auf dem Gesicht, mit dem er nicht die Erzählerin bedachte, sondern mich.

»Wage es bloß nicht, dich heute Nacht noch zu Hause blicken zu lassen, Madame«, stand unter dem Bild. »Nicht mal du kannst so dämlich sein.«

Das ist nicht dämlich, dachte ich, sparte mir aber, hier den 143. Erklärungsversuch zu starten. Natürlich war das Bild süß, das sie mir geschickt hatte. Es war süß. Und es machte, dass mir Winstons Hemd, das mich einhüllte, wieder viel zu bewusst war, genauso dieser beruhigende Geruch, der von ihm ausging. Wäre ich nicht gegangen, hätte es irgendwann den Punkt gegeben, an dem ich nichts anderes wollte als weg. Oder für immer dableiben. Und solange es ging, versuchte ich eben, beides zu vermeiden.

Meine Antwort – wann auch immer sie die lesen mochte – war ein Bild von den leeren Sitzplätzen vor mir im Bus, das ich ihr kommentarlos zuschickte. Natürlich konnte ich so dämlich sein. Sie wusste, dass es keine Übernachtungen gab. Einmal war ich bei einem Typen in diese Falle getappt und dann hatte er plötzlich angefangen, Toast und Rührei, sogar gebackene Bohnen zum Frühstück aufzufahren, während in mir mein Fluchtinstinkt und ein englischer Funke Höflichkeit einen dramatischen Krieg geführt hatten. Die Flucht hatte gewonnen.

Tatsächlich sah Erin mein Bild eine gute halbe Stunde später, die der Busfahrer damit verbracht hatte, einige Fahrgäste und sicher so einige Fußgänger mit dem kurzweiligen Gefühl der Todesangst bekanntzumachen. Offenbar waren ihm die leeren Straßen Londons und Übermut oder der nahe Feierabend etwas zu Kopf gestiegen und hatten den Optimismus in seine Fahrkünste leicht überstrapaziert.

Als ich also mit einer gewissen Erleichterung aus dem Bus stieg, gewann Erins knappe Antwort den Hauch einer zweiten Bedeutung: »Feigling.« Einen umfangreicheren Kommentar war ihr meine Heimkehr nicht wert. Ich wiederum hatte wirklich keine Lust auf ihre Einschätzung zu meinem Liebesleben. Und auf Einmischung gleich gar nicht. Also antwortete ich mit einem knappen »Bis gleich« und beließ es dabei.

Das Handy packte ich wieder in meine Tasche, und mit Musik auf den Ohren trottete ich nach Hause und ließ mir damit zugegebenermaßen ein wenig mehr Zeit als nötig. Ich hoffte, dass meine Mitbewohnerin eingeschlafen sein würde, ehe ich heimkam. Und dass alles, was es dazu brauchte, ein kleines bisschen mehr Zeit war.

Mitten auf einer spärlich beleuchteten Nebenstraße stoppte plötzlich die Musik, und ich fluchte. Ich hasste es, wenn die Verbindung zwischen Kopfhörern und Handy der Meinung war, sich spontan zu lösen, nur weil … Ich wusste nicht einmal, wieso. Der Mist passierte in letzter Zeit ständig!

Schnaufend griff ich nach meinem Handy und blieb erschrocken stehen, als ich sah, dass kein technischer Ausfall die plötzliche Stille herbeigerufen hatte, sondern ein eingehender Anruf. »Instagram« blinkte auf dem Display.

»Ach du Scheiße«, entfuhr es mir, ehe ich den Anruf annahm. »Was ist los? Habe ich was vergessen?«

Als ich Winstons Stimme hörte, klang in ihr eine bisher unbekannte, schlaftrunkene Tiefe mit. »Ich dachte, du willst nur ins Badezimmer.«

Ich lachte leise. »Ich habe doch gesagt, dass ich gehe. Und gefragt, ob ich dein Hemd nehmen darf.«

»Zum Schlafen«, gähnte er.

»Du kriegst es zurück«, versicherte ich und bog um die nächste Ecke in eine Parallelstraße meiner Wohnstraße ein.

Am anderen Ende hörte ich ein tiefes, schweres Seufzen. Vielleicht ein weiteres Gähnen, das Winston versucht hatte, zurückzuhalten. »Du hättest nicht gehen müssen. Ehrlich, wärst du geblieben, wäre ich jetzt kein unhöfliches Arschloch, das nach dem Sex einfach einpennt und dich nicht mal verabschiedet.«

»Schon gut«, beruhigte ich ihn. Amüsiert und fast ein bisschen gerührt. »Ich bin schon groß, weißt du? Außerdem habe ich doch selbst gesagt, dass ein Frühstück gar nicht infrage kommt.«

»Mh«, war Winstons erste Erwiderung, und ich glaubte sogar, dass sie die einzige bleiben würde, ehe er dann doch noch nachsetzte: »Du hältst dich wirklich an solche Regeln, kann das sein?«

»Sie bewahren Menschen vor wesentlich komplizierteren Umständen als abhandengekommene Hemden, glaub mir.«

Ich hörte das Rascheln von Stoff – einem Kissen? – und dann

einen Moment lang nichts, ehe Winston antwortete. »Ich hoffe du weißt, dass das ausgesprochen albern ist.«

Nicht auch noch er … »Hat Erin dir das eingeredet?«

»Ich meine es ernst«, sagte er – leise und warm, aber tatsächlich mit einer unüberhörbaren Ernsthaftigkeit, die seinen Worten bedingungslos Recht gab. »Es ist nicht nötig, dass du dich mitten in der Nacht durch London schlägst, nur um zu vermeiden, dass …« Er stockte kurz. »Was auch immer du mit Komplikationen meinst. Im Zweifel hätte ich auch ein Sofa. Zwei sogar.«

Ich schnaubte. »*Das* wäre albern.«

»Meinetwegen.« Mehr Aufmerksamkeit ließ Winston meiner Einschätzung nicht zukommen. Dann sagte er einen Moment lang nichts mehr, was mich befürchten ließ, dass er gleich irgendetwas äußern würde wie »Danke für den schönen Abend« oder eine ähnliche Phrase. Doch ich unterschätzte ihn. Ein Fehler, den ich definitiv viel zu häufig beging und noch begehen würde. »Ich habe noch mal wegen Willows Rücken überlegt … Für wie hilfreich hältst du eine Wärmflasche?«

Das Schmunzeln fand von ganz allein auf meine Lippen. »Ich kann mir nicht vorstellen, dass das irgendwie schaden könnte. Wenn sie es sich gefallen lässt, probier' es einfach aus. Nur nicht zu heiß, sie muss die Wärme schon eine Weile aushalten können, damit die auch durch die Haut bis zum Muskel vordringen kann.« Endlich bog ich in meine Straße ein und konnte die Haustür auch schon sehen.

»Gut.« Und da war ein weiteres, herzhaftes Gähnen.

»Winston, wir können die Tage auch schreiben. Wenn du irgendwelche Befunde hast, frage ich in der Klinik mal nach Ideen, wie man Willow etwas entlasten könnte.« Als ich die Tür erreicht hatte, blieb ich stehen und suchte nach meinem Schlüssel. »Ansonsten … Ich weiß nicht, wie eng dein Zeitplan ist, und du bist sicher bei patenten Ärzten mit ihr, aber falls ich mich um einen Termin kümmern soll … Sag einfach Bescheid, okay?«

»Mach ich«, war die knappe Antwort, während ich den Hausflur betrat und die Tür hinter mir ins Schloss fallen ließ. Kein Portier und keine marmorierte Steintreppe, sondern ein Flur mit Linoleum und dem Fahrstuhl, der mich in die sechste Etage bringen würde. Ich drückte den Knopf und wartete.

»Ich habe gleich keinen Empfang mehr«, warnte ich.

»Fahrstuhl?«

»Genau.«

Und wieder dieses Rascheln von Bettwäsche. »Also bist du zu Hause, und ich kann guten Gewissens schlafen?«

Das Pling, das ertönte, markierte nicht nur die Ankunft des Lifts, sondern auch eine Erkenntnis, die vielleicht längst irgendwo in meinem Hinterkopf gelauert hatte, und erst jetzt zum Vorschein kam. »Hast du mich ernsthaft angerufen, nur um sicher zu gehen ...« Dass ich heile nach Hause komme. Diese letzten Worte behielt ich bei mir, als ich Winstons belustigtes Schnaufen hörte.

»Gute Nacht, Theo«, war die einzige Antwort, die ich bekam.

Ich runzelte die Stirn. »Schlaf gut.«

Dann legte er auf.

08.09.2018
21:19:16
An: Mum
Verdammt noch mal, warum bist du nicht dagewesen?

12 Tage

27. August 2018

Hätte mich an diesem Montagnachmittag jemand gefragt, hätte ich meinen Gemütszustand wohl als panisch beschrieben. Mittlerweile weiß ich es besser, weiß, wie Panik sich wirklich anfühlt. Also muss es richtig lauten: Ich war unendlich aufgeregt. Nicht mehr und nicht weniger. Und ich war ausgesprochen gut darin, mich in diesen Gemütszustand hineinzusteigern – noch mehr, als ich erfuhr, dass David unseren Termin nicht rechtzeitig wahrnehmen konnte.

Für vierzehn Uhr hatten wir uns verabredet – zu einem Gespräch, um das ich gebeten hatte. Fünfzehn Minuten seiner Zeit zu meinem Feierabend. Nur war ein Notfall dazwischengekommen, und er stand mit seiner Kollegin im OP und entfernte Nierensteine bei einem Kater. Es hatte Komplikationen gegeben und damit ein Memo an mich, ich solle mich doch noch gedulden oder den Termin mit ihm vertagen.

Ich entschied mich für das Warten. Dabei hasste ich es, zu warten! Vermutlich gibt es auf der ganzen Welt niemanden, der gern auf etwas wartet – egal, ob auf etwas Gutes oder Schlechtes. Aber noch ein Tag unter Lampenfieber kam überhaupt nicht infrage.

151

Und ebenso wenig ein weiterer Tag ohne Antworten.

Am Empfang gab ich Bescheid, dass ich bei den Babys bleiben würde, bis David fertig war. Damit wusste Tessa sofort Bescheid, nickte und lächelte verständnisvoll.

Die beiden Katzenkinder, die Adam und ich eine knappe Woche zuvor unter dieser Veranda hervorgeholt hatten, waren beide noch am Leben und machten mittlerweile auch den Anschein, als würden sie diesen Zustand noch eine Weile beibehalten.

Es hatte nur diese paar Tage Rehabilitationsaufenthalt in der Klinik gebraucht, um aus diesem Geschwisterpärchen einen Anlaufpunkt für das gesamte Team zu machen. Sobald einer von uns mit einem schweren Fall oder auch nur einem unverständigen Besitzer zu kämpfen hatte, nahm er sich ein paar Minuten Zeit für die kleinen stationären Patienten und die sich im Gegenzug für sein Nervenkostüm. Es war eine perfekte Symbiose, und wie zu erwarten gewesen war, verbrachten Der Captain und Poppy nur wenig Zeit in ihrer Box.

Das waren die beiden Namen, die sich für die Kitten durchgesetzt hatten, wobei Der Captain niemals ohne seinen Artikel benannt wurde und Poppy nie ohne ein entzücktes Seufzen.

Die Kleine hatte ihren Namen von Hugo bekommen, der der Meinung gewesen war, die rote Zeichnung auf ihrem Gesicht und Kragen würde an eine Mohnblume erinnern. Wir anderen ahnten, dass in ihm ein größerer Patriot steckte, als er zugeben wollte. Die Namensgeberin des Captains war offiziell ich. Und nur ich wusste es eigentlich besser.

Tatsächlich griff das Phänomen der beiden Kleinen prompt, als ich den Raum betrat und mich vor ihre Box stellte. Mittlerweile fingen sie bereits an, auf allen Vieren die Welt zu erkunden – wacklig, aber mit ungebremster Neugier.

Zügig öffnete ich die Gitterbox, nahm die beiden heraus und setzte mich mit ihnen auf den Fußboden. Binnen weniger Minuten war die Konstellation im Prinzip dieselbe wie immer: Poppy ging auf Entdeckungstour, während ihr Bruder auf meinem Schoß herumturnte. Er blieb oft im unmittelbaren Radius des jeweiligen Menschen. Wir schätzten, dass das fehlende Auge, das hatte entfernt werden müssen, seinen Forscherdrang etwas bremste. Den Spieltrieb allerdings keineswegs.

Er lieferte sich einen gnadenlosen Kampf mit meiner linken Hand und wahlweise mit dem Kugelschreiber, den ich dafür hergab, während ich mit der Rechten nach meinem Handy griff und nachsah, was ich in den letzten Stunden verpasst hatte.

Eine Menge. Das allein verriet mir die Zahl am Chat mit der »Saving-Paws«-Gruppe. Dort warteten über vierzig ungelesene Nachrichten auf mich. Das Schlimmste befürchtend fand ich schließlich eine eher positive Eskalation, die im Verlauf meiner Lektüre jedoch ein drückendes Gefühl in meiner Magengegend hervorbrachte.

Zusammengefasst erfuhr ich, dass die Instagramseite von »Saving Paws« ihre Followerzahl in den letzten zwei Tagen verdreifacht hatte. Diese Entdeckung hatte Harriett gemacht. Das war gelinde gesagt ungewöhnlich, aber eindeutig positiv. Anscheinend waren die Beiträge vielfach geteilt und kommentiert worden. Harriett wiederum hatte genug Skepsis, Neugier und Zeit besessen, um diese Entwicklung zurückzuverfolgen. Bis sie auf die Erwähnung – nein, einen regelrechten Aufruf – für die Vereinsseite stieß, die von einer Influencerin mit schier utopischer Reichweite gepostet worden war. Ich kannte den Namen und Erin kannte ihn ebenso – womit sie nicht hinterm Berg gehalten hatte:

»@the.bellaella? Das ist doch die Ex von Winston! Theo, was ist denn da los?«

Ich hatte keine verdammte Ahnung! Allerdings war ich nicht sicher, ob ich Winston wirklich auf seine Frau ansprechen wollte und auf die Frage, woher sie von diesem Verein wusste. Und warum. Vor allem warum. Da Ignoranz gemeinhin als unhöflich gilt, entschied ich, einen Screenshot vom Feed des Vereins zu machen und Winston zu schicken. »Ich nehme an, ich muss mich stellvertretend bei dir dafür bedanken.«

Ich erschrak regelrecht, als die zwei Haken neben meiner Nachricht sich fast umgehend blau färbten. Natürlich. Es war kurz nach zwei. Die Band mochte auf Schlaf verzichten, um ihr Pensum noch rechtzeitig zu schaffen, aber das hieß nicht, dass Winston die Spaziergänge mit Willow abblies. Die fanden in nahezu deutscher Pünktlichkeit statt, was mir aufgefallen war, nachdem ich nun einige Tage immer um diese Zeit Feierabend gemacht hatte, meine Nachrichten etwa dreißig Minuten lang mit zügigen Reaktionen beglückt wurden und dann für etliche Stunden keinerlei Aufmerksamkeit mehr erfuhren.

»Ich habe vielleicht etwas erwähnt, mehr nicht. Für Dank bin ich trotzdem empfänglich, sobald sich hier mal wieder ein Zeitfenster öffnet.«

Ich ignorierte diese wenig dezente Einladung, musste aber dennoch schmunzeln. »Und du erzählst Ella von »Saving Paws«, weil …«

»Weil wir Freunde sind. Nach wie vor. Und weil Adam mein großes Vorbild ist. Das weißt du doch.«

Als ich nicht gleich antwortete, weil ich zu lange über passende Worte nachdachte, setzte Winston noch einmal nach: »Ich mag die Idee. Und ich war dir etwas dafür schuldig, dass Willow wieder zwei Laternen mehr schafft. Ich verstehe nichts von Social Media, also habe ich Ella um einen Gefallen gebeten. Ohne Gegenleistung, sollte das deine Sorge sein. Sie liebt euren Kanal und meinte, sie hätte bei ein paar Videos geweint.«

Hervorragend. Ich hatte ihn in die Situation gebracht, in der er glaubte, sich rechtfertigen zu müssen. Weil … Keine Ahnung, warum. Ich hatte ihm keine Vorwürfe gemacht. Es gab ja auch keinerlei Grund dazu!

»Danke«, antwortete ich schnell, damit nicht noch mehr Erklärungen kamen, die gar nicht nötig waren. Offenbar war diese knappe Erwiderung nicht so deeskalierend, wie ich es mir vorgestellt hatte.

»Da dich das Thema anscheinend immer noch beschäftigt … Das Video ist von gestern. Dritter Song, ab 9:40. Studioaufnahme ist noch nicht abgemischt. Sonst würde ich dir die schicken.« Und darunter war ein Link, der zu Youtube führte und zum Auftritt von Treehouse Promises bei dem Festival, auf dem sie am Vortag gespielt hatten. Das Video ging knapp vierzig Minuten und da ich noch ein wenig Zeit hatte, reduzierte ich den Ton auf Zimmerlautstärke und startete das Video. Bis zum dritten Song würde ich es wohl schaffen, ehe David Zeit für mich hatte.

Die ersten beiden Songs kannte ich. Mittlerweile kannte ich sie sogar recht gut und wusste beim zweiten um die Klimax im letzten Refrain. Ich hatte mich oft dabei ertappt, wie ich diese Stelle zurückspulte und noch einmal anhörte. Wegen des Textes und auch wegen des Gesangs, der zur Hochform des kunstvollen Schreiens auflief, um dem Zuhörer die wichtigsten Zeilen des Songs nahezubringen. »Stay in hell with me or leave. But please shut up and make your choice before your demons pour another drink!«

Etliche Male hatte ich bisher gelauscht, wie das Schlagzeug einige Takte vor diesem Ausbruch fast verstummte, um dann zusammen mit Dans Stimme zu eskalieren. Und genauso oft hatte ich mir Winstons vorfreudiges Grinsen dabei vorgestellt.

Was ich nicht bedacht hatte, war, dass ich dieses Grinsen kannte. Doch nun, da ich auf diesem Video sah, wie Winston geduldig, aber mit diesem erwartungsvollen Blitzen in den Augen die Sticks über die Drums mehr strich als schlug … Da erkannte ich dieses Mienenspiel sofort wieder: Das Gesicht eines geduldigen Mannes, der das Warten auskostete, weil er wusste, was darauf folgte, und dass ihm das auch niemand nehmen würde.

Kurz kam mir der Gedanke, ob Eleonore ihm je bei einem Auftritt zugesehen und dabei nicht die Assoziation zum Sex mit ihm gehabt hatte. Und allein dieser Gedanke gab Winston vermutlich völlig recht. Mich beschäftigte nach wie vor, was Lied Nummer drei erzählte. Ich erkannte die Melodie nicht, dafür sehr wohl den Textauszug, den ich auf Ellas Instagramseite gelesen hatte. Und dieses Zitat fasste sehr gut zusammen, was der gesamte Song aussagte: Dass es richtig ist, ein Ende zu setzen. So können Erinnerungen Vergangenheit werden und dort bleiben sie unversehrt, weil niemand sie in einem Streit nehmen und kaputtschlagen kann. »I don't want you smashed into pieces. I need you in the past – just the way we were.«

Nach dem Song hielt ich das Video kurz an und rief den Messenger wieder auf, um Winston auf seine letzte Nachricht zu antworten. »Ich mag den Song. Ehrlich, nicht kitschig. Allerdings bin ich jetzt neugierig, wie es klingen würde, wenn du Texte über deine aktuelle Liebe schreibst. Ich muss also ganz indiskret fragen: Gibt es das Lied für Adam schon?«

Winstons Antwort erreichte mich ein paar Minuten später und nur wenige Momente, bevor David im Raum auftauchte. »Ich lasse es dich wissen, wenn es fertig ist.«

Mehr nicht. Das Klopfen an der Tür unterband umgehend jeden Gedanken, den ich mir um diese knappe Antwort hätte machen können.

»Entschuldige«, war das Erste, was David sagte, ehe er die Tür hinter sich schloss und Poppy vom Boden auflas.

»Führen wir unser Gespräch hier oder braucht es ein Büro?« Er sah mich ruhig, aber fragend an. Ich hatte ihn lediglich um ein paar Minuten unter vier Augen gebeten – ohne große Reden über den Grund dafür zu schwingen. Denn darüber wären wir längst in das Gespräch eingestiegen, um das ich ihn bat und hätten es vermutlich zwischen Tür und Angel geführt, wie jede unserer knappen Konversationen, wenn ich hier war.

»Hier ist okay, denke ich.«

David nickte, zog sich einen Stuhl heran und entließ Poppy wieder in ihre abenteuerliche Erkundung des Linoleumbodens.

»Ich wollte nur …«, hob ich an, merkte jedoch, dass der Einstieg eher unglücklich gewählt war. Wüsste ich, was ich wollte, säße ich nicht hier, um David Graham um Rat zu fragen. »Ich spiele mit dem Gedanken, mich wieder einzuschreiben. Nicht jetzt, sondern für das nächste Jahr.« Mir war klar, dass das keine Frage war. Trotzdem hoffte ich, dass David heraushörte, was ich von ihm wissen wollte.

Denkst du, dass das eine gute Idee ist?

Kriege ich das hin?

Was, wenn nicht?

Was, wenn ich es hinkriege, aber irgendwann gar nicht mehr will?

Falls er irgendwas davon heraushörte, ignorierte er es.

»In Ordnung. Falls du eine Referenz benötigst, lass es mich wissen.«

Das war nichts, woran ich bisher auch nur annähernd gedacht

hatte. »Danke«, sagte ich daher nur. »Ich bin aber nicht … Ich könnte dann nicht weiter hier helfen. Ich brauche den Job in der Bar, um meine Miete zu zahlen und alles andere und …« Himmel, ich klang, als wollte ich, dass er mir das ausredete.

»Das ist nur nachvollziehbar. Für den praktischen Part bist du hier herzlich willkommen. Nur, dass du das weißt. Gib mir einfach rechtzeitig Bescheid.«

Was ich an David Graham immer sehr geschätzt hatte, war seine Ruhe. Er hatte diese besonnene und gelassene Art an sich, die dabei nie gleichgültig wirkte und schon manchen panischen Tierbesitzer hatte beruhigen können. Oder auch manchen panischen Kollegen. Nur war mir bisher nie aufgefallen, dass ihn das offenbar blind dafür machte, wie andere mit sich rangen. »Okay, ich … Ich hatte nur gehofft …«

»Ich verstehe«, sagte er und schürte die kurze Hoffnung, dass dem wirklich so sein könnte. Doch David musste nur ein paar Worte mehr sagen, um diese Hoffnung wieder platzen zu lassen. »Du willst deine übrige Zeit hier noch nutzen, um die anderen Dinge zu sehen. Nicht nur den Tod. Habe ich dir eigentlich mal erzählt, dass das Jacksons Idee war?«

Vielleicht ist es lächerlich, dass sich augenblicklich ein Klumpen unter meinem Zwerchfell bildete, der sich schwer in meinen Magen hineindrückte. Es gab Menschen, die Jackson und Finley Coleman gekannt hatten, während ich … Ich habe kaum Erinnerungen an Dad und hatte nie das Gefühl, dass es mir zustand, allzu viel Emotionalität an den Tag zu legen, wenn es um ihn ging. Um ihn oder um meinen Bruder.

Nur fielen beide Namen so selten, dass sie es jedes Mal schafften, aus der Masse eines Gespräches herauszustechen und zu wirken. Und ich tat, was ich immer tat – ich schob es beiseite. »Dads Idee? Tiere einzuschläfern?«

»Es den machen zu lassen, der noch lernt. Davon sprach er schon auf der Uni. Ihn hat die Arroganz unserer Kommilitonen aufgeregt, die sich damit gebrüstet haben, dass in ihrer Behandlung noch nie ein Tier gestorben sei. Und er war der Meinung, dass das genau falsch herum wäre. Erfolge führten zu Höhenflügen und die zu Fehlern. Ihm schien es sinnvoller, dass man erst sieht, wie etwas kaputtgeht – um dann zu verstehen, wieso es so wichtig ist, dass das nicht passiert.« Er lächelte mich an und wirkte dabei unentschlossen, ob das, was er sagte, nach einer Entschuldigung verlangte oder nicht. Das tat es nicht. Definitiv nicht. Manchmal muss es einem nicht leidtun, wenn man anderen Menschen einen Stich versetzt. »Dein Vater meinte, wenn er irgendwann in den Genuss käme, neue Veterinäre auszubilden, würde er es genauso handhaben.«

»Aber er hat nie … oder?«

David verzog das Gesicht leicht. »Er hat später ein paar Studenten mitbetreut, allerdings nie federführend. Im Prinzip bist du mein Versuchskaninchen für seine Ausbildungsmethode.«

Ich hob die Augenbrauen und da war es wieder, dieses klamme Gefühl.

»Was ich damit sagen will«, David streckte sich und sah zum Captain, der gerade auf meinem Schoß wegschlummerte. »Als Jacksons Tochter hier angeklopft hat, dachte ich, ich sei es ihm schuldig, sie so auszubilden, wie er es für richtig gehalten hätte. Nenn mich sentimental, wenn du willst. Die Sache ist nur die – ich habe keine Ahnung, woran ich festmachen soll, dass diese erste Lernphase absolviert ist. Vielleicht hätte ich deinem Vater hin und wieder besser zuhören sollen. Er hat nur einfach wahnsinnig viel geredet, wenn er sich einmal festgebissen hat.« Auf ein theatralisches Seufzen folgte der Blick, mit dem er mir zu verstehen gab, dass er diese Eigenschaft hin und wieder auch an mindestens einer anderen Person beobachten durfte.

Diesen Blick behielt er bei, als er nickte und sich von seinem Stuhl wieder erhob. »Ich denke, wir können dir allmählich mehr zutrauen. Damit du auch die schönen Seiten zu Gesicht bekommst, ehe du dein Studium wieder aufnimmst.« Damit wandte er sich zum Gehen, und ich zögerte, ergriff dann aber doch das Wort.

»Danke, ich …«

»Und was deine Fragen angeht …«, unterbrach er mich.

Fragen? Ich hatte keine gestellt, jedenfalls nicht laut …

»Verlang nicht von mir, sie dir zu beantworten und dir zu sagen, was du tun oder welchen Berufsweg du einschlagen sollst. Ich weiß, wozu ich dir raten würde, aber falls ich Unrecht habe, ist es meine Schuld. Genau das habe ich auch deinem Dad früher gesagt, weil er sich nie auf etwas festlegen konnte, ohne ganz sicher zu sein. Du bist ihm wirklich viel zu ähnlich.« Die letzten Worte waren in ein leises Lachen übergegangen. »Ich glaube, deshalb hat er deine Mum geheiratet. Sie hatte nie ein Problem damit, ihm zu sagen, was sie für richtig hält. Vielleicht fragst du sie, was du tun sollst. Ich kann dir nur sagen, dass ich dir das alles hier«, er machte eine ausladende Geste in Richtung Tür, trotzdem konnte ich mir vorstellen, was er meinte, »zweifelsfrei zutraue. Als rein fachliche Einschätzung. Was du daraus machst, liegt bei dir.« Seine Hand lag schon auf der Klinke, als er sich noch einmal zu mir umdrehte. »Meinst du, du kannst damit leben?«

Ich nickte. Seine Worte waren ehrlich gesagt weniger, als ich mir erhofft hatte. Doch vermutlich hätte er mir keine bessere Antwort geben können, auch wenn er mich für den Moment mit dem Wunsch zurückließ, meine Mum zu fragen. Wobei, nein … ich musste sie nichts fragen. Ich war mir ihrer Antworten sehr sicher. Die hatte sie mir schon vor Monaten lautstark an den Kopf geworfen. Aber ich wollte es ihr erzählen. Trotzdem. Wollte sie wissen lassen, wo ich stand und dass das nicht weit weg war von dem Weg, den sie sich für mich gewünscht hatte.

Ich wollte ihr sagen, dass David meinte, ich wäre Dad ähnlich. Und dass ich auf diesen Vergleich noch genauso stolz war wie vor sechzehn Jahren, als sich gezeigt hatte, dass ich mehr Verständnis für Mathe und Naturwissenschaften hatte als für Bastelarbeiten. Ich wollte, dass sie wusste, wie egal es war, dass ich nun erwachsen war. Da war immer noch dieses kleine Mädchen, das am liebsten geheult hätte vor Freude, weil sie einem Mann ähnelte, an den sie sich kaum erinnerte.

Es kostete mich ein paar Minuten, diese Empfindungen in das Knäuel zurückzudrängen, das seit Jahren irgendwo in meinem Bauch vor sich hin rottete. Solche Gefühle mochten anderen Menschen zustehen. Jenen, die meinen Dad wirklich gekannt hatten. Ihn und meinen Bruder – die Familie, die Mum damals verloren hatte, während ich … Nun, ich war übrig. Nichts weiter.

08.09.2018
21:20:23
An: Mum
Ich habe jemanden kennengelernt. Winston. Und es macht mir eine Scheißangst, wie wichtig er mir geworden ist. Wenn ich dir von ihm erzählt hätte, vielleicht hättest du mir gesagt, dass das etwas Schönes ist und dass du daran glaubst, dass alles gut werden wird. Nicht wie bei Dad und dir. Und vielleicht hätte ich nicht diese Scheiße gebaut, wenn ich dir das geglaubt hätte und vielleicht ... Das spielt jetzt keine Rolle mehr und es ist auch nicht deine Schuld. Wir wären trotzdem beide hier.

8 Tage

31. August 2018

Ich gebe es zu – auf meinem Schreibtisch lag seit vier Tagen ein Block mit einer Liste. Pro und Kontra – das gängige Klischee. Ich konnte mich nicht erinnern, nach meiner frühen Teenagerzeit je wieder so eine Liste geführt zu haben. Damals ging es um das Reiseziel für die Sommerferien. Mum hatte mir zwei Orte zur Auswahl gegeben, und ich hatte mich in der unumstößlichen Pflicht gefühlt, die perfekte und richtige Entscheidung zu treffen.

Eigentlich hatte ich nach Stockholm gewollt, aber die Liste zeigte fünf Punkte mehr für Rom auf, sodass wir zwei unerträglich heiße Wochen in dieser Stadt zugebracht hatten. Es ist wohl nachvollziehbar, dass ich diesen Listen seither also lediglich ein müdes Lächeln hatte abgewinnen können.

Wenn ich ehrlich war, musste ich zugeben, dass ich seither auch keine Entscheidung mehr hatte treffen müssen. Das Studienfach nach meinem Schulabschluss hatte seit jeher festgestanden. Und es abzubrechen war keine Entscheidung gewesen, sondern das Ergebnis eines Anfalls von Angst und Ratlosigkeit. Was wohl wiederum das Resultat daraus gewesen war, dass ich mich nie bewusst für die Veterinärmedizin entschieden hatte. Sie war da gewesen. Immer. Getragen von dem ständigen Wunsch, zu dieser Familie dazuzugehören, die Mum und mich zurückgelassen hatte wie traurige Reste einer … genug Metaphern.

Nun saß ich jedenfalls hier und gab diesem Listensystem noch eine Chance. Vielleicht, weil ich die Entscheidung eigentlich schon getroffen hatte und etwas brauchte, um sie zu untermauern. Davids Zuversicht war hilfreich, aber nicht ausreichend. Und Mum war …
Sie war ein schwarzes Display, auf das ich immer wieder starrte. Mehr als einmal hatte ich darüber nachgedacht, sie anzurufen oder ihr wenigstens zu schreiben. Und dann hatte sich das Gespräch in meinem Kopf abgespielt und manchmal hatte sich unser Streit dabei wiederholt, was keinen Sinn ergab. Meist ging sie mit der Genugtuung daraus hervor, dass sich nun doch alles so fügte, wie sie es von mir erwartet hatte. Und das war einfach nichts, von dem ich glaubte, dass ich es hören oder lesen wollte.

Also gab es die Liste und Erin, die die Stichpunkte entdeckt und sich ihren Reim darauf gemacht hatte. Für sie stand meine Wahl längst fest, und sie hatte nur gefragt, ob ich nun den Job in der Klinik oder den in der Bar an den Nagel hängen würde. Merkwürdigerweise gehörten derlei Folgeentscheidungen zu den Dingen, auf die ich sofort eine Antwort hatte.

An diesem Freitagnachmittag saß ich also erneut mit einem Kugelschreiber bewaffnet auf dem Schreibtischstuhl – in ein Handtuch gewickelt und mit einem Turban auf meinem Kopf. Mir blieb noch etwa eine gute Stunde Zeit, bis ich zur Schicht in der Bar würde aufbrechen müssen. Die Versuche, mich mit einer Serie oder einem Buch abzulenken, waren gescheitert. Erin war in der Uni und Winston hatte offenbar sein 14-Uhr-Spaziergangszeitfenster ausfallen lassen. Eine Woche vor Tourbeginn war das nur nachvollziehbar.

Also stellte ich mich der Liste, die regelrecht auf meine Aufmerksamkeit zu lauern schien, und studierte die Punkte darauf. Es sprach nicht viel dagegen, das Studium wieder aufzunehmen. Die meisten Gründe waren rationale – ich hätte nur noch Zeit für einen Job, also weniger Geld und überdies auch weniger Zeit. Ich würde mich mit genau der trockenen Theorie befassen müssen, die nun einmal dazugehörte und die mich das letzte Mal vor diesem Weg hatte zurückschrecken lassen. Dass ich es nun besser wusste und eine Ahnung bekommen hatte, wohin dieser Weg führte, machte ihn nicht leichter. Mir das einzubilden, wäre dumm.

Die andere Seite der Liste war länger, aber auch viel subjektiver. Der erste Punkt war »Dad« und dann folgten Erlebnisse und Erfahrungen, die ich nicht missen wollte oder ganz anders – deren Wiederholung ich unbedingt verhindern wollte, wenn ich endlich die nötigen Kompetenzen dafür hatte. Tiernamen standen darauf, darunter auch »Der Captain« und »Willow«. Ich ergänzte »Gargoyle« und setzte damit das Prinzip der Pro-Seite fort.

Als das Handy neben mir den kurzen Signalton einer eingehenden Nachricht von sich gab, zuckte ich leicht zusammen. Mit meinen Gedanken noch immer bei dieser Liste, dachte ich zuerst an meine Mutter, als ich nach meinem Handy griff. Ein grenzenlos törichter Gedanke. In hochemotionalen Familienfilmen oder bei Disney mochte es klappen, dass eine Mutter über Hunderte Kilometer hinweg spürte, dass ihre Tochter ihren Rat brauchte. Nur hatten wir nie eine solche Bindung gehabt, sollte so etwas überhaupt existieren. Unsere Bindung reichte ja nicht einmal dafür, dass ich wusste, wie weit Mum aktuell entfernt war. Hielt sie sich in London auf? Oder tagte sie schon wieder in irgendeinem anderen Firmensitz in Europa? Falls es denn überhaupt Europa war, wo sie sich aufhielt … Kurzum: Kein Disney. Nicht einmal ein annähernd harmonischer Fall von Realismus.

Es war also nicht überraschend, dass die Nachricht nicht von Mum gekommen war. Und ebenso wenig hätte mich wohl überraschen sollen, dass Winston mir schrieb. Lediglich eine Stunde nach seiner üblichen Zeit.

»Hast du Zeit?«, war alles, was da stand.

Mein Kopf war so nett, diesen drei Worten noch einige Schlüsse hinzuzuaddieren. Vielleicht ein letzter freier Nachmittag und Abend, ehe das Wochenende ihn und seine Band wieder auf ein Festival schicken würde oder zu finalen Proben oder Aufnahmen oder … Was auch immer eine finale Woche vor so einer Tour bereithalten mochte. Winston erzählte mir durchaus, wo er gerade war und was für den jeweiligen Tag geplant war, aber mir fehlte nach wie vor ein Blick für das Gesamtbild. Doch wer wusste schon, ob er selbst ihn hatte und nicht vielleicht nur von seinem Agenten von einem Termin zum nächsten geschickt wurde.

»Bin heute in der Bar eingeteilt. Aber tröste dich, für heute und wenigstens die nächsten zwei Tage hätte ich sowieso nicht für mehr als Blowjobs zur Verfügung gestanden. Falls du dich damit zufriedengibst … Feierabend habe ich gegen zwölf.«

Winston las meine Nachricht sofort, allerdings dauerte es fast fünf Minuten, ehe er eine Antwort schickte. Ich gab mir wirklich Mühe, mir nicht auszumalen, wie er seine Optionen für diesen Abend abwägte, als eine weitere, ungewöhnlich kurze Mitteilung von ihm einging. »Darum geht es nicht. Kann ich dich kurz anrufen?«

Diesmal sparte ich mir ausufernde Erläuterungen und antwortete mit einem knappen »Natürlich« und es vergingen nur ein paar Sekunden, ehe »Highland Cliffs« von Martha's Sons ertönte und damit den eingehenden Anruf mitteilte.

»Hey«, sagte ich – mit einem kleinen Lachen in der Stimme, das mir sehr schnell sehr leidtat. »Was ist denn los?«

Eine kurze Pause trat ein, in der ich das Rauschen vorbeifahrender Autos hörte und annahm, dass er sich nur Zeit für einen kurzen Spaziergang hatte nehmen können, und zu viel zu erzählen hatte, um das mühsam über einen Touchscreen in ein Dialogfeld einzugeben. Ich ahnungslose Idiotin.

»Ich bin mit Willow gerade in der Klinik. In unserer, nicht in deiner«, ergänzte er, als wäre das von Belang. »Als ich vorhin in der

Aufnahme war, meinte Tobey, ich solle kurz eine Pause machen, weil mit meinem Hund was nicht stimmt und … Scheiße, was rede ich hier?«

Ich war nicht sicher, bekam jedoch langsam eine Ahnung, weshalb ich lieber den Mund hielt. Manchmal ist es besser, einfach nichts zu sagen.

»Sie konnte nicht mehr laufen«, erzählte Winston schließlich. »Ihre Hinterläufe sind immer wieder weggesackt und sie kam nicht hoch und … ich glaube, sie hatte Schmerzen, also habe ich sie hergebracht.«

»Haben sie sie noch mal geröntgt?«

»Röntgen, CT, sogar ein Blutbild, was auch immer das bringen soll.«

Geld, dachte ich. Für ein Blutbild wird so wahnsinnig viel berechnet … Den Kommentar behielt ich für mich. »Und … Hast du schon Ergebnisse?«

Offenbar hatte er die. Allein, wie er die Luft einzog, war Antwort genug. »Sie sagen, es lohnt sich nicht mehr.«

»Das tut mir leid, ich …« Scheiße! Fieberhaft überlegte ich nach einer Lösung für … Ja, für etwas, das gar keine Optionen mehr ließ. Nur wie sollte ich ihm das sagen? »Soll ich hinkommen?« Vielleicht wollte er nicht allein sein.

»Nein, was soll das bringen?« Das war direkter, als ich es von Winston kannte, aber angesichts seiner aktuellen Lage beschloss ich, ihm das nicht übelzunehmen. »Wir bleiben hier sowieso keine Minute länger.«

»Also …« Ich flehte, dass er keiner dieser egoistischen Menschen war, die das arme Tier wieder mitnahmen, um es zu Hause weiter leiden zu lassen. Nur, weil sie den Gedanken nicht ertragen konnten, sich zu verabschieden. Dabei war ihm doch klar gewesen, dass der Moment kommen würde. Als ich die beiden zusammen gesehen hatte … Ich war sicher gewesen, dass er es wusste und einfach nur ein Stück weit von sich schob. »Heißt das, du willst eine zweite Meinung? Ich könnte in unserer Klinik anrufen und …«

»Theo, ich bin kein Idiot«, fuhr er mir ins Wort. »Du hast mir anscheinend nicht zugehört. Sie sagen, es lohnt sich nicht mehr.«

Ich war ratlos, worauf er hinauswollte und heilfroh, als er mir kaum Zeit für eine Reaktion gab, ehe er weiterredete. Dabei klang er wütender, als ich es ihm je zugetraut hätte.

»Wir reden hier von Willow, nicht von einem alten Auto mit Motorschaden! Ich kenne ihre Prognose, und ich weiß, was ich zu tun habe. Aber hier lasse ich sie keine Minute länger. Mein …« Pause. Es fühlte sich nicht an, als wäre seine Wut plötzlich verraucht, sondern als wären wir am Auge des Sturms angekommen. Ich glaubte sogar, seine Stimme wanken zu hören, als er weitersprach. »Nicht hier.«

Das war schließlich etwas, das ich verstand. »Hast du einen anderen Plan? Bietet die Klinik an, dass jemand zu dir nach Hause kommt?«

Bei seiner Antwort klang Winston kalt. »Nein. Ich will niemanden von denen … Nein.«

»Okay«, murmelte ich. In meinem Kopf hatte sich längst eine Möglichkeit zusammengebaut. Ich musste nur noch klären, ob ich sie auch wirklich hatte und Winston geben konnte. »Kannst du … gib mir fünf Minuten, ja? Vielleicht zehn. Sie sollen Willow ein Beruhigungsmittel geben und kompatibles Schmerzmittel. Ich ruf dich gleich zurück, ja?« Ich hatte sagen wollen, dass wir das schon hinkriegen. Vielleicht, dass alles wieder gut werden würde, doch das war hoffnungslos absurd.

»Okay«, sagte er leise. Und viel ruhiger als eben noch. »Tut mir leid, ich wollte dich nicht …«

»Schwamm drüber. Bleib einfach erreichbar, ja?« Ich seufzte und rang jede Mitleidsbekundung nieder, die sich mir aufdrängte wie ein Niesen. »Bis gleich.«

Mein Aktionismus setzte nicht sofort ein, als ich auflegte. Etwa eine halbe Minute lang blieb ich sitzen, wie ich war und gönnte meinen Lungen so viel Luft, wie sie zuließen. Um das Gefühl vergehen zu lassen, sie würden sich zuschnüren. Es war noch nicht ganz verzogen, als ich schließlich doch zum Handy griff.

Mein erster Schritt galt dem Big Boss, um meine Schicht an diesem Abend abzusagen. Danach ich rief in der Tierklinik an. Dort ließ ich mich zu David durchstellen und hoffte inständig auf seine Kooperation.

Er schwieg, während ich ihm die Situation erklärte. Als er schließlich etwas sagte, machte sein Tonfall unmissverständlich klar, dass er hier unumstößliche Sicherheit von mir verlangte.

»Es besteht also kein Zweifel an der Irreversibilität dieser aktuellen Symptomatik?«

»Ja«, sagte ich und nur das. Keine Erklärung, nur Überzeugung. Erklärungen gibt man immer nur dann unaufgefordert, wenn der Standpunkt, den man vertritt, Lücken hat. Das war etwas, was David selbst mir beigebracht hatte.

Nach meiner Antwort trat eine kurze Pause ein und dann das genervte Aufstöhnen eines Mannes, der … So stellte ich mir Väter vor, die ihrem Sprössling einen Wunsch einfach nicht abschlagen konnten. »Ich erwarte höchste Diskretion. Du hast keinerlei Zertifizierung. Wenn dein Freund das an die große Glocke hängt …«

»Wird er nicht.«

Ich hörte David schnaufen. »Das Gewicht.«

»Was?«

»Das Gewicht des Hundes.«

Es war absurd, wie erleichtert ich war angesichts dessen, worüber wir hier sprachen. »Zehn Kilo, maximal.«

»Das bleibt unter uns, Theo, hast du mich verstanden? Ich hinterlege vorn ein Päckchen für dich. Infusionen und Vitamine für euren Verein. Du hast gestern vergessen, das mitzunehmen. Nichts weiter, hast du verstanden?«

»Verstanden. Danke, David.«

»Lass mich das nicht bereuen.«

Was hätte ich auch anderes sagen sollen, als ihm das zuzusichern?

»Es gibt diesen Moment in jedem Leben nur genau ein Mal. Es ist besser, wenn sich so viel wie möglich davon richtig anfühlt.«

Das ist ein Satz, den ich zu Beginn meiner Zeit in Davids Klinik beigebracht bekommen habe. Und er hat sich immer als richtig erwiesen. Die einzigen Ausnahmen, die von ihm abweichen, sind die Menschen, die diesen besagten Moment herbeiführen.

Es fühlte sich nicht richtig für mich an, mit meinem Rucksack vor diesem weißen Zaun zu stehen, hinter dem sich ein riesiges, ebenfalls weißes Haus auftat.

Und irgendwo auf diesem Grundstück oder in diesem Haus wartete Winston mit Willow auf mich. *Unter dem Baum,* hatte er gesagt, *neben den Beeten.* Dort, wo Willow wohl am liebsten war.

Scheiße, in der Tierklinik nannte man mich seit Wochen den Todesengel. Aber in der ganzen Zeit hatte ich mich nie so sehr wie einer gefühlt wie in diesem Moment.

Und so blieb ich einen Moment lang einfach vor dem Tor stehen und gab mir etwas Zeit, um mich zu sammeln. Ich brauchte zu lange damit, denn noch ehe ich mich dazu aufgerafft hatte, nach einer Klingel auch nur zu suchen, ertönte der Summer des Schlosses. Ich trat auf den Kiesweg, der auf die große Treppe zuführte, und hatte die ersten Stufen bestritten, als die Tür auch schon geöffnet wurde.

Mich begrüßten Winstons blaue Augen in einem anderen Gesicht. Schlagartig wurde mir bewusst, dass ich nicht einmal erwogen hatte, dass wir nicht allein sein würden. Das war das Haus seiner Eltern, aber nicht in einer Sekunde hatte ich daran gedacht, dass sie anwesend sein könnten. Es war mir einfach nicht wichtig erschienen – nicht, bis ich seiner Mutter gegenüberstand.

»Sie müssen Theodora sein«, begrüßte sie mich. »Mein Sohn ist im Garten, er hat mir gesagt, dass Sie kommen.«

Ich nickte, als ich die Hand von Mrs Bell ergriff und sachte drückte. »Hallo«, sagte ich nur und in Ermangelung anderer Worte gab ich mir redlich Mühe, in dieses eine so viel Kompetenz und Freundlichkeit zu legen, wie in diesem Moment greifbar war.

Winstons Mutter schien etwas sagen zu wollen, ließ diesen Eindruck aber mit einem Seufzen versiegen. »Danke, dass Sie kommen konnten. Winston ist …« Und wieder ein Seufzen, mit dem sie hinter sich in den Flur deutete. »Ich bringe Sie hin«, sagte sie und lief voran durch das Haus. »Ich habe meinem Sohn versprochen, dass ich mich aus dieser Angelegenheit raushalte. Falls ich dennoch benötigt werde, finden Sie und er mich in meinem Arbeitszimmer.«

»Danke«, war alles, was mir auf die Schnelle einfiel, und ich beschloss, dass es mir egal war, dass ich so einsilbig antwortete. Ich war nicht hier, um eine Mutter zu beeindrucken.

Wir blieben in der Hintertür zum Garten stehen. Hinter dem Haus erstreckte sich eine Wiese. An der Seite gab es einige Beete, auch Sonnenblumen und unter einem Baum, der mit Sicherheit schon viel länger hier war als das Haus und Familie Bell, saß Peter Pan und hielt seinen Schatten in den Armen.

Mrs Bell neben mir seufzte schwer und drückte damit genau das aus, was ich empfand. Das Gefühl eines Herzens, das mit einem Mal nach unten sackte und dabei auf die Lunge drückte.

»Ich kann mich gar nicht mehr daran erinnern, wie es war, als er diesen Hund noch nicht hatte«, hörte ich ihr nachdenkliches Murmeln neben mir. »Schwer, sich vorzustellen, dass er sich von ihm trennen muss.«

»Solche Dinge kann man sich nie vorstellen. Man kann sich nur daran gewöhnen, wenn sie passieren.« Das waren weise Worte, was bedeutete, dass sie nicht von mir waren, sondern dass mein Großvater sie einmal gesagt hatte. Und ich hatte Glück, dass sie mir in diesem Moment wieder einfielen.

»Ich lasse euch dann wohl besser allein.«

Ich nickte und machte mich daran, die Stufen in den Garten hinunterzugehen. Drei oder vier Schritte hatte ich über die Wiese gemacht, als Winston aufsah und Anstalten machte, aufzustehen.

Ich bedeutete ihm, ruhig sitzen zu bleiben. Es sah so friedlich aus, wie Willow in seinen Armen lag, den Kopf auf seine Brust gelegt, als würde sie einfach nur dösen und könnte jeden Moment aufspringen, um mich zu begrüßen.

Ich ließ meinen Rucksack bei den beiden ins Gras fallen und kniete mich ihnen gegenüber auf den Boden. Willow sprang nicht auf, als sie mich bemerkte. Sie hob den Kopf, schenkte mir ein träges Schwanzwedeln und lehnte sich wieder an Winston, als ich sanft ihr Ohr kraulte. »Hey«, grüßte ich sie leise. »Das hatten wir doch eigentlich ganz anders ausgemacht, schon vergessen?«

Sie schloss die Augen unter meinen Streicheleinheiten und schnaubte leicht. »Ich weiß«, sagte ich und strich ihr noch einmal über den Kopf und den Nacken, ehe ich den Mut gefasst hatte, Winston anzusehen.

Er erwiderte meinen Blick mit der Unsicherheit eines jeden Menschen, der nicht wusste, was ihn erwartete, aber dem klar war, dass er nicht mehr zurückkonnte. »Soll ich … Soll sie irgendwohin, wo du …«

»Nein«, sagte ich schnell, ehe er auch nur dazu ansetzen konnte, Willow aus seiner Umarmung zu geben. Sie schien nirgendwo sonst sein zu wollen als da, also sollte sie auch nirgendwo sonst hin müssen. »Du musst gar nichts. So, wie ihr seid, ist das in Ordnung für mich. Wir können einfach hierbleiben. Es sei denn, du willst es anders.« Ich hatte diese Erklärung schon etliche Male einem Menschen gegeben, der sein Tier begleitete. Noch nie hatte sie mich so nah an den Punkt gebracht, dass ich Angst hatte, meine Stimme könnte mir den Dienst versagen. »Du kannst alles tun, was für dich richtig scheint. Rede mit ihr, wenn du willst, ich höre meinetwegen auch weg. Du kannst sie streicheln, sie festhalten. Wenn du gehen willst, musst du mir kurz Bescheid geben, weil ich mich ab jetzt nur noch um Willow kümmern werde. Okay?«

Winston sah mich völlig verständnislos an. »Wieso sollte ich denn gehen wollen?«

Du würdest dich wundern, dachte ich, wie viele Menschen lieber überall wären, nur nicht dort, wo du jetzt bist.

»Brauchst du noch einen Moment?«

Die vorherige Irritation auf seinem Gesicht zerbrach unter der Erkenntnis, dass es jetzt so weit war. Dass er nicht ewig hier sitzen und auf mich warten würde, während Willow unter dem Segen eines Beruhigungsmittels in seinen Armen lag. Er sah kurz zu ihr, schüttelte dann aber den Kopf.

»In Ordnung.« Damit zog ich meinen Rucksack zu mir heran und packte die Kiste aus, die David für mich zusammengestellt hatte.

Ich bereitete die Injektionen vor, dann holte ich die Schlaufe aus der Kiste, um Willows Vorderbein abzubinden. Natürlich sah sie ängstlich auf, als ich nach ihrer Pfote griff und sie leicht zu mir zog. Und dann noch dieses Ding, das sie vermutlich zur Genüge aus der

Tierklinik kannte … Ich konnte gar nicht anders, als mit ihr zu reden.

»Du musst keine Angst haben«, sagte ich leise zu ihr und sah kurz zu Winston auf. Ich würde sofort meine Klappe halten, wenn ich das Gefühl hatte, es seinetwegen tun zu müssen. Doch er beobachtete nur mit angespanntem Kiefer, wie ich sehr langsam und sehr vorsichtig Willows Pfote durch die Schlaufe führte. »Du wirst gleich eine Spritze von mir bekommen. Das ist nur ein kleiner Pieks, das kennst du ja. Es wird nicht sehr wehtun. Und dann schläfst du ein.« Vorsichtig sah ich noch einmal zu Winston, der meiner Erklärung definitiv mehr Gehör schenkte als Willow. Das war schon okay so. Schließlich war er derjenige, der die gesamten Abläufe erleben und sie verstehen musste. Nicht sie. »Die zweite Spritze wirst du also gar nicht mehr merken. Die schickt dich auf die Reise, keine Sorge …« Ich schloss meine Hand um ihr Bein und suchte mit dem Daumen sachte nach der Vene. »Winston und ich bleiben die ganze Zeit da und passen auf, dass du gut ankommst. Dir kann also gar nichts passieren, hörst du?«

Ich griff nach dem ersten Mittel und sah Winston fragend an. Er nickte, merkte allerdings, dass Willow die Spritze gesehen hatte und etwas unruhiger wurde, wie es jedes Tier tat, das schon viel zu viele davon zu Gesicht bekommen hatte.

»Hey«, sagte er leise, legte seine Hand an ihren Kopf und drückte diesen behutsam an seine Brust. »Hast du Theo denn nicht zugehört? Du musst keine Angst haben.« Seine Lippen berührten Willows Stirn, als er weitersprach. »Ich bin hier, okay? Und ich geh nicht weg, versprochen. Wo soll ich denn ohne dich auch hin?«

Ab diesem Punkt konnte ich nirgendwo mehr hinsehen als auf diese Pfote, die sich in meiner Hand zunehmend entspannte. Hätte ich auch nur einen Blick mehr auf Willow oder Winston geworfen, wäre ich die Erste gewesen, die Tränen vergoss. Und das war einfach nicht, wie es sein sollte.

Ich merkte, wie Willow sich ihrem Menschen ein wenig entgegenreckte. »Schon gut«, hörte ich ihn sagen und nahm an, dass er ihrem Blick antwortete, während ich mir wie ein Monster vorkam, als ich die Kappe der Nadel abzog. Und auf einen Moment wartete, der nicht mehr zu früh wäre. »Es ist okay, Willow. Ich komm' klar, hörst du? Es …« Kurz bewegte sich Willows Pfote in meiner Hand etwas zu sehr. Nicht, weil sie sie mir entzogen hätte, sondern weil Winston sie etwas enger an sich drückte. »Ist schon okay.« Und dabei blieb es. Bei Winstons geflüsterter Beteuerung, dass alles in Ordnung wäre und bei Willow, die friedlich in seinen Armen lag und ihm glaubte.

Sie zuckte nicht einmal allzu sehr zusammen, als ich mit der Nadel durch die Haut in die Vene drang. Winston jedoch verstummte. Und zum ersten Mal fragte ich mich, ob dieser Moment nicht vielleicht viel schlimmer war als der, der darauffolgte. Diese Sekunden des Wartens, in denen klar war, was passieren würde. Und das Ausharren, bis es endlich eintrat.

Ich verlängerte diesen Augenblick nicht unnötig und leitete das Narkosemittel in Willows Blutkreislauf, öffnete direkt darauf die Schlaufe um ihre Pfote und sah zu, wie ihr Körper sich dem Mittel ergab und in sich zusammensackte. Da Winston sie festhielt, war der Unterschied nur gering, er selbst aber stieß keuchend die Luft aus, als das Gewicht in seinen Armen schwerer wurde.

»Sie schläft«, erklärte ich ihm, um noch einmal kurz zu erklären, dass es noch einen weiteren Schritt brauchte. »Wenn es für dich okay ist, würde ich direkt weitermachen.«

Er nickte, sagte jedoch kein weiteres Wort und rührte sich auch sonst nicht.

Ich löste also die leere Spritze von der Kanüle und setzte das Barbiturat an, um es langsam denselben Weg nehmen zu lassen. Als auch das zweite Mittel injiziert war, löste ich die Nadel von Willow, genauso wie diese Schlaufe, und packte den ganzen Kram außer Sichtweite. Nur das Stethoskop nahm ich in die Hand, hütete mich allerdings davor, es bereits anzulegen. Ich war nicht extra hierhergefahren, um Winston in Willows letzten Minuten an eine Klinik zu erinnern.

Keiner von uns sagte etwas, während wir im Gras unter diesem Baum saßen und warteten. Winstons Finger fuhren sanft über Willows Fell und sein Blick ruhte irgendwo auf der Wiese, einige Meter weg von uns. Vielleicht auch einige Jahre. Oder wo auch immer die

Erinnerungen waren, die ihn durch diesen Moment begleiten mochten.

Willows Atemzüge wurden recht bald schwerer, bis sie in einem letzten mündeten, der fast wie ein Aufatmen klang. Erst jetzt nahm ich das Stethoskop, setzte es mir an die Ohren und platzierte das andere Ende vorsichtig neben Winstons Hand an Willows Seite. Ich ließ mir Zeit, ehe ich sicher war, dass ich nichts mehr hörte, nahm das Ding wieder ab und schob es genauso beiseite wie die anderen Sachen.

Als ich mich wieder zu Winston umwandte, sah er mich mit großen, fragenden Augen an.

Wie sollte ich ihm denn etwas sagen, was er längst wusste? Ich wollte nicht klingen wie einer dieser Ärzte, die ihm gesagt hatten, es würde sich nicht mehr lohnen. Ich wollte nicht, dass er genauso sauer auf mich war.

»Es tut mir so leid«, war daher alles, was mir einfiel. Und mir war egal, dass meine Stimme dem Gewicht der Worte nachgab.

Winston nickte und sein Blick wich etwas zur Seite aus. Ich konnte seinem Gesicht ansehen, wie es kämpfte. Seine Miene blieb ruhig, nur hin und wieder huschte ein Zucken darüber, das verriet, das unter der Oberfläche mehr tobte als nur die paar Tränen, die in seinen Augen glänzten.

Ich war unsicher, ob ich gehen und ihn mit seinem Hund alleinlassen oder bei ihm bleiben sollte. Es war offensichtlich, dass er nicht vor mir weinen wollte, vielleicht wollte er das auch grundsätzlich nicht, und das hatte mit mir nichts zu tun.

Behutsam streckte ich die Hand nach Willows Kopf aus, der noch immer auf Winstons Brust ruhte, streichelte kurz über ihr Fell. Wenigstens dieser kleine Abschied gehörte sich einfach, ehe ich meine Hand auf Winstons legte und sie sachte drückte. Er erwiderte meine Geste und hielt meine Finger einen Moment lang fest.

»Wenn du willst, gehe ich …«, sagte ich leise.

Winston schüttelte den Kopf, schwieg aber weiter. Also beschloss ich, dass er nicht von mir verlangen konnte, einfach hier zu hocken und ihm dabei zuzusehen, wie er mit seiner Trauer kämpfte, als hätte er eine realistische Chance.

»Okay«. Ich entzog ihm meine Hand und stand auf, um zwei Schritte zu gehen und mich hinter ihm wieder ins Gras zu knien. Ohne weiter darüber nachzudenken, legte ich meine Arme von hinten um seine Schultern und meinen Kopf an seine Halsbeuge. »Schon gut«, flüsterte ich als ich merkte, wie er diesen dummen Kampf gegen die Tränen schließlich doch verlor. Meine Lippen strichen dabei sanft über die weiche Haut an seinem Nacken. »Ist schon okay.«

Ich konnte nicht mehr tun, als ihn festzuhalten. Das schien mir viel zu wenig, aber mehr war einfach nicht übrig. Peter Pan hatte seinen Schatten verloren. Und wenn es Wendy nicht gelang, ihn anzunähen, blieb ihr nichts anderes mehr, als bei Peter zu sitzen, bis er es wieder schaffte, weiterzufliegen.

Erde.

Sie war überall. Es war mir nicht so sehr ins Auge gefallen, als wir aufgebrochen waren. Nicht auf dem Weg und auch nicht beim Warten auf die U-Bahn. Nun stand Winston neben mir im hellen Licht dieser Neonröhre. Das und das Schweigen, das uns beide umgab, zwangen mich regelrecht dazu, diese Kleinigkeiten zu bemerken. Wie zum Beispiel Erde, die sich an Winstons Jeans festhielt, an seinem Shirt und auch noch immer an seinen Händen.

Er hatte Minuten im Gästebad seines Elternhauses zugebracht, nachdem er Willow gleich neben der Stelle begraben hatte, an der sie ein letztes Mal eingeschlafen war. Ich hatte gewartet – während er das Grab ausgehoben und als er es wieder verschlossen hatte. Und ich hatte dem stetigen Rauschen von Wasser gelauscht, das es nicht geschafft hatte, die Erde ganz und gar von seiner Haut zu waschen.

Ich glaube, was das angeht, ist Erde wie Blut.

Seit er Willow seine Worte mit auf den Weg gegeben hatte, hatte er kaum weitere verloren. Als seine Mutter gefragt hatte, ob er – wir – zum Abendessen bleiben wollten, hatte er kurz, aber höflich abgelehnt und sich bedankt. »Gehen wir?«, war alles gewesen, was er mich gefragt hatte.

Und nun saß ich auf dem Sitzplatz, den er mir überlassen hatte, während sich seine Hand mit den Erinnerungen an Erde neben meinem Kopf an der Haltestange festhielt. Er wirkte abwesend, während er aus dem Fenster in die Dunkelheit des Tunnels starrte.

Als an einer Haltestelle der Sitzplatz neben mir frei wurde, bemerkte er es gar nicht. Also legte ich vorsichtig meine Hand auf seine, und Winston zuckte zusammen. Ich fing seinen überraschten Blick auf und deutete auf den Platz neben mir. »Falls du dich setzen willst …«

Er nickte, nahm neben mir Platz und rieb sich mit den Händen unwirsch über das Gesicht. »Tut mir leid«, murmelte er dabei. »Ich war in Gedanken.«

Ich nickte, weil das nachvollziehbar und nicht zu übersehen gewesen war. »King's Cross«, sagte ich vorsichtig. »Das ist die letzte Station für mich, um umzusteigen, wenn ich nach Hause fahren soll.«

Winston sah mich fast genauso verwirrt an wie eben, als ich ihn aus seinen Gedanken gerissen hatte, denen er wohl noch immer nachhing. Er schien meiner Bemerkung nicht ganz folgen zu können.

»Nach Hause?«

»Oder ich kann hier sitzen bleiben und …« Mit zu dir gehen. Bei dir bleiben. Alles davon klang entweder zweideutig oder melodramatisch und nichts davon passte hier in diese U-Bahn. »Wenn du deine Ruhe haben willst …«

»Nein. Ich würde wahnsinnig werden.«

Ich gab mir ehrlich Mühe mit meinem Lächeln. Doch es fühlte sich einfach so verkehrt an, also ließ ich es kurzerhand wieder bleiben. »Okay«, flüsterte ich stattdessen und lehnte mich etwas in seine Richtung, bis mein Kopf an Winstons Schulter lag.

Schon nach ein paar Sekunden rutschte Winston in seinem Sitz leicht nach vorn, um mir diese Position etwas bequemer zu machen. Ich spürte sogar kurz eine Berührung auf meinem Scheitel. Einen Kuss, nahm ich an – flüchtig und genauso schnell wieder verschwunden in diese merkwürdige Ruhe, die man nur inmitten vieler Menschen und umgeben vom Geratter einer Bahn finden kann.

Es dauerte eine Weile, bis ich mich daran gewöhnte. Ich kannte Winston so nicht und auch wenn ich wusste, dass es okay war, wie es war, machte mich diese betretene Stille nervös. Ich hatte sein Gesicht noch nie so lange ohne ein Grinsen gesehen. Allerdings hatte ich bisher auch kein Rot in seinen Augen gekannt. Und dagegen konnte ich schlichtweg nichts tun.

Die Fahrt verlief schweigend auf eine Art, der die Unbehaglichkeit nach und nach wich, sodass ich mich an unserem Ziel nur ungern von Winston und meinem Platz löste.

Die Seifenblase, die sich unter anderen Menschen so herrlich einfach aufbaute, wurde dünner, als wir den U-Bahnhof verließen und zu Winstons Wohnung gingen. Aber sie platzte erst, als wir die Steintreppe hinaufgelaufen und durch die Tür getreten waren.

Der Plüschesel lag etwa zwei Meter hinter der Tür zum Wohnzimmer. Zurückgelassen starrte er zur Küchenzeile und wartete.

Ich sah das Spielzeug und hörte zeitgleich ein tiefes Einatmen neben mir. »Ich habe nie verstanden, warum sie dieses Ding so liebt.« Winston stand einen Moment lang nur da und starrte auf den Esel, während ich darauf wartete, was passieren würde. Winston entschloss sich zu einer der üblichsten und gleichzeitig unsinnigsten Reaktionen, die die Trauerbewältigung anbot.

Er lief in sein Schlafzimmer, kam mit einer alten Reisetasche wieder und warf den Esel hinein. Und er hörte nicht bei dem Esel auf. Sein nächster Schritt ging zum Sofa, von dem er eine Decke zog und sie ebenfalls in die Tasche stopfte. Irgendwas hob er dahinter vom Boden auf und ließ es folgen.

Ich selbst sah ihm dabei zu und hoffte auf den Moment, in dem es ihm klar wurde. In dem er merkte, dass das nichts besser machte und nichts beschleunigte. Was er tat, war leere Räume zu schaffen, die ewig nach ihrem alten Inhalt schreien würden. Leere hielt Erinnerungen nicht fern. Das schaffte ja nicht einmal die Zeit.

»Hey«, sagte ich irgendwann vorsichtig. »Das musst du nicht heute machen.« Ich konnte verstehen, dass er Willows Sachen nicht mehr im unmittelbaren Blickfeld haben wollte. Dass er nicht nach Hause kommen und von einem verwaisten Esel überrascht werden wollte. Aber ich hatte Angst, dass Winston noch an diesem Abend zum nächsten Müllcontainer rennen und alles wegwerfen würde, was seinem Hund gehört hatte. Winston hatte bis zu diesem Punkt zu viel richtig gemacht, um jetzt doch noch eine Dummheit zu begehen, die er sich später vorwerfen könnte.

»Ich habe sonst keine Zeit dafür«, meinte er. »Morgen muss ich meinen Ausfall von heute nachholen, Sonntag geht es nach Warrington und nächste Woche stehen die letzten Proben an. Ich bin hier nur zum Schlafen, wenn überhaupt, und dann drei Monate weg. So lange kann das Zeug hier nicht liegen bleiben.«

»Verstehe«, log ich. Weil Zeit meiner Meinung nach keine Rolle spielte. Die Tour würde ihn ablenken. Da war keine vertraute Umgebung, die er sonst nur in Gesellschaft seines Hundes kannte. Aber wenn er im Dezember heimkehrte, würde Willow immer noch fehlen. Punkt. »Dann lass mich das machen, okay?« Der Vorschlag war das Erstbeste, das mir einfiel, und immerhin hielt Winston inne und sah mich mit zusammengezogenen Augenbrauen an. »Was hältst du davon, wenn du dir einfach … eine Dusche gönnst. Du hast noch überall Erde und … Und ich räume in der Zwischenzeit alles weg, was ich finde. Und bestelle Pizza.« Wenn jemand starb, musste gegessen werden. Keine Ahnung, wer sich das ausgedacht hatte, aber so war die Regel. So, wie es an jedem Todestag von Dad und Finley Pancakes gab. Der einzige Tag, an dem Mum und ich diese Dinger aßen. »Und Drinks«, ergänzte ich noch. »Wir sollten auf Willow anstoßen. Das macht man so.«

Aus irgendeinem Grund sah Winston zum Kühlschrank und sein Blick wirkte fast schon gequält. »Ich bin ewig nicht zum Einkaufen gekommen«, murmelte er. »Ich glaube, ich habe nicht mal Bier da.«

»Oh, das ist kein Problem«, konnte ich verkünden und war heilfroh, vor Stunden so geistesgegenwärtig gewesen zu sein. Ich stellte meinen Rucksack auf dem Boden ab und zog die angebrochene Flasche Tequila hervor, die ich aus Erins Zimmer geklaut hatte, und dazu eine Flasche Tonic.

»Okay«, sagte Winston. Mehr nicht. Aber er wirkte, als würde er kapitulieren, als er auf mich zukam. Ich wusste nur nicht, wovor.

»Sicher?«, hakte ich daher nach und nahm ihm die Reisetasche zögerlich ab, um sie gleich auf den Fußboden zu stellen. Das Ding konnte auch einen Moment warten. »Ich will dir nichts aufzwingen und …«

»Sicher«, unterbrach er mich. Das schwache Lächeln, das er dabei auf sein Gesicht legte, brach umgehend. Mir fiel nichts anderes ein, als einen sanften Kuss auf die Scherben zu legen und Winston dann in den Arm zu nehmen.

»Winston?«, flüsterte ich leise und strich mit meinen Fingerspitzen sanft über seinen Nacken. Er antwortete nicht richtig, doch das Gefühl seines Bartes auf meiner Haut verriet sein Nicken. »Wenn es für dich okay ist … Ich glaube, hier könnte ich heute besser schlafen als zu Hause.« Ich wollte nicht, dass er mich darum bitten musste, zu bleiben – länger als nur ein paar Stunden. Ebenso wenig wollte ich ihm Hilfe anbieten, die er dann annehmen musste. Ich wollte es ihm so leicht wie möglich machen.

»Okay«, sagte er und hielt mich noch einen Moment länger fest. Einen Moment länger, den ich für ihn da sein konnte. Und in dem ich trotz seiner Nähe allein war mit der Unsicherheit, die das Brechen von Regeln nun einmal mit sich bringt.

08.09.2018
21:22:00
An: Mum
Ich habe Angst, Mum. Und ich glaube, Winston ist tot.

7 Tage

01. September 2018

Ich wachte am nächsten Morgen auf die Weise auf, die ausschließlich in Filmen angenehm aussieht: Erste Sonnenstrahlen fielen durch das Fenster mitten in mein Gesicht, und ich reagierte auf die einzig logische Art. Ich grummelte einen Fluch, den ich nicht einmal selbst verstand, und drehte mich von dem lästigen Licht weg.

Dabei schaffte ich nur eine halbe Drehung, ehe ich mit der Schulter gegen Winstons Brust stieß. Sein Arm lag locker über meiner Taille und er schlief – völlig ungestört von dieser kleinen Kollision. Kein Wunder, sein Gesicht lag ja auch im Schatten.

Einen Moment lang blieb ich so liegen, und länger brauchte die Unruhe nicht, um mich zu finden und endgültig zu wecken. Ich hatte keine Ahnung, wie spät es war, würde aber noch kurz zu Hause vorbeifahren müssen. Duschen, mich umziehen, Erin mitteilen, dass ich nicht irgendwo in London verloren gegangen war … Und um acht Uhr war der Beginn meines Arbeitstages in der Klinik. Dass ich keine Ahnung hatte, ob mich davon noch vier Stunden oder nur zehn Minuten trennten, brachte mich schließlich doch dazu, mich aus Winstons Umarmung zu lösen und aufzustehen.

Mein Handy lag in der Wohnküche und verriet mir die Uhrzeit. 5:14 Uhr. Das war zu früh, um aufzustehen, aber zu spät, um sich noch einmal für länger als ein paar Minuten hinzulegen. Also fasste ich den trägen Entschluss, mich anzuziehen und auf den Weg zu machen. Vielleicht hatte Erin noch nicht alle Waffeln von gestern aufgegessen, und ich hatte sogar die Chance, etwas zu frühstücken, ehe ich in die Tierklinik aufbrach.

Das Shirt, das Winston mir geliehen hatte, legte ich zusammen und auf die Sofalehne. Dabei fiel mein Blick auf die Reisetasche – gepackt für jemanden, der längst woanders angekommen war.

Ich zögerte. Wirklich, ich stand sicher minutenlang da und starrte diese Tasche an, weil es Winstons Entscheidung war, was er damit tat. Es waren nur Gegenstände. Wenn er sie loswerden wollte, dann hatte das für mich in Ordnung zu sein. Eigentlich war es das auch, wäre da nicht die Gefahr, dass sein Gewissen ihn für zu schnell gefasste Entschlüsse irgendwann bestrafte. Was unsinnig wäre, da er für Willow alles getan hatte. Ihren Plüschtieren oder Futternäpfen war er nichts schuldig. Aber das Gewissen ist nicht logisch, nur manchmal etwas langsam. Es schweigt, wenn man handelt und wacht auf, wenn man längst glaubt, alles wäre vorbei.

Vielleicht war es also etwas übergriffig, als ich mich vor die Tasche kniete, sie öffnete und die oben aufliegende Decke beiseiteschob. Schließlich waren das alles Dinge, die Winston noch am Vorabend hatte loswerden wollen und … Ich würde ihm das nicht ausreden. Vielleicht konnte ich aber eine Art doppelten Boden schaffen. Nur für den Fall …

Ich suchte und fand den Esel, den Winston gestern zuerst vom Boden aufgelesen hatte, nahm ihn und packte ihn in meinen Rucksack – in der Hoffnung, mich nicht irgendwann dafür entschuldigen zu müssen. Dann schob ich mir dessen Träger über die Schultern. Tequila und Tonic würde ich zu Winstons Gunsten wohl einfach in seinem Kühlschrank vergessen.

Er selbst lag noch immer tief schlafend in seinem Bett. Das Sonnenlicht war, wenn ich nicht irrte, etwas weiter auf ihn zu gerückt, weshalb ich kurzerhand zum Fenster lief und die Vorhänge zuzog. Ich überlegte, einfach zu verschwinden, vielleicht eine Nachricht zu schreiben, dass ich ihn nicht hatte wecken wollen, setzte mich dann aber doch noch einmal kurz auf den Rand des Bettes und legte meine Hand auf seine Schulter. Es musste ja nun nicht gerade zur Tradition werden, einen weggetretenen Winston zurückzulassen, ohne dass der es bemerkte.

»Hey«, flüsterte ich leise. »Guten Morgen.«

Nichts.

Also streichelte ich behutsam über seinen Arm, hinab bis zu seiner Hand, die ich leicht drückte. »Also, meinem Großvater habe ich früher immer die Nase zugehalten, wenn er eingeschlafen ist, obwohl er mich ins Bett bringen sollte.«

Aha, ein tiefer, seufzender Atemzug, und Winstons Gesicht ballte sich zusammen wie Wolken zu einem Gewitter. »Wehe«, knurrte er und drehte sich leicht von mir weg, bis er auf dem Rücken lag und sein Gesicht von mir abwandte. Ob das Zufall war oder eine wirkliche Vorsichtsmaßnahme konnte ich nicht sagen. Seine Hand entzog er mir bei dieser kleinen Flucht nicht.

»Es ist fast halb sechs, und ich würde dann jetzt aufbrechen. Ich dachte, diesmal sag ich dir Bescheid, wenn du es auch mitbekommst. Bekommst du es mit?«

Er gab einen Laut von sich, der wie ein sanftes Knurren klang, falls es so etwas denn gab. »Viel zu früh. Komm wieder her.«

»Das geht nicht.« Ich konnte nicht behaupten, das Bedauern in meiner Stimme wäre gelogen gewesen. »Ich muss in die Klinik.«

Einen Moment lang blieb Winston regungslos liegen, und ich dachte schon, er wäre einfach wieder eingenickt, als er sich erneut zu mir drehte, die Augen mittlerweile halb geöffnet. »Gib mir einen Moment. Ich bring dich zur Bahn.«

»So ein Quatsch«, sagte ich – nicht ohne ein entzücktes Lächeln über dieses unerschütterliche Maß an Manieren. »Bleib liegen und schlaf weiter. In den nächsten Monaten zählt sicher jede Stunde. Ich finde den Weg schon.«

»Okay.« Er rieb sich die Augen und öffnete sie dann auch nicht mehr. »Schreib mir, wenn du zu Hause bist, okay?«

»Winston, es ist Samstagmorgen, was soll denn passieren?«

»Tu mir einfach den Gefallen, ja?«

Ich seufzte und strich ihm noch einmal mit meinen Fingern durch die Haare, die beruhigend chaotisch waren und mitnichten perfekt. »Okay.«

Als ich eine gute halbe Stunde später heile zu Hause ankam, schloss ich die Tür leise hinter mir, schlich in mein Zimmer und fand einen A4-Zettel mit Erins Handschrift auf meinem Bett: »Es ist drei Uhr morgens und ich bin unbenutzt. Gut so!«

Ein Kopfschütteln war also meine erste Amtshandlung. Die zweite war das Einlösen meines kleinen Versprechens an Winston. Ich zückte mein Handy und gab ihm kurz Bescheid, dass ich das Gefahrenpotenzial eines Samstagmorgens vollkommen richtig eingeschätzt hatte: »Ich vermelde gehorsam meine wohlbehaltene Ankunft zu Hause. Ruh dich noch ein bisschen aus und falls du das schon abgebrochen hast: Guten Morgen. Wenn du heute oder … überhaupt ein offenes Ohr brauchst, ruf mich an, okay?«

Die zwei Haken hinter meiner Nachricht färbten sich beinahe sofort blau und direkt sah ich die drei Punkte tanzen, die mir verrieten, dass Winston seine Antwort bereits tippte. Hatte er wirklich gewartet, bis er meine Nachricht bekam?

Die Punkte behielten ihren Tanz noch eine Weile bei und unterbrachen ihn dann für eine überraschend kurze Erwiderung. »Danke, Theo.«

Ich legte das Handy beiseite und zog meinen Rucksack zu mir heran, um die Sachen herauszusuchen, die David mir zur Verfügung gestellt hatte. In meiner Handtasche würde ich das Stethoskop deutlich unauffälliger wieder einschleusen können.

Was mir allerdings zuerst in die Hände fiel, war ein alter, etwas zerkauter Esel, der fast noch trauriger dreinblickte, als Winston es getan hatte. Es war wohl kein Wunder, dass er das Spielzeug aus seiner Sichtweite hatte haben wollen. Himmel, selbst mir ließ dieser Anblick ein trockenes Brennen in die Kehle sickern, das zu einem Schluchzen hätte werden können, hätte ich es zugelassen.

Ich denke, so fühlen sich Entscheidungen an, die getroffen sind und endlich bemerkt werden wollen. Wie Tränen, die man nicht weint.

Ich lief die zwei Schritte zu meinem Schreibtisch, griff nach dem erstbesten Stift und beugte mich über die Pro-Kontra-Liste. Willows Namen umkreiste ich mehrmals und tat dann dasselbe mit dem Wort »Pro«.

08.09.2018
21:23:34
An: Mum
Ich bin bei diesem Konzert ... Scheiße, es kann doch nicht so
lange dauern, bis die Polizei hier ist!

4 Tage

04. September 2018

*Die letzten zwanzig Minuten sind die entscheidenden. Das gilt für je-
den Film, jedes Buch, oft fürs Leben und vor allem für Clotted Cream.*

Diese Weisheit hatte meine Gran mir das erste Mal mit auf den
Weg gegeben, als ich fünf Jahre alt gewesen war und fernab von so
viel Geduld, dass ich zwanzig Minuten hätte vor einem Ofen ausharren können. Das erste Mal war mir das Sitzen und Ausharren gelungen, als ich siebzehn gewesen war. Grans Verwirrung hatte sie bereits vergessen lassen, was das Weckerklingeln aus der Küche
bedeutete. Und da es nicht infrage kam, dass Clotted Cream in ihrem Haushalt misslang, war ich eingesprungen und hatte den Posten
vor dem Ofen bezogen, um den perfekten Zeitpunkt abzupassen.

So saß ich auch an diesem Abend im Schneidersitz vor dem
Heißluftofen, der seit Stunden damit beschäftigt war, Sahne zu verwandeln. Auf dem Küchentisch hinter mir spielte mein Handy eine
Playlist für das Warten und daneben saß Erin und hatte das Warten
längst satt. Dabei saß sie hier erst seit fünf Minuten.

»Wir könnten auch einfach schon anfangen und kurz Pause machen, wenn das Zeug fertig ist«, nörgelte sie. Offenbar ruinierte ich ihr Date mit Tom Hardy. Sein letzter Film war nun endlich im Onlinestream verfügbar. Da wir es verpasst hatten, ins Kino zu gehen, hatte ich ihr versprochen, gleich am ersten Tag einen Mädelsabend mit Schokolade, Eis, Chips und Alkohol zu zelebrieren und das Versäumnis nachzuholen. Immerhin sprachen wir vom einzigen Mann auf dem ganzen Planeten, für den sie vergessen würde, dass sie eigentlich gar nicht auf Männer stand.

»So funktioniert das nicht«, gab ich ruhig zurück. Und damit sprach ich von beiden Dingen: Es kam überhaupt nicht infrage, dass ich mich von diesem Ofen wegbewegte, ohne vorher die Form mit der Clotted Cream daraus geborgen zu haben. Und ebenso wenig konnten wir einen Film mit Tom Hardy unterbrechen. Beides war auf etwa demselben Level absurd.

»Und du bist sicher, dass das Zeug noch nicht fertig ist?«

Ich nickte, obwohl … Nein, wirklich sicher war ich mir nicht. Grandma hatte immer davon gesprochen, dass man es sehen würde. Diesen bestimmten Moment, der der richtige war, um die Creme aus der Wärme zu holen. Also entschied ich nach Bauchgefühl und war dabei nie sicher, ob es wirklich das war, was Gran gemeint hatte.

Erin seufzte. »Du weißt, dass du das Zeug auch im Supermarkt kaufen könntest? Einfach in eine Tupperdose umfüllen und schon hast du dein Soll erfüllt.«

»Jetzt wirst du albern«, schnaufte ich. Zwar hatte ich zwei Gläser mit Clotted Cream gekauft, aber die waren nur der Notfall. Der doppelte Boden, der sicherstellte, dass man ihn gar nicht brauchen würde. Allein wegen seiner Existenz.

»Niemand würde den Unterschied bemerken!«, argumentierte Erin mit mehr Leidenschaft, als ich ihr zu diesem Thema zugetraut hätte. »Ich meine, es ist ja süß, dass du dir so viel … Oh.«

Zuerst verstummte Erin. Dass mein Handy und die Musik es ihr gleichgetan hatten, bemerkte ich erst als Zweites. Zeit für eine Reaktion hatte ich nicht. »Ich geh da mal für dich ran, du bist ja gerade nicht abkömmlich«, hörte ich sie sagen. Das klassische Herz-rutscht-in-die-Hose-Gefühl ereilte mich jedoch erst, als sie ihre Ankündigung wahrmachte mit den Worten: »Hallo Winston, hier ist

Erin. Theo hat gerade eine Mission, bei der man sie unmöglich stören kann. Vielleicht kann ich ihr etwas ausrichten?« Sie kicherte, als ich mich ruckartig zu ihr umdrehte und sah meinem Gesicht vermutlich an, dass ich Mühe hatte, nicht aufzuspringen und mich zu benehmen wie eine hysterische Pubertierende. Dabei war mir in diesem Moment herzlich egal, ob sie mir wieder Worte wie die weltschönsten blauen Augen in den Mund legte. Meinetwegen konnte sie auch mit Alliterationen und Anzüglichkeiten um sich werfen, so viel sie wollte. Aber erst, wenn ich wusste, weshalb Winston angerufen hatte. Oder wenigstens, dass er nicht anrief, weil es ihm nicht gut ging.

Mein Angebot hatte er genau ein Mal angenommen. Am Sonntag, kurz bevor er das erste Mal zu einem Festival aufgebrochen war, ohne mehr für Willow einzupacken als für sich. Das hatte er nur am Rande erwähnt und sich dann von meinen letzten Schichten in Klinik und Bar erzählen lassen, bis sein Moment sich verflüchtigt und er seine Wohnung verlassen hatte.

Erin wusste von alldem nichts. Und das machte die Wahrscheinlichkeit enorm hoch, dass sie etwas Falsches sagte, ohne es zu wollen. Dass sie beim Anblick meines Gesichts gluckste, bestätigte diese Sorge nur noch. »Du müsstest ihr Gesicht gerade sehen«, erzählte sie Winston und wandte sich dann an mich. »Ich soll ausrichten, dass es ihm gut geht. Was auch immer das heißen mag.«

Es hieß genau das – und vielleicht noch die Erkenntnis, dass Winston meine Gedanken um ihn völlig klar waren.

Nach dieser kurzen, aber umso wichtigeren Information riss Erins Aufmerksamkeit auch schon wieder von mir ab. »Oh, ganz große Sache. Sie dreht ein bisschen durch, fürchte ich. Ihre Gran hat morgen Geburtstag und das verbietet es, irgendetwas zu kaufen. Scones werden morgen gebacken, Marmelade war es gestern und jetzt observiert sie seit Stunden das, was vielleicht mal Clotted Cream wird … Hab ich auch gesagt! Dabei spart man damit nicht mal Geld, das kann ich dir sagen …«

Schnaufend streckte ich meine Hand in Erins Richtung aus. »Jetzt gib schon her.«

Die Frau, die sich meine Freundin schimpfte, deutete mit einem

Kopfschütteln auf den Ofen. »Keine Ahnung, ehrlich gesagt. Theo hat sich heute und morgen Abend in der Bar freigeben lassen. So ein Geburtstag kann bei alten Leuten ja nicht ewig dauern. Andererseits ist da ja auch noch ihre Mum. Das große Schreckgespenst, also … Ach, das hat sie nicht erzählt?«

»Nein, hab ich nicht«, zischte ich ihr zu. »Telefon!«

»Und was ist mit deiner Mission?«

»Ernsthaft? So angepisst bist du, weil ich dich ein paar Minuten auf Tom Hardy warten lasse?« Mit einem genervten Stöhnen erhob ich mich, öffnete den Ofen und holte die Form mit der Clotted Cream heraus. Sie sah gut aus, wie sie war, beschloss ich und griff nach der Frischhaltefolie, während Erin für Winston kommentierte, was ich tat, als wäre das eine nervenaufreibende Partie beim Curling.

Sorgsam deckte ich die Form ab und stellte sie in den Kühlschrank. Dann baute ich mich vor Erin auf, die mir sofort mein Handy überließ. Das und ihre Meinung: »Du solltest morgen Zeit haben. Der führt doch was im Schilde!«

Vielleicht war das etwas Hilfreiches, was sie mir da sagte, also nutzte ich es direkt, als ich das Telefon an mein Ohr legte. »Du hast also zwielichtige Pläne?«

»Deine Mum ist also ein Schreckgespenst …« Ich hörte seine Worte kaum. Viel präsenter war dieses Lächeln, das in seiner Stimme mitklang. Vielleicht war es ja doch ganz gut gewesen, ihn ein paar Minuten jemandem auszusetzen, der nicht wusste, was Winston verloren gegangen war. »Und gegen die hilft Clotted Cream?«

»Und zwar nur selbstgemachte. So, wie Gran es mir beigebracht hat.«

»Und die hat morgen Geburtstag? Deine Großmutter?«

»Genau«, antwortete ich mit einem Stirnrunzeln. Mir war noch nicht so richtig klar, weshalb er anrief.

»Und wo feiert ihr den?«

»Bei ihr und Grandpa.« Die Falten auf meiner Stirn wurden vermutlich noch tiefer. »Also in ihrem Seniorenheim.«

»Und das befindet sich in …«

»Hampstead.« Drei U-Bahn-Stationen von Winstons Wohnung entfernt, aber diese zusätzliche Information behielt ich für mich.

»Lass mich überlegen … Wir könnten das schaffen, wenn … Die Anbindung ist beschissen. Mit dem Taxi ginge es. Um fünf. Wie realistisch ist es, dass ich dich um fünf abhole und von dem Schreckgespenst entführen kann?«

»Abholen … wohin?« Ich war zu neugierig, um sofort einzuräumen, dass fünf Uhr viel zu früh war, um Grandpa schon mit Mums Empörung über das Verhalten ihrer Tochter allein zu lassen.

»Das kann ich leider nicht sagen. Und ich kann es auch nicht verschieben. Falls ich also in irgendeiner Weise die Gunst deiner Familie für ein frühzeitiges Verschwinden beeinflussen kann, mache ich das.«

Ich lachte. »So viele Vanilledonuts kann Grandpa gar nicht essen, um den Diebstahl seiner einzigen Enkelin zu verzeihen.«

»Weil er dann mit dem Schreckgespenst allein wäre?«

»Das Schreckgespenst ist seine Tochter«, klärte ich Winston auf. »Die es gerade einmal zu wichtigen Anlässen schafft, sich bei ihm blicken zu lassen. Und jetzt hört er sich seit über einem Vierteljahr von ihr an, dass seine Enkelin eine Enttäuschung ist und von mir, dass seine Tochter aufhören soll … Lassen wir das.« Ich atmete tief durch. »Es wird ihm wichtig sein, dass wir beide wieder da sind und unser Kriegsbeil begraben. Was wir von mir aus auch gern tun können. Aber ich habe ehrlich keine Ahnung, wie lange das dauern wird. Fünf Uhr scheint mir etwas zu optimistisch.« Ich rieb mir mit einer Hand über das Gesicht, weil … Ich wollte verdammt noch mal wissen, was Winston vorhatte. »Und wenn wir uns einfach später treffen?«

Einen Moment lang herrschte Stille am anderen Ende der Leitung. Nachdenkliche Stille, wenn ich nicht irrte. »Das wäre dann wohl Plan B«, murmelte Winston nach einer Weile. »Eigentlich habe ich keinen Plan B, aber der wird sich finden lassen. Nur … Ich bin mir sicher, du würdest wahnsinnig auf Plan A stehen. Wenn du also wenigstens vorsichtig anfragen könntest, wie dramatisch fünf Uhr oder halb sechs wäre … Ich wäre dir wirklich dankbar.«

»Du wärst also dankbar, obwohl ich diejenige bin, die auf diesen ominösen Plan A stehen würde?«

»Niemand spricht hier von Selbstlosigkeit«, erwiderte Winston und wieder klang dieses Grinsen in seiner Stimme mit, das … Ich wollte es auch sehen und nicht nur hören. Wollte sicher sein, dass es auch wirklich wieder da war, wenigstens hin und wieder.

»Ich rufe in der Residenz an«, gab ich nach. Eher meinem Wunsch als Winstons Bitte. »Vielleicht ist Grandpa noch wach. Dann rede ich mit ihm und …« Eigentlich rechnete ich nicht damit, dass Grandpa auf meine Anwesenheit bis zum Schluss bestand. Anders sah es vielleicht damit aus, was ihm lieber wäre. Und an Mum wollte ich lieber gar nicht denken. Ich würde ihr erklären müssen, wohin ich verschwand, und da ich das gar nicht wusste, blieb eben nur die Antwort auf die Frage, mit wem. Den Vortrag darüber, Schwärmereien und Hirngespinsten den Vorzug vor soliden Grundfesten zu geben, kannte ich bereits und war sicher, dass ich mir den nicht noch einmal anhören wollte. Erst recht nicht, wenn er sich um Winston drehte.

»Und ich zermartere mir das Hirn nach einem Plan B«, schloss er den Satz ab, bei dem ich abgebrochen war.

Ich nickte, froh über den schmalen, doppelten Boden, der vielleicht genauso viel protektive Magie walten ließ wie die Notfallgläser mit Clotted Cream. »Also bis gleich?«, fragte ich.

»Bis gleich.«

Ich legte auf und bemerkte erst in dem Moment, dass ich meine Qualitäten als Freundin und Mitbewohnerin dringend infrage stellen sollte. Erins Verschwinden hatte ich gar nicht bemerkt. Also huschte ich kurz zu ihrem Zimmer, in dem vor der Couch bereits ein Buffet an Knabbereien wartete. Der Bildschirm ihres Flachbildfernsehers zeigte, dass der Film ebenfalls startbereit war.

»Erin?« Wenn sie aus diesem einen Wort nicht das Maß meines schlechten Gewissens heraushörte, wusste ich auch nicht, wie ich sie auf die weitere Verzögerung vorbereiten sollte.

Tatsächlich übertrieb ich es mit meinem Tonfall wohl sogar. Schnaufend legte sie ihr Handy beiseite. »Ich schaue den Film also allein?«

»Nein!« Das kam überhaupt nicht infrage. »Ich muss nur Grandpa noch anrufen.«

»Wegen Winston?«

»Sozusagen.«

Erin raunte vielsagend. »Du hast dir soeben eine weitere Viertelstunde meiner unerschütterlichen Geduld erkauft – wenn du mich anschließend über jedes mysteriöse Detail aufklärst.«

»Abgemacht«, sagte ich, auch wenn ich selbst kaum mehr wusste als sie. Dann zog ich mich in mein Zimmer zurück und wählte schon auf dem Weg die Nummer für die Residenz. Ich erreichte die Spätschicht. Vielleicht war der nahende Feierabend der Grund dafür, dass die Frau am Telefon bestens gelaunt war. Sie äußerte keinerlei Bedenken, Alfie Donnelly vielleicht, vielleicht aber auch nicht in seinem Schlaf zu stören.

Und ich hatte Glück. Grandpa saß wohl geplagt von Schlaflosigkeit im Wintergarten und las ein Buch. Man reichte ihm das Telefon und mich begrüßte ein herzliches »Gott sei Dank, diese Passage ist einfach endlos. Warum sagt niemand diesem Kerl, dass Dinge sich nicht dadurch erledigen, dass man darüber redet?«

Ich kicherte, wie es sich für eine Enkeltochter gehörte. »Regst du dich wieder über den Helden auf?«

»Von Heldentum kann gar keine Rede sein, Teddy.« Ich hörte, wie er das Buch zuklappte. »Weshalb rufst du mitten in der Nacht an?«

»Grandpa, es ist noch nicht einmal dunkel draußen. Und neun Uhr. Von Nacht kann gar keine Rede sein.«

»Diese Jugend«, seufzte er. »Lass mich raten. Dir ist die Clotted Cream misslungen und du fragst, ob es in Ordnung ist, wenn du stattdessen Vanillecreme mitbringst. Oder einfach gleich Donuts.«

»Eigentlich …«

»In dem Falle«, unterbrach er mich mit fast mahnendem Ton, »lass dir gesagt sein, dass deine Großmutter stets eine sehr nachsichtige Frau gewesen ist. Und daran hat sich nichts geändert.«

»Mum auch?« Immerhin war sie diejenige, die selbst im Ausland ihre Teekultur zelebrierte, wenn es ihr möglich war. Das war etwas, das sie mit ihrer Mutter immer geeint hatte. Solche Angewohnheiten legte man nicht ausgerechnet an einem Geburtstag nieder.

»Uns wird schon etwas einfallen, was wir deiner Mum sagen.

Und ihren Tee bekommt sie auf jeden Fall, das ist doch schon die halbe Miete.«

Ich schmunzelte und nickte. »Die Clotted Cream sah vorhin recht gut aus, als ich sie aus dem Ofen geholt habe.«

Ein verächtliches Schnaufen war zu hören.

»Möglicherweise verbrennen mir morgen aber die Scones. Man kann nie wissen.«

Grandpa gluckste wie der Junge, der sich einmal all die Streiche ausgedacht hatte, die er später einem kleinen Mädchen beibringen würde. »Das ist meine Teddy. Und warum ruft meine Teddy nun an?«

Ich musste zugeben, dass ich mir hierfür keine Worte zurechtgelegt hatte. Ich hatte Winston versprochen, Plan A wenigstens diese Chance einzuräumen, aber nicht darüber nachgedacht, dass Grandpa gar nicht wusste, dass es einen Winston gab. Und ich nicht wusste, was das überhaupt hieß. Und was nicht. Also begann ich wohl wie jeder andere Mensch auch und fing etwas abseits des eigentlichen Ziels an. »Wir sind morgen um drei bei euch verabredet, richtig?«

»Kleines, du bist noch viel zu jung, um es deiner Großmutter nachzumachen«, murmelte Grandpa, dem klar war, dass ich Umwege lief. »Und ich bin eigentlich viel zu alt, um aufgeregt zu sein, weil ich morgen dich und deine Mutter hier haben werde. Einigen wir uns darauf, dass du sehr wohl weißt, wann wir den Tisch reserviert haben und dass ich die senile Bettflucht viel zu gern als Ausrede benutze. Worüber möchtest du also wirklich mit mir reden? Über deine Mum?«

Ich schüttelte unnötigerweise den Kopf. Er hatte es sicher nicht mit Absicht getan, aber das Eingeständnis seiner Aufregung schürte mein schlechtes Gewissen nur noch zusätzlich. »Nein, ich … Es ist dumm und wenn ich es mir recht überlege auch unhöflich. Ich kann dich nicht mit Mum alleinlassen und …«

»Du willst nicht kommen?« Es passierte selten, doch das war einer der Momente, in denen Großvater ernsthaft erstaunt klang.

Also ruderte ich sofort zurück. »Nein! Doch! Also … natürlich bin ich da! Es ist nur … Ich wurde gerade gefragt, ob ich morgen

Abend zu etwas mitkomme – eine ziemlich tolle Sache. Ich habe schon gesagt, ich kann nicht, aber es ist so toll, dass ich versprochen habe, wenigstens zu fragen, ob es sich vielleicht doch einrichten lässt.«

»Teddy, du redest wirr«, stellte Grandpa nüchtern fest. »Von was für einer Sache sprichst du? Muss ich mir Sorgen machen?«

Das kam wohl dabei heraus, wenn man nicht einfach geradeaus redete. »Nein, denke ich. Keine Ahnung. Es ist eine Überraschung, also weiß ich es auch nicht.«

»Eine Überraschung?« Und dann kam wohl die wesentliche Frage. »Und wer überrascht dich?«

»Ein Freund«, sagte ich und dann kam mir ein Geistesblitz, der sowohl für die Erklärung an meinen Großvater herhalten konnte als auch in der Realität Bestand hätte. »Ich habe ihm letztens bei einer wichtigen Sache geholfen. Mit seinem Hund. Ich glaube, er will sich erkenntlich zeigen.«

»Mh«, brummte Grandpa. »Ich kann mich noch ganz gut daran erinnern, was ich als junger Mann damit gemeint habe. Und dafür willst du morgen eher gehen?«

»Nicht *dafür*«, widersprach ich. »Das hätte nun wirklich auch später noch Zeit. Anscheinend plant er etwas, das er nicht verschieben kann und wofür ich schon gegen fünf oder halb sechs aufbrechen müsste.«

»Also hat er sich Gedanken gemacht«, schlussfolgerte mein Großvater, und ich hörte das leidgeplagte Aufatmen eines alten Mannes, der sich etwas aufrechter in seinen Sessel setzte.

»So klang es, ja.«

Wieder entstand eine kurze Pause. »Ist er denn ein Gentleman?«

Oh nein, bitte nicht dieses Gespräch. »Ich bin nicht sicher, ob deine Definition für einen Gentleman das gleiche ist wie …«

»Behandelt er dich gut?«, unterbrach er mich. Es schien ihm wirklich wichtig zu sein, das zu wissen.

»Ja, aber Grandpa, wir sind nicht … So etwas ist das nicht.«

»Mh.« Ich glaube, nur alte Männer, die an der Grenze zur Weisheit schrammen, können so viel Wertung in ein simples Grunzen legen. »Wenn ihr das Bett teilt und euch Gedanken um den anderen macht, dann ist mir gleich, welchen neumodischen Namen du dem gibst. Das ist alles dasselbe.«

Das war keine Diskussion, auf die ich mich jetzt einlassen würde, also wartete ich nur, bis er fortfuhr.

»Gemessen an der Tatsache, dass hier um sechs Uhr der Tag zu Ende ist, spricht wohl nichts dagegen, wenn der junge Mann dich gegen fünf Uhr abholt für diese mysteriöse Überraschung.«

»Abholen, das … Davon war keine Rede!« Jedenfalls nicht in meinen Worten. Ich hatte genau das extra vermieden, auch wenn Winston längst davon gesprochen hatte, und von einem Taxi, und Himmel, was hatte dieser Kerl vor?

»Wenn er ein guter Mann ist, wird er bestimmt nichts dagegen haben.« Ich holte gerade zu einer Erwiderung aus, als Grandpa mir schon zuvorkam. »Ich werde nur seine Hand schütteln und ihm in die Augen sehen. Vielleicht nehme ich mir noch die Zeit, ihm einen guten Tag zu wünschen. Mehr wird nicht passieren, versprochen. Allerdings …« Und da war es wieder, dieses Glucksen. »Wenn ihr weg seid, würde ich gern so tun, als hätte ich den jungen Mann längst gekannt. Vielleicht gibt das deiner Mutter eine kleine Lektion, ihr Mädchen nicht einfach zu ignorieren, was meinst du?«

Ich lachte. Weil mir der Streich eines alten, gewitzten Knaben viel besser gefiel als die Vorstellung einer Musterung Winstons auf Tauglichkeit für Grandpas kleines Mädchen. »Damit du den Eindruck auch machen kannst, sollte ich dich vielleicht vorwarnen – er hat sehr viele Tätowierungen.«

»Du hältst Alfie Donnelly für einen verkniffenen alten Sack voller Vorurteile? Teddy, ich bin enttäuscht.« So groß konnte die Enttäuschung nicht sein, wenn er mich nicht bei meinem vollen Namen ansprach. »Meine Lieblingspflegerin ist Jacky. Sie hat blaue Haare. Vor zwei Wochen waren sie grün. Ich bin also ausgesprochen liberal.«

»Und er hat lange Haare, die er manchmal zu einer Frauenfrisur trägt«, ergänzte ich noch. Grandpa wusste genau, was ich meinte, nur hätte er mit dem Begriff »Manbun« nichts anzufangen gewusst.

»Darüber werde ich vielleicht mit ihm reden, wenn es die Zeit hergibt«, sprach der Liberalist und entlockte mir damit ein leises Kichern. »Verrätst du mir seinen Namen, damit ich ihn damit ansprechen kann, ehe er sich vorstellt? Das ist der Glaubwürdigkeit für die Lektion an deine Mutter nur zuträglich.«

Kopfschüttelnd ließ ich mich darauf ein. Das machte nun wirklich keinen Unterschied mehr. »Winston«, sagte ich. »Er heißt Winston.«

08.09.2018
21:25:47
An: Mum
Ich habe mich bei den Toiletten eingeschlossen. Draußen sind immer wieder Schüsse. Und Schreie. Da sind so viele Schreie im Saal. Und sie schießen immer noch. Winston ist dort und ich kann ihn nicht erreichen, ich

3 Tage

05. September 2018

Ich hatte einen Plan für diesen Tag gehabt. Wenn man weiß, dass man nervös sein wird, hilft ein Plan ungemein – vor allem dann, wenn er gelingt. An meinem war nicht viel dran gewesen, das hätte schiefgehen können, und doch hatte es eine beruhigende Wirkung gehabt, als jeder Schritt so aufgegangen war, wie ich mir das vorgestellt hatte.

Ich war um sechs in der Klinik gewesen und hatte um elf Feierabend machen können. Der Weg nach Hause verlief ohne Komplikationen und die Scones verbrannten nicht – was möglicherweise im Tagesplan meines Großvaters eine kleine Enttäuschung bedeuten würde. Allerdings wusste Alfie Donnelly, dass seine Frau Scones und Earl Grey immer geliebt hatte. Trotz allem, was ihr entfallen war – das wusste sie nach wie vor. Und nur, weil sie kaum in der Lage war, einen vernünftigen Tee zu kochen, hieß das nicht, dass ihr Geburtstag daran scheitern würde.

Scones, Clotted Cream und Marmelade wanderten in ihren Behältnissen in den Rucksack und ich selbst sah nach einer Dusche und mit Make-up, schwarzer Jeans und blauer Bluse aus, als würde ich Mum um einen Job bitten wollen. Immerhin trug ich Sneaker anstelle von Pumps. So viel Integrität besaß ich am Ende doch. Mehr davon ließ die Nervosität allerdings nicht zu. Denn auch, wenn jeder Punkt des vorgesehenen Tagesablaufs eins zu eins funktionierte, hielt keiner von ihnen die Uhr auf, die unermüdlich auf die Drei zusteuerte.

Alles ab dann war bis fünf Uhr verschwommen, und für den Zeitpunkt nach fünf verlor sich jede Vorstellung.

Ich hatte beschlossen, Mum von meinem Entschluss zu erzählen, ab dem Winter wieder an die Uni zu gehen.

Mittlerweile fühlte ich mich sogar gewappnet für all das »Warum nicht gleich so?«, mit dem ich rechnete, vielleicht sogar für einen Vortrag über verschenkte Zeit.

Was ich noch nicht sicher wusste, war, ob ich ihr von Winston erzählen sollte, ehe er auftauchte und Grandpa wie versprochen wenigstens kurz die Hand schüttelte. Das würde den großen disziplinarischen Plan meines Großvaters durchkreuzen, gab mir aber die Möglichkeit, mit meiner Mutter zu sprechen, wie … eben wie mit einer Mum.

Vielleicht würde sie mir nicht sagen, dass ich dumm war, mich auf einen Mann einzulassen. Weil die so viel von einem mit sich mitnahmen, wenn sie verschwanden. Vielleicht würde sie mir meine Angst davor nehmen, etwas falsch zu machen und vielleicht erwartete ich von meiner Mutter einfach mehr Verständnis, als sie aufzubringen imstande war. Bei dem letzten Punkt war ich mir beinahe sicher, aber offen für Überraschungen.

Die Überraschung, die sich schließlich einstellte, war eine andere und auch schmerzhafter als ein pragmatisches »Hab deinen Spaß und dann vergiss den Jungen. Er geht auf Tour. Mach dir nichts vor, Theo«.

Grandpa wartete bereits im Empfangsbereich der Residenz auf mich und erklärte mir, dass Gran noch bei ihrer Physiotherapeutin sei. »Sie haben später angefangen, aber in einer Viertelstunde kann ich sie abholen. Wollen wir derweil schon alles ins Café bringen?«

Den Weg dorthin nutzte er für besagte Überraschung. »Wir bleiben heute Nachmittag übrigens zu dritt.«

Ich blieb stehen, drei Meter vor dem Eingang der Cafeteria. »Du machst Scherze.«

»Teddy, über manche Dinge scherze nicht einmal ich.«

Mit einem Schnaufen verschränkte ich die Arme vor der Brust und nickte. Mehr nicht. Der Plan war an der Drei-Uhr-Marke also nicht nur verwischt, sondern zerschellt.

»Sie ist noch in den USA. Ihr Kongress hat sich verlängert oder ihre Verhandlungen … Ich verstehe nicht viel von dem, was sie da tut. Der Brexit spielt wohl eine Rolle und alles ist kompliziert.«

Kompliziert also … Das war der Grund, weshalb sie den Geburtstag ihrer Mutter mied und die Anwesenheit ihrer Tochter. »Ist mir egal.« Ich klang wie ein eingeschnapptes Kind, das war mir klar.

»Ich bin sicher, dass sie nicht extra eine Geschäftsreise verlängert, um dir aus dem Weg zu gehen, Teddy.«

Darum ging es doch gar nicht. Nicht wirklich. »Sie ist also zu wichtig, um bei ihrer Familie zu sein. Schön. Und offenbar ist die Entfernung auch viel zu groß, um mehr als einer Person Bescheid zu geben.« Ich wollte mich darüber aufregen, dass eine intelligente Frau wie Mum zwei wesentliche Dinge nicht begriff: Ihre Mutter hatte Geburtstag und keiner von uns wusste, wie oft sich das noch wiederholen würde. Also verpasste man ihn nicht einfach.

Und ihre Tochter war hier, zu der sie seit Monaten keinerlei Kontakt hatte. Wir hätten reden können. Ich hätte reden *wollen*. Ich hatte mich darauf vorbereitet, ihr so viel zu erzählen und nun …

»Sie hätte wenigstens schreiben können.« Mehr als die paar Worte wollte ich nicht sagen und Grandpa damit aufbürden.

Vielleicht hörte er meine Gedanken dennoch. Das langsame, verständnisvolle Nicken ließ es erahnen. »Das habe ich ihr auch gesagt. Ich habe sie gebeten, sich auch bei dir zu melden. Bist du wirklich sicher, dass sie das nicht getan hat?«

Das war ich. Dennoch holte ich mein Handy hervor, öffnete den Nachrichtenverlauf mit meiner Mutter und sah, dass die letzte

Nachricht von mir an sie gesendet worden war. Vor etwa vier Monaten. »Komme bei Erin unter. Wenn du wieder in London bist, bin ich nicht mehr in der Wohnung, du musst mich aber auch nicht unter den Brücken suchen.« Sie hatte nicht einmal darauf geantwortet.

»Nichts«, bestätigte ich.

Grandpa nickte und sah auf seine Uhr. »Viel Zeit haben wir nicht mehr, bis die Party steigt. Wenn du willst, gib mir deine Sachen und geh kurz raus, um zu fluchen. Wir treffen uns dann auf der Terrasse.«

Mir wäre wirklich danach gewesen, sein Angebot anzunehmen. Doch das schob ich beiseite. Ich war nicht wegen Mum hier, sondern wegen Gran. Und wegen Grandpa, damit er nicht der Einzige an dem Geburtstagstisch sein musste, dem klar war, was eigentlich gefeiert wurde. Meine Flüche plante ich, für einen Anruf aufzuheben. Ich glaubte nicht, dass Mum den annehmen würde – egal, ob bewusst oder aus Zeitmangel. Sicher war ich dafür, dass ihre Mailbox sich wahnsinnig über neue Schimpfworte freuen würde.

Ich behielt meine wüsten Beschimpfungen und Vorwürfe also in meinem Kopf und ließ sie dort reifen, während ich mein vorbereitetes Essen der Küchenchefin übergab und dann gemeinsam mit Großvater in den Westflügel lief, um dort Gran abzuholen.

Sie freute sich, mich zu sehen. Allerdings wurde schnell deutlich, dass ihre Freude der Tatsache galt, dass sie jemand besuchte und weniger der Person, die ihr gegenüberstand. Ich kannte diese Mimik, die deutlich sagte »Ich kenne dich, nur weiß ich einfach nicht, woher«, und ich wusste auch, dass weder mein Name noch Grübelei ihr zur Erleuchtung verhelfen würden. Also tat ich, was für sie meist am einfachsten und am wenigsten frustrierend war. Ich ließ mich auf die Plauderei mit ihr ein und umging den Part mit der Identifikation.

Langsam und gemächlich erreichten wir unseren Tisch auf der Terrasse. Er war hübsch eingedeckt worden und Grandpa hatte sogar einen riesigen Strauß Sonnenblumen binden lassen. Die Etagere, auf der man meine Scones angerichtet hatte, passte kaum noch daneben.

»Oh, Afternoon Tea!«, freute sich Gran. Dass hier nur der zweite – und damit ihr liebster – Gang serviert wurde, schien ihr gar nicht aufzufallen. Sie ließ sich strahlend ihren Tee einschenken und auch – »Herzlich gern!« – mit einem Schluck Milch versehen.

Dann drückte sie Grandpa einen Kuss auf die Wange. »Vielen Dank für den schönen Hochzeitstag«, flüsterte sie ihm zu und nippte dann an ihrem Tee.

Grandpa lächelte einen Moment lang versonnen in sich hinein und dann mich an, ehe er seine Hand nach einem Scone ausstreckte. Vermutlich war es für den Moment nicht so schlimm, dass die keine Donuts mit Vanillecreme waren. Das, was er gern als »nicht mehr als süße Brötchen mit falscher Butter« betitelte, wenn weder Gran noch Mum ihn hörten, schien ihm für den Moment gerade recht.

Das Lob, das mir eigentlich Gran oder Mum für Koch- und Backkünste ausgesprochen hätten, übernahm an ihrer Stelle mein Großvater – ganze vier Mal. Er wirkte, als hätte er das schlechte Gewissen übernommen, das eigentlich meine Mutter hätte haben sollen. Also tat ich einen Versuch, ihn davon zu erlösen, als Gran irgendwann ihre wirren Erzählungen versanden ließ und sich stattdessen der ausgiebigen Begutachtung des Blumenstraußes widmete.

»Kann ich dir etwas erzählen?«, flüsterte ich ihm zu, während er Marmelade auf den dritten Scone schmierte.

Grandpa hob die Augenbrauen und sah mich an. »Ich nehme an, es ist nichts, was deine Mum wissen soll?«

Ich zuckte mit den Schultern. »Wäre sie da oder hätte sich gemeldet, hätte ich es ihr auch erzählt. Es wird ja nicht lange ein Geheimnis bleiben, aber …« Als ich sah, wie seine Augen sich weiteten, leuchtete mir ein, was ich da gerade sagte. »Ich bin nicht schwanger!«, räumte ich also schnell ein. Und das Übermaß an Erleichterung auf seinem Gesicht war köstlich. »Um Himmels Willen. Das muss neben einem Studium nun wirklich nicht sein.«

Die geweiteten Augen meines Großvaters hatten diesmal einen eher staunenden als erschrockenen Ausdruck. Den durfte er meinetwegen gern beibehalten. »Hört, hört. Und in welche Richtung planst du zu gehen?«

»Dieselbe.« Mehr musste ich gar nicht sagen.

Grandpa nickte und streckte seine Hand nach Grandmas aus, als die sich den Blumen näherte. »Schatz, die gehen doch kaputt«, raunte er ihr zu, drückte einen Kuss auf ihre Fingerspitzen und ließ sie zur Sicherheit nicht mehr los. Dann wandte er sich wieder mir zu. »Es würde deiner Mutter sehr viel bedeuten, das zu wissen.«

»Ich weiß.« Ich pflückte eine einzelne kleine Blume aus dem Strauß und reichte sie Gran, die sie selig entgegennahm. »Aber das reicht auch noch, wenn ich nicht mehr sauer auf sie bin, oder?«

»Das hängt davon ab, ob das eher eintritt als dein Semester.« Er grinste. »Keine Bange, ich werde schweigen. Von mir erfährt deine Mutter weder von den Studienplänen, noch von diesem Winston. Eine Schwangerschaft hätte ich ihr allerdings mitteilen müssen. Auch meine Geheimniskrämerei hat Grenzen, junge Dame.«

»In die Verlegenheit wirst du so schnell nicht kommen, keine Bange.«

»Das beruhigt mich«, gestand er und sah auf seine Uhr. »Wie spät haben wir es denn?« Mit dieser Frage rückte er seine Brille zurecht. »Ich muss ja gestehen, dass ich ein bisschen neugierig auf diesen angemalten, frisierten Herrn bin.«

Ich lachte. Das war definitiv eine Umschreibung, die ich mir würde merken und Winston bei Gelegenheit vortragen müssen. Allerdings verpuffte diese Schadenfreude unter einer Welle an Lampenfieber, als Grandpas Stirn sich rasch in Falten legte und er an mir vorbeischaute. »Drei Minuten noch«, murmelte er und deutete dann mit einem Nicken in die Richtung, in die er blickte.

Ich wandte mich um und erkannte, dass Grandpa sich einen strategisch äußerst günstigen Tisch hatte geben lassen. Von hier aus konnten wir nicht den gesamten, aber doch einen guten Teil des Eingangsbereiches erkennen. Ich erblickte die übliche Kombination aus einer Jeans, einem dunklen Shirt und einem Hemd, noch ehe Grandpa fragte: »Ist er das?«

Hektisch sah ich auf mein Handy, während ich mich schon vom Stuhl erhob. »Er hat schon zwei Mal versucht, mich anzurufen.«

Sein »Worauf wartest du dann noch?« genügte, um mich aus

meiner kleinen Schockstarre zu lösen und durch das Café in Richtung Eingang aufzubrechen.

Winston entdeckte mich, noch ehe ich über die Schwelle der Eingangstür getreten war.

»Sieh dich jetzt nicht panisch um und verhalte dich unauffällig«, warf ich ihm entgegen, als mich nur noch vier oder fünf Schritte von ihm trennten. »Mein Großvater kann dich von der Terrasse aus sehen.«

Diesen leicht verunsicherten Blick kannte ich auf seinem Gesicht noch nicht und befand ihn umgehend für ausgesprochen liebenswert, sodass ich unweigerlich grinsen musste, als ich ihn erreichte. »Hi.«

Winston nahm das Grinsen, das ich ihm schenkte und legte es kurzerhand auf sein eigenes Gesicht, ehe dieses sich mir näherte und ich schließlich seinen Kuss auf meinen Lippen spürte. Gleich darauf legte sich seine Hand an meine Wange, strich kurz darüber und löste sich dann wieder von mir. So, wie auch Winston selbst, dessen Mimik ein verschmitztes Lächeln erobert hatte. »Ich wage zu bezweifeln, dass dein Grandpa seine Enkelin für jemanden entbehrt, der sie nur mit einem Händedruck begrüßt, oder?«

Ich war nicht sicher, ob das eine Art Entschuldigung für diesen Kuss war, der so sicher nicht im Regelwerk vorkam. Nicht jenseits eines Bettes oder der unmittelbaren Aussicht darauf. Aber vielleicht waren Regeln ja auch das, was Dinge kompliziert machte. Und ein Treffen mit meinem Großvater war darin bestimmt genauso wenig vorgesehen.

»Er will dich nur kurz kennenlernen. Zwei Minuten oder drei, dann können wir los, falls du bestehst.«

»Falls ich bestehe? Es gibt einen Test?«, hakte Winston erstaunt nach und folgte mir dennoch unbeirrt durch die Glastür in den Empfangsbereich. »Ich dachte, Donuts reichen.« Demonstrativ hielt er die Papiertüte etwas höher, die mir bisher noch gar nicht aufgefallen war.

»Du hast wirklich Donuts mitgebracht?«

»Ich dachte mir, den Versuch ist es wert.« Es wirkte fast schon schuldbewusst, wie Winston mit den Schultern zuckte. »Ich war allerdings nicht sicher, ob ‚Vanilledonuts' die Füllung oder die Glasur meinte.«

»Also hast du beides dabei?« Das schien mir eine völlig plausible Vermutung. Allerdings hatte ich wohl Winstons Risikobereitschaft unterschätzt.

»Nur Vanillefüllung. Kein normaler Mensch zieht eine Vanilleglasur Schokolade oder wenigstens klassischem Zucker vor. Das kommt nicht infrage. Im Zweifel betreibe ich jetzt Aufklärungsarbeit.«

»Bei einem alten, störrischen Mann mit Prinzipien?« Ich gab mir wirklich Mühe mit meinem skeptischen Blick und wandte mich lieber ab, ehe er unter meinem Lächeln allzu sehr bröckelte. »Dann viel Glück.«

Falls Winston noch etwas hatte erwidern wollen, behielt er es für sich. Wir traten gerade auf die Terrasse, und Grandpa erhob sich bereits zur vollen patriarchalischen Größe. Ich versuchte, aus seiner Miene herauszulesen, wie sein erster Eindruck dieses Bengels war, der es wagte, ihn seiner Enkelin zu berauben. Auf seinem Gesicht zeigte sich nicht mehr als ein souveränes Gastgeberlächeln, das mich ein wenig bangen ließ. Er war ein sehr offener Mensch – sowohl mit seiner Sympathie als auch mit seiner Antipathie. Skepsis war etwas, das ihn zur Höflichkeit nötigte. Dabei hatte ich ihn doch extra gewarnt – vor den Tätowierungen, den langen Haaren … Winston trug sie sogar offen und nicht zu einem Knoten. Keine Frauenfrisur, nur Haare, versuchte ich Grandpa stumm zuzureden.

Er erhörte mich nicht und begrüßte Winston eher bedeckt. »Sie sind also Winston.« Und dann wurde er fast schon gemein: »Alfred Donelly und das ist meine bezaubernde Frau Martha.«

»Freut mich, Sie kennenzulernen«, gab Winston ebenso förmlich zurück, und ich befürchtete, dass er die nächsten fünf oder zehn Minuten einen Tanz auf dem Drahtseil absolvieren würde, um meinen Großvater nur nicht als Alfred oder Mr Donelly anreden zu müssen. Dabei war beides falsch. Sein Name war Alfie. Solange ihm jemand nicht zuwider war oder es andere Gründe gab, eine förmliche Distanz zu wahren, war er Alfie. Das war nie anders gewesen!

»Theo meinte, Sie sind nicht empfänglich für Bestechungen«,

hob Winston an und reichte meinem Großvater die Tüte mit seinen Lieblingsdonuts, »aber vielleicht für eine kleine Wiedergutmachung, weil meine Pläne den Geburtstag Ihrer Frau etwas beschneiden.«

Der alte Mann nahm die Tüte und linste hinein. Dass seine Augenbrauen erstaunt nach oben huschten, konnte er nicht verbergen. »Hat Teddy Sie dazu angestiftet?«

»Nein, habe ich nicht«, warf ich selbst ein. »Mir war nicht einmal bewusst, dass ich Vanilledonuts je erwähnt habe, bis Winston hier aufgekreuzt ist und welche dabeihatte.« Das war vermutlich etwas zu dick aufgetragen, aber die Wahrheit. Das hier war eine Aufmerksamkeit aus dem Bilderbuch. Wenn jemand das zu schätzen wusste, dann Alfie Donelly. Nur musste er dem auch Glauben schenken.

Seine Mimik war noch immer viel kühler, als ich es von ihm kannte. Meine Güte, wo war denn der Liberalist geblieben?

»Setzt euch doch noch einen Moment«, bot Grandpa an. »Wenn wir hier so lange herumstehen, beirrt das alle anderen nur. So viel Athletik sieht man hier nicht oft.«

Ich wollte gerade dazu ausholen, ihn daran zu erinnern, dass gar nicht geplant gewesen war, so lange noch hier zu bleiben, dass Stehen als athletische Disziplin gewertet werden könnte. Da ließ Grandma mich mit einem Aufschrei zusammenzucken. Dabei war er fröhlich, regelrecht glücklich. »Amelie!«

Ich kannte es mittlerweile, von Gran für meine Mum gehalten zu werden und eigentlich war es schön, wenn sie mich als vertrautes Gesicht erkannte. Normalerweise stand Mums Anwesenheit gar nicht zur Debatte. Doch an diesem Tag warf ich erst einen prüfenden Blick über die Schulter. Als ich Mum aber wie erwartet nicht erblickte, schlüpfte ich in ihre Rolle, wenigstens ein Stück weit. Weil es Gran so sehr freute, wenn sie jemanden erkannte und sich dann sogar an den Namen erinnerte. Solche Momente hielten ohnehin schon nicht lange an. Es war nicht fair, sie auch noch mit verwirrenden Richtigstellungen zu vernebeln.

Mit einem entschuldigenden Blick strich ich mit meiner Hand kurz über Winstons Oberarm, ehe ich mich von seiner Seite löste und Gran zuwandte. »Wie geht's dir?«, grüßte ich sie herzlich und drückte ihr einen Kuss auf die Wange.

»Sehr, sehr … ach.« Worte. Sie fehlten ihrer Zunge, lagen dafür allerdings in ihren Augen, und manchmal gelang es uns, sie dort zu lesen.

»Gut?«

Sie nickte. »Gut, gut.« Dann sah sie an mir vorbei, schien etwas zu suchen, bis sie sich ratlos zu Grandpa umwandte. »Sieh nur, wer hier ist, Alfie!«

Alfie. Da hatte er es. Selbst Gran konnte sich an seinen Namen erinnern.

Plötzlich war auch sein Lächeln wieder etwas wärmer und er tätschelte Grans Rücken. »Das sehe ich«, stimmte er ihr zu. »Schön, nicht wahr?«

»Schön«, seufzte Gran selig, wandte sich wieder mir zu, nahm meine beiden Hände und drückte sie. »Wo hast du denn … du weißt. Wo … Du weißt schon. Wo sind sie?«

»Jack und Finn konnten nicht mitkommen«, half ich ihr mit den Namen nach, die sie vermutlich gesucht hatte.

»Oh.« Die Enttäuschung, die ihr Gesicht mit einem Mal überschattete, war riesig. Und es tat mir leid. Aber sie war ein Preis, den wir immer in Kauf nahmen, um sie nicht anzulügen.

Einmal hatte Mum den Fehler gemacht und die Wahrheit nicht überschminkt. Sie hatte es nicht besser gewusst. Es war das erste Mal gewesen, dass es Gran entfallen war: »Ach Mum«, hatte sie gesagt. »Die beiden sind gestorben. Schon vor Jahren. Hast du das vergessen?« Das hatte sie. Und die neuerliche Erkenntnis hatte ihr fast zwei Tage lang jeden Halt genommen, bis die Erinnerung so gnädig gewesen war, wieder von ihr abzulassen.

»Aber ich habe Scones dabei, schau!« Ich weiß, das war mitnichten ein Trost dafür, dass ihr Enkel und ihr Schwiegersohn fehlten. Doch Alzheimer verschob Wertigkeiten manchmal in ganz dankbare Relationen, sodass Gran ganz entzückt die Etagere begutachtete. »Afternoon Tea!« Noch so eine Begrifflichkeit, die ihr selten entfiel.

»Selbst gebacken. Wie du es mir beigebracht hast. Auch die Clotted Cream ist selbstgemacht und die Marmelade. Nach deinem Rezept. Willst du dich setzen?«

»Mein englisches Mädchen«, sagte sie stolz und tätschelte meine Wange.

»Siehst du, Martha«, mischte Grandpa sich dankenswerter Weise ein. »Ich habe dir immer gesagt, dass die Wurzeln unserer Kleinen fest verankert sind. Ein paar Pancakes ändern das nicht.« Er schmunzelte und legte ihr sanft seine Hand an den Oberarm. »Komm, wir sollten uns setzen und den herrlichen Tee genießen.«

Gran nickte und ließ sich wieder in ihren Stuhl dirigieren. Grandpa schenkte ihr Tee nach und servierte ihr Scones und Clotted Cream auf ihrem Teller.

Die Zeit nutzte ich, um wieder an meinen Platz zurückzukehren und mich neben Winston zu setzen, der keinen Hehl aus seinem Erstaunen machte, als er mich ansah. »Finn und Jack?«, flüsterte er mir zu.

Ich schüttelte nur den Kopf. Später. Das war ein Thema für später. Wenn es nicht mehr Gefahr lief, Grans Aufmerksamkeit auf sich zu ziehen und ihr das Herz zu brechen.

»Sie müssen wissen, Winston«, hob Grandpa an, »meine Frau hat immer sehr viel Wert auf Traditionen gelegt. Als unsere Tochter sich ausgerechnet in einen Amerikaner verliebt hat …« Er seufzte kopfschüttelnd, und scheiße noch mal! Ich wollte ihm so verdammt gern ein Video meiner Erinnerung daran zeigen, wie Winston von dieser Band aus Jungspunden zurückkehrte, den Kopf schüttelte und »Amerikaner« murmelte. Und damit alles gesagt hatte. »Jackson war ein guter Mann und ein großartiger Vater. Das hat meine Frau jedoch nicht davon abgehalten, ihrer Enkelin ein paar Grundlagen mitzugeben, die sie für nötig hielt.« Er deutete auf die Etagere. »Und das Ergebnis ist, dass auf einem Geburtstag keine Vanilledonuts zugelassen werden.«

Winston hob seine Augenbrauen, bedachte mich mit einem schiefen Lächeln und wandte sich dann Grandpa zu. »Ich hoffe, ich habe Sie nicht in Schwierigkeiten gebracht.«

Mein Großvater zuckte mit den Schultern und deutete mit einem Nicken in meine Richtung, als wäre ich nicht da. Ich hatte Lust, ihm das übelzunehmen, aber ich mochte die leichte Tendenz zur Verschwörung, als er Winston ein dezentes Lächeln schenkte. »Wenn ich die Lage richtig einschätze, halten Sie mir mögliche Schwierigkeiten wohl vom Hals, indem Sie sie sich eingebrockt haben.«

Als ich nach links blickte, begegnete ich kurz Winstons Blick, der sich gleich darauf wieder meinem Grandpa zuwandte. »So, wie ich das sehe«, er deutete auf die Etagere und auf Grandma, die genüsslich von ihrem Scone abbiss, »kann man lernen, sich recht gut damit zu arrangieren.«

Das war es wohl gewesen, was mein Großvater hatte hören wollen. Sein Lächeln wurde jenes, das ich kannte. Es galt zuerst seiner Frau, deren Hand er tätschelte, und er behielt es bei, als er Winston zunickte. »Sie müssen bald aufbrechen, oder?«

Während Winston sich im Raum nach einer Wanduhr umsah, hatte ich mein Handy gezückt und verriet ihm die Uhrzeit. Zehn Minuten nach fünf. »Dann sollten wir uns wirklich langsam auf den Weg machen«, flüsterte er.

»Sagst du mir jetzt auch endlich, wohin?«

Er grinste. »Auf keinen Fall.«

Ich warf ihm den mahnenden Blick der Schwierigkeit zu, die er sich laut Grandpa zugezogen hatte. Winston schien sich daran keineswegs zu stören – im Gegenteil.

Als ich mich erhob, stand Grandpa längst auf den Beinen und breitete seine Arme in meine Richtung aus. Ich umarmte ihn kurz und erinnerte ihn an unsere kleine Vereinbarung.

»Denk dran, gleich morgen früh …«

»… hole ich deine Frischhaltedosen in der Küche ab, ehe sie wieder verloren gehen. Freitag bist du hier. Du klingst wie deine Großmutter.«

Winston umarmte er nicht, machte aber keinen halb so distanzierten Eindruck wie bei der Begrüßung, als er ihm die Hand reichte. »Was auch immer Sie für Schandtaten im Schilde führen, Bursche, passen Sie auf sie auf.« Die Versicherung, dies zu tun, wartete er gar nicht erst ab. Es kam offenbar nicht infrage, diese Aufforderung in irgendeiner Form anzufechten.

Dann wandte er sich Gran zu. »Winston bringt Teddy jetzt zu einer Überraschung, möchtest du dich noch verabschieden?«

»Eine Überraschung?«, fragte sie. »Für Teddy?«

»Genau.«

Gran strahlte. Heute war einer dieser guten Tage, an denen sie das oft tat. »Sie ist sicher ganz aufgeregt. Sie ist immer ganz aufgeregt. Für unsere Teddy?«

Grandpa nickte.

»Schön, das ist schön«, murmelte sie und wiederholte diese Worte selbstverloren noch etwas vor sich hin. Einen Abschied äußerte sie nicht. Das war auch nicht wichtig.

Grandpa tätschelte ihre Schulter und wandte sich dann Winston und mir zu. »Jetzt verschwindet schon.« Er grinste mir zu. »Freitag möchte ich dann von dir hören, was diese mysteriöse Überraschung ist. Falls ein großväterliches Gemüt das überhaupt aushält.«

»Ich denke, das wird es«, versicherte Winston und nahm meine Hand, als fürchte er, ich könne es mir mit dieser Ankündigung doch noch anders überlegen.

»Bis Freitag.« Ich lächelte Grandpa noch einmal dankbar zu. Nicht ahnend, wie sehr ich ihn an diesem Freitag brauchen würde.

»Ich habe Fragen.«

Winston hatte kein Wort gesagt, während wir an vielen alten Menschen vorbeigegangen waren, die in Richtung Café pilgerten. Vermutlich brach bereits die Zeit zum Abendbrot an.

Am Empfang hatte er den Herrn hinter dem Tresen darum gebeten, ein Taxi zu rufen und nun warteten wir in der Auffahrt darauf, dass es vorfuhr. Meine Hand hatte Winston mir noch immer nicht zurückgegeben. Statt ihrer bekam ich diese drei Worte.

Ich schmunzelte – weniger über die Worte selbst, als viel mehr über den Ton, der deutlich verriet, dass über sie nachgedacht worden war. Oder über die Fragen, die sie ankündigten.

Da ich sonst nichts sagte, fühlte Winston sich dazu aufgefordert, direkt ins Detail zu gehen: »Zuerst …«, sagte er nur und deutete an mir auf und ab. »Was ist der Grund? Schreckgespenst oder Großeltern?«

Ich sah an mir hinab. Die Jeans hatte keinerlei Risse und die Bluse hatte ihren natürlichen Lebensraum wohl eher an einer Sekretärin und nicht an mir. »Schreckgespenst«, gestand ich schließlich.

Winston nickte. »Und sie war nicht da?«

Ich verzog das Gesicht. Ganz offensichtlich war sie nicht dagewesen und wenn ich auch nur eine Sekunde daran dachte, würde ich sauer genug werden, um Winston für die blöde Nachfrage anzukeifen. Aber das kam auf gar keinen Fall infrage. »Ich würde lieber nicht über sie reden«, entschloss ich mich daher zu sagen.

Er nickte einfach nur und sein Gesicht malte dieses verständnisvolle Lächeln, das – so glaube ich – nur wenige Menschen derart glaubhaft hinbekommen. »Wie ist es mit Finn und Jack?«

Ich sah ihn fast erschrocken an. Er konnte es nicht ahnen, aber Himmel – diese Namen sprach man nicht so beiläufig aus. »Das …«, setzte ich ein, und wurde dann vom Motorengeräusch des vorfahrenden Taxis unterbrochen. Beziehungsweise ließ ich mich davon unterbrechen. Sehr gern sogar.

Noch ein schwieriges Thema, wenn auch anders schwierig. Es war also dankenswert, dass ich noch etwas Zeit bekam, über meine Antwort nachzudenken, während wir einstiegen und Winston dem Fahrer auf seinem Handy eine Adresse zeigte.

»Und das hätten Sie mir nicht sagen können?«, maulte der Taxifahrer und fuhr an.

»Nein«, antwortete Winston geradeheraus. »Das Risiko wäre zu groß, dass die Dame Wind davon bekommt, was unser Ziel ist.«

Durch den Rückspiegel sah ich eine erhobene Augenbraue und den musternden Blick des Fahrers. »Dann halten Sie ihr halt die Augen zu«, brummte er in feinstem Cockneydialekt.

Winston sah kurz zu mir und entdeckte meinen eigentlich nur skeptischen Blick. Was er daraus las, war allerdings: »Wenn ich das versuche, erlebe ich den nächsten Sonnenuntergang nicht mehr.«

»Wie Sie meinen«, beendete der Fahrer das Gespräch und lenkte den Wagen nach links.

»Du wirst mir keinen Ton sagen, oder?«, flüsterte ich Winston zu. Ich versuchte lieber gar nicht erst, anhand der Fahrtrichtung irgendetwas zu erahnen.

Die Antwort, die ich bekam, waren ein Kopfschütteln und ein Themenumschwung. »Ich weiß immer noch nicht, wer Finn und Jack sind. Und warum du nicht mit einem Wort erwähnt hast, dass deine Großmutter Martha heißt. Ich musste mich ehrlich zusammenreißen. Und wie kommt es dazu, dass du Scones und Clotted Cream selbst machst? Selbst meine Mum weiß nur, wo man die gut kauft.«

Ich war nicht sicher, ob er sich darüber lustig machte oder nicht, also zuckte ich mit den Schultern. Das Thema der Vorzeigeenkelin war mir für den Moment etwas lieber als … als das andere. »Es ist Gran wichtig.« Ich verzichtete darauf, hier in der Vergangenheitsform zu sprechen. Gran war nicht tot, sie war weg. »Für sie gehört es dazu, dass eine englische Frau das kann. Und da meine Gene nur zum Teil englisch sind, hat sie darauf besonders Acht gegeben. Ich kann auch hervorragende Pies. Wenn sie je erfährt, dass ich Tequila anstelle von Gin in den Tonic kippe …«

Lachend beugte Winston sich zu mir und küsste mich kurz. »Von mir erfährt sie es nicht«, versicherte er und setzte sich dann wieder aufrecht hin. »Du stehst ihnen ziemlich nahe, oder? Also deinen Großeltern? Ich muss zugeben, dass ich keine Ahnung habe, wann ich meine das letzte Mal … ich sollte wohl mal wieder anrufen.«

Ich schmunzelte und zögerte ein bisschen. Es wäre leicht gewesen, hier einfach zu bejahen und es dabei zu belassen.

Vielleicht hätte Winston nicht einmal weiter nachgefragt. Weil er merkte, dass ich nicht mehr sagen wollte. Ich wiederum hatte das Gefühl, dass es ihm wichtig war, mehr zu wissen. Und ich mochte das Gefühl, musste ich zugeben. Ihm wichtig zu sein … Nur machte es das Reden nicht viel einfacher. »Sie … Ich glaube, ich bin mehr wie eine zweite Tochter für sie. Die beiden haben mich eine Weile genauso großgezogen wie Mum … Als sie eine Zeit lang Schwierigkeiten damit hatte, meine Mutter zu sein.«

Winstons überraschter Blick war nichts, womit ich nicht gerechnet hätte. Ihn aber zu sehen, war … echt. Er wollte wirklich wissen, wovon ich hier sprach. Und gleichzeitig schien er sich für Schuldgefühle zu wappnen, weil er überhaupt gefragt hatte.

»Jack war mein Dad«, beantwortete ich seine Nachfrage von eben. »Der Amerikaner, den Mum geheiratet hat.« Ich schmunzelte unweigerlich. Würde Winston meine Mutter kennen, wüsste er, dass sie einfach nicht der Typ für etwas war, das in den Augen meiner Großmutter einer Entgleisung nahekam. Ich selbst hatte ungeheure Schwierigkeiten, mir vorzustellen, dass sie so verliebt gewesen sein konnte, den Akzent aus Wyoming jedwedem britischen vorzuziehen. »Dad war Tierarzt und hatte mit David die Praxis eröffnen wollen, in der ich jetzt arbeite. Deshalb räumt David mir eben diese Möglichkeiten ein, die …« Ich schüttelte den Kopf. »Egal. Jedenfalls … Finn war mein großer Bruder. Er war acht, als die beiden bei einem Autounfall gestorben sind. Sie wollten eigentlich einen Ausflug machen. Angeln und solche Sachen. Und mit einem Mal waren nur noch Mum und ich da und …«

Winston missverstand meine kleine Pause. Ich suchte nach den Worten, mit denen ich erklären konnte, dass Mum mich einfach nicht mehr ertragen hatte. Es sollte nicht nach Vorwürfen klingen.

Doch Winston hatte schon nach meiner Hand gegriffen und hielt sie fest. »Tut mir leid, ich wollte nicht …«

»Ich war vier«, unterbrach ich ihn. »Ich kann mich an beide quasi nicht erinnern. Und Mum … Es war eine harte Zeit für sie. Was ich eigentlich auch nicht mehr weiß. Grandpa zieht das nur manchmal gern heran, um zu rechtfertigen, dass sie ist, wie sie eben ist. Damals hat sie mich zu meinen Großeltern gebracht und sich erst einmal um sich gekümmert. Ich denke, das ist das Beste, was sie für uns beide tun konnte, also …« Mir war danach, mit den Schultern zu zucken, aber das schien mir eine zu unangemessene Geste für das, was ich gesagt hatte. Also drückte ich nur die Hand, die meine hielt. »Deshalb habe ich vielleicht ein etwas anderes Verhältnis zu meinen Großeltern als andere.« Und um das Thema ein kleines bisschen weg von diesen längst vergangenen Dramen zu bewegen, ergänzte ich noch: »Und vermutlich ist das auch der Grund, warum ich mich für meine Mum verkleide.«

Winston folgte der Fährte nicht, die ich da gelegt hatte. Stattdessen sah er mich nur an, mit einem Blick, der ganz nah an der Grenze zu Mitleid tänzelte und sie doch nie ganz überschritt. Zum Glück tat er das nicht. Ich wollte ihn nicht immer wieder darauf hinweisen müssen, dass es lange her war und dass ich mich kaum noch daran erinnerte. Dass nicht ich diejenige war, mit der man hier Mitleid haben musste. Ich hätte all das so gemeint, aber es fühlte sich immer an, als würde ich den Tod meines Vaters und meines Bruders kleinreden.

»Es hätte bessere Zeitpunkte gegeben, um mir davon zu erzählen als eine dumme Taxifahrt«, murmelte Winston, und was erst klang wie ein Vorwurf, mündete in eine Entschuldigung. »Ich hätte nicht noch mal nachfragen sollen. Tut mir leid.«

Dass seine Hand noch immer meine hielt, merkte ich bewusst, als sein Daumen über meinen Handrücken strich. »Die Geschichte wäre auch zu einem besseren Zeitpunkt keine andere gewesen. Schon okay. Ich kann nur nicht viel mehr dazu erzählen und …« Ich atmete aus und sah ihn an. »Ihr startet am Samstag! Du musst wahnsinnig aufgeregt sein. Wieso redest du nicht längst wie ein Wasserfall über Sachen, von denen ich nur die Hälfte verstehe?«

Er wagte ein leichtes Grinsen. Es ging doch. »Das Thema hatten wir doch schon, oder?«

Ich erinnerte mich daran, wie er mich plötzlich nach Gargoyle gefragt hatte, anstatt von der Tour zu erzählen. Um kein egozentrisches Arschloch zu sein. Allerdings erinnerte ich mich auch an etwas anderes: »Hatten wir. Und außerdem hast du gesagt, du wärst froh, dass irgendwo auf diesem Planeten ein Mensch ist, der kapiert, wie genial das alles eigentlich ist. Also sag endlich – ihr habt sie schon getroffen, oder?«

Winstons Zungenspitze huschte kurz über seine Lippen und er wich einem Moment lang meinem Blick aus, ehe er nickte.

»Und du hast keinen Ton gesagt!«, platzte es aus mir heraus. »Du …« Elender Scheißkerl. Wichser. Arschloch. Irgendwie wollte mir nichts davon so recht über die Lippen kommen, während ich Winston ansah. »Warum nicht?«

Er zuckte mit den Schultern. »Ich wollte kein Angeber sein. Und kein Arsch, der dich holt, wenn er Hilfe braucht, und nicht, wenn die richtig guten Dinge passieren. Das hätte ich gern, aber so einfach geht das nicht, sonst könnte ja jeder …«

»Und deshalb erzählst du mir nicht einmal davon?«, unterbrach ich ihn – halb vorwurfsvoll, halb lachend über diese ganzen Gedanken, die er sich dazu gemacht hatte. »Was bist du nur für ein Dummkopf.« Das wiederum ließ sich ziemlich einfach sagen. »Ich will alles wissen. Und jedes Foto sehen.«

»Keine Fotos«, gestand er.

»Haben sie das verboten?«

Er schüttelte den Kopf und sah mich an, als erwarte er gleich einen Hagelschauer an Beschimpfungen. »Ich habe einfach nicht dran gedacht. Ich muss mir unbedingt merken, zu besonderen Gelegenheiten auch mal Bilder zu machen. Das war immer Ellas Ding, und ich hab mir das einfach nie angewöhnt.«

»Dann wird es Zeit«, legte ich kurzerhand fest und schob den kleinen Stich beiseite, der sich in meinen Magen bohren wollte. »Und von dem Treffen wirst du mir jetzt eben minutiös erzählen müssen. Wann war das? Und wo?«

»Gestern«, antwortete er und da war es – das strahlende Lächeln eines Winston Lewis Bell, der von Dingen sprach, die ihm am Herzen lagen. Dann sah er kurz aus dem Fenster. »Und zu dem Wo fahren wir gerade hin.«

Sein Lächeln wurde noch breiter, als er mich wieder ansah und in mein fassungsloses Gesicht blickte.

Irgendwie gelang es Winston, mir haarklein von dem ersten Treffen der beiden Bands – Treehouse Promises und Martha's Sons – zu berichten und nicht einen Funken über die Kulisse und die Hintergründe zu verraten. Er nahm mir lediglich einen fast schon panischen Anfall von Nervosität, indem er mir versicherte, dass wir jetzt niemandem der beiden Gruppen begegnen würden. Falls doch, wäre er ebenso überrascht. Diese kleine Nebenbemerkung raubte der eingetretenen Beruhigung wieder ein wenig Raum.

Und dass er irgendwann fast nur noch aus dem Fenster sah – anscheinend, um abzuschätzen, wo wir uns befanden – war meiner Gelassenheit auch nicht gerade zuträglich.

»Sind wir spät dran?«, hakte ich nach und sah nun selbst aus dem Fenster. Als würde das zu einer Erkenntnis führen. Ich hatte mittlerweile jedwede Orientierung verloren und war unsicher, ob wir uns überhaupt noch in London befanden.

Winston schüttelte nur den Kopf und sah dann noch mal auf die Uhr seines Handys. Allmählich beschlich mich der Anschein von Nervosität – und zwar bei ihm, nicht nur bei mir. Was zur Hölle hatte er ausgeheckt, dass sogar ihn die Aufregung plagte? Scheiße, er war meinen Großeltern begegnet und hatte trotz der Unterkühlung, die Grandpa zuerst an den Tag gelegt hatte, mehr Ruhe ausgestrahlt als jetzt. »Wir müssten auch gleich da sein«, meinte er und warf wieder einen prüfenden Blick aus dem Fenster.

Ich spielte schon mit Ideen wie einem Fallschirmsprung, was jedoch mehr Panik gefordert hätte als das bisschen Unruhe, das Winston an den Tag legte. Abgesehen davon schien mir das ein sehr merkwürdiger Ort für ein erstes, professionelles Treffen von Musikern. Extravagant, ja – aber unwahrscheinlich.

Das Taxi hielt schließlich an einem derart nichtssagenden Ort, dass ich zugegebenermaßen fast ein wenig enttäuscht war, als ich ausstieg. Wir waren in irgendeinem Gewerbegebiet im Nirgendwo. Vor uns ragte eine massive graue Mauer auf, die zu einer schmucklosen Halle gehörte, wie es viele an diesem Ort zu geben schien – jede mit einem anderen Logo an ihrer Front.

Das, welches über unseren Köpfen hing, lautete »Black Case Co.«. Ich hatte nie von diesem Unternehmen gehört. Vielleicht wäre ich anhand des Namens irgendwann auf das dazugehörige Geschäftsfeld gekommen, nur war ich ehrlich aufgeregt und definitiv nicht in der Lage für derart umfangreiche Denkarbeit.

Neben dem Eingang an der Rampe stand bereits ein LKW mit demselben Schriftzug, und einige Männer standen daneben, rauchten und unterhielten sich. Auch hierauf hätte ich mir vielleicht einen Reim machen können, aber mein Kopf blieb sogar leer, als Winston den Securitymann an der Eingangstür mit Handschlag begrüßte und von ihm zwei Besucherausweise entgegennahm, die wir uns jeweils um den Hals hingen.

Wir mussten unsere Namen in eine Liste schreiben, und ich wurde darum gebeten, mein Handy in einem kleinen Schlüsselfach zu verstauen. Erst, als Winston mich den Eingangsbereich weiter nach hinten führte, kam ich mal auf die Idee, einen Blick auf die Karte zu werfen, die da vor meiner Brust baumelte. »Black Case Co.«, stand darauf und in der zweiten Zeile: »Besucherausweis – Künstler«.

»Wo genau sind wir hier?«

Winstons Blick war erst erstaunt, als wundere er sich, dass ich ernsthaft so begriffsstutzig war. Dann schien ihm dieser Umstand sehr zu gefallen, wie sein Lächeln verriet. »Gleich«, sagte er nur, legte seine Hand auf meinen Rücken und öffnete eine Tür, auf der eine große Eins prangte. Er schob mich sachte durch den schmalen Türspalt und folgte mir, erst dann fügte sich das Bild allmählich zusammen.

Wir standen in einer riesigen Halle und vor uns ragte eine Bühne auf – niedriger, als ich es von Konzerten kannte, und gleichzeitig auch viel näher. Irgendwo rief jemand Begrifflichkeiten, die ebenso gut in einer anderen Sprache hätten sein können. Set eins, Track acht und dann Zahlen. Und zu diesen Anweisungen änderte sich das Licht auf der Bühne. Diese war leer – bis auf vier Dummies, die dort aufgestellt waren.

»Hier hatten wir gestern unsere Proben«, flüsterte Winston mir zu. »Black Case stellen die Bühnentechnik, und das sind gerade die letzten Anpassungen für Licht und Effekte. Anweisungen an die Techniker, Übergaben … Ich bin auch kein Fachmann. Jedenfalls wird das alles nachher abgebaut und dann zum Aufbau in die Arena gefahren.«

Ich beobachtete noch zwei Lichtwechsel, ehe ich Winston vermutlich vollkommen debil anstarrte. »Da oben hast du gestanden?«

»Diese sitzende Puppe da hinten bin ich.« Er schmunzelte und nickte in Richtung der Bühne und nahm dann meine Hand. »Komm, ich stell dich Scott vor.«

»Wer zur Hölle ist Scott?«

Winstons Gesicht zeigte, dass er definitiv viel zu viel Spaß an meiner Ahnungslosigkeit hatte. »Siehst du gleich.«

Was ich schließlich sah, war ein untersetzter Kerl, den ich auf Anfang vierzig schätzte. Ich vermutete, dass das Basecap auf seinem

Kopf ersten oder gar fortgeschrittenen Haarschwund überdeckte. Zum Ausgleich reichte ihm der Bart bis auf die Brust.

Nichts an diesem Bild war irritierend, außer dass Winstons strahlendes Lächeln, das vermutlich in der Lage dazu war, spontan den Weltfrieden herzustellen, auf die Mauer von Scotts versteinerter Miene traf und nichts, absolut gar nichts daran ausrichtete. Kein Zucken der Mundwinkel, kein Aufblitzen von Freundlichkeit in den Augen des Mannes.

Auf Winstons Begrüßung hin, deren Überschwänglichkeit ein gewisses Maß an Nervosität verriet, wenn ich nicht irrte, reagierte Scott mit einem Grunzen.

Davon unbeirrt fuhr der schöne Schlagzeuger mit seiner Vorstellung fort. »Theo, das ist Scott. Scott ist Nordire, was ihm so peinlich ist, dass er sich nicht einmal traut, höflich Hallo zu sagen.«

Während Scott nur grunzte, sah ich irritiert zwischen den Männern hin und her. Dann entschloss ich mich, dem älteren kurzerhand die Hand zu reichen und mit einem »Hallo Scott« und gedrosselter Fröhlichkeit auf ihn zuzugehen.

Er seufzte ob dieser Geste, fügte sich dann aber dem Zwang der Etikette und ergriff meine Hand, drückte sie kurz und ließ sie dann wieder los. »Du bist also Rapunzels Mädchen«, schnaufte er und sah mich so eindringlich an, dass ich das Gefühl bekam, er hielt Winston für meinen Zuhälter und mich für ein Angebot.

»'Ne Sekretärin?«, fragte er dann an meinen Begleiter gewandt.

Der lachte nur und schüttelte den Kopf. »Familiengeburtstag. Merk dir das Gesicht, nicht den Rest.«

Okay, allmählich wurde die Situation seltsam. Offenbar hatte ich jetzt mit diesem misanthropen Nordiren zu tun. Nur das Warum war mir ein Rätsel. Ungeachtet dieser Wissenslücke war ich sicher, dass es sich empfahl, mich mit ihm gutzustellen. Und alles, was mir dazu einfiel, war die Taktik des gemeinsamen Feindes. »Nimm es mir nicht übel«, wandte ich mich an Scott. »Ich habe keine Ahnung, warum ich deine Bekanntschaft mache. Instagram hier hat mir nicht einen Ton verraten. Vielleicht bist du gnädiger.«

Ich bekam keine Antwort, dafür verzog sich der Bart um seinen Mund so deutlich, dass ich mir ziemlich sicher war, darunter bildete sich ein Lächeln ab. »Das soll der Knabe dir mal schön selbst erzählen, Mädchen.«

Das Schmunzeln auf dem Gesicht des Knaben war wesentlich deutlicher zu erkennen, als ich mich ihm zuwandte. Sein Blick allerdings wirkte etwas unruhig. Himmel, war er nervös? Warum? Er hatte doch die Ahnung, und ich hatte nicht die geringste Vorstellung davon, was hier gerade ablief.

»Falls du Samstagabend schon etwas vorhast, hoffe ich inständig, dass du bereit bist, das abzusagen«, begann er und griff nach hinten an seine Gesäßtasche. Was er hervorzog, war nicht mehr als eine bedrucktes Stück Papier. Ich musste nur das Bild darauf sehen, um zu wissen, dass es vielen, vielen Menschen ein Vermögen wert war.

Ohne weitere große Gesten gab Winston mir das Ticket, das ich ungläubig anstarrte. »Das …« Es stand da. Weiß auf Dunkelblau. 8. 9. 2018. Martha's Sons. Einlass 18 Uhr, Beginn 20 Uhr. Location und Kleingedrucktes darunter. »Aber die sind ausverkauft! Seit dem ersten Tag … Das kannst du doch nicht …« Ich hatte mit Erin vor dem Rechner gesessen, der den Kampf gegen die Website des Vorverkaufs stündlich verloren hatte, bis alle Hoffnung verloren oder unbezahlbar geworden war. Und nun stand Winston hier und übergab mir eine Karte für dieses Konzert, als wäre sie ein Kinoticket.

»Du bist ja wirklich überrascht«, stellte er verwundert fest. Dann lachte er kurz über diese Erkenntnis, beugte sich mit einem ungläubigen Kopfschütteln zu mir und drückte seine Lippen auf meine. »Warum ich dir Scott vorstelle«, sagte er dann und deutete wieder auf den grimmigen Kerl, der mit konzentrierter Miene ein paar Regler verstellte. »Du kennst den Bereich, wo die Techniker bei einem Konzert stehen, oder? Diesen Käfig …«

Ich nickte und umging die Frage, ob er vergessen hatte, wo ich meine Brötchen verdiente. Immerhin hielt ich hier eine verdammte Karte in der Hand und Winston schien allein diese Tatsache zu wichtig, um mich zu einem dummen Kommentar hinreißen zu lassen.

Er deutete auf Scott. »Diese Frohnatur hier ist unser Mann fürs Licht. Er lässt dich am Samstag mit in seinen Bereich. Keine Angst, du musst nicht mit ihm reden, aber du musst eben auch nicht mitten in der Masse stehen, wenn du nicht willst.« Winston gab mir einen Moment, bis ich begriff und ihn mit großen Augen ansah, ehe er fortfuhr. »Wenn wir unser Set beendet haben, ziehe ich mich kurz um und komme auch mit runter. Dann können wir uns das Konzert zusammen anschauen. Also … falls du möchtest.«

»Falls ich möchte …«, wiederholte ich ungläubig. »Ist das ein Scherz? Das Martha's Sons Konzert mit freier Sicht? Ich hatte noch nie freie Sicht!« Ich schaute noch einmal fassungslos auf die Karte, als mir ein Gedanke kam. »Und Scott lässt mich da wirklich rein? Auch ohne dich?«

Winston nickte, zuckte sogar leicht verlegen mit den Schultern. »Deshalb bist du hier. Damit er dich gesehen hat. Was glaubst du, wie viele Leute den Abend lang behaupten, jemanden von den Bands zu kennen und sich hier verabredet zu haben?«

Ich nickte verstehend, allerdings … »Muss ich dort stehen? Also bei der Technik?«

Winstons Augenbrauen zogen sich zusammen und ehe er etwas sagen konnte, redete ich weiter.

»Ich meine, hierfür …« Ich deutete auf die Karte. »Ich bin dir doch wenigstens schuldig, bei deinem Auftritt in der ersten Reihe zu stehen und den BH auf die Bühne zu werfen.«

Es war so ein herrlicher Anblick, wie sich die Verwunderung von seinem Gesicht verzog und einem strahlenden Lächeln Platz machte, mit dem er sich zu mir beugte, bis sein Bart an meiner Wange und meinem Hals kitzelte und ich seine Stimme leise hörte. »Den kannst du danach auch in meinem Schlafzimmer verlieren. Aber es wäre sicher ganz nett, wenn jemand mal zur Abwechslung meinen Namen kreischt und nicht immer nur Dans.«

Meine Güte, ich kicherte. Fast schon wie ein albernes Mädchen. Nur, dass ich mir nicht die Hand vor den Mund schlug. »Ach«, gab ich zurück, als ich glaubte, einen Hauch von Souveränität zurückerlangt zu haben. »Und das geht in deinem Schlafzimmer dann nicht mehr?«

Ich spürte den Lufthauch von Winstons Lachen über meinen Hals streichen, dann kurz seine Lippen an genau derselben Stelle. Als er sich wieder aufrichtete, war sein Grinsen breit und nun auch frei von jeder Nervosität. »Also darf ich am Samstag mit dir rechnen?«

»Dass du das überhaupt fragst …«

»Ich wollte nur sichergehen.« Er kniff kurz die Lippen zusammen und sah mich prüfend an. Beinahe, als wolle er die Reaktion auf seine nächsten Worte abschätzen, noch ehe er sie geäußert hatte. »Ich weiß, wie das jetzt klingt, aber das ist ein ziemlich wichtiger Tag für mich. Und ich hätte dich gern dabei.«

Ich hätte nicht sagen können, welches seiner Worte es war, das mir ins Gesicht schlug. Ob es sein Wunsch war oder der Anlass, von dem er sprach oder die Tatsache, wie beides gegeneinanderprallte, ohne dass Winston es sah.

Ich gab mir Mühe mit meinem Lächeln. Wirklich. Und als ich sicher war, dass es ging, und dass ich so leichtfertig klingen würde, wie ich es wollte, sagte ich: »Ich bin auf jeden Fall da.« *Ich kann doch nicht einfach zu Hause bleiben und dich nicht ordentlich verabschieden.* Das waren die Worte, die mir noch auf der Zunge lagen. Doch sie wogen schwer, also blieben sie dort und fanden ihren Weg nicht über meine Lippen.

Manchmal ist es merkwürdig mit der Freude. Eben noch war dieser kommende Samstag das Paradebeispiel von Vorfreude und dann leuchtete ein kleiner Funke Realität auf. Dieser Abend würde großartig werden, eine wahnsinnig gute Show und eine von vielen in den nächsten Monaten. Für Winston. Für uns allerdings die letzte, ehe … Ja, was wollte ich mir vormachen, was danach passierte?

Ich würgte dieses bitter schmeckende Gefühl herunter, während Winston sich irgendeinen Spruch von Scott anhörte, den ich nicht einmal mitbekam. Ich sah nur, wie er abwinkte und sich von dem Techniker noch einmal zusichern ließ, dass der sich mein Gesicht eingeprägt hatte.

Dann verabschiedeten wir uns von Scott und liefen genau drei Schritte weit, ehe Winston mich fragte, wonach mir der Sinn stand. »Das war das Wichtigste«, gestand er. »Dass du deine Karte bekommst und Scott weiß, wer du bist. Wir können noch hierbleiben und den Proben zusehen, wenn du magst. Oder wir gehen. Deine Entscheidung.«

Ich sah zu der Bühne, auf der ein Lichtwechsel nach dem nächsten stattfand und zum Teil beeindruckende Bilder zeichnete. Außerdem … Gehen bedeutete keinen Abschied, aber ich hatte das Gefühl, es würde das Ende dieses Abends schneller näherbringen, als einfach nur sitzen zu bleiben. Und das wiederum brachte den Samstag ein großes Stück in unsere Richtung. Worauf ich mich eben noch unglaublich gefreut hatte, verpuffte nun zu einem flauen Gefühl, das unbestimmbar in meinem Bauch festhing.

»Wenn wir nicht stören …«, hob ich an, da winkte Winston längst ab. Er brauchte nur einen kurzen Blick in das bunte Treiben dieser Halle, dann zog er mich mit sich, bis wir eine dieser riesigen, schwarzen Kisten erreichten, die vermutlich nur für Laien das mysteriöse Flair ausstrahlen, das ich empfand.

Wir setzten uns auf diese Box, etwas abseits der Techniker.

»Welche Städte sind nach London dran?«, fragte ich. Vermutlich aus demselben Prinzip, wie man auf eine schmerzende Stelle drückt, bis es kaum noch weh tut, weil man sich eben daran gewöhnt. Und ich wollte mich daran gewöhnen. Am besten noch vor Samstag, um eben genau diesen großartigen und perfekten letzten Abend zu haben.

»Skandinavien«, murmelte Winston. »Stockholm ist die erste Stadt, dann Göteborg, Oslo … Und ab dann komme ich auch schon durcheinander, Moment.«

Er zückte sein Handy. Ihm hatte man es nicht abgenommen. Offenbar war das Vertrauen in involvierte Musiker größer als in deren Begleitung.

Winston scrollte kurz über das Display, und was er dann aufrief, waren nicht die Tourdaten, die man überall im Internet fand, sondern der Reiseplan, der daran geknüpft war. Abfahrt, geplante Ankunft, die Hotels, Locations. Treffzeiten und Treffpunkte. »Genau. Göteborg, Bergen und dann fliegen wir nach Island. Dort haben wir sogar einen Tag Freizeit.« Er strahlte, während er das erzählte. »Ich schick dir einfach die Daten, aber ich glaube, von vielen Städten werde ich nicht allzu viel sehen und … Moment.« Er hatte mir die Datei bereits zugesandt und wollte eben das Handy wieder beiseite packen, als er noch einmal innehielt. »Ich sollte dringend anfangen, aus meinen Fehlern zu lernen.«

Damit öffnete er die Kamerafunktion seines Smartphones und sah mich mit nach oben gezogenen Augenbrauen fragend an.

»Du darfst hier Bilder machen?«.

»Nicht von der Bühne«, räumte er ein. »Aber allemal von dir und meiner Wenigkeit. Wenn ich schon Bilder mit den Martha's Sons vergesse … Außerdem hat Scott dann etwas, worüber er lachen kann. Junge Menschen und ihre Handys …«

»Das können wir ihm unmöglich vorenthalten«, beschloss ich und rückte an Winston heran, bis sein Arm sich um mich legte und auch dort liegen blieb, als das Bild ein Lächeln später längst aufgenommen war.

Ich dachte an Regeln und Grenzen und an Komplikationen, die sich einstellen könnten. Wenn er weg war – ebenso, wie wenn er da war. Und doch brachte ich es nicht fertig, mich von ihm und aus dieser Geste zu lösen – die ganze Zeit über nicht, in der wir dort saßen, den Lichtern zusahen und ich hin und wieder Winstons Lippen an meiner Schläfe spürte. Wie den Finger auf der Wunde.

Und langsam, ganz langsam schien sich auch die Gewohnheit einzustellen.

Es war spät geworden, als Winston die große Holztür aufschloss und wir auf die Marmorfliesen der kleinen Eingangshalle traten. Rechts wartete der Tresen des Portiers darauf, dass sich jemand dahinter niederließ und seiner Arbeit nachging.

Für dieses Detail, das mich vor zwei Wochen noch so sehr beschäftigt hatte, hatte ich an diesem Abend keinen Blick mehr übrig. Es war schon schwierig genug, auf die Treppe zu und die ersten Stufen hinaufzugehen, ohne dabei zu stolpern, zu fallen und Winston mit mir zu reißen. Was nach einem witzigen, gar romantischen Bild klang, stellte ich mir in der Realität eher schmerzhaft vor. Die Kollision zweier Körper mit einer unnachgiebigen Steintreppe … Und dennoch wollte es mir nicht gelingen, mich von Winston zu lösen, oder anders herum, ihn von mir zu schieben, um die paar Stufen zu seiner Wohnung wohlbehalten nach oben zu laufen. Und ihm kam diese viel geschicktere Lösung offenbar auch nicht in den Sinn. Ich hatte einfach das Gefühl, seit Stunden darauf zu warten, mich nicht mehr mit kleinen Gesten und Küssen zufriedengeben zu müssen. Fingerspitzen, die über die Seite meiner Brust strichen – über zwei Lagen störenden Stoffs hinweg. Das Gefühl seines Bartes, der an der empfindlichen Haut meines Halses kitzelte, wenn er mir etwas zuflüsterte. Der Stoff seines Shirts, wenn ich meine Lippen an seine Schulter drückte und viel lieber Haut schmecken wollte. All diese Kleinigkeiten konnten einen wahnsinnig machen, sodass ein dunkler Hausflur ein zu großer Segen war, um logisch zu denken.

Meine Finger gruben sich in Winstons Haare, während ich ihn küsste – oder er mich. Solche Details spielten nun wirklich keine Rolle. Wichtiger war das Gefühl seiner Lippen auf meinen, seiner Zunge, die mit mir spielte und seiner Hand, die sich ihren Weg unter meine Bluse gebahnt hatte, nun warm auf meinem Rücken lag und mich näher drückte. Definitiv zu nah, um auch nur einen einigermaßen eleganten Schritt zu gehen.

Irgendwie gelang es uns doch, den Weg nach oben zu schaffen, ohne uns vom anderen lösen zu müssen. Die Wohnungstür aufzuschließen war ein Kunststück, das Winston wiederum blind vollbrachte, und mir entwich ein erleichtertes Seufzen, als die Tür sich hinter uns schloss.

Während seine Finger sich an den Knöpfen meiner Bluse zu schaffen machten, streifte ich ihm das Hemd von den Schultern. »Ich nehme an, ich muss dir keinen obligatorischen Kaffee anbieten?«, raunte er. Seine Worte strichen mittlerweile nicht mehr über meinen Mund, sondern über meinen Hals, wo sie dieses herrliche Gefühl des Fallens auslösten. Dieses aufregende Kribbeln, wenn man in die Tiefe stürzt und genau weiß, dass man weich landen wird.

»Halt die Klappe«, gab ich unwirsch zurück und zog an Winstons Shirt, bis ich ihn davon befreit hatte und mich kurz seinem strahlenden Grinsen gegenübersah. Seine Hand lag plötzlich nicht mehr an meiner Brust, sondern an meiner Wange und blieb dort auch einige Momente, während Winston sich wieder zu mir beugte, um mich zu küssen. Sanfter als eben noch. Doch mir war nicht nach sanft, sondern danach, dass er die stummen Versprechen einhielt, die er mir im Treppenhaus noch gegeben hatte.

Winston daran zu erinnern, war Gott sei Dank recht einfach. Ich musste nicht viel mehr tun, als die letzten Knöpfe meiner Bluse zu öffnen und dieses Ding endlich loszuwerden. Danach widmete ich mich dem Öffnen seiner Jeans und gab mir keine Mühe, kleinere, wenig zufällige Berührungen zu vermeiden. Als meine Zähne dann leicht an seiner Unterlippe zogen, erinnerte er sich auch wieder an den Weg in sein Schlafzimmer und dirigierte mich unmissverständlich in genau diese Richtung.

Seine und auch meine Jeans fielen noch auf dem Weg und ich wähnte mich dem Ziel bereits sehr nah, als ich gegen einen harten, schweren Klotz stieß, der unserem Zusammenprall nachgab. Ich sah mich kurz verwirrt um und … keine Ahnung, womit ich gerechnet hatte. Oder warum es mich überraschte. Da standen vier Koffer in Winstons Schlafzimmer – vier!

Sie standen einfach nur dort und warteten auf den Tag, den ich gerade so schön aus meinem Bewusstsein hatte verdrängen können. Und allein ihr Anblick genügte, um mich aus diesem Rausch herauszuheben, in den ich doch so gern hineingefallen war. Und jetzt waren da vier riesige Koffer. Genug, um ein ganzes Leben darin einzupacken und mitzunehmen und alles zu vergessen, was nicht in sie hineinpasste. »Das sieht aus, als würdest du gar nicht mehr zurückkommen«, murmelte ich.

Mehr als meine eigenen Worte verletzte mich das Lachen, mit dem Winston mir antwortete. Es wischte meine Bedenken einfach beiseite und seine Antwort trat noch nach. »Der große Koffer sind ausschließlich Haarpflegeprodukte«, gluckste er und zog mich wieder zu sich. Ich ließ ihn, fuhr sogar mit meinen Fingern durch seine Haare und presste ein Kichern aus meiner Kehle. Weil ich hoffte, dass das der Weg war, um wieder in die Stimmung zurückzufinden, aus der dieser beschissene Koffer mich herausgerissen hatte.

Schließlich war Winston noch immer dort und lockte mich mit Küssen und seinen Berührungen wieder in das Hochgefühl, das mir entglitten war. Es gelang ihm sogar, mich ein Stück weit dorthin zurückzubringen. Genug, um seine Liebkosungen zu genießen und zu erwidern, nur nicht bis an denselben Punkt, an dem er war. Ganz egal, wie fest er mich hielt, während wir miteinander schliefen, egal, wie nah sein Körper meinem war.

In der Zimmerecke standen noch immer vier Koffer. Genug für eine Ewigkeit.

Als Winston sich schließlich schwer atmend und nach einem letzten Kuss zur Seite und von mir wegrollte, um kurz ins Bad zu verschwinden, waren da einfach nur diese gottverdammten Gepäckstücke, die mich dafür auslachten, dass ich eine rettungslose Idiotin war.

Ich hatte mich nicht an die Regeln gehalten. Ich hatte gewusst, dass Winston verschwinden würde und mich von ihm trotzdem an einen Punkt bringen lassen, an dem ich das nicht wollte.

Noch ehe Winston aus dem Badezimmer zurückkehrte, sprang ich förmlich aus dem Bett und klaubte meine Sachen zusammen. Ich schlüpfte gerade in meine Jeans, als er im Türrahmen erschien, eine Wasserflasche in der Hand und eine tiefe Falte zwischen seinen Augenbrauen. »Wo willst du hin?«

Ich sah weg und auf den Boden, um meine Bluse zu finden, während ich ihm antwortete. »Nach Hause.«

Er antwortete nicht, bis ich an ihm vorbeigelaufen war, um die Bluse im Flur vom Boden aufzusammeln und mir wieder überzuziehen. Aber er sah mich an, als ich dem Schweigen nachgab und schließlich doch kurz aufblickte. Diesmal ließ ich keinen Winston zurück, der träge schlafend in seinem Bett lag und meinen Abschied kaum mitbekam. An diesem Abend stand er vor mir und sah mich fast ausdruckslos an, während ich die letzten Knöpfe meiner Bluse schloss.

»Um die Zeit noch?« Die Verwunderung, die eben noch in seiner Stimme gelegen hatte, war verschwunden. Er schien mehr begriffen zu haben, als ich ihm erklärt hatte.

Dennoch nickte ich und sagte das vermutlich Dümmste, das mir in diesem Moment eben hätte einfallen können. »Winston, du kennst die Regeln. Kein Frühstück, du erinnerst dich? Das hat schon durchaus seinen Sinn. Du bist ja eh nicht mehr lange da.«

Er sog hörbar die Luft ein, ehe er sie mit einem Schnauben wieder ausstieß. »Ich hatte offenbar unterschätzt, wie wichtig dir diese Regeln sind.« Seine Worte klangen kälter, als ich es von ihm kannte. Aber er verlor keines darüber, dass er bald weg sein würde oder dass er auch nur einen Gedanken daran verschwendet hatte, dass mir das wehtun könnte.

Mit Sicherheit war es nicht fair, ihm das vorzuwerfen und unlogisch, wütend zu werden. Aber es fiel mir leichter. Und zuweilen gehörte ich eben auch zu den Menschen, die dumm waren, weil es so einfacher war. Wenigstens für den Moment.

»Wir sehen uns ja am Samstag«, sagte ich in einem Ton, der mich selbst ankotzte, sobald ich ihn hörte. Gönnerhaft, als wäre ich diejenige, die diesen Abend ermöglichte. Und als wäre er es, der darüber würde hinwegkommen müssen.

Aber ich musste einfach raus aus dieser Wohnung. Wenn Winston mir jetzt nicht den Gefallen tat, wie durch ein Wunder zu verstehen, was mit mir los war und zu versichern, dass alles sich fügen würde, dann musste ich schleunigst hier raus. Frische Luft würde helfen. Und Abstand. Und ein paar klare Gedanken. Das war es, was es brauchte, wenn es keine Lösungen gab.

Winston sah mir dabei zu, wie ich in meine Schuhe schlüpfte. Er wartete dort im Türrahmen zu seinem Schlafzimmer, bis ich noch einmal kurz zu ihm aufsah. Sein Blick fing meinen auf, aber »Wie du meinst«, war alles, was er sagte. Dann wandte er sich ab, noch ehe ich die Wohnung verlassen hatte.

08.09.2018
21:26:01
An: Mum
Ich weiß nicht, ob sie auch hierherkommen, und ich weiß nicht, was da gerade passiert. Es tut mir leid, dass ich hier bin. Ich will einfach nur hier raus!!!

2 Tage

06. September 2018

Ich hatte gedacht, es würde leichter werden.

Nicht, dass ich große Überlegungen angestellt hatte, als ich gegangen war. Aber wenn man vor etwas davonläuft, geht man normalerweise davon aus, dass der Grund dieser Flucht gefälligst da bleibt, wo man ihn zurückgelassen hat.

Winston war mir nicht gefolgt. Er hatte auch nicht angerufen. Nur war ich auch nicht vor ihm weggelaufen, sondern vor diesem elendigen Gefühl, das jetzt immer stärker wurde und mich dazu brachte, in der letzten U-Bahn dieses Abends zu sitzen und zu weinen.

Gott sei Dank war ich in London, und jeder gab sich redlich Mühe, mich bloß nicht anzusehen und in die Verlegenheit zu kommen, mich fragen zu müssen, was denn los sei. Und ich selbst versuchte, den Mitmenschen den Anblick eines schluchzenden Häufchens Elends zu ersparen und einfach nur würdevoll geradeaus zu starren, während genau die Tränen über meine Wangen liefen, die ich eigentlich hatte vermeiden wollen.

Herrgott, ich war keine idiotische Frau aus einem Kitschroman, die sich fragte, was das alles zu bedeuten hatte. Die keine Ahnung hatte, was mit ihr los war, wenn ihr allein die Vorstellung davon wehtat, dass ein Mann nicht mehr da sein könnte. Ich wusste, was das hieß. Ich wusste das verflucht noch mal ganz genau, aber das hieß nicht, dass ich das wollte. Man stellt keine beschissenen Regeln auf, wenn man Gefühle will. Das macht man einfach nicht!

Scheiße, ich war so wütend auf mich selbst. Ich hatte es doch genau gewusst. Winston hatte mir fast von Anfang an gesagt, dass er auf diese Tour gehen würde. Und nicht ein einziges Mal hatte er mir Versprechungen gemacht, die er nie halten würde, und die ich dennoch in diesem Moment so gern gehört hätte. Vielleicht war ich doch ein idiotisches Weibsbild aus einer genauso idiotischen Geschichte.

Spätestens als ich aus der U-Bahn stieg und kurz auf mein Handy sah, um die Uhrzeit zu prüfen, wurde ich zu genau diesem Phänomen. Da waren zwei Nachrichten von Winston. Ich hätte wissen müssen, was die beinhalteten. Ich war zum Teufel noch mal dabei gewesen, als er sie mir geschickt hatte. Aber diese Logik war der Hoffnung gewichen, er könnte sich gemeldet haben. Ein naiver Gedanke, der sich zerschlug, als ich die Datei sah, die sich »Tourplan 09/18« nannte und darunter das Foto, das er aufgenommen hatte. Er strahlte darauf wie ein Kerl, dessen Plan aufgegangen war, nicht wie ein Rockstar, der für die Kamera eines Fans posierte. Ich kannte den Unterschied, ich hatte ihn gesehen. Und ich war so offensichtlich kein Fan an seiner Seite, ich war … Eine heulende Idiotin.

Ich wollte, dass er anrief. Sofort. Ich wollte hören, wie er mir sagte, dass diese Tour wichtig war, aber dass wir uns sehen würden, schreiben, telefonieren. Dass er im Winter wieder da sein würde und dann nicht nur nach London zurückkommen wollte, sondern zu mir. Weihnachten mit seiner Familie und meinen Großeltern, das komplette Programm. Gott, wie gern hätte ich mir diesen Unsinn angehört und ihm geglaubt.

Das Telefon allerdings blieb stumm. Natürlich blieb es das. Und ich selbst tat nicht mehr, als in zwei Worten mitzuteilen, dass ich zu Hause war. Keine Entschuldigung und keine Erklärung, die mir vielleicht zu all diesen Versprechungen verholfen hätten. Schließlich wusste ich es besser. Drei Monate waren lang, aber überschaubar. Es war gut möglich, dass wir uns danach wiedersahen und an das Heute anknüpften. Und dann würden die nächsten drei Monate kommen. Und irgendwann würden die zu einem halben Jahr werden, dann einem ganzen und letztendlich würden all diese märchenhaften Versprechungen und Gelübde an der Zeit oder an uns selbst zerbrechen. Nur wäre Winston bis dahin längst zu dem Mann geworden, über den ich nie wieder hinwegkommen würde. Und sein Verschwinden würde mich zu einer Frau machen, die wie meine Mum war.

Also schwieg ich. Ich beobachtete, wie die zwei Häkchen neben meiner Nachricht sich blau färbten. Und dann nichts mehr passierte.

08.09.2018
21:31:29
An: Mum
Ich höre Schritte! Ich glaube, sie kommen her!

1 Tag

07. September 2018

Grandpa saß an diesem Freitag allein im Wintergarten. Und der Grund, aus dem ich mich darüber ärgerte, war so egozentrisch, dass es mir fast schon peinlich war. Mir tat leid, dass Gran ihm keine Gesellschaft leistete, was nur bedeuten konnte, was es immer bedeutete. Sie hatte einen schlechten Tag.

Schlechte Tage hießen, dass sie ihn nicht mehr als jemanden erkannte, der zu ihr gehörte. Sie hielt ihn nicht immer für ihren Ehemann. Manchmal für einen Freund, ihren Bruder oder ihren Vater, für einen Arzt oder Pfleger. Doch alles, was eine Vertrauensperson war, machte das Zusammensein mit ihr für meinen Grandpa erträglich.

Schlecht waren die Tage, in denen er ein Fremder war und er sie in die Obhut der Pflege geben musste, weil es sie zu sehr aufregte, wenn er auch nur in ihre Nähe kam.

Dieser Freitag war einer dieser Tage. Dass die Zeitung vor ihm auf dem Tisch lag und nicht in seinen Händen, war Indiz genug. Und für mich wiederum hieß das, dass ich nicht einfach meine Frischhaltedosen abholen und wieder verschwinden konnte. Dabei war genau das der Plan gewesen. Um ehrlich zu sein, hatte ich sogar darüber nachgedacht, diese dummen Dosen einfach zu vergessen. Nur hatte Alfie Donnelly seine Enkelin nicht dazu erzogen, Verabredungen aus hanebüchenen Gründen abzusagen.

Also stand ich nun in diesem Wintergarten, sah meinen Großvater dasitzen und wusste, dass ich eine kleine Weile hierbleiben würde, anstatt schnell wieder nach Hause zu fahren und bald meine Schicht in der Bar anzutreten. Und zu versuchen, nicht daran zu denken, dass der nächste Tag bereits der Samstag war und das Ticket, das Winston mir gegeben hatte, auf meinem Schreibtisch lag – derselben Unentschlossenheit preisgegeben wie vor Wochen der Kassenzettel mit seiner Telefonnummer.

Ich lief nach links zum Samowar, der neben einer kleinen Teeauswahl immer an diesem Platz stand, nahm mir eine Tasse und goss mir einen Früchtetee auf. Etwas, das meine Großmutter zu einem Vortrag über gebrochene Traditionen verleitet hätte, wäre sie in der richtigen Stimmung gewesen. Vielleicht erkannte Grandpa dieses kleine Zeichen der Solidarität.

»Wie geht es ihr?«, hakte ich nach, stellte den Tee ab und setzte mich neben meinen Großvater.

Der sah kurz zu mir auf, lächelte und tätschelte meine Hand, ehe er nach seiner eigenen Tasse griff. Der Tee darin war schwarz und hätte ebenso gut Kaffee sein können. Jeder Engländer, der etwas auf die Teekultur gab, hätte die Nase krausgezogen und dieses Gebräu dem Abfluss zugutekommen lassen. Grandpa nippte unerschrocken daran. »Es ist schlimm heute«, sagte er und schien es dabei belassen zu wollen.

Ich nickte, weil ich gerade sehr gut verstehen konnte, dass man über manche Dinge nicht gern sprach.

Erin hatte das Ticket auf meinem Schreibtisch entdeckt und war darüber dennoch nicht halb so sehr ausgerastet wie über die kurze Geschichte dazu. Sie war immerhin so nett gewesen, mich zu fragen, ob ich ihre Meinung hören wollte. Ich hatte verneint, ihre Antwort war ein verächtliches Schnauben gewesen. Dem war ein dreiminütiger Vortrag darüber gefolgt, dass ich eine undankbare Idiotin sei und ein Feigling. Das war nun drei Stunden her.

»Hat Mum sich noch mal gemeldet?« Meine Güte, dass ich dieses Thema einmal ansprechen würde, weil es mir das Unverfänglichste schien …

Grandpa hob seine Augenbrauen und sah mich mit einem nachvollziehbaren Maß an Skepsis an. Er äußerte allerdings nicht, was sich auf seinem Gesicht deutlich abspielte, sondern antwortete schlicht meiner Frage. »Sie hat gefragt, ob wir einen schönen Tag hatten und sich noch einmal entschuldigt. Offenbar wird sie sogar am Wochenende in Kongressen sitzen. Der Brexit macht dem Unternehmen zu schaffen.« Er seufzte und trank einen weiteren Schluck seines dubiosen Aufgusses. »Ich habe ihr gesagt, dass du hier warst. Dass die Scones und Clotted Cream herrlich waren. Und dass sie das nächste Mal bitte die Höflichkeit besitzen soll, alle über ihre Abwesenheit zu informieren, die es etwas angeht und die bei klarem Verstand sind.« Er schnaufte sogar entrüstet, nachdem er das gesagt hatte, und ich konnte mir gut vorstellen, wie er dieses Gespräch als Vater und nicht als Erwachsener auf Augenhöhe mit seiner Tochter geführt hatte. »Keine Sorge, ich habe ihr nichts von diesem jungen Mann erzählt, falls es das ist, was du wissen wolltest.«

Das war es nicht, aber ich hätte wohl ahnen müssen, dass Winston Erwähnung finden würde. Das Thema um meine Mutter hatte ich eindeutig nicht weit genug entfernt gewählt. Es hatte Grandpa kaum Umwege gekostet, um hierher zu kommen und mich neugierig anzusehen. »Verrätst du einem alten Mann, für welche Überraschung der Bursche dich vorgestern entführt hat? War sie denn den Aufwand wert?«

Mein erster Impuls war ein »Nein«. Den Geburtstag der Großmutter zu verlassen, um am Schluss heulend in der U-Bahn nach Hause zu fahren, war definitiv kein Deal, den man als gelungen bezeichnen würde.

Nur war die Sache mit den Tränen nicht Winstons Intention gewesen, als er mich abgeholt hatte, also blieb ich fair genug, diese erste Antwort beiseitezuschieben und stattdessen ehrlicher zu antworten, wenn auch vage. »Er hat mich zu der letzten Probe für die Bühnentechnik mitgenommen und mir eine Karte für morgen gegeben.«

Grandpa nickte zuerst und sah dann grübelnd seine Tasse an. Ich wappnete mich für eine Einschätzung seinerseits, bekam allerdings die Erkenntnis, dass ich ihm nichts von Winston erzählt hatte. Nur seinen Namen und die Vorwarnung zu seiner Frisur. »Er ist also Techniker? Für … ein Theater?«

Ich musste ihm zugestehen, dass das durchaus eine mögliche Theorie war, die man aus dem zusammenbasteln konnte, was ich da eben gesagt hatte. »Er ist Schlagzeuger«, klärte ich Grandpa auf. »Er spielt in einer Rockband und schreibt die Texte für die Lieder.«

Der alte Mann gluckste kurz, was ich nicht so recht verstand. Die Treehouse Promises mochten nicht seinem Musikgeschmack entsprechen und Winston auch nicht den optischen Vorstellungen an einen Schwiegerenkel. Aber Musikikonen hatte es definitiv auch seinerzeit gegeben. Was daran lustig war, erschloss sich mir nicht. Grandpa tat mir den Gefallen, mich aufzuklären. »Ich gestehe, das Zweitliebste an diesem Jungen war die Vorstellung, dass du ihn irgendwann deiner Mutter vorstellst. Eben hatte ich kurz die Befürchtung, er hätte einen seriösen Beruf.«

»Was bist du nur für ein gehässiger alter Mann«, murmelte ich und spürte, wie meine Mundwinkel sich zu einem Lächeln verziehen wollten, es ihnen aber doch nicht so recht gelang.

Grandpa lächelte nur verstohlen und nippte an seinem Tee. Falls das wirklich noch ein Tee war. »Und für morgen hat er dich auf das Konzert eingeladen«, fasste Grandpa zusammen, und ich nickte. »Na, das klingt doch nach einer netten Überraschung. Das kann mit uns zwei alten Leuten nicht mithalten.«

»Ja, das war wirklich nett.« Ehe mir so richtig klar wurde, was ich da eigentlich sagte, war mein Grandpa auch schon hellhörig geworden. Ich denke, all die Jahre mit der Bürde von drei weiblichen Generationen unter seiner Verantwortung hatten ihn geschult, und meine unüberhörbar freudlose Erwiderung hätte diese Schule nicht einmal nötig gehabt.

»Mh«, machte er, verschränkte die Arme vor der Brust, lehnte sich zurück und sah mich an. »Was ist los?«

Ich glaube, das ist der Unterschied zwischen Großvätern und Großmüttern. Ich war mir sicher, dass Gran sich zu mir gebeugt, ihre Hand auf meine gelegt und mir mit besorgtem Ton dieselbe Frage gestellt hätte – während ihr Mann sich vielmehr dazu bereit machte, auf jemanden wütend zu werden. Voraussichtlich auf einen jungen, männlichen Tunichtgut, der nicht einmal eine ordentliche Rasur zustande brachte.

»Ich bin nicht sicher, ob ich hingehen soll. Wir hatten … eine Differenz und es soll nicht aussehen, als hätte ich nur dieses Konzertticket von ihm gewollt, um ihn dann in den Wind zu schießen.«

Grandpa zog seine Augenbrauen in die Höhe. »So was machen junge Frauen heute? Für ein Konzert? Früher brauchte man wenigstens einen Rolls Royce, um sich ein bisschen unehrliche Liebe zu erkaufen.« Kurz dachte er nach und ergänzte noch schnell: »Ich hatte übrigens keinen Rolls Royce.«

Ich schmunzelte nur, nickte und zog meinen eigenen Tee zu mir heran, was meinen Großvater dazu veranlasste, dem Thema noch einmal einen kleinen Aufschwung zu geben. »Diese Differenz … Habt ihr darüber gesprochen?«

Ich schüttelte den Kopf.

»Dachte ich es mir. Ist es denn eine von den endgültigen oder eine, die sich mit einem gepflegten Gespräch aus der Welt schaffen lässt?«

Mir entwischte ein gequältes Seufzen, ehe ich es hätte verhindern können. »Grandpa, das ist etwas komplizierter, es …«

Er unterbrach mich, indem er eine Hand hob. Die Geste eines alten Lehrers, die er wohl nie wieder ablegen würde. »Danach habe ich nicht gefragt. Es gibt nur lösbar und unlösbar.«

Ich … ich hatte keine Ahnung. Ich selbst hatte den Abend mittlerweile etliche Male in meinem Kopf Revue passieren lassen und genau dieser Eindruck war mit jedem Mal deutlicher hervorgetreten. Ich hatte mich benommen wie eine blöde Schlampe, die dieses scheiß Ticket bekommen und sich dafür erkenntlich gezeigt hatte – um dann einfach zu verschwinden. Ich wusste nicht, ob man das noch kitten konnte.

Als ich etwas zu lange zögerte, nahm Grandpa das Wort wieder an sich. »Ist er tot?«

»Wie bitte?«

»Vermutlich nicht und falls doch, täte es mir leid. Ich mochte den Jungen und mir gefiel, wie er dich angesehen hat.« Grandpa sah mich geradeheraus an und machte keinen Hehl daraus, dass er auf eine Reaktion von mir wartete. Auf irgendwas von dem, was er gesagt hatte. Die Provokation oder seine Beobachtung. Beides ließ mich nicht kalt, aber ich starrte nur trotzig zurück. Was wollte er denn von mir hören?

»Weißt du«, gab er schließlich nach, »ich bin immer ein großer Freund davon gewesen, wie du dich gegen deine Mutter aufgelehnt hast. Aber ihre Ängste zu adaptieren, ohne ihre Erfahrungen gemacht zu haben, zeugt von Torheit. Er atmet und er weiß, wer du bist, also kannst du mit ihm sprechen. Ich sehe da kein Problem.«

»Es hat nicht wirklich Sinn«, räumte ich ein. »Er ist nach morgen dann ohnehin für Monate verschwunden. Und nächstes Jahr wieder.«

Grandpa schüttelte den Kopf. »Papperlapapp. Früher sind Männer für Monate und Jahre in den Krieg gezogen und hatten keine Handys und Linienflüge. Und als sie zurückkamen, waren sie kaputt, aber ihre Ehe war immer noch heil. Ihr jungen Leute habt heutzutage so viele Möglichkeiten und seht trotzdem so viele Probleme.« Und dann tat er doch das, was ich vielmehr meiner Gran zugetraut hätte. Er griff nach meiner Hand und drückte sie leicht. »Wäre ich du, würde ich dort morgen hingehen und die Differenz aus der Welt schaffen und dann sehen, ob diesem heißen Kerl und mir ein paar Monate etwas anhaben können. Das sagt man doch heute so? Ein heißer Kerl?«

Ich gluckste und schüttelte meinen Kopf.

»Vielleicht hat er sich ja Gedanken gemacht und alles ist gar nicht so kompliziert, wie du meinst. Und falls doch, weißt du es immerhin. Tu mir einen Gefallen, Teddy: Werde nicht wie deine Mutter.«

Ich setzte zu einer Erwiderung an, kam allerdings nur den nötigen Atemzug weit. »Außerdem …«, Ich sah, wie er kurz an seinem Ehering drehte. »Wenn ich dir einen Rat geben darf – als Romantiker und nicht als Großvater …« Seine Stimme klang weicher und er wartete sogar mein Nicken ab, ehe er fortfuhr. »Wenn es andauert, obwohl es Komplikationen gibt, kannst du sicher sein, dass es echt ist.«

0 Tage

08. September 2018

Zu keinem Moment war ich mir sicher.

Nicht, als ich mein Ticket vorzeigte, genauso wenig, als ich durch die Kontrolle lief. Und gleich gar nicht, als ich die Halle betrat, in die bereits unzählige Menschen stürmten. Einige rannten sogar an mir vorbei, um die Plätze an vorderster Front zu ergattern, während ich möglichst unauffällig nach vorn schlich und versuchte, nicht zu sehr zu Scott zu starren, der bereits an seinen Pulten stand und sich mit seinem Kollegen unterhielt.

Ich kam mir so unendlich kindisch vor, als ich mit möglichst großem Abstand an der Technik vorbeihuschte, um die herum sich bereits einige Besucher sammelten. Es gab immer diese Menschen, die die Erhöhungen auszunutzen, unter denen die Kabel verliefen. Oft genug gehörte ich selbst dazu.

An diesem Abend führte mein Weg mich nach vorn, bis ich nicht mehr weiterkam, ohne mich an zu eng beieinanderstehenden Körpern vorbeidrängeln zu müssen. Die Bühne war nicht weit weg, für den Moment hatte ich sogar recht gute Sicht, also blieb ich stehen – noch immer unsicher, ob es richtig war, hier zu sein.

Die letzte Nachricht, die zwischen Winston und mir gewechselt worden war, lautete noch immer »Zu Hause«. Und genau dort – zu Hause – war ich sicher gewesen, dass es klüger war, unter vier Augen mit Winston zu sprechen. Darüber, dass ich mich benommen hatte wie ein beschissenes Flittchen, das für ein dummes Ticket mit ihm ins Bett ging. Und über das Warum.

Ich war wirklich überzeugt gewesen, dass es erwachsen und sinnvoll wäre, darüber von Angesicht zu Angesicht zu sprechen. Nicht am Telefon und gleich gar nicht in Schriftform, in der so viel verloren gehen konnte und auch so viel auftauchen, das nie gemeint worden war.

Und nun stand ich hier und wusste nicht einmal, ob ich erwünscht war. Ich lauschte Gesprächen neben mir, die über die Setlist des Konzerts fachsimpelten, welche nach wie vor nicht bekannt war. Und ich war so neidisch, weil ich mir unglaublich gern den Kopf über genau diese Belange zerbrochen hätte. Stattdessen war ich hier, bald würde das Konzert meiner Lieblingsband beginnen, und es war mir herzlich egal. Ich spielte sogar kurz mit dem Gedanken, zu gehen. Doch die Vorstellung, in meinem Zimmer zu sitzen und mich zu fragen, was wäre, wenn … Ich konnte mir nichts Schlimmeres ausmalen. Und kaum etwas Feigeres.

Mit klopfendem Herzen holte ich mein Handy hervor und warf einen Blick darauf. Da war eine Nachricht mit aufmunternden Worten von Erin, die ich ignorierte. Kein Wort von Winston. Ich sah ihn nicht in der Pflicht, mir zu schreiben. Trotzdem hatte ich darauf gehofft. Auf irgendeinen kleinen Text. Irgendetwas, das mir sagte, dass er hoffte, dass ich da war. Dass der Plan noch stand, uns bei Scott zu treffen und uns das Konzert anzusehen.

Aber warum sollte er derjenige sein, der sich meldete? Ich war die, die verschwunden war, um lächerliche Regeln einzuhalten, die rein gar nichts bewirkt hatten.

Ich dachte nicht darüber nach, was vermutlich das Beste war in diesen Dingen. Ich hob einfach mein Handy und machte ein Bild von der Bühne von dem Punkt aus, an dem ich stand. Und dieses schickte ich an Winston, weil … Ja, warum zur Hölle nicht? Ich war hier! Und es hatte keinen Zweck, hier zu sein, wenn ich es vor ihm verheimlichte. Es würde dafür sorgen, dass ich mich ein kleines bisschen weniger wahnsinnig machte, wenn er es wusste. Und wenn es okay für ihn war.

»Ich bin da«, schrieb ich ihm. »Keine Ahnung, ob du mich sehen willst. Ich werde nach eurem Auftritt zu Scott gehen und beten, dass er mich nicht zum Teufel schickt. Ich würde dich wirklich gern sehen und reden. Reden wäre sicher eine gute Idee.«

Ich las nicht noch einmal über den Text, sondern schickte ihn wie er war, ehe ich Korrekturen und Beschönigungen vornahm, die ihn am Schluss noch seiner Ehrlichkeit beraubten. Ich wollte ihn sehen und fürchtete, dass das nicht auf Gegenseitigkeit beruhte. Punkt. Das war alles, was für diese Nachricht wichtig war.

Und das war es auch, was ich geschlagene 36 Minuten lang anstarrte, bis ich fürchtete, dass Winston längst sein Handy irgendwo im Backstagebereich gelassen und sich auf den Weg zur Bühne gemacht hatte. Es war zehn vor acht, als die beiden Haken hinter meiner Nachricht sich blau färbten und diese simple Farbe meinen Puls derart anfeuerte, als wäre sie auf einem Schwangerschaftstest aufgetaucht und hätte dort zwei Striche gemalt anstelle von zwei Häkchen. Die Sache mit der Aufregung wurde nicht besser, als drei Punkte erschienen und fast genauso schnell wieder verschwanden. Sie ließen eine Antwort zurück, die sehr knapp war, aber mich immerhin wieder Luft holen ließ.

»Ok. Bis nachher.«

Ich las die Nachricht mehrmals, als könnten diese drei Worte irgendeinen Subtext enthalten, der mir entgangen war. Oder verschwinden. Erst, als die eingespielte Musik verstummte und gleichzeitig das Licht im Saal ausging, entließ ich diese Nachricht aus ihrer Aufgabe, mich wenigstens ein bisschen zu beruhigen.

Falls ihr das in den letzten Minuten auch nur annähernd gelungen sein sollte – ganz sicher war ich nicht – so verpuffte diese Wirkung, als zuerst Tobey die Bühne betrat und nach seiner Gitarre griff, während im Hintergrund Winston den Weg zu seinem Schlagzeug bestritt. Entgegen dem Gefühl, dass sich etwas verändert hatte, sah er aus wie immer – Jeans, Shirt und die Haare zu dem Knoten gebunden, mit dem ich ihm zum ersten Mal begegnet war. Die Sticks hielt er in der Hand und sein Blick huschte kurz ins Publikum – in die Richtung, in der ich stand. Er sah mich nicht, ehe er hinter den Trommeln und Becken verschwand, seiner Band noch einen kleinen Augenblick gab, um ihre Plätze einzunehmen und dann den Takt des ersten Songs anstimmte.

Ich kannte den Song. Und ich musste nicht lange auf die Textzeile warten, die ich vor etwas mehr als einem Monat zitiert hatte, um mich zum ersten Mal bei Winston zu melden und ihm mitzuteilen, dass ich mich um seine seelische Gesundheit sorgte.

Es brauchte nicht mehr als diese vertraute Melodie und die bekannten Worte, um still in einer sich stetig bewegenden Menge zu stehen, auf einen Menschen zu starren, der vielleicht dreißig Meter entfernt war und genau diesen Menschen zu vermissen.

Dieses Gefühl wurde mit keinem der Lieder besser, die angestimmt wurden, nicht einmal, als die Band das erste von denen spielte, die ich nicht kannte. Es reichte, zu wissen, aus welcher Feder sie stammten und den Autor in jeder einzelnen Zeile wiederzuerkennen. Bis mich eine traf, die … Ich ahnte, um wen sie sich drehte. Und damit zeichnete sie Bilder, die ich nicht mehr missen wollte, scheißegal, ob sie das Gefühl von Tränen mit sich brachten, die in meiner Kehle brannten, weil sie meinen Augen nicht zustanden. Sie gehörten nicht mir.

»No one will have their forever.

It's fine, we won't need that long.

But please don't rest in peace.

Come haunt me everywhere I go.«

Ich blinzelte, atmete ein paarmal tief durch, und dann ging es wieder. Der Mann neben mir schien erleichtert. Vielleicht hatte er erwartet, dass ich gleich in Ohnmacht fallen oder wenigstens in Tränen ausbrechen würde. Aber für einen Moment hielt meine Beherrschung noch an. Sogar für zwei oder drei. Dennoch ahnte ich, dass sie an diesem Abend noch ein Ende finden und kippen würden.

Noch nie hatte ich auf einem Konzert geweint. Wirklich, noch nie. Nicht einmal einen Kloß im Hals kannte ich. Gänsehaut, ja, doch an dem Punkt hatte meine emotionale Beteiligung immer aufgehört. Und dann war da dieser verdammte Kerl und sang nicht einmal selbst, sondern schlug nur auf diese Trommeln und Becken ein und ich stand da und kämpfte um tiefe Atemzüge und mein Make-up.

Es war das vorletzte Lied, das mich diesen Kampf verlieren ließ. Nicht sofort. Aber es besiegelte meine Niederlage. Ich begriff es nicht gleich, als Dan den Song ankündigte. Er sagte, dass sie noch zwei Songs für das Publikum hätten und dann wäre das Warten endlich vorbei und Martha's Sons würden auf dieser Bühne stehen.

Jubel brach aus bei der bloßen Erwähnung der Band. Und einmal mehr fragte ich mich, ob sie irgendwo da hinten standen und diese Stimmung in sich aufsogen oder abseits des Trubels Karten spielten, bis der Zeitpunkt für ihren Auftritt gekommen war.

»Mit dem Song hier hat Churchill es mir ein bisschen schwer gemacht«, plauderte Dan. »Änderungen am Text, einen Tag vor dem Auftritt – dabei weiß er seit der Schulzeit, dass ich ewig brauche, um etwas auswendig zu lernen. Ich habe Wochen für ein scheiß Gedicht gebraucht! Und der Kerl hat die Nerven, mir einen fast komplett neuen Text vorzulegen! Dabei war er so sauer, dass ich mich lieber nicht mit ihm angelegt habe. Also musste ich mir die Nacht mit dem neuen Text um die Ohren schlagen.« Er zückte einen Zettel, den er aus seiner Hosentasche hervorgezogen hatte. »Falls ich den hier also brauche, habt Nachsicht.« Der Zettel verschwand wieder und mit einem Grinsen wandte Dan sich kurz zum Schlagzeug hinter ihm um. »Der Song heißt ‚No Game‘.«

Ich kannte diesen Song nicht und trotz seiner Ankündigung brauchte es länger als eine Strophe, ehe ich kapierte, an wen der Text gerichtet war, zu dem das Schlagzeug einen unmissverständlich wütenden Rhythmus anstimmte. Es war schließlich eine Zeile des Refrains, die die Aussage des Songs klar wiedergab: »It's okay if I'm just fun. But I'm no game. There is no point in fucking rules.«

Ich weiß, dachte ich, während Dan diese Zeilen ins Mikro schrie. Ich weiß und es tut mir leid. Aber es war nicht der Refrain, sondern die letzte Strophe, die es unerträglich machte, noch länger hier zu stehen und zu wissen, dass ich einen Fehler gemacht hatte.

Eine solche Erkenntnis mochte ja sehr sinnvoll sein, aber sie war eine beschissene Qual, wenn man ihr nicht sofort entgegensteuern konnte, sondern inmitten von tausenden von Leuten stand und dabei zuhörte, wie Gitarre und Bass sich etwas zurücknahmen und auch die Sticks des Schlagzeuges nur sachte über die Becken strichen. Wie Instrumente regelrecht darauf lauerten, sich wieder auszuleben und das gemeinsam mit der Stimme des Sängers auch taten. Mit Worten, die er sehr wohl noch kannte und für die er keinen Zettel mehr brauchte. Ich selbst musste sie nur ein Mal hören, um sie nicht mehr zu vergessen.

»Why can't you see you're drowning
in your doubts?
Darling, you need to fucking breathe.
Let's break your rules
and lose this game together.«

Mit diesen Zeilen kamen die Tränen noch nicht, aber es wurde klar, dass ich sie nicht würde aufhalten können. Es fehlte nicht mehr als ein kleiner Schubser. Den gab nicht das folgende Lied und auch nicht Dans Abschied an das Publikum, sondern Winston selbst, der hinter dem Schlagzeug hervortrat und sich zusammen mit seinen Kollegen vom Publikum verabschiedete. Sein Blick suchte die Gesichter in meiner Richtung ab, doch es war deutlich, dass er nichts erkennen konnte. Er bildete das Schlusslicht, als die Band die Bühne verließ und blieb dann plötzlich stehen, schüttelte den Kopf und kam noch einmal zurück.

Mit einer entschuldigenden Geste und einem leicht verschämten Lächeln für sein Versäumnis warf er die Drumsticks, die er noch immer in der Hand gehalten hatte, wahllos in die Menge, die ihm zujubelte, während ich über diese Szene lachte. Und das war es, was schlussendlich die Barriere brach.

Ich glaube, das ist ganz normal. Jeder Mensch ist unterschiedlich gut darin, seine Gefühle zurückzuhalten. Man ist geübt, was die Momente angeht, die einem Schmerzen bereiten oder in denen man Schwäche zeigt. Wenn man aber lacht, wird man unvorsichtig. Und das Risiko ist groß, dass einem mehr entweicht als Frohsinn.

Die Tränen liefen über meine Wangen und es gelang mir nicht mehr, irgendetwas dagegen zu tun. Dass das Licht anging, half nicht. Es hörte einfach nicht auf.

Irgendwie kämpfte ich mir einen Weg durch die Menschen zurück nach hinten. Spätestens, als sie einen Blick auf mein Gesicht erhaschten, wurde ihr Widerstand geringer und der genervte Kommentar leiser.

An Scotts Käfig, wie Winston den Bereich genannt hatte, lief ich vorbei. Ich hatte vor, zurückzukommen, wenn ich mich beruhigt und mein Gesicht wieder in Ordnung gebracht hatte. Und ich hatte Glück: Bei den Damentoiletten hatte sich zwar bereits eine Schlange gebildet, aber die war überschaubar und minimierte sich so schnell, dass ich binnen Minuten in eine Kabine flüchten und auf den Klodeckel sinken konnte.

Ich blieb dort und wartete, bis die Tränen endlich genug davon hatten, mich ertränken zu wollen. Gott sei Dank hatte dieser Bereich für Tausende von Frauen vorgesorgt und bei all den Kabinen fiel es nicht auf, dass eine von ihnen schier endlos belegt blieb.

Es half, dem Treiben vor der Kabinentür zu lauschen. Dem Geschnatter aufgeregter Fans, dem Geräusch von anderen Türen, die sich öffneten und schlossen. Schritte, das Rauschen von Wasser und das Knistern von Papierhandtüchern. Alles davon war mit so wahnsinnig viel Hektik verbunden, weil jeder unbedingt und schnell zurück in den Saal wollte.

Ich schnappte Gesprächsfetzen auf, Urteile über die Vorband, hier und da eine kleine Schwärmerei für den Sänger von eben, und ich nahm mir vor, mich bei Winston zu entschuldigen, dass ich nicht ein einziges Mal seinen Namen gekreischt hatte. Irgendwann würde ich das nachholen. Falls er das wollte. Falls er überhaupt noch wollte, dass ich zu einem Konzert von Treehouse Promises ging – seinetwegen und nicht nur wegen der Musik.

Die Geräuschkulisse um mich herum verblasste ein wenig vor meinen Gedanken, wie das Zusammentreffen mit Winston gleich ablaufen würde. Ich hatte reden wollen und er hatte zugestimmt. Allerdings hieß das, dass ich auch reden *musste*. Und ich glaubte nicht, dass er mich mit der Erkenntnis, dass ich eine Idiotin war und einer Entschuldigung davonkommen lassen würde. Nur war mein Kopf leer. Für alles über »Es tut mir leid, das war entsetzlich dumm von mir« hinaus, hatte ich keinen Plan. Weder Grandpas weise Ratschläge noch Erins offenkundige Spitzen auf meine Dummheit hatten mir Hinweise darauf geliefert, was man nach »Sorry, war doof« sagte.

Ich konnte ihm nicht erzählen, dass mir seine vier Koffer zuwider waren. Auf keinen Fall wollte ich klingen wie eine blöde Kuh, die ihm diese Tour nicht gönnte. Ich wollte, dass er fuhr und alle Bühnen Europas bespielte. Ich wollte wirklich, dass er eine großartige Zeit verbrachte und sich seinen Traum erfüllte. Und ich wusste, dass er mich dafür hier zurücklassen musste. Ich wollte doch nur, dass es ihm schwerfiel.

Das war die Wahrheit, aber sie klang so unfassbar egoistisch, dass ich keine Worte fand, um sie zu verpacken. Mein Kopf gab einfach nichts her. Darin herrschte gähnende Leere und irgendwann fiel mir auf, dass die nicht nur in meinem Kopf Einzug gehalten hatte.

Das Öffnen und Schließen von Türen hatte aufgehört. Es waren keine Schritte mehr zu hören, kein Gerede, kein Wasserrauschen. Draußen hörte ich Gemurmel, und ich erschrak beinahe, als sich doch noch eine Klospülung bemerkbar machte. Das Quietschen von Scharnieren und Schritte.

Irgendjemand trug hier also tatsächlich Absätze.

Als ich allein war, rappelte ich mich schließlich auf, schloss meine Kabine auf und tapste zu den Waschbecken. Der Blick in den Spiegel war genau das, was ich befürchtet hatte. Also zupfte ich einige Papiertücher aus dem Spender, hielt sie unter das Wasser und versuchte dann, das Wimperntuschenmassaker ein bisschen zu bereinigen.

Ich fühlte mich entsetzlich ertappt dabei, als auf einmal die Tür aufschwang und ich nicht mehr allein mit diesem kosmetischen Debakel war. Neben mir wurde ein leerer Becher unter den Wasserhahn gehalten. Eine gefühlte Ewigkeit lang starrte ich einfach nur nach unten, als suchte ich etwas, dabei waren ihre blauen Ballerinas und meine abgetragenen Turnschuhe alles, was ich da hätte finden können. Abgesehen von ein paar danebengefallenen Papierhandtüchern auf dem Boden. Also raffte ich mein letztes bisschen Stolz zusammen und sah wieder auf, um mit meinem Vorhaben zur Make-up-Restauration weiterzumachen. Im Spiegel traf mich dann der verständnisvolle Blick der Blondine, die sich ihren Teil vermutlich denken konnte.

Ich machte auf Fremde also denselben erbärmlichen Eindruck wie auf mich selbst. Und ich war heilfroh, als die Frau den Becher fertig gefüllt hatte, mir noch ein letztes aufmunterndes Lächeln zuwarf und dann verschwand.

Schließlich verlor ich die Geduld, ließ die Präzisionsarbeit bleiben und wusch mir einfach das ganze Gesicht. Über das Rauschen des Wassers hinweg hörte ich schon das Publikum. Es jubelte und grölte und ich erkannte die ersten Töne eines Intros. Winston hatte mir erzählt, dass das Konzert mit einem solchen eingeleitet wurde – Scotts ganzer Stolz, hatte er mir mit einem Grinsen verraten.

Ob er schon dort war, um dem Lichttechniker auf die Schulter zu klopfen für seine Arbeit?

Als ich mir das Gesicht abtrocknete, wurde der Jubel noch lauter und gleich darauf hörte ich die von Lautsprechern getragene Stimme von Kenneth Martin. Ich musste da rein. Nicht, weil ich Angst hatte, etwas zu verpassen. Es war fast erschreckend, wie nebensächlich dieses eigentliche Konzert war.

Aber Winston konnte mittlerweile am Treffpunkt angekommen sein, und auf keinen Fall wollte ich, dass er dachte, ich hätte es mir anders überlegt und …

Ein Knall ließ mich kurz innehalten, als ich das Papiertuch wegwarf. Ich weiß noch, dass ich mich umsah, nach der Tür, die zu laut zugeschlagen worden war. Bis eben hatte ich mich noch allein gewähnt und nun stand ich vor den Waschbecken und sah nach hinten, um Ausschau nach der Person zu halten, die ernsthaft eine Toilettentür so dermaßen knallte. Wie sauer musste man sein?

Ein weiterer Knall ertönte und diesmal hörte ich, dass er nicht von den Kabinen kam, sondern von draußen. Ich wusste, dass das nicht normal war. Trotzdem begriff ich es einfach nicht. Ich glaube, so passiert es auch in den Horrorfilmen, wenn jemand in den Keller geht. Keine dieser Personen, die man für ihre Dummheit verflucht, ist dumm. Vielleicht weiß es jeder besser. Aber in diesem Keller ist einfach etwas, das man nicht wahrhaben kann.

Ich lief sogar drei Schritte auf die Tür zu, die hinaus in den Vorraum und von dort in die Konzerthalle führte. Um nachzusehen, was da los war. Ich lief sozusagen auf die Kellertür zu, streckte meine Hand danach aus, und dann hörte ich die Schritte auf der anderen Seite, die sich schnell näherten und wich zurück. Draußen ertönten ein kurzer Aufschrei und dann das Krachen eines Körpers auf den Boden.

Es hätte alles andere sein können, aber dort, in diesem Keller, in den ich eben noch hatte gehen wollen, war ein Mensch zusammengebrochen. Ich wusste einfach, dass es so war.

Ich wich zurück, während ich weiter lauschte und die Musik und der Jubel fast unerträglich wurden. Bemerkte keiner, was hier passierte? Irrte ich mich? Vielleicht hatte ich nur zu viele Filme gesehen und … Der nächste Knall klang anders. Weiter weg. Und nicht wie eine Tür. Ich hatte noch nie in meinem Leben einen Schuss gehört, der nicht aus einem Lautsprecher kam. Doch das eben war keine Tür. Diesmal wusste ich es. Das war keine verdammte Tür.

Das war das Geräusch, mit dem es anfing.

Nicht sofort. So etwas funktioniert nicht sofort.

Zuerst verschwand die Stimme von Kenneth Martin, unmittelbar nach dem Schuss. Die Musik lief noch einen Moment weiter, ehe auch sie verstummte. Und noch etwas länger dauerte es, ehe auch der Chor des Publikums verebbte. Leise wurde es dadurch nicht.

Es waren erst nur wenige Schreie, aber sie vermehrten sich, breiteten sich aus, bis die Angst ohrenbetäubend laut wurde.

Winston!

Winston war dort, wo die ganzen Schreie herkamen. Es klang, als wäre eine Feuersbrunst ausgebrochen, und er war da irgendwo.

»Oh nein«, murmelte ich und starrte die Tür an, durch die ich nicht gehen konnte. »Nein, nein, nein, nein, nein.« Winston war doch auf der anderen Seite und ich musste dort hin! Ich lief drei oder vier Mal vor den Waschbecken auf und ab – hin und her zwischen meiner Vernunft und meinem Instinkt. Dann tastete ich mit zitternden Fingern nach meinem Handy. Ich betete, dass er eine Nachricht geschickt hatte. Eine Verspätung, weil … egal, wieso. Mir war alles recht, was ihn aufgehalten haben könnte. Aber da war nichts. Nur sein »Okay, bis nachher«.

Sofort wählte ich seine Nummer und bekam sogar ein Freizeichen. »Geh ran«, flehte ich leise und warf immer wieder einen Blick zu der Tür neben den Waschbecken, von denen ich mich langsam wieder entfernte. Ich konnte nicht da raus. Auf keinen Fall konnte ich dort jetzt raus, und ebenso wenig konnte ich vor den Waschbecken stehen bleiben und warten, dass das Monster selbst aus dem Keller kroch.

Als ich dieselbe Toilettenkabine von eben erreicht hatte, schlug ich die Tür hinter mir zu und schob den Riegel vor.

Im gleichen Moment meldete sich Winstons Mailbox. »Ruf mich sofort an!«, sprach ich darauf. Ich flüsterte. Das war mir nicht einmal bewusst, bis ich es hörte. »Und wenn du noch im Backstagebereich bist, dann bleib verdammt noch mal dort. Ich weiß nicht, was los ist. Komm auf keinen Fall runter!«

Den etwa gleichen Inhalt schickte ich ihm auch noch einmal mit einer Nachricht, ehe ich ihn wieder anrief. Freizeichen. Mailbox. Diesmal legte ich auf.

Ich wollte dazu ansetzen, ihn wieder anzurufen. Wieder und wieder, bis ich endlich seine Stimme hörte – und zwar nicht vom Band. Es fiel mir sogar schwer, das nicht zu tun, sondern das eigentlich viel Logischere zu machen. Drei Ziffern. Ganz einfach. Man hatte sie jedem von uns schon in der Kindheit beigebracht. Und niemals hätte ich gedacht, dass es schwer sein könnte, sie zu wählen und auf eine Stimme zu warten, die nicht die ist, welche man hören will.

»Londoner Polizei, wie ist Ihr Notfall?«

Ich stockte, als wüsste ich die Antwort nicht. Dabei tönte sie mir durch die Wände entgegen. »Ich bin bei einem Konzert«, begann ich. »Und nebenan sind Schüsse. Und ich bin nicht sicher, wo …« Ich hatte es doch alles gelernt. Was man sagt, wenn man den Notruf wählt, welche Fakten wichtig sind. Fünf Fragen mit W. Mir fiel keine einzige ein. Nur ein Name mit diesem Buchstaben.

»Miss, wir sind informiert. Die Einsatzkräfte sind bereits auf dem Weg zu Ihnen. Sind Sie an einem sicheren Ort?«

»Keine Ahnung.« Wer war ich denn, das einzuschätzen? »Ich bin bei den Toiletten.«

»Gut, dann bleiben Sie dort, schließen Sie sich in eine Kabine ein, und warten Sie, bis die Polizei kommt.«

Ich nickte, weil ich längst dort war, sagte aber keinen Ton.

»Wenn Sie möchten, bleibe ich in der Leitung, bis …«

»Nein, ich muss …« Das tat nichts zur Sache. Ich raubte der Frau am Telefon nur ihre Zeit. Und sie mir meine. »Danke«, sagte ich und legte auf, um endlich dem Drang nachzugeben, Winstons Nummer noch einmal zu wählen.

Freizeichen. Mailbox. »Scheiße, ich weiß nicht, wo du steckst. Bitte gib mir irgendwie Bescheid und … und die Polizei ist auf dem Weg. Das solltest du wissen. Also … Bleib einfach, wo du bist.«

Genau drei Atemzüge hielt ich untätig aus, ehe ich den nächsten Versuch wagte. Ich musste einfach. Es hätte sich nicht richtig angefühlt, damit aufzuhören.

Freizeichen. Mailbox. »Winston, verdammt noch mal! Meld' dich endlich!«

Als zwei weitere Schüsse kurz hintereinander fielen, schreckte ich so sehr zusammen, dass mir das Handy auf den Boden fiel. Es hatte meine Finger noch nie so viel Mühe gekostet, mein Telefon vom Fußboden hochzuheben. Es entglitt mir immer wieder, bis ich selbst in die Hocke ging und mich gegen die Wand lehnte. Meinen Kopf legte ich in den Nacken und versuchte, nicht die Schreie zu hören, nicht nach Winstons Stimme darin zu suchen. Ich musste ruhig bleiben.

Wer die Nerven verliert, verliert sein Leben. Dieses Zitat kam mir in den Sinn. Es war aus irgendeinem Film. Von irgendeinem Abend, an dem man sich auf der Couch gemütlich einen Film angesehen hatte. Scheiße, es gab Menschen, die genau das gerade taten, während hier … Wie sollte man da bei Verstand bleiben?

Ich keuchte erleichtert auf, als ich endlich mein Handy zu fassen bekam. Als ob es für irgendjemanden – für mich – einen Unterscheid machen würde, ob ich mein Handy in der Hand hielt oder nicht.

Noch einmal wählte Winstons Nummer.

Kein Freizeichen.

Nur die Mailbox.

Diesmal schaffte ich es nicht mehr, etwas auf sein Band zu sprechen. Mir wurde augenblicklich übel und es gelang mir gerade so, mich zur Toilettenschüssel zu beugen und den Deckel anzuheben, ehe ich die bittere Erkenntnis erbrach, dass sich etwas verändert hatte.

Als mein Magen sich nur noch um eine schmerzende Leere krampfte, ließ er es irgendwann bleiben und ich fiel zurück auf den Fliesenboden. Der Boden, die Trennwände, das alles verschwamm einen Moment lang um mich herum und wurde zu Watte, die sich sogar in meinen Mund, in meine Kehle zwängte und sie staubtrocken werden ließ, bis es wehtat, Luft zu holen.

Bitte nicht, bitte nicht, bitte nicht.

Meine Lippen formten die Worte immer wieder, aber kein Laut entwich mir, während umso mehr Geräusche, umso mehr Laute bis zu mir drangen. Ich zwang mich dazu, weiter zu atmen. Suchte nach beruhigenden Erklärungen, wieso es gar nicht sein konnte, dass Winston etwas zugestoßen sein könnte. Warum das völlig ausgeschlossen war. Irgendeine andere Erklärung als die, dass er Winston war und dass ich ihm noch nicht gesagt hatte, dass es mir leidtat.

Wider besseres Wissen sah ich doch noch einmal auf mein Handy, öffnete das Dialogfenster von uns beiden. Vielleicht hatte ich mich geirrt, vielleicht war nur der Empfang weg gewesen. Vielleicht …

»Okay, bis nachher.«

Ich tippte selbst noch eine Nachricht. Nur seinen Namen, nur um zu sehen … Ein Haken. Es blieb bei dem einen. Diese Nachricht erreichte Winston schon gar nicht mehr.

Er würde sie nicht lesen.

Weil …

Noch ein Schuss. Zwei weitere folgten und ich hörte ein ohrenbetäubendes Donnern. Zuerst dachte ich an eine Explosion. Das war es doch, was man in den Nachrichten las. Explosionen. Das Donnern wiederholte sich und ich ahnte, dass das Menschen waren, die gegen Türen schlugen. Nicht mit ihren Fäusten, sondern mit dem ganzen Körper.

Sie hatten die Türen versperrt!

Die Menschen da drin waren eingeschlossen und immer wieder fielen Schüsse, und die Türen waren zu!

Mit einem Mal wurde meine Kabine winzig. Vorhin noch hatte ich gestaunt, wie geräumig dieser kleine Abschnitt war. Vielleicht legte man sich ja auch in einen Sarg und staunte über dessen Geräumigkeit. Bis jemand den Deckel schloss.

Ich bekam keine Luft. Ich merkte, wie ich atmete, wie ich überhaupt nichts anderes tat, als zu atmen, doch die Luft kam einfach nicht in meinen Lungen an. Sie steckte fest, sie steckte irgendwie fest …

Meine Finger zitterten, als ich wieder nach meinem Handy griff. Ich dachte gar nicht darüber nach. Es war einfach die erste Sache, die mir in den Sinn kam. Weil ich wusste, dass hier genug Luft war. Ich musste Nerven bewahren, um auch atmen zu können. Nur gelang mir das nicht. Winston war irgendwo und ich war hier. Allein. Und ich brauchte Hilfe, um über diese einfache Erkenntnis nicht wahnsinnig zu werden.

Das Fenster, das ich öffnete, war das von Mum. Die letzte Nachricht war noch immer von mir und sie war Monate her. Unerwidert. Und das machte mir den Entschluss leicht, dass sie es mir jetzt einfach schuldig war, für mich da zu sein. Dass sie es einfach zu ertragen hatte.

Das Erste, was ich schrieb, war eine Entschuldigung. Sie stand dort, ohne dass ich darüber nachgedacht hätte. Vielleicht, weil ich es so meinte und vielleicht, weil es Situationen gibt, in denen einem Worte, die man sonst nie gesagt hätte, auf einmal ungeheuer leichtfallen.

Meiner Entschuldigung folgten weitere Nachrichten. Ich dachte kaum über das nach, was ich schrieb, merkte aber sehr wohl, dass mir das Atmen leichter fiel. Und das Alleinsein. Es half mir, nicht durchzudrehen und panisch diese Kabinenwände einzutreten. Mehrmals fiel mir das Handy aus der Hand und in den Schoß oder auf den Boden. Wenn ein weiterer Schuss ertönte, oder wenn sie einfach unter dem Zittern nachgab.

Mitten in einem Satz ging das Licht aus und ich sah nicht mehr als den blassen Schimmer der Notbeleuchtung. Irgendwo, ganz weit weg hinter dem Lärm, hörte ich eine Stimme. »Weiträumig« und »Umgebung« waren das Einzige, was ich verstand, und auch diese Worte waren verzerrt.

Sie sind hier, dachte ich. Die Polizei ist hier.

Wieso hörte es dann nicht auf? Wieso hörten diese Schüsse nicht auf? Wieso wurde das Schreien noch lauter? Ich hörte Stimmen im Vorraum, die kaum gegen das Getöse aus dem Saal ankamen. Und noch mehr Schüsse. Und Schritte. Meine letzten sinnvollen Gedanken stoben auseinander, als ich Schritte hörte, die sich näherten. Schnell näherten.

Ich lauschte den Geräuschen von Schuhsohlen auf dem Boden, die sich vorn an den Waschbecken entlangbewegten. Sah Lichtpunkte wie von Taschenlampen über die Fliesen tanzen. Und dann war da ein Rauschen. Wie leichter Nieselregen, aus dem Stimmen zu vernehmen waren. Bis eine Frauenstimme ganz klar verständlich war. Und hier. Nicht irgendwo, sondern genau hier. »Polizei. Ist hier jemand?«

Ich rührte mich nicht sofort. Ich wollte, aber es ging nicht. Erst, als dieselben Worte noch einmal fielen – lauter und nachdrücklicher, gelang es mir, meinen Arm zu bewegen, den Riegel zu drehen und die Tür zu meiner Kabine nach außen zu drücken. Mehr nicht. Nur das.

Eine dunkle Gestalt kam schnell auf mich zu, packte mich unter den Armen und half mir auf die Beine. »Kommen Sie.«

Ich nickte, doch so einfach war das nicht. Der Boden unter mir schien zu schwanken, obwohl ich sicher war, dass er das nicht tat. Das ergab keinen Sinn. Auch nicht, dass noch immer geschrien wurde. Es hörte einfach nicht auf, obwohl es doch vorbei war. Oder vielleicht auch deswegen. Vielleicht sind manche Dinge noch viel schlimmer, nachdem sie ihr Ende gefunden haben.

Ich erstarrte, als wir die Tür durchschritten. Mein Blick streifte zwei Füße. Nur zwei Füße. Einer davon hatte seinen Schuh verloren. Blaue Ballerinas. Ich erinnerte mich an die Schritte vor der Tür und das Krachen des Körpers … Und jetzt waren da Füße, und mein Blick weigerte sich, den Beinen zu folgen und vielleicht ein Gesicht zu sehen, und dann waren wir auch schon vorbei.

Die blauen Ballerinas blieben zurück.

Es fühlte sich an, als wäre ich bei einem Film eingeschlafen und träumte mich in das Drehbuch hinein.

Als wäre das alles nicht echt. Als müsste ich nur auf mein Handy sehen und hätte etliche Nachrichten von Winston, der auf mich wartete. Ich würde ihn anrufen und sagen, dass ich eingeschlafen war und nun stünde ich hier vor der Arena, umringt von Blaulicht und sei immer noch nicht wach. Es fühlte sich einfach nicht an, als wäre ich wach.

Mit einem Mal saß ich. Jemand leuchtete mir in die Augen und maß meinen Blutdruck, stellte mir Fragen, und ich antwortete, um beides – Frage und Antwort – nur eine Sekunde später vergessen zu haben. Meinen Namen musste ich nennen, das wusste ich noch. Ebenso, dass mir Schweigen entgegenschlug, als ich nach Winston fragte.

Man sagte mir, dass ich sitzen bleiben sollte und drückte mir eine Flasche Wasser in die Hand. Oder Saft. Ich sah nicht einmal genau hin. Dann spürte ich einen Stich in meiner Armbeuge. Etwas benommen sah ich an die Stelle, wo eine Nadel in meiner Haut ruhte und folgte dem Infusionsschlauch bis hin zu dem Beutel mit Kochsalzlösung. Fast hätte ich hysterisch aufgelacht. Wie oft war ich diejenige gewesen, die solche Infusionen angelegt hatte?

Ich lachte nicht, ich blieb einfach nur sitzen, wie man es mir gesagt hatte und wie ich es die ganze Zeit schon getan hatte. Ich hätte nicht sagen können, ob Sekunden oder Minuten vergingen. Auf einmal kamen nicht mehr nur einzelne Menschen zwischen den Glastüren der Arena hervor, sondern Hunderte. Manche humpelten oder hielten sich einen Arm. Die meisten sahen sich nur suchend um und wurden schließlich von jemandem irgendwo hingesetzt und kurz untersucht. Genau wie ich.

Es war merkwürdig, wie ruhig die Menschen nach draußen strömten. Da war keine Ruhe auf den einzelnen Gesichtern. Manche starrten ins Leere, andere brachen in Tränen aus. Aber die gesamte Menge bewegte sich regelrecht träge aus dem Gebäude hinaus.

Unruhe kam erst auf, als die ersten Rufe nach Notärzten erklangen und sich vermehrten. Als eine Handvoll Menschen dem Strom der anderen entgegen und in sie hineinrannte. Und als nicht mehr jeder auf eigenen Beinen durch die Tür ging, sondern die ersten Tragen im Laufschritt hinausgefahren wurden.

Darauf lagen Menschen, deren Gesichter unter einer Atemmaske verschwanden und hin und wieder auch unter dem weißen Tuch, auf dem sich rote Flecken ausgebreitet hatten wie Mohnblumen in Schnee.

Irgendwann war wieder jemand bei mir und stellte mir dieselben Fragen wie eben, und ich gab dieselben Antworten. Glaubte ich. Sicher war ich nicht. Die Infusion wurde entfernt und mein Blutdruck noch einmal gemessen, während ich wirklich Mühe hatte, ein paar Worte zu sortieren. »Ich bin mit jemandem hier. Wir haben uns verloren.«

»Ich muss Sie bitten, das Gelände zügig zu verlassen, um die Rettungskräfte nicht zu behindern«, sagte der Mann. Und ich hörte deutlich, dass er den Satz nicht zum ersten Mal sagte.

Ich nickte. Irgendjemand hatte mal gesagt – war es Adam gewesen? – dass Rettungskräfte nur zwei Arten von Menschen kannten. Opfer und Hindernisse. Es war immer besser zur zweiten zu gehören. Also nickte ich und lauschte auf die weiteren Worte.

»Alle Opfer werden zum Queen Elizabeth Hospital gebracht. Falls Sie weitere medizinische Versorgung benötigen, wird man Ihnen dort helfen. Man richtet gerade einen Sammelpunkt ein für alle Anwesenden oder Angehörigen, die jemanden vermissen oder psychologische Betreuung benötigen.«

»Danke«, erwiderte ich, weil man mir das so beigebracht hatte, und diese ersten Lehrstunden in Kommunikation selbst in solchen Situationen abrufbar sind.

Ich erhob mich und kaum, dass ich zwei Schritte weitergegangen war, saß ein schluchzendes Mädchen von etwa fünfzehn Jahren auf diesem Stuhl und wurde nach ihrem Namen gefragt.

Ich suchte in meiner Tasche nach dem Handy und ließ es die Route zu besagtem Krankenhaus finden. Man wies mir den Weg zur Absperrung, und ich kam der Aufforderung nach, den Bereich zu verlassen. Es fiel mir leicht, klare Anweisungen zu befolgen. Doch als ich diese fragwürdige Seifenblase verlassen hatte, gab es dort keine Anordnungen mehr.

Niemanden, der einem eine Richtung wies, außer einem dummen Telefon. Also war ich froh, der simplen Gewohnheit folgend einfach zur Bushaltestelle laufen zu können und wartete dort ganze zwei Minuten, ehe eines der roten Ungetüme vorfuhr.

Nachrichten oder Anrufe hatte ich weiterhin keine erhalten, aber ich wählte noch einmal Winstons Nummer. Jetzt war es ja vorbei, nicht wahr? Was da passiert war, war zu Ende. Also konnte er auch … wieder kein Freizeichen.

Wieder die Mailbox.

Ich schloss die Augen und kämpfte gegen das Gefühl an, zu fallen, obwohl ich mich gerade auf einen freien Platz hatte setzen können. »Winston, ich fahre jetzt zum Queen Elizabeth Hospital. Vielleicht bist du dort. Und falls du mich suchst, kannst du mich da finden oder … Oder ruf einfach an. Ich …« Meine Stimme kippte, hielt den Worten nicht stand, also legte ich auf, ohne zu Ende gesprochen zu haben.

Die Busfahrt über versuchte ich, zu verhandeln. So, wie jeder Mensch es tut, der mit dem Schlimmsten rechnet. Oder der es wenigstens in Betracht ziehen muss.

Ich sammelte, was ich wusste. Was bedeutete, dass ich darüber nicht lange nachdenken musste. Winston war nicht erreichbar. Sein Handy war aus oder kaputt. Nachrichten und Anrufe kamen nicht durch. Wir waren im Innenraum der Konzerthalle verabredet gewesen. Die Wahrscheinlichkeit, dass er dort gewesen war, war also enorm hoch.

Dennoch gab es noch diesen kleinen Part, der glauben wollte, dass er nicht rechtzeitig aus dem Backstage- in den Publikumsbereich gekommen war. Er hatte doch gesagt, dass es sein könnte, dass er sich verspätete. Er hatte es extra gesagt! Das tat man doch nicht und hielt sich dann nicht daran.

Ich rieb mir die Augen und versuchte, diese Hoffnung ein wenig auszuklammern, ohne sie ganz loszulassen. Wenn er dagewesen war … Es waren gerade so viele Leute aus der Arena gelaufen. Auf zwei Beinen und vielleicht unter Schock. Vielleicht mit Schrammen, dafür auf ihren eigenen Beinen und einigermaßen wohlauf. Damit konnte ich leben. Damit konnte ich sogar sehr gut leben. Ein Handy konnte kaputtgehen und vielleicht suchte Winston mich ebenso wie ich ihn. Vielleicht war er auf dem Weg zum Krankenhaus und in einer halben Stunde würde sein Name auf einer Liste auftauchen und alles wäre gut.

Vielleicht hatte er auf einer dieser Tragen gelegen. Weil er sich ein Bein gebrochen hatte bei dem Versuch … Mein Kopf blockierte an dieser Stelle. Er ließ nicht zu, dass ich mir vorstellte, wie Winston in diesem Saal war und … Er ließ es einfach nicht zu.

Alles, was er mir gestattete, war die Vorstellung einer leichten Verletzung. Ein gebrochenes Bein, ein gebrochener Arm. Aus irgendeinem Grund. Man würde ihn auf einer Trage ins Krankenhaus bringen und dort würde ich ihn finden.

Im Prinzip konnte ich mit fast allem leben, glaubte ich. Mit allem, außer den Mohnblumen auf Schnee.

Als ich in dieser Klinik ankam, war ich nicht die Erste, bei weitem nicht. Es dauerte auch einige Zeit, ehe ich mich bis zu dieser Sammelstelle durchgefragt hatte. Und jedes Mal von Neuem haderte ich mit der Frage. »Wo muss ich hin, wenn ich bei der Schießerei gerade jemanden verloren habe?« Das konnte man doch nicht fragen. Nicht einmal, wenn man das ernsthaft über die Lippen brachte.

Dankenswerter Weise stieß ich immer auf Menschen, denen es genügte, mir ins Gesicht zu sehen und zu hören, dass ich »von diesem Konzert« kam. Dann glitt der Blick meines Gegenübers meist zu meinen Schultern. Erst, als sich das zum zweiten Mal wiederholt hatte, sah ich, dass mein Ersthelfer mir einen grünen Punkt auf die Schulter geklebt hatte. Ich ließ das Ding, wo es war und folgte den Wegbeschreibungen, bis ich auf eine Menschentraube stieß, die sich um einen provisorisch errichteten Tresen herum gebildet hatte.

Eine Traube. Keine Schlange, fiel mir auf. Es sind manchmal die Kleinigkeiten, die deutlich zeigen, dass etwas ganz furchtbar schiefgelaufen ist.

Ich stellte mich hinter einem Mann an, der nicht den Eindruck machte, als würde er jeden Moment jemanden anschreien oder in Tränen ausbrechen, und dann begann das Warten. Mehrmals sah ich währenddessen auf mein Handy, hoffte auf eine Nachricht von Winston. Zwei Mal versuchte ich, anzurufen. »Ich bin jetzt im Krankenhaus. Man muss diesen Sammelpunkt ein wenig suchen und es ist voll hier. Melde dich einfach, wenn du da bist« und »Ehrlich, ich mach' mir Sorgen. Wenn du immer noch sauer bist, ist das okay. Ich will nur wissen, dass es dir gut geht.« Mit der zweiten Nachricht war ich vermutlich wieder auf die Stufe der Verhandlungen zurückgefallen.

Mach, was du willst. Geh weg, so weit du willst. Tu mir nur einen Gefallen: Atme und lass es mich kurz wissen.

Die Frau, der ich schließlich gegenüberstand, sah müde aus. Trotzdem fiel es mir schwer, ein Lächeln aufzusetzen. Wenigstens ein höfliches. »Mein Name ist Theodora Coleman«, sagte ich. »Falls jemand nach mir sucht …« Das war das erste Kopfschütteln, das ich an diesem Abend und in dieser Nacht zu Gesicht bekam. »Ich habe einen Freund verloren. Ich glaube, sein Handy ist aus, er war auf dem Konzert, als … Er war dort, und ich kann ihn nicht erreichen. Hat er sich hier gemeldet? Sein Name ist Winston Bell«, erklärte ich und schüttelte dann den Kopf. »Winston Lewis Bell.« Das war sein vollständiger Name. So war es richtig. Und ich wollte es so unbedingt richtig machen. Ich konnte wenig genug tun, dann sollte das bisschen wenigstens auch richtig sein.

Wieder ein Blick in den Laptop und wieder ein Kopfschütteln. Man nahm meine Handynummer und meinen Namen auf, für den Fall, dass ein Winston Lewis Bell sich meldete und nach mir fragte. Falls er nicht dazu in der Lage wäre, würde das Krankenhaus ihm Möglichkeiten geben, mich zu kontaktieren.

»Und falls er …« Ich stockte und deutete auf meine Schulter mit dem Punkt. »Falls er keinen grünen hat und behandelt werden muss …«

»Notaufnahme«, war die knappe Antwort und eine Hand meines Gegenübers deutete die entsprechende Richtung an.

»Okay«, sagte ich, bedankte mich und machte mich auf den Weg.

Die Rettungsstelle befand sich genau am anderen Ende der Klinik. Was für die Angehörigen und Suchenden unglaublich umständlich war, bewahrte das Krankenhaus vermutlich davor, dass sich zu viele Menschen an einem Ort sammelten.

Wieder traf ich auf eine Traube, diesmal jedoch wurde sie etwas koordiniert. Eine ältere, runde Krankenschwester schritt durch den überfüllten Warteraum und wiederholte immer wieder »Wir verstehen, dass Sie besorgt sind. Trotzdem gilt: Wer in dieser Stunde bereits nach einem Angehörigen gefragt hat, der wartet bitte an anderer Stelle. Die Priorität liegt in der Behandlung der Patienten. Aktualisierte Listen anwesender Betroffener erhalten wir daher nur stündlich.« Sie wiederholte diese Worte noch einmal mit viel Geduld und viel Autorität.

Tatsächlich lösten sich Vereinzelte aus der Masse der Wartenden und ich konnte zwei Schritte vorrücken. Auf meinem Handy war mittlerweile eine Nachricht eingegangen. Nicht von Winston, sondern von Erin. Drei Mal hatte sie versucht, mich anzurufen.

»Scheiße, ich habe es gerade gehört! Wo bist du? Geht es dir gut? Fuck, Theo, meld' dich!«

Das war etwas, woran ich nicht gedacht hatte. Medien waren so schnell. Mindestens in den lokalen Nachrichten war sicher längst publik, was passiert war. Und wen sein Handy über den Vorfall informierte, der machte sich Sorgen, falls er jemanden kannte, der das Glück gehabt hatte, ein Ticket zu ergattern.

»Tut mir leid. Ich warte noch im Krankenhaus. Bin unverletzt.«

Das war wohl das Wichtigste, was sie wissen musste. Mehr konnte ich ihr nicht sagen. Es kostete mich ohnehin schon wahnsinnig viel Anstrengung, nicht noch einmal in den Gesprächsverlauf mit Winston zu schauen.

Okay, bis nachher.

Und nicht daran zu denken, wo er sein konnte, sondern mich darauf zu fokussieren, es herauszufinden. Spekulationen halfen nicht. Und mehr als Spekulationen konnte Erin mir nicht geben.

Also packte ich das Handy wieder weg und versuchte, wegzuhören, während aufgeregte Mütter und Freundinnen und Frauen und Männer und Brüder nach ihren Angehörigen fragten. Manche zeigten Fotos, die derjenige ihnen aus dem Veranstaltungsraum geschickt hatte. »Sehen Sie – also muss er auf der linken Seite gestanden haben. Recht weit vorn. Haben Sie da jemanden gefunden?«

Ich konnte die Verzweiflung gut nachvollziehen, die einen zu so dummen Fragen verleitete. Dennoch nahm ich mir vor, keine solche zu stellen. Ich wollte nur Antworten und niemandem den Abend schwerer machen als ohnehin schon.

»Winston Lewis Bell«, sagte ich diesmal richtig, als ich an der Reihe war. »Ich wollte fragen, ob er hierhergebracht wurde. Ich kann ihn nicht erreichen.«

»Sie sind ein Familienmitglied? Seine Schwester? Ehefrau?«

»Nein, ich …« Gott, war ich bescheuert, aber die Wahrheit war mir eher entschlüpft, als ich sie hätte aufhalten können.

»Dann kann ich Ihnen nicht weiterhelfen.«

»Sie haben ja nicht einmal nachgesehen!«

»Auskünfte nur an Familienangehörige.«

Das konnte doch nicht … Etwas verzweifelt sah ich mich um. Dann deutete ich zum zweiten Mal an diesem Abend auf meine Schulter. »Ich will nur wissen, ob ein Freund von mir hier ist und welche Farbe sein Punkt hat. Mehr nicht. Schauen Sie wenigstens nach und sagen mir, ob er hier ist! Sie müssen mir ja nicht einmal sagen, wo!« Und wieder ging ich in die Verhandlungen. Als ob ich auch nur eine von ihnen an diesem Abend bisher gewonnen hätte.

»Es tut mir leid, aber …«

»Dann … vielleicht hat jemand nach mir gefragt. Theodora Coleman. Oder Theo Coleman.«

Immerhin warf die Dame diesmal einen Blick in ihren Rechner und scrollte ein wenig hin und her. Dann ein weiteres Kopfschütteln. »Nein. Aber Sie können Ihren Namen gern bei der Sammelstelle im östlichen Teil des Geländes aufnehmen lassen. Ich kann hier nur Patienten einsehen.«

»Das habe ich schon«, erwiderte ich und ertappte mich bei einem wahnsinnig ungeduldigen Ton. Ich wusste einfach nicht mehr, was ich tun oder wohin ich gehen sollte, wenn ich hier keine Antworten bekam. »Bitte, schauen Sie kurz nach. Winston Lewis Bell. Ein Nicken oder ein Kopfschütteln. Er ist Mitglied der Vorband. Mit Sicherheit wüssten Sie, wenn er hier ist, also …«

Was diese Argumentation auslöste, die da ungefiltert aus meinem Kopf über meine Zunge huschte, waren ein Seufzen und ein Augenrollen. »Junge Dame, dieser Bereich ist für Angehörige, die sich um ihre Familienmitglieder sorgen. Fans muss ich bitten, die Notaufnahme zu verlassen. Zwingen Sie mich nicht, die Security zu rufen.«

»Die … Ich bin nicht … Scheiße!«, fuhr ich auf, sah aber, dass sich die Hand der Dame schon dem Telefonhörer näherte, also gab ich für den Moment auf und entfernte mich aus ihrem Sichtfeld. In einer entlegenen Ecke ließ ich mich auf den Boden sinken und sah auf die Uhr, um zu prüfen, wann die nächste volle Stunde war, um einen weiteren Versuch zu unternehmen, Auskunft zu erhalten. Es war kurz vor Mitternacht. Wann war es so verdammt spät geworden? Wo konnte Winston denn jetzt noch sein, wenn nicht hier? Vielleicht war er hier und nicht identifiziert und … Allein der Gedanke förderte Bilder zutage, die ich nicht sehen wollte.

Ich presste die Augen zusammen und meine Hand auf den Mund, um keinen Ton von mir zu geben, während Tränen über meine Wangen rollten. Dass ich wieder nach meinem Handy suchte, war kaum noch mehr als Gewohnheit und vielleicht auch Verzweiflung.

Zwei Nachrichtenfelder blinkten auf. Erin, die mich aufforderte, mich sofort zu melden, sobald ich konnte.

Und acht verpasste Anrufe von meiner Mutter.

09.09.2018
00:01:36
An: Mum
Ich bin im Krankenhaus. Rufe an, sobald ich kann. Es geht mir gut.

Tag 1

09. September 2018

Ich sah auf die Nachricht, die ich Mum geschrieben hatte.

Es geht mir gut.

Selbst meine Mum wusste, was für eine himmelschreiende Lüge das war. Dazu musste sie nicht sehen, wie ich hier in dieser Notaufnahme saß, meine Arme auf meinem Schoß abstützte und versuchte, Tränen weg zu atmen, als wären sie Wehen. Wahrscheinlich ging das schon mit Schmerzen nicht, gegen Tränen hatte man so jedenfalls keine Chance.

Da ich nicht die Einzige war, die in dieser Notaufnahme saß und heulte, beschränkten sich die Reaktionen anderer auf mitleidige Blicke. Mehr nicht. Gott sei Dank nicht mehr als das.

Ich überlegte kurz, mich zurückzuziehen. Nur alles, was mir einfiel, war die Toilette und das Letzte, was ich in dieser Nacht tun wollte, war mich in eine Toilettenkabine einschließen.

Ich fuhr zusammen, als das Handy in meiner Hand vibrierte. Was es nie bei Nachrichten tat, immer nur bei Anrufen. Wie hatte ich das eben nicht bemerken können?

Mein Blick auf das Display zerschlug die Hoffnung, von der ich gedacht hatte, ich hätte sie gar nicht mehr. Nicht »Instagram« stand dort, sondern »Mum«.

Ich wollte nicht sprechen, ich würde nicht ein einziges Wort klar herausbringen. Aber sie war meine Mutter und ich hatte ihr Nachrichten geschickt, die eine Mum niemals von ihrer Tochter lesen wollte. Jedenfalls für die letzten galt das mit Sicherheit.

Also nahm ich das Telefonat an.

»Ich habe dir doch gesagt, ich melde mich, wenn ich kann. Es ist alles okay, ich kann nur gerade nicht sprechen.« Das hatte ich sagen wollen. Die Worte waren nicht in Stein gemeißelt, aber so etwas in der Art hatte ich im Sinn gehabt. Oder wenigstens ein »Hey, Mum, kann ich später zurückrufen?«.

Doch alles, was Amelie Coleman von ihrer Tochter zu hören bekam, war ein Schluchzen.

»Es geht dir nicht gut«, stellte sie fest und es klang vorwurfsvoll. Vielleicht ergibt es für niemanden außer mich Sinn, aber dieser Vorwurf in ihrer Stimme war es, der mich sofort in das kleine Mädchen verwandelte, das ich mal war, und das sich ihrer Mum anvertraute. Es war nicht diese Art von Vorwurf, der einen verurteilte. Es war der andere. Jener, mit dem Mum mir sagte, dass sie für mich da war, wenn sie es anders nicht konnte. In ihrer Stimme lag dieses unüberhörbare »Das ist ja ein heilloses Chaos, Kind. Komm, ich helfe dir, das in Ordnung zu bringen.« Und erst jetzt merkte ich, wie sehr mir das gefehlt hatte. Und wie sehr ich das jetzt brauchte. Ich brauchte meine Mum, die in Ordnung brachte, was hier ganz und gar nicht in Ordnung war. Dass das nie und nimmer in ihrer Macht stand, blendete ich völlig aus.

»Teddy, bist du wirklich im Krankenhaus?«

Ich nickte und als ich einsah, wie sinnfrei das war, schniefte ich ein knappes »Ja«, ins Telefon.

»Als Patientin?«

»Nein. Ich … Mir ist nichts passiert, ich …« Atmen, Theo, einfach weiteratmen. »Ich sitze in der Notaufnahme und warte.«

»Auf Winston? Ist er verletzt?« Sie sprach seinen Namen aus, als wäre es ganz selbstverständlich für sie, dass ich hier auf ihn wartete.

Als hätten wir die letzten beiden Weihnachtsfeste zusammen verbracht, was ihn automatisch zu jemandem machte, an den man wenigstens an zweiter Stelle dachte.

»Ich weiß es nicht. Ich weiß nicht, wo er ist, sie ...« Tränen. Herrgott, ich erstickte noch irgendwann an diesen Scheißtränen. »Sie sagen mir nichts.«

»Keine Auskünfte, verstehe«, murmelte Mum. »Ist denn sicher, dass er eingeliefert worden ist?«

Ich konnte mich nur wiederholen. »Nein, keine Ahnung. Ich weiß es nicht.« Unwirsch wischte ich mir über die Wangen, blinzelte und sah zur Uhr. »Sie bekommen wohl stündlich ein Update über die, die hierhergebracht werden. Ich wollte dann noch mal fragen.«

Ich konnte aus der Stille am Telefon förmlich hören, wie meine Mum nickte und dachte. »Das klingt vernünftig«, sagte sie zuerst. »Hast du dich denn irgendwo gemeldet? Falls er nach dir fragt?«

»Natürlich. Ich stehe auf der Liste.«

»Und wen würde man informieren, wenn ihm etwas passiert ist?« Und da war sie wieder. Meine Mutter, die Dinge freiheraus aussprach, an die ich gar nicht denken wollte. Wenn ihm etwas passiert ist ...

»Ich weiß nicht ... seine Eltern?«

»Hast du die Telefonnummer?«

»Nein«, murmelte ich. »Wir kennen uns noch nicht so lange und ... Warte kurz.« Mittlerweile waren mir Blicke aufgefallen. Mitleidig oder einfach nur aufmerksam. Als wäre es leichter, mir zuzuhören als sich mit den eigenen Ängsten herumzuplagen. Ich schnappte mir meine Tasche und huschte an den Stuhlreihen vorbei zur großen Glastür, die sich automatisch für mich öffnete.

Frische Nachtluft wehte mir ins Gesicht und trug Schluchzer mit sich. Schluchzer und leises Murmeln. »Teddy? Bist du noch dran?«

»Ja«, sagte ich leise und starrte auf dieses Meer an Kerzen und Blumen, das den Ort überflutete, wo normalerweise vermutlich Raucher stehen. An diesem Abend waren es junge Frauen, die sich in den Armen lagen und Tränen weinten um ... »Ich musste nur kurz raus, um keinen zu stören und hier ...«

Wo um alles in der Welt gab es um diese Uhrzeit noch Blumen?

Viel wichtiger noch war die Frage danach, für wen sie gedacht waren. Mein Blick suchte die Bilder ab, die hin und wieder aus all den Rosen und Lilien heraustachen. Ich kannte die Gesichter darauf. Und sie waren mir nicht egal, wirklich nicht. Daher tat es mir unendlich leid, als ich Kenneth Martin und Luke Hunt erkannte und erleichtert war. So unendlich erleichtert. Ich wusste, dass das nicht hieß, dass es Winston zwingend besser ging, aber ebenso wenig lag hier die Gewissheit, dass es ihn nicht mehr gab. Dass er derjenige war, der …

Scheiße, dass man das überhaupt abwägte! Heute Nachmittag noch war es jedem darum gegangen, einen schönen Abend zu haben. Diese Tour sollte starten und ganz Europa jede Menge schöne Abende bringen und jetzt standen hier eingerahmte Portraits von zwei Bandmitgliedern. Schwarze Rahmen mit schwarzen Bändern in einer Ecke inmitten von Blumen und Kerzen. Das war doch absurd!

»Mum?«, sprach ich wieder leise ins Telefon und entfernte mich noch ein paar Schritte. »Ich muss wissen, wo er steckt. Ich kann hier nicht weg, ehe … Ich muss es wissen.«

»Ich weiß«, sagte sie. Was klang wie eine Phrase, waren keine leeren Worte. Sie wusste, wie es mir gerade ging. Sie wusste es vermutlich noch viel besser als ich selbst.

»Kennst du jemanden aus seinem Freundeskreis? Geschwister? Vielleicht gibt es Umwege, um mit seinem Notfallkontakt in Verbindung zu treten.«

Ich schüttelte den Kopf. Ich hatte Willow gekannt. Und Willow war nicht mehr da. »Niemanden«, sagte ich und noch während ich das Wort aussprach, knickte es unter der Erkenntnis ein, dass das nicht ganz stimmte. »Außer …«

Warum hatte ich nicht vorher an sie gedacht? Man hatte mich doch gefragt, ob ich seine Ehefrau sei. Weil das die Voraussetzung für Informationen erfüllt hätte. Warum hatte ich nicht weiter gedacht als bis zu diesem stupiden Nein?

»Also kennst du doch jemanden?«, hakte Mum nach.

»Nein«, erwiderte ich. Aber das spielte nicht unbedingt eine Rolle. »Ich weiß von … einer Freundin von ihm.« Mehr musste meine Mutter fürs Erste nicht wissen. »Ich glaube, ich weiß, wie ich die erreichen kann. Vielleicht kann sie …« Mit Sicherheit konnte sie. Sie war seine Frau.

Vielleicht war sie längst über alles informiert worden, was mir vorenthalten wurde. Obwohl sie dort war und ich hier und …

»Und sie könnte eine Verbindung zum Notfallkontakt herstellen?«

Sie *war* der Notfallkontakt! Das wusste ich nicht sicher, um ehrlich zu sein. Aber falls nicht, war sie es jedenfalls für eine Zeit lang gewesen, bis diese Aufgabe wieder auf seine Eltern zurückgefallen war. Vielleicht hatte man diesen Wechsel sogar versäumt. Das spielte auch gar keine Rolle. Ich hatte endlich einen anderen Anlaufpunkt als Menschen hinter einem Tresen, die mit dem Kopf schüttelten. »Ich denke schon«, murmelte ich. »Mum, ich muss auflegen, ich muss ihr schrei…«

»Moment«, unterbrach sie mich. »Warte kurz, Teddy.«

»Mum, ich kann nicht telefonieren und gleichzeitig …« Das musste sie doch wissen. Wenn irgendjemand verstand, dass ich nicht länger darauf warten konnte, etwas von Winston zu hören, dann doch sie!

»Süße, ich weiß, ich wollte nur …« Sie schien nach Worten zu suchen. Und das war es, was mich dazu veranlasste, nicht in diese Pause hineinzureden. Meine Mutter suchte nie nach Worten. Worte lagen ihr zu Füßen. Immer und jederzeit. »Ich komme nach Hause. Sollen sie mich zum Kongress eben zuschalten. Morgen Abend bin ich in London. Such dir aus, ob wir uns irgendwo treffen wollen, ob du zu mir kommst oder ob ich ins Krankenhaus fahren soll, wenn du deinen Winston dort gefunden hast.«

»Mum, das …«

»Du musst ihn mir nicht vorstellen, wenn du das noch nicht möchtest«, unterbrach sie mich. Und es klang wie ein Versprechen, nicht wie Desinteresse. »Ich will bloß sehen, dass meine Tochter wohlauf ist. Keine Widerrede. Mir reichen zehn Minuten, Teddy. Und wenn es mehr werden und wir über alles reden, was du mir geschrieben hast, dann freue ich mich.«

Die Worte, die sie schließlich gefunden hatte, waren unendlich förmlich und gleichermaßen deutlich. Und beides war einfach das, was meine Mum für mich war. Also nickte ich und gab keine Widerrede. »Okay«, war alles, was ich sagte, während ich gegen den Kloß in meinem Hals ankämpfte.

»Ich schreibe dir, wann ich lande und dann machen wir etwas aus. In Ordnung?«

Wieder ein Nicken, das so unendlich wenig Sinn ergab. »In Ordnung.«

»Gut. Und Teddy – weiß dein Großvater, dass du bei diesem Konzert bist?«

»Er … oh Scheiße, ja, er …«

»Ich gebe ihm Bescheid«, sagte sie gleich. »Du meldest dich jetzt bei dieser Freundin.« Wusste sie, wie sehr sie mir half? Indem sie so ruhig blieb und zu wissen schien, was zu tun war. Ich war mir sicher, dass andere Mütter geweint hätten. Dass sie wahnsinnig geworden wären, hätten sie solche Nachrichten von ihren Kindern bekommen. Aber Amelie Coleman rief ihre Tochter an und sagte ihr, was zu tun war, um die Nerven zu behalten.

Und mit einem Mal tat mir leid, dass damals niemand für sie dagewesen war, um für sie das Gleiche zu tun. Vielleicht hatte es niemand gewusst. Und am Ende war sie so kaputt gewesen. Ich hatte keine beschissene Ahnung, was sie dafür hatte tun müssen, um jetzt darauf Acht geben zu können, dass mir nicht dasselbe passierte.

»Sobald du etwas weißt, gib mir Bescheid, okay? Egal, auf welchem Weg.«

»Mach ich«, sagte ich. »Und danke wegen Grandpa.«

»Kein Problem. Falls es noch etwas gibt, womit ich helfen kann …«

Menschen sagen ziemlich viel, wenn sie sich schwer damit tun, einfach nur »Ich hab dich lieb« zu sagen. Oder mehr als das.

Als wir aufgelegt hatten, öffnete ich Instagram. @the.bellaella fand ich schnell. Der Feed wurde mir noch immer automatisch vorgeschlagen. Dabei hatte ich ihn nur dieses eine Mal besucht, um das Winston mich gebeten hatte.

Ich tippte auf den Button oben in ihrem Profil und öffnete eine leere Nachricht. Ab da wurde es schwer. Was schrieb man einer fremden Frau? Und was schrieb man der Ehefrau des Mannes, in den man sich verliebt hatte?

Ich hatte keine Ahnung, ob sie von mir wusste. Aber obwohl das die erste Unsicherheit war, die mich traf, wurde sie schnell nebensächlich hinter der Frage, ob sie von Winston wusste. Davon, was auf dem Konzert passiert war. Oder ob ausgerechnet ich diejenige sein würde, die sie mit dieser Information konfrontierte.

Eine Weile sah ich dem Cursor dabei zu, wie er blinkte und darauf wartete, dass ich etwas tat. Ich wollte eine Information und die war wichtiger als meine Bedenken.

»Scheiße«, stieß ich aus, wartete noch zwei Mal Blinken ab und tippte dann. Falls der schlimmste Fall eingetreten war, würde Ella mich auf ewig hassen. Das war jedoch etwas, von dem ich glaubte, dass ich damit leben konnte. Nicht, weil ich wollte, dass es so war, oder weil mein Gewissen mich nun endgültig verlassen hatte. Sondern weil es ohnehin eine Person geben würde, die sie für diese Botschaft hassen musste. Also konnte das genauso gut auch ich sein.

»Ella, ich schreibe dir, weil ich wirklich keine andere Möglichkeit sehe. Es tut mir leid, dass ich keine Rücksicht darauf nehmen kann, dass das vielleicht merkwürdig ist. Ich bin eine Freundin von Winston und war heute bei seinem ersten Konzert der Tour. Ich hoffe, du hast bereits auf irgendeinem Weg erfahren, was passiert ist. Ich will ungern die Erste sein. Bei dem Vorfall habe ich Winston verloren, und ich weiß nicht, wo er ist. Sein Handy ist aus. Ich bin im Krankenhaus, aber hier gibt man mir keine Auskunft. Und ich muss wissen, ob es ihm gut geht. Ich weiß nicht, wen ich sonst fragen soll. – Theo«

Ich las die Nachricht mehrmals und änderte sie immer wieder ab, ehe ich sie abschickte und sofort den Bildschirm des Handys ausschaltete. Jetzt auch noch dieses Nachrichtenfenster zu observieren, würde mir vermutlich den letzten Funken Restverstand entziehen und zu Brei schlagen. Also packte ich das Handy in meine Hosentasche, stand auf und lief zum Kaffeeautomaten. Weil solche Dinge herrlich normal waren.

Nur fühlte sich nichts davon normal an. Meine Hände zitterten, als sie die Pfundmünze aus meiner Geldbörse fischten, als hätten sie noch nie so etwas gemacht. Und der Kaffee schmeckte nicht nach etwas, das mein Gaumen bisher gekannt hatte. Trotzdem ließ ich mir Zeit damit, an meinen Platz zurückzukehren. Weil ich dort einfach nichts mehr tun konnte, als zu warten.

Ich dachte daran, Erin zu schreiben. Aber sie wusste, dass ich wohlauf war. Als Nächstes würde sie nach Winston fragen, und ich konnte ihr einfach nicht sagen, dass ich keine Ahnung hatte. Sie würde Theorien aufstellen, was passiert sein könnte – solche, die am Schluss darin mündeten, dass es Winston gut ging. Und sobald ihr die Ideen ausgingen, würde sie damit anfangen, mich zu bedauern.

Nichts davon konnte ich gebrauchen. Es tat mir leid, aber ich konnte einfach nicht …

Nach etwa zehn Minuten sah ich wieder auf mein Handy. Ella war online gewesen, und ich las den Vermerk »Gesehen« unter meiner Nachricht. Der grüne Punkt neben ihrem Profilbild war mittlerweile wieder verschwunden. Und allein das löste eine unendliche Welle an Möglichkeiten in meinem Kopf aus.

Sie hatte es nicht gewusst. Und sie wusste auch nicht, wie es Winston ging. Also hatte sie niemand informiert. *Er* hatte sie nicht informiert. Und wenn es auch sonst keiner getan hatte, wusste man vielleicht noch nicht einmal, wer er war. Was hieß, dass er es niemandem mehr hatte sagen können.

Ich stellte den Kaffee beiseite und presste meine Handballen gegen die Augen, bis ich Sterne sah. Das war der Punkt, an dem man eigentlich damit aufhörte, aber es wurde nicht besser, also sah ich mir weiter die Sterne an und versuchte, nicht mein Handy anzuschreien. Nicht noch eine Nachricht zu schicken, die auch nicht mehr bringen würde als die erste.

Als ich wieder auf mein Handy sah, flogen Punkte vor meinen Augen entlang. Noch immer war da keine Nachricht. Sie war erneut online gewesen, aber wieder ohne eine Mitteilung an mich. Scheiße noch mal, es tat mir leid, es tat mir wirklich leid, wenn ich sie zuerst informiert hatte. Ich war nicht gut darin, schlechte Nachrichten zu überbringen, das wusste ich. Was ich konnte, war da zu sein, wenn jemand sie bekommen hatte. Aber nicht das davor. Und trotzdem … Ich saß auf diesem kalten Boden, neben mir stand ein Becher mit einem Getränk, das es nur in Krankenhäusern gab, und überall schüttelten Menschen mit ihren Köpfen. Konnte sie nicht wenigstens schreiben, dass sie nichts wusste und dass sie mir Bescheid gab, wenn sich das änderte? Irgendetwas?

Ich sah auf ihrem Feed nach und in ihrer Story, ob sie irgendetwas gepostet hatte, was sie mir nicht persönlich mitteilen wollte. Dann schaute ich auf der Seite von Treehouse Promises nach. Und auf der von Martha's Sons. Nichts. Fans posteten schwarze Bilder oder Teelichter, wenn man nach den beiden Bands suchte. An Namen fand ich nur die beiden, von denen ich bereits wusste. Kenneth Martin und Luke Hunt.

Zum ersten Mal kam mir in den Sinn, generell im Internet nach einer Information zu suchen. Winston war kein beliebiger Besucher gewesen. Vielleicht war bereits etwas offiziell. Und tatsächlich fand ich etliche Berichte über die Schießerei. Spekulationen über Täter und Hintergründe und Motive. Als ob das für irgendjemanden von Belang war, der wissen wollte, wie es einem Menschen ging, der dort gewesen war. Wieso war dieses Warum immer so entsetzlich wichtig? Wieso konnten im Internet nicht Antworten auf die relevanten Fragen stehen?

Kenneth Martin. Luke Hunt.

Die beiden Namen begegneten mir immer wieder. Ich las, dass Kenneth durch einen Kopfschuss getötet worden war. Er war das erste Opfer, meinten die Nachrichten.

Niemand schrieb über die blauen Ballerinas.

Und das war falsch. So wahnsinnig falsch.

Ich starrte gerade fassungslos auf einen Artikel, in dem dasselbe stand, wie in allen anderen auch. Nur war in ihm ein Video eingebettet. Ich erkannte die Bühne und ich erkannte die Band, die darauf stand. Das war nicht irgendein Musikvideo, das man gewählt hatte, um die Songs noch einmal in Erinnerung zu rufen. Darunter stand das Datum. 8. September 2018.

Ich schüttelte den Kopf. Das konnte nicht deren Ernst sein. Das Video spielte ich nicht ab. Meine Fantasie genügte mir, um zu begreifen, dass … Ich schreckte hoch, als eine Hand mich an meiner

Schulter berührte und sich auf meine heftige Reaktion hin sofort wieder zurückzog.

Eine Frau stand vor mir – über mich gebeugt. Nicht in Krankenhausuniform, sondern in einer Jeans und mit einer grauen Bluse, die zu sauber und zu glatt war, um in all dem hier echt auszusehen.

»Da sind Sie ja«, war das Erste, was sie sagte. »Wie lange sitzen Sie schon hier?«

Und erst mit dem Klang ihrer Stimme und dem Blick in dieses wohlbekannte Blau ihrer Augen kapierte ich, dass Winstons Mutter vor mir stand.

Ein Keuchen war alles, was ich von mir gab, als ich sie anstarrte wie eine Halluzination, von der man glaubte, dass sie nicht real sein konnte.

»Kommen Sie, ich helfe Ihnen auf.« Noch einmal streckte sie ihre Hand nach mir aus, wartete diesmal aber darauf, dass ich sie ergriff. Dann zog sie mich mit mehr Kraft auf die Beine, als man es ihr zutrauen würde, und schenkte mir ein erleichtertes Lächeln. »Geht es Ihnen gut? Sind Sie verletzt worden?«

Ich schüttelte den Kopf und ließ mich wie benommen von ihr durch die Notaufnahme führen und einen Gang entlang. Schon nach der ersten Ecke, um die wir bogen, hatte ich die Orientierung verloren. Währenddessen hörte ich Mrs Bell zu, die so viel reden konnte, während ich nicht einen Ton herausbrachte. Außer die eine essenzielle Frage, die mich seit Stunden beherrschte. »Wo ist Winston?«

»Er ist auf seinem Zimmer«, sagte sie, als wäre das nur selbstverständlich. Als hätte ich gefragt, wieso nicht er mich abholte, und nicht danach, ob er überhaupt noch lebte.

Ich glaubte nicht, dass sie bemerkte, wie ich über ihre Worte stolperte – wirklich stolperte. Ich musste mich einen winzigen Augenblick lang an der Wand neben mir abstützen, ehe ich der Frau wieder folgen konnte, die unbeirrt weiterredete. Weil das vermutlich ihre Wand war. Das Reden. »Und er wird heilfroh sein, Sie zu sehen. Sein Handy ist dabei wohl kaputtgegangen und er hat Ihre Nummer nicht im Gedächtnis. In den Patientenakten hat man Sie nicht gefunden. Sie sind ja auch nicht behandelt worden, nicht wahr?« Sie musterte mich kurz mit einem erleichterten Lächeln, während ich an die Liste dachte, auf der ich doch stehen musste. Hatte man mich dort wirklich eingetragen? Hatte jemand dort nachgesehen? »Winston hat sich furchtbare Sorgen gemacht und sogar bei Ihren Großeltern angerufen oder dort, wo sie leben. Ein Heim, nehme ich an? Ich möchte mich entschuldigen, falls er dort Unruhe verursacht hat. Er ist etwas ausfallend geworden, als man ihm Ihre Nummer nicht gegeben hat. Datenschutz. Und man hat natürlich auch Ihre Großeltern jetzt nicht aus dem Bett …« Sie seufzte. »Er wusste sich nicht anders zu helfen. Vor einer Stunde haben sie ihm Beruhigungsmittel gegeben.« Das alles erzählte sie mir in den wenigen Metern bis zum Fahrstuhl. Und erst jetzt fiel mir auf, wie sie die Hände knetete. Es sah beinahe aus, als hätte sie Schwierigkeiten damit, sie voneinander zu lösen, um den Knopf der richtigen Etage zu drücken. »Eigentlich ist die Besuchszeit längst um, und er braucht Ruhe. Seine Jungs musste ich wegschicken. Sie werden für mich wohl immer Jungs bleiben … Aber Sie … Ich denke, es ist seiner Ruhe eher zuträglich, wenn er Sie kurz sehen kann.«

Ich hätte nicht einmal mehr sagen können, welche Zahl es war, die sie da wählte. Alles, was mein Kopf noch zuließ, war die Tatsache, dass Winston hier war. Und dass man ihm Beruhigungsmittel gegeben hatte, weil er genug lebte, um welches zu brauchen.

»Eleonore hat so viele Nachrichten bekommen. Und sie war sich nicht sicher, also hat sie mir einen Screenshot Ihrer Nachricht geschickt, und ich bin nach unten gegangen, um Sie zu finden. Zuerst hat man mich zu dieser Sammelstelle geschickt, aber dort waren Sie nicht.«

Ich nickte und registrierte mehr noch als ihre Worte die große Glastür, durch die wir gingen.

»Er hat viele Prellungen und Rippenbrüche und eine starke Gehirnerschütterung«, zählte sie auf. »Man hat … also …« Das war das erste Mal, dass sie in ihren Worten stockte, und als ich zu ihr sah, erkannte ich, wie sie ihren Handrücken gegen ihre Lippen presste, ehe sie tief durchatmete und mich dann mit tränennassen Augen anlächelte. »Er ist schlimm zugerichtet. Erschrecken Sie also bitte nicht, wenn Sie ihn sehen. Und er darf nicht aufstehen. Darauf wird er vermutlich nicht hören, aber sein Innenohr hat … Und das hat sein Gleichgewicht …« Sie atmete tief ein und nickte. Ich glaubte, dass das Nicken ihr selbst galt. »Es ist glimpflich für ihn ausgegangen.« Auch diese Worte waren wohl nicht für mich bestimmt. »Es hätte wahrscheinlich viel schlimmer sein können.«

Ich nickte. Für andere war es schlimmer ausgegangen. Es waren immer die anderen, bis man selbst die Frau mit den blauen Ballerinas war. Oder ihre Mutter. Ihr Freund oder ihre Freundin.

Stundenlang hatte ich gedacht, dass vielleicht auch Winston zu diesen anderen gehören könnte. Und jetzt konnte ich noch immer nicht richtig fassen, dass dem nicht so war. Als sträubte mein Bewusstsein sich mit aller Macht dagegen, die Ängste loszulassen. Es ließ nicht von ihnen ab, ehe es nicht ganz, ganz sicher sein konnte, dass es das wirklich durfte.

Wir bogen um eine weitere Ecke und ich merkte, dass Mrs Bell langsamer wurde. Ich hatte weniger Mühe, ihr zu folgen. »Winston weiß nicht, dass Sie hier sind. Ich wollte nicht … Ich wollte ihm keine falschen Hoffnungen machen und erst sichergehen. Ich hoffe, das verstehen Sie.«

Ich nickte. Weil ich verstand und weil es mir eigentlich auch egal war. Vorhin noch hatte ich mir so viele Gedanken gemacht, wie ich mich entschuldigen sollte, wie unser Gespräch verlaufen könnte, wie sauer er auf mich sein mochte … Aber jetzt wollte ich ihn einfach nur sehen und alles darüber hinaus war unfassbar nebensächlich geworden.

»Er wird so erleichtert sein«, murmelte Mrs Bell und legte beide Hände auf meine Schultern. Erst jetzt registrierte ich, dass wir stehen geblieben waren. Auf ihrem Gesicht lag ein warmes Lächeln in tränennassen Augen. Nicht meinetwegen, mit Sicherheit nicht meinetwegen. »Denken Sie nur bitte daran, dass er nicht aufstehen soll. Sein Gleichgewicht …«

Ich nickte noch einmal. Ich wollte nicht unhöflich sein, aber die Worte waren leer. Mrs Bell hatte sie alle genommen.

»Danke.« Damit öffnete sie die Tür einen Spalt breit und schob sich zuerst hindurch. Ich hörte noch, wie sie den Namen ihres Sohnes sagte. Ihre restlichen Worte verrutschten und wurden zu einem

Rauschen, als ich Winston sah. Er lag auf dem Krankenhausbett, saß vielmehr, gegen das erhöhte Kopfende gelegt. Und sein Blick schnellte sofort in meine Richtung, als ich über die Türschwelle trat.

Nur sein rechtes Auge war noch blau. Das andere war blutunterlaufen und nur eines der Male, die dieser Abend in seinem Gesicht und sicher auch auf seinem Körper hinterlassen hatte. Seine Haare waren zurückgebunden und gaben eine lange Wunde an ihrem Ansatz preis, die bereits versorgt worden war. Die Unterlippe war aufgesprungen und ein rötlicher Schatten über seiner linken Gesichtshälfte drohte damit, viel tiefere und sattere Farben zu zeichnen.

»Oh, Gott sei Dank.« Seine Stimme klang nicht anders als sonst und riss mich aus meiner kurzen Starre. Sie und das Bild, wie er versuchte, sich aufzurappeln. Er schwankte wie ein Betrunkener, als er nur versuchte, sich aufzusetzen. Sofort stürzte ich zu ihm, hörte auch die Ermahnung seiner Mutter. Irgendwo. Am Ende des Raumes.

Als ich ihn erreicht hatte, hatte er es geschafft, seine Beine über den Rand des Bettes zu schwingen und sich an dessen Kopfende festzuhalten. »Du sollst nicht …«, sagte ich und meine Stimme wankte noch viel schlimmer als er. »Nicht aufstehen.« Ich wollte ihn berühren. Ihm helfen, ihm Halt geben, alles gleichzeitig, aber ich wusste nicht … Meine Hände verharrten kurz vor seinem Körper. Ich wagte nicht, ihn wirklich anzufassen. Ich wollte ihm nicht weh tun, ihn nicht noch mehr kaputt machen.

»Scheiß drauf.« Winston hatte keine Probleme damit, diese Barriere zu brechen. Seine Hände legten sich auf meine Wangen, hielten mein Gesicht fest, über das sein Blick hektisch glitt. »Bist du okay? Ist dir was passiert?«

Ja, wäre die richtige Antwort gewesen, aber ich war nicht verletzt, also schüttelte ich nur den Kopf. Ich spürte, dass meine Lippen bebten. Es tat fast schon weh, dem nicht nachzugeben, und mit meiner Fassung darum zu kämpfen, dass sie bei mir blieb.

»Mum?«, hob Winston an und sah kurz an mir vorbei zu der Frau, die ich längst vergessen hatte, obwohl sie es gewesen war, die mich gefunden hatte. »Bist du so lieb und holst Theo einen Tee?«

Schritte, die weit weg klangen, bis sie verschwanden. Dann sah

Winston mich wieder an, mit seinem blauen und dem roten Auge. »Wo bist du nur gewesen?«

Ich antwortete seiner Frage gar nicht. Es war doch egal, solange ich nicht mehr dort war. Sondern hier. Und … »Es tut mir leid«, platzte es aus mir heraus. Ich hatte das Gefühl, als würde mein Gesicht mir dabei entgleiten. Es war gut, dass Winston es festhielt. »Ich dachte, diese verfickten Regeln helfen, weil … du weggehst und mich verlässt und das wehtut … Und dann wusste ich nicht, wo du bist!« Ich konnte ihn kaum noch sehen durch die Tränen hindurch, dabei war er genau vor mir. »Ich konnte dich nicht erreichen. Dein Handy und … die Schreie. Alle haben geschrien und ich wusste nicht … Niemand hat mir gesagt, wo du bist! Alle haben nur mit dem Kopf geschüttelt, und ich hatte keine Ahnung, was ich tun soll und …«

Winstons Kuss unterbrach meine Worte, nicht meine Tränen, und verweilte lang genug auf meinen Lippen, um ihr Beben etwas zu lindern. Dann zog er mich in seine Arme. Diesmal war der Impuls, mich an ihm festzuhalten stärker als die Angst davor. Er hielt nur einmal kurz die Luft an, als meine Arme sich um seinen Oberkörper legten und mein Körper sich an seinen drückte. Er hielt die Luft an und atmete sie in einem erleichterten Seufzen wieder aus, das durch meine Haare strich. »Dich verlassen …« Er schnaufte entrüstet. Und allein das zu hören, dieses simple Schnaufen über meine Idiotie … »Das ist die dümmste Idee, von der ich je gehört habe«, sagte er leise, die Lippen an meiner Schläfe.

Es war kein richtiges Lachen, das mir entwich, sondern irgendein abgehackter, humpelnder Laut, den Winstons Shirt gemeinsam mit meinen Tränen auffing.

»Lauf bitte nicht wieder weg«, flüsterte er mir zu. »In Ordnung?«

Als hätte ich mich auch nur einen Schritt weit von ihm lösen können. Oder wollen. Ich konnte ihn nicht noch mal aus den Augen verlieren. Das kam überhaupt nicht infrage. Also nickte ich. »Versprochen.«

Vielleicht war das ja auch eine Art Regel. Aber es blieb die einzige. Und die wesentliche.

17.10.2018
14:01:03
An: Mum
Sorry, kann nicht sprechen. Melde mich später. Bleibt es bei
heute Abend?

Tag 40

17. Oktober 2018

Ich schaltete schnell mein Handy aus und ließ es in der Handtasche
verschwinden. Den sieben fremden Gesichtern, die mich ansahen,
schenkte ich ein entschuldigendes Lächeln.

Scheiße!

Den Fluch stieß ich nur innerlich aus, dafür mehrmals. Außerhalb meines Kopfes murmelte ich ein paar erklärende Worte, wie
»Hab vergessen, den Ton auszumachen. Das war meine Mum und
wenn sie mich länger nicht erreicht, dreht sie durch! Kommt nicht
wieder vor«. Ganz sicher war ich mir des Wortlautes nicht, da ich ja
wie gesagt mit innerlichen Flüchen beschäftigt war.

Ich wollte sowieso nicht hier sein. Sicher, es gab Orte, an die ich
mich noch weit weniger wünschte, aber im Gegenzug auch eine ganze Menge, die mir lieber gewesen wären. Dass mir jedes – und zwar
wirklich jedes – dieser Gesichter auch noch verständnisvoll zulächel-
te, machte die Sache nicht besser. Das bediente das Klischee nur
noch mehr, und ich hasste den Gedanken, mitten in einem Klischee

zu sitzen. Verflucht, da stand Kaffee, irgendjemand hatte Kuchen mitgebracht. Oder wurde der gestellt? Ich hatte keine Ahnung.

Eine Frau, die ich auf Ende vierzig schätzte, erhob sich und wieder dachte ich an Filme und Serien, die ich kannte und gab mir redlich Mühe, alles davon auszublenden. Ich wollte diesen Versuch ernst nehmen. Das hatte ich versprochen. Dafür durfte es bei dem einen bleiben, wenn ich wollte. Nur ein Versuch … Nur eine Stunde.

»Ich freue mich, euch wieder hier zu sehen. Nicht jeder hat es heute einrichten können, aber ich sehe dafür mindestens zwei neue Gesichter.« Ihr Blick traf mich – lächelnd und über den oberen Rand ihrer Brillengläser hinweg. Damit erinnerte sie mich an meine alte Grundschullehrerin Mrs O'Riley, die wir immer »Mrs Oh Really« genannt hatten. Komisch, was für Dinge einem zuweilen einfallen, wenn man nicht sein möchte, wo man gerade ist.

Ich mühte mir ein Lächeln ab, das mit Sicherheit nicht annähernd so verständnisvoll war wie das der anderen. Das würde ich üben müssen, wenn ich diese Stunde unbehelligt und vor allem unauffällig überstehen wollte.

Als ich sonst nichts weiter sagte, nickte die Frau, die sich nicht einmal vorgestellt hatte, und wandte sich an einen jungen Mann, der sich im Gegensatz zu mir die Mühe machte, ein schüchternes, aber freundliches »Hallo« in die Runde zu werfen. Er schien besser darauf vorbereitet zu sein, in einem Kreis mit Fremden zu sitzen und den Gedanken an Vorurteile auszublenden.

Mrs Oh Really – ich hatte beschlossen, dass sie es für das rüpelhafte Versäumnis einer Vorstellung nicht anders verdient hatte – setzte sich wieder und gestikulierte einladend in die Runde. »Hat jemand von euch etwas, das er erzählen möchte?«

Tatsächlich hob sich eine Hand. Wieso zur Hölle tat man das?

»Hi, mein Name ist Sarah«, stellte die Frau sich vor, die nur ein paar Jahre jünger schien als Mrs Oh Really, allerdings ganz und gar nicht aussah wie meine alte Grundschullehrerin. Sarah hatte rote Locken und müde Augen, mit denen sie gezielt den vorbereiteten Kerl und mich ansah. Alle anderen kannten ihren Namen offenbar schon. Die Vermutung bestätigte sich, als sie explizit uns beiden noch einmal erklärte: »Meine Tochter – Joseline – sie war auf dem

Konzert. Zusammen mit einer Freundin. Beide sind mit ein paar Blessuren aus der Menge rausgekommen. Sie hatten sehr viel Glück, aber es hat die beiden natürlich auch mitgenommen. Uns alle.«

Ich nickte, und es war erstaunlich, wie leicht mir dieses Lächeln fiel. Das mit dem Verständnis ist nicht allzu schwer, wenn man Dinge wirklich nachvollziehen kann. Ich selbst war nicht in dieser Menge gewesen, ich hatte keine verdammte Ahnung davon, aber Winston hatte von dort mehr als nur ein paar Blessuren davongetragen. Er hatte mir erzählt, wie er über diese beschissene Kabelabdeckung gestolpert war, an der entlang er sich auf den Weg zu Scott gemacht hatte. Und dann war er vom Boden nicht mehr hochgekommen.

Um es mit Sarahs Worten zu sagen: die Bilder, die ich dazu im Kopf hatte – egal, ob die aus dem Krankenhaus oder die, die seine Erzählung mir in den Kopf gebrannt hatte – sie nahmen mich mit. Jedes Mal und immer wieder viel zu nah an diesen einen Abend heran.

»Ich bin sehr stolz auf sie«, verkündete Sarah und strahlte diesmal in die gesamte Runde. »Wir sind heute Morgen das erste Mal gemeinsam U-Bahn gefahren. Nur zwei Stationen, und meine Kleine hat gezittert wie Espenlaub, aber sie hat es gemeistert. Und von da an geht es weiter.«

Bei ihrer Erzählung hatte ich nicht das Teenagermädchen vor Augen, das Joseline vielleicht schon gar nicht mehr war. Während die anderen in dieser Gruppe ihre Freude über diese positive Entwicklung äußerten, sah ich das bärtige Gesicht eines erwachsenen Mannes vor mir, das blass wurde nur vom Anblick der Kartenscanner. Ich sah seine Hand, die sich in seine Hosentasche schob, um das Zittern zu verstecken und schließlich das Kopfschütteln, ehe er sich mit einem »Heute nicht« abwandte und regelrecht zum nächsten Ausgang flüchtete.

Jedes Mal.

»Das ist ja großartig!«, meinte Mrs Oh Really abschließend und forderte Sarah dazu auf, die Gruppe unbedingt auf dem Laufenden zu halten. Solche Geschichten würden Mut machen. »Vielleicht hat ja noch jemand von euch etwas Schö...«

Das Geräusch der Türklinke war sehr leise, als sie hinuntergedrückt und die Tür aufgeschoben wurde. Trotzdem ließ Mrs Oh Really sich davon unterbrechen und schaute zu dem Punkt, an dem ein Hipster mit Manbun und mittlerweile wieder zwei weltschönsten blauen Augen entschuldigend eine Hand hob, während er mit der anderen leise die Tür wieder hinter sich schloss.

»Winston!«, begrüßte Mrs Oh Really ihn regelrecht euphorisch. Natürlich hatte er diese Frau längst um den Finger gewickelt. Entsprechend wenig Mühe gab ich mir, mein Schmunzeln zu verbergen, als er sich der Gruppe näherte und mich kurz mit einem Lächeln begrüßte. »Komm, setz dich. Neben Thomas ist noch ein Platz frei«, forderte sie ihn auf und deutete auf einen leeren Stuhl auf der gegenüberliegenden Seite des Kreises. »Sarah hat uns gerade berichtet, dass ihre Tochter Fortschritte mit der U-Bahn gemacht hat.«

Winston wusste, wer Sarah war und wandte sich an sie. »Entschuldige, dass ich dich unterbrochen habe. Die Bandbesprechung ging länger und … egal.«

Sarah winkte ab und setzte wieder dieses verständnisvolle Lächeln auf. »Ich war schon fertig.«

Das war für Mrs Oh Really Zeichen genug, um ihre Ansprache noch einmal aufzugreifen. »Und ich wollte gerade nachhaken, ob noch jemand so einen Erfolg mit uns teilen möchte.«

Ich sah abwartend in die Menge, was Winston mir gleichtat. Umso mehr verwunderte es mich, dass er meinen Blick dabei fand, schließlich festhielt – und seine Hand hob.

Ich hätte vermutlich nicht nervöser sein können, wäre es meine eigene Hand gewesen, die sich selbstständig gemacht und von meinem Oberschenkel gelöst hätte.

»Wenn es okay ist … Ich habe zwar keinen so großen Fortschritt zu vermelden wie Josy«, er lächelte Sarah noch einmal an, »allerdings könnte ich einen kleinen Rat gebrauchen.«

»Natürlich! Nur zu!«, ermunterte Mrs Oh Really ihn auf eine Weise, die mich vermuten ließ, dass sie vielleicht wirklich Lehrerin war.

Winston schien diese etwas überbordende Aufmunterung aufzufallen. Ein leichtes Schmunzeln huschte über seine Lippen, dann fuhr er sich kurz über den Bart und folgte der Aufforderung. »Ich komme wie gesagt gerade von einer Bandbesprechung. Es steht schon seit einiger Zeit im Raum, dass wir möglichst bald wieder auf der Bühne stehen wollen. Mein Arzt hat mir letzten Freitag grünes Licht gegeben.« Er deutete grob auf seinen Brustkorb, auf die Rippen, die laut ärztlicher Meinung seinen beruflichen Belastungen wieder standhalten würden. Ich glaube, ich hatte nie so gemischte Gefühle für eine gelungene Genesung gehabt wie an jenem Freitag. »Heute hat man uns die Daten für unsere ersten Auftritte gegeben. Es sind in diesem Jahr noch sechs. Großbritannien und Irland. Kleinere Locations, keine großen Hallen.«

Ich hörte ein Raunen, konnte aber nicht zuordnen, aus welcher Richtung es kam. Winston reagierte darauf mit einem Nicken und einem etwas verlegenen Lachen. »Das kannst du laut sagen. Ich habe riesigen Schiss davor, aufzutreten, gleichzeitig brenne ich darauf, wieder an meinem Schlagzeug zu sitzen. Ich muss wieder an die Drums, sonst werde ich noch wahnsinnig.« Dann traf mich ein vorsichtiges, fast entschuldigendes Lächeln aus seinen Augen heraus, ehe die sich wieder an die Allgemeinheit der Gruppe wandten. »Da muss ich durch. Ob jetzt oder später. Das Pflaster muss ab. Mein Problem ist ein anderes …« Er atmete tief ein, und obwohl er mich auch vorher nicht direkt angesehen hatte, bekam ich ab dem Moment das Gefühl, er vermied es absichtlich.

»Wenn wir dir helfen können, lass uns teilhaben«, meinte Mrs Oh Really. »Falls du das möchtest.«

»Die Sache ist die, dass ich nicht allein damit sein werde, dass mir das Angst macht. Meine Freundin weiß, dass wir über Konzerte sprechen. Auch über einen zeitnahen Wiedereinstieg. Aber Daten und Termine sind etwas anderes. Die Erfahrung habe ich gerade selbst gemacht.« Er seufzte. »Ich muss dazu sagen, dass sie an dem Abend auch da war. Sie hat mitbekommen, was passiert ist und konnte mich nicht erreichen. Zum Glück war sie nicht in diesem Saal drin.«

»Wo war sie?«, war irgendeine Zwischenfrage. Ich sah nicht einmal in ihre Richtung. Mein Blick hing an Winston fest, der nur den Kopf schüttelte.

»Ich fürchte, das ist ihre Geschichte. Nicht meine. Es steht mir nicht zu, die zu erzählen. Die Sache ist nur die, dass sie …« Er suchte nach Worten und schien dann doch unsicher mit denen, die er fand. »Ich habe das Gefühl, sie denkt, diese Schießerei wäre für mich schlimmer gewesen als für sie. Als wäre damit nur ich derjenige, der Albträume haben und Hilfe einfordern darf. Und geholfen hat sie mir. Sehr.«

Er schmunzelte und … Ich bin ehrlich – allein, um zu sehen, wie Winston dieses verliebte Lächeln auf dem Gesicht trug, während er anderen von mir erzählte, dafür nahm ich gern in einem Stuhlkreis Platz. »Nach dem Krankenhaus ist sie kurzerhand bei mir eingezogen, weil ich wegen der Schmerzen nicht so mobil war, wie ich es gern gewesen wäre. Ich will es mal so ausdrücken: Ich habe gelernt, dass es nicht das Wichtigste ist, eine Frau zu finden, die dir die Kleider vom Leib reißen will. Wenn da eine ist, die sich dazu bereiterklärt, dir andersherum ins Shirt hinein zu helfen, wenn du dich zu ungelenk anstellst, dann wärst du bescheuert, sie wieder gehen zu lassen. Und ein riesiges Arschloch, wenn du ihr aus blankem Egoismus Angst machst.« Sein Blick fiel auf den Boden, dem er auch sein Stirnrunzeln schenkte. »Und das ist im Prinzip der Grund, wieso ich mich jetzt wirklich schwertue, ihr von diesen Terminen zu erzählen. Ich kann nicht einschätzen, was ich ihr damit antue, und ich befürchte, sie wird es mir auch nicht sagen, weil sie denkt, es wäre für mich schlimmer, aber das ist Schwachsinn, weil …« Er atmete aus und sank auf seinem Stuhl ein kleines Stück zusammen. Und endlich sah er mich wieder an, ein etwas schiefes Lächeln auf den Lippen. »Sie … Ich fürchte, ich bin ein wenig ratlos.«

Der Mann, der neben Winston saß – Thomas, nahm ich an – riet ihm dazu, einfach genauso offen mit mir darüber zu reden. Ich bekam nicht alles von diesem Ratschlag mit, aber das war der Kontext, den ich herausfiltern konnte, während mein Kopf sich sortierte. Er versuchte es wenigstens.

Es gab Termine.

Sechs Stück.

Das hieß sechs Mal Angst davor, dass nach dem Konzert keine Nachricht, kein Anruf kam. Keine begeisterte Ausführung des

Abends von Winston. Kein »Du hättest dabei sein sollen.« Sondern Freizeichen und die Mailbox.

Das war meine U-Bahn. So nannte ich es für mich.

Während Winston große Probleme hatte, Räume mit vielen Menschen zu betreten, aus denen er nicht unmittelbar herauskommen konnte, fürchtete ich mich davor, ihn aus den Augen zu verlieren.

Ich hatte nie ein Problem damit gehabt, ihn in die U-Bahnstation hinein zu begleiten und zu sehen, wie weit er es schaffte. Zwei Mal war ich sogar schon durch die Schwingtür gegangen und dann doch wieder umgekehrt, weil Winston davor wie festgefroren war.

Ich wusste, dass ich nicht mehr tun konnte, als da zu sein, wenn er es immer wieder versuchte. Mehr konnte ich nicht tun. Und er auch nicht.

»Vielleicht ist es noch zu früh«, meinte Mrs Oh Really und nein, es lag nicht nur an ihrer Person, dass ich innerlich aufschrie, als sie weiterredete. »Wann wollt ihr denn auftreten?«

»Der 26. November wäre der erste Termin.«

Mrs Oh Really stieß ein fast schon erschrockenes Seufzen aus. »Das sind keine drei Monate. Hast du – oder habt ihr – denn mal darüber gesprochen, ob es leichter wäre, wenn noch gewartet wird? Du könntest die Auftritte ja etwas nach hinten verschieben, bis ihr beide stabiler in dieser Situation seid.«

Das kommt überhaupt nicht infrage, fuhr ich sie innerlich an. Nichts wird in einem Jahr leichter sein, aber niemand wird sich dann noch an Treehouse Promises erinnern. Wenn er jetzt zögerte, hörte er vielleicht nie wieder damit auf! Das konnte doch nicht ihr Ernst sein! Hatte sie ihn jemals auf der Bühne gesehen? Und sei es nur auf einem Video? Er gehörte da verdammt noch mal hin. Und wenn ich dafür in meine eigene, persönliche U-Bahn steigen musste, dann musste ich das eben aushalten, bis ich mich daran gewöhnte.

Ich sagte nichts davon. Und trotzdem hob sich meine Hand. Winston sah mich so überrascht an wie ich ihn kurz zuvor. Also war das wohl nur gerecht. »Wenn ich dazu kurz … Nur ein Gedanke.«

Ich wartete Winstons Nicken ab und hielt mich gerade so davor zurück, ihm zu sagen, dass er auf keinen Fall so ein Idiot sein sollte. Wer wusste schon, ob Mrs Oh Really das vielleicht persönlich genommen hätte. »Also, ich kann ja nur spekulieren«, hob ich an und war froh über das Lächeln, das über Winstons Blick huschte. »Ich glaube, du machst dir zu viele Gedanken. Vielleicht … Du sagst, du hast Angst vor deinem ersten Auftritt, aber dass du da durch musst und dass es dann vielleicht besser wird. Das Pflaster muss ab. Vielleicht ist das für sie genauso. Vielleicht muss sie da einfach durch. Und ich kann mir vorstellen, dass das etwas ist, wobei du ihr auch gar nicht helfen kannst. Ich denke, dass du vielleicht noch lernen musst, dass …« Wie drückte ich das am besten aus? »Dass du manchmal nicht mehr tun kannst, als zu warten, bis jemand wieder klarkommt. Man muss nicht immer helfen. Manchmal geht das auch gar nicht. Das ist ein scheiß Gefühl, ich weiß das.«

Er selbst setzte mich dem doch immer wieder aus, wenn er in dieser dämlichen U-Bahn-Station stand, und ich nichts tun konnte, um ihm die Angst davor zu nehmen. »Aber es ist okay. Manchmal muss es okay sein, dass man nichts ändern kann. Sonst wird man ja wahnsinnig. Und wenn eure Beziehung wirklich so gut ist, wie du es darstellst …« Ich verzog meine Lippen zu einem verspielten Schmunzeln und genoss den Blick, mit dem er es entdeckte. »Und wenn sie wirklich so toll darin ist, dich anzuziehen …«

Er lachte leise, schüttelte dann den Kopf und deutete auf mich. »Entschuldige, ich wollte nicht … Tut mir leid.«

»Vertrau ihr vielleicht einfach, dass sie selbst auf dich zukommt, wenn du etwas für sie tun kannst. Und dass sie dir das auch sagt. Und als kleine Idee«, hob ich noch an, »nur für den Fall, dass du es einfach nicht ertragen kannst, nichts zu tun … Sprich mit ihr über eure Termine und zu welchen sie mitkommen kann. Aber um Himmels Willen nicht, damit das arme Häschen in deiner Nähe sein darf. Würdest du mir so eine Begründung liefern, ich wäre stinksauer. Sag ihr einfach … Du bräuchtest Hilfe beim Anziehen. Oder denk dir was aus, das besser passt.«

Winston würde sofort von seinem Stuhl aufstehen, zu mir gehen und mich küssen. Genau das war es, was in seinem Blick und in seinem Lächeln lag. Doch er drängte alles davon zu einem Nicken zurück. »Ich danke dir. Ich denke, das werde ich so machen.«

»Okay«, sagte ich und atmete tiefer durch, als es für eine unbeteiligte Ratgeberin wohl angemessen gewesen wäre.

Ich wusste nicht, ob Mrs Oh Really nur so tat, oder ob sie wirklich so blind war. Während zumindest Sarah kurz zwischen Winston und mir hin und her sah und unseren Blickaustausch wohl ganz gut einschätzte, wandte Frau Lehrerin sich an mich und meinte: »Das klingt, als hättest du ganz ähnliche Herausforderungen – vielleicht sogar schon gemeistert. Vielleicht möchtest du uns teilhaben lassen.«

Woran? An genau dem, was ich doch gerade erst gesagt hatte?

Ich schüttelte den Kopf und beließ meine Antwort bei einem schlichten »Nein.«

Dass Winston seine liebe Not damit hatte, sein Grinsen im Zaum zu halten, war mir Lohn genug, um das fürsorglich-verständnisvolle Lächeln von Mrs Oh Really zu ertragen.

Winstons Problem galt damit als vorerst gelöst, oder wenigstens in die richtige Richtung gelenkt, und Thomas war derjenige, der für die letzten zwanzig Minuten die Aufmerksamkeit bekam. Er war Kontrolleur gewesen. An diesem Abend. Und nach wie vor plagten ihn die Schuldgefühle. Ich wusste nicht, ob es ihm half, aber jeder versicherte ihm, nicht ein einziges Mal daran gedacht zu haben, dass irgendjemand seine Arbeit nicht richtig gemacht hätte. Was mich anging, war das auch die Wahrheit.

Ich hatte nach wie vor weder Zeit noch Nerven gefunden, um mich mit mehr zu befassen als Winston und mir selbst. Von all den Spekulationen über Gründe und Motive wollte ich nichts wissen. Ich hatte nie wieder einen Artikel geöffnet, der sich mit dem 8. September befasste. Es schien, als wolle die Presse diesen Abend einfach nie vorbeigehen lassen, während ich froh war über jeden Tag, der mich von diesem Datum trennte.

Als die Gruppe sich schließlich bis zum Sonntag verabschiedete, löste sie sich nach und nach auf. Winston schien darauf warten zu wollen, dass die anderen verschwanden, verlor allerdings recht bald die Geduld und steuerte nach einem kurzen Abschied an alle den Ausgang des Raumes an. Dort wartete er auf mich.

Ich war kaum über die Schwelle getreten, als er mich schon zu sich zog, seine Hände an meine Wangen legte und mich küsste. »Du bist wirklich hergekommen.«

»Ich hatte es doch versprochen«, gab ich zurück. »Und ich hoffe, du hältst dein Versprechen, dass es nur bei einem Mal bleibt. Ich ertrage Oh Really kein zweites Mal.«

»Wen?«

Ich deutete unnötigerweise auf die Tür, von der wir uns einige Meter entfernt hatten. »Die Stuhlkreiskönigin.«

Er lachte, was erst verstummte, als er mich noch einmal küsste. Dann legte er einen Arm um meine Taille und führte mich zu den Treppen, die uns hinab zum Ausgang geleiten würden. »Du meinst Erica. Ja, sie ist …«

»Bemerkenswert«, schlug ich vor. »Und da wüsste ich noch jemanden …« Ich blieb mitten auf den Stufen stehen, um Winston mit einem überdeutlichen Rück-raus-mit-der-Sprache-Blick anzusehen. Das hätte ich auch während des Laufens tun können, aber ich war noch nie gut darin gewesen, Treppen hinabzusteigen, ohne die Stufen zu sehen. Außerdem gewann mein Blick so an viel mehr Dramatik. »Sei ehrlich, du hast mich doch absichtlich ausgerechnet heute hierher gelotst. Die Termine …«

Nur Winston Lewis Bell vermochte es, derart ertappt dreinzublicken, ohne auch nur den Hauch von Schuldgefühl auszustrahlen. »Vielleicht habe ich ein bisschen darauf gehofft, dass das Timing passt. Und möglicherweise bin ich auch ganz froh darüber, dass das geklappt hat. Aber von Planung kann keine Rede sein. Ich war nicht vollkommen sicher, dass ich heute meine Termine bekomme. Oder dass du hier sein wirst.«

Ihn traf also eindeutig keine Schuld. Vielleicht würde ich in einem oder fünf Jahren die Augen darüber verdrehen. Noch gewann er damit ein verliebtes Schmunzeln und ein Kopfschütteln. »Und warum musstest du auf so unüberschaubar viel Zufall hoffen? Du hättest mir auch zu Hause davon erzählen können.«

Winston nickte und kam die zwei Stufen, die er schon weitergelaufen war, wieder zu mir zurück und blieb eine unterhalb von mir stehen, sodass wir genau auf Augenhöhe waren. »Ganz einfach – hier musst du mich ausreden lassen, sonst wirst du einer Folter unterzogen, die der Wahl unserer Stuhlkreiskönigin obliegt. Zu Hause bist du die Königin und hättest mich nicht weiter kommen lassen als bis zu dem Wort ‚Termine'. Dann hättest du gesagt, dass alles kein Problem ist, und ich hätte keine Ahnung gehabt, ob ich gerade eine riesige Dummheit begehe.«

»Tust du nicht«, versicherte ich noch einmal. Es schien ihm so wichtig zu sein, dass es vielleicht nicht schadete, das hin und wieder zu betonen. Um sicherzugehen, legte ich eine Hand in seinen Nacken und meine Lippen auf seine. »Und um das richtig zu stellen – ich bin nicht die Königin. Du stehst nur auf der untersten Hierarchiestufe und deshalb kommt es dir so vor. Poppy ist die oberste Monarchin, Der Captain erster Offizier, erst dann komme ich.« Wenn ich es genau nahm, vergötterte Der Captain wiederum Winston so sehr, dass das eigentlich ihn … Sagen wir, es war schwierig, hier ein klares Gefälle zu definieren. Aber im Prinzip auch nicht nötig. Es funktionierte. Und es funktionierte ziemlich gut.

»Bleiben wir jetzt ewig auf der Treppe stehen? Ich dachte, wir könnten heimfahren, die Termine abgleichen …«

Er sagte das so wahnsinnig vorsichtig, dass mir doch gar keine andere Wahl blieb, als seine Hand zu nehmen und demonstrativ weiter die Stufen hinunterzusteigen.

Natürlich hatte ich ein flaues Gefühl im Magen, und das lag keineswegs an dieser Treppe. Und nein, ich sagte ihm das nicht, weil ich fand, dass das nun einmal etwas war, woran ich mich würde gewöhnen müssen. Winston würde nur völlig zwecklos versuchen, mir diese Angst zu nehmen. Es wäre nicht fair, ihm solche hoffnungslosen Missionen aufzubürden. Der arme Mann hatte doch schon mich und zwei Katzen, die völlig anders funktionierten als Hunde, wie er immer wieder feststellen musste.

An Tagen wie diesem war das vielleicht sogar ein Vorteil, bemerkte ich, als wir an der Ausgangstür angekommen waren. Gegen die große Glasfront schlugen schwere Regentropfen, die von einem tiefgrauen Himmel hinabgefallen waren. So eine lange Reise, nur um das genervte Seufzen der Menschen hier unten zu ernten. Ich selbst stieß ein solches aus und Winston tat es mir gleich.

Während er sich noch damit beschäftigte, den Himmel mehr

oder weniger fachmännisch darauf zu prüfen, ob es lohnte, kurz zu warten, hatte ich schon meine Kapuze über den Kopf gezogen und griff nach seinem Schal, den er nur lose um seinen Hals gehängt hatte.

»Wir sehen uns die Termine an, okay?«, murmelte ich, während ich den Schal unter Winstons amüsiertem Lächeln zu einer Schlaufe und dann so um seinen Hals legte, dass das Ding auch seine Aufgabe erfüllte und nicht nur zur Deko diente. Meine Güte, als wüsste der Kerl nicht, dass er selbst dekorativ genug war. Da schadete ein bisschen Zweckmäßigkeit hier und da definitiv nicht.

»Unbedingt. Wie man merkt, bin ich völlig aufgeschmissen …«

Als die Tür mit einem ohrenbetäubend lauten Krachen in ihr Schloss fiel, verstummte Winston. Nicht wegen des Knalls, sondern meinetwegen. Meine Hände lagen noch immer am Kragen seines Mantels, aber sie richteten nicht mehr den groben Stoff, sondern hielten sich wie erstarrt daran fest, während ich mich darauf konzentrierte, nicht die Luft anzuhalten und nicht wegzulaufen.

Winston legte nur seine Hände an meine Oberarme und die Lippen auf meinen Scheitel. »Dass diese Arschlöcher auch nie lernen, wie man eine Tür ordentlich schließt«, schnaufte er und wartete dann ein paar Sekunden mit mir, bis meine Schultern sich wieder etwas entspannten und ich normal weiteratmen konnte. Erst dann nahm er mein Gesicht in seine Hände und hob es an, bis ich in seinem Blick vollends zur Ruhe kam. »Und du bist wirklich sicher, dass ich die Auftritte nicht absagen soll?«

Scheiße, nein! Ich war nicht sicher, und dieser Dummkopf hatte sich genau den richtigen oder falschen Moment ausgesucht, um das zu fragen! Diese gottverdammten Termine … Sie waren wie das Monster im Schrank. Nächtelang war da ein Kratzen gewesen, und ich war so sicher, dass ein riesiges Ungetüm darin wüten musste. Und dann bat man einen Erwachsenen, nachzusehen. Also warf der einen Blick hinter die ganze Kleidung, drehte sich um und sagte: »Ja, du hast recht. Da ist wirklich ein Monster.«

Und Winston stand jetzt hier und bot mir an, den ganzen Schrank einfach zu nehmen und zum Sperrmüll zu bringen. Das wäre so herrlich einfach. Und so eine unendliche Erleichterung.

Aber mindestens genauso falsch. Das Monster wohnte doch jetzt bei uns. Und ob willkommen oder nicht – ich würde lernen müssen, mit seiner Gesellschaft klarzukommen.

»Nein«, sagte ich also. Und ich glaubte, wenn es mir in einem dieser Knallmomente gelang, seinen Vorschlag abzulehnen, würde es mir auch bei allen anderen Gelegenheiten gelingen. »Du wirst meinetwegen gar nichts verschieben, hast du verstanden? Ihr habt gesagt, ihr wollt ein Zeichen setzen. Dass ihr wieder auf die Bühne geht, egal wie viele Idioten da draußen sind. Verdammt noch mal, du hast einen Song darüber geschrieben!«

»Hab ich nicht …«, versuchte er zu widersprechen. Er wusste vermutlich selbst, was für einen Unsinn er da redete.

Ich rollte mit den Augen. »Nur, weil du nicht eitel genug bist, um den Song auch so zu betiteln, heißt es nicht, dass es ihn nicht gibt. Und ich komm schon klar. Siehst du!« Ich deutete auf mein Gesicht. »Türknallen und keine Tränen. Und irgendwann ist das bei euren Auftritten genauso. Wenn deine persönliche Garderobiere die ersten ein, zwei Mal eben heult, wenn sie dir in dein Shirt hilft, dann musst du da halt durch. Das legt sich. Verstanden?«

Er lächelte ungebührlich breit für einen Mann, dem gerade eine Belehrung von seiner Freundin widerfahren war.

»Verstanden.«

»Gut.« Ich sah zu dieser Tür, die uns von draußen trennte und offensichtlich zu schwer war, um sich geräuscharm zu schließen. Ich sah dorthin und musste einsehen, dass meine Beine noch nicht so weit waren, sich in diese Richtung zu bewegen. Das war es, was ein lauter Knall mit mir anstellte. Tränen und Lähmung. Zuerst verschwanden immer die Tränen. Das war von Anfang an so gewesen. Und dann wusste ich, dass auch das Laufen gleich wieder funktionieren würde. Nur noch ein bisschen Warten, nur einen kleinen Moment Geduld.

»Ich bestehe übrigens darauf, dir auch heute Abend beim Anziehen zu helfen.« Das war das Erste, das mir einfiel, um darüber hinwegzutäuschen, dass ich noch nicht weitergehen konnte. Gleich, nur jetzt noch nicht.

Ich war sicher, dass Winston mein Ablenkungsmanöver sofort

durchschaute. Aber er ließ es mir. »Das habe ich vorausgesetzt«, antwortete er mit einer Leichtigkeit, die meine Paralyse einfach überging. So, wie er es immer tat. Er half mir aus meiner Starre, indem er sie einfach ignorierte, bis sie vorbei war. »Ich bin unmöglich in der Lage, mich selbst angemessen anzuziehen, um ein Schreckgespenst kennenzulernen.«

»Amelie«, berichtigte ich ihn und konnte doch nicht das Schmunzeln verbergen, das sich auf meine Lippen stahl. »Nur ich darf sie Schreckgespenst nennen. Oder Mum. Für dich ist sie Amelie.«

Winston schnaufte, überlegte kurz und ließ sein Gesicht ein absurd perfektes Schwiegersohnlächeln zeichnen. »Ich weiß ja Gott sei Dank, dass ich nicht nervös sein muss«, erklärte er, und ich befand, dass es ihm schon besser gelungen war, von sich zu sprechen und mich zu meinen. »Du wirst dafür sorgen, dass ich seriöser aussehe als mein Vater. Solange weder Haare noch Bart dran glauben müssen, kannst du mit mir machen, was du willst.«

Ich schnaubte. Als ob ich solche Überlegungen auch nur erwägen würde.

»Da wäre allerdings noch mein Job. Vermutlich wird sie sich zusammenreißen müssen, um nichts dazu zu sagen. Dann erzählst du ihr davon, dass du dich für das nächste Semester eingeschrieben hast, und schon bin ich als Problem nicht mehr existent.« Noch einmal vertiefte er sich in einen gespielt nachdenklichen Blick. »Ja, ich denke, das ist ein geradezu lückenloser Plan.«

Er war alles andere als das. Aber es waren Gedanken, mit denen ich mich auseinandersetzen konnte und die dabei halfen, dieses Türknallen auch in meinem Kopf verklingen zu lassen. »Lückenlos ist er nur, falls wir nicht zu spät kommen«, meinte ich und deutete nach draußen. Dorthin, wo der Regen noch immer gegen die Scheiben applaudierte. »Das wird vermutlich nicht besser. Also, worauf warten wir noch?«

Mittlerweile kannte Winston meine Art, ihm zu sagen, dass es jetzt wieder ging. Dass es wieder okay war und ich weiterkonnte. Deutlicher musste ich ihm das nicht sagen, und er musste auch nicht nachfragen, ob ich sicher war. Alles, was es brauchte, war

Winstons Nicken, während seine Finger sich mit meinen verschränkten und er die Tür öffnete. Kalter, undankbarer Regen schlug uns entgegen. Aber er verriet, dass es nicht mehr allzu lange dauern konnte, bis er sich in zarte Schneeflocken verwandeln würde.

If you ever meet a hero
ask him to tell his story.
The certain one that broke him.
There you're gonna find the place
where his superpower's from.

Treehouse Promises »Minding Gaps«

Danksagung

Man sagt immer, das Schreiben sei eine höchst einsame Beschäftigung. Dann sitzt man plötzlich vor der Aufgabe, eine Danksagung zu schreiben, und staunt, wie viele Menschen einem einfallen.

Von wegen einsam. Ein Buch ist ganz eindeutig Teamwork.

Zuerst möchte ich den beiden danken, die zuletzt ins Team gekommen sind, deren Rolle aber umso tragender war:

Lena, du hast Winston und Theo aus einem Meer an Einsendungen herausgefischt und auch das Team von »be« dafür gewinnen können. Es klingt regelrecht pathetisch, wenn ich dir sage, dass du mir damit einen großen Traum erfüllt hast, ich weiß. Ist aber so. Danke für deine Geduld mit meinen unzähligen Anfängerfragen und dein Vertrauen in die nächsten Projekte.

Und Steffi, du bist vermutlich die beste Lektorin, die ich hätte kriegen können. Danke, dass du meine abstruse Auffassung von Romantik teilst und tapfer die Schlacht gegen das „Aber" mit mir kämpfst.

Und dann sind da auch schon die Personen, die Winston und Theo längst kannten, als sie noch in meinem Kopf waren und die ersten Schritte aufs metaphorische Papier gemacht haben. Das sind außerdem die Menschen, die auch mich schon länger kennen, und die sich jetzt sicher fragen, wozu es Danksagungen braucht, und wann ich bitte so rührselig geworden bin.

Also mache ich es für euch kurz und schmerzlos – keine Reden, nur die Credits, wie sie sich für einen ordentlichen Abspann gehören:

Frau S – Krisenmanagement
Frau F – Bartbetreuung
Fam – Frustberatung
Kathleen – Kausalitätsinspektion

Vielen Dank an das Team der Qualitäts- und Funktionsprüfung:
… Mama
… Ela
… Katha
… Carina
… Juliane

Special Thanks:
Melli (to be danced …)
Jenny (HDGDL)

Und ganz zum Schluss gilt mein Dank dir, wer auch immer du bist. Du hast meine Geschichte gelesen und danach nicht entnervt das Buch weggelegt, sondern bist nun sogar bei diesen Schlussworten angelangt. Und das, obwohl wir uns wahrscheinlich (noch) gar nicht kennen. Wenn das kein Danke verdient, dann weiß ich nicht, was sonst.

Bis bald!
Anne

Die Community für alle, die Bücher lieben

In der Lesejury kannst du
★ Bücher lesen und rezensieren, die noch nicht erschienen sind

★ Gemeinsam mit anderen buchbegeisterten Menschen in Leserunden diskutieren

★ Autoren persönlich kennenlernen

★ An exklusiven Gewinnspielen und Aktionen teilnehmen

★ Bonuspunkte sammeln und diese gegen tolle Prämien eintauschen

Jetzt kostenlos registrieren: www.lesejury.de

Folge uns auf Instagram & Facebook:
www.instagram.com/lesejury
www.facebook.com/lesejury